여름날의 레몬그라스

夏日的檸檬草

夏日的檸檬草

夏日的檸檬草

여름날의
레몬그라스

마키아토 장편소설
한수희 옮김

arte

차례

사랑과 용기에 관하여

레몬그라스의 꽃말은 '말할 수 없는 사랑'이다.

말할 수 없다는 것은 그만큼 사랑하지 않아서일까, 아니면 용기가 없어서일까?

나는 사춘기 때 용기가 부족해서 이루지 못한 일들이 많다.

중도에 포기한 가출, 반밖에 부르지 못한 노래, 대답을 피해버린 고백, 보내지 못한 축하 카드, 미처 전하지 못한 그 말······.

그해 초여름처럼, 사랑은 모양도 없고 무게도 없다. 저 멀리 하늘에 걸린 구름이 비가 되어 억수같이 퍼붓고서야, 마음속 잔물결이 실은 얼마나 깊은 흔적을 남기는 것인지 느꼈다. 그 물결은 빙글빙글 끝도 없이 서로 이어져 있었다.

그리고 우리는 마침내 알았다. 추억을 영원히 아름답게 만들어주는 건 시간이 아니라 아쉬움이라는 걸.

여름날의 레몬그라스

프롤로그

추억 너머 추억에 쓴 글

2011년 9월 25일 9:00 pm
쥘 베른 레스토랑

엇갈려 잘린 에펠탑 철근 너머로, 하늘과 빌딩이 짙푸른 색으로 섞여든 야경이 센강에 비쳐 반짝이는 게 보였다.

이 도시는 너무 화려해서 이젠 별이 보이지 않는다. 하지만 원한다면, 조용히 흐르는 짙푸른 강물을 하늘로 삼고, 그 위에 흩어진 조명을 별이라 상상할 수 있다.

누가 그랬더라? 어른이 되면 상상력은 필요 없다고.

상상력이 없다면 어떻게 계속 자신을 속이고 남을 속일까?

나는 레옹과 얼굴을 마주하고 앉아 있었다.

새하얀 테이블보 위에 놓인 짙푸른 플란넬 상자에서 작은 별이 반짝였다.

나는 창밖에서 시선을 거두고 플란넬 상자 안의 빛에 정신을 집중하려 애썼다.

레옹은 중국계 미국인이다. 체격이 건장하고, 눈동자는 짙은 갈색에 눈꼬리는 약간 위로 올라갔다. 웃으면 한쪽에 보조개가 깊게 들어갔는데, 어떻게 해도 서른다섯으로는 보이지 않는 앳된 얼굴이었다.

레옹이 미국 본사에서 유럽으로 파견되어 영업 이사를 맡게 되었을 때, 나는 막 대학을 졸업한 참이었다. 전공은 영어, 부전공은 불어였고, 독일어도 조금 할 줄 알았다. 그 덕에 지도 교수님 추천을 받아 레옹의 수행 비서로 취직했다.

사실대로 말하자면 그를 처음 보자마자, 글로벌 3위의 전자 제품 유통 업체에서 어떻게 이런 젊은 남자에게 노련함이 필요한 그런 직무를 맡겼는지 몹시 궁금했고, 레옹이 사회 초년생인 나를 첫 대면에서 채용한 이유는 더 궁금했다.

눈 깜짝할 사이에 6년이 흘렀다. 나는 벌벌 떨며 말하던 햇병아리 비서로 시작해 이제는 혼자 판매 대행 협상 테이블에 앉을 수 있게 되었다. 해외 순환 근무를 하는 레옹을 따라 여러 나라를 돌아다니며 내 경력도 점점 쌓여갔다.

3년 전 런던을 떠난 뒤로는 다른 나라에 갈 때마다 레옹 곁의 여자도 바뀌었다. 침대보와 이불을 새것으로 갈 듯이 말이다. 옛것이 가지 않으면 새것이 오지 않는 법이어서일까, 전 여친에게는 조금도 미련을 두지 않았다.

감정 처리가 시원시원하다고 보면 될까? 아니면 무책임하다고? 그것도 아니면 수완이 좋다고 칭찬해야 할까? 레옹은 여자 친구와 헤어질 때마다 거의 냉혹할 정도로 이성적이었지만, 잔인하게 이용만 하다 버린다며 그를 욕하는 여자는 없었다.

레옹은 미소를 지으며 나를 지긋이 쳐다봤다. 늘 그렇듯 태연하고 침착한 모습이었다.

무슨 말을 해야 좋을까? 영어로 할까? 레옹은 방금 "Would you marry me?(나랑 결혼해줄래?)"라고 영어로 물었는데. 그래도 역시 불어로 할까? 명색이 파리 에펠탑에 있으니 좀 맞춰줄 겸.

"왜?" 무의식중에 내게 익숙한 모국어를 선택했다.

"매일 눈 뜨자마자 반복되는 고민을 더 이상 하기 싫어서. 옆에 있는 여자와 어떤 언어로 이야기를 나눠야 하나 고민하는 데 지쳤어! 너는 안 그래, 샤오샤?" 그는 독특한 발음으로 내 이름을 불렀다.

지쳤지! 그래, 나도 지쳤어! 이 일에 지원할 때는 단지 작은 섬에서 벗어나 더 넓은 세상을 보고 싶다는 생각이었는데, 내가 이렇게 멀리, 이렇게 오래 날아다닐 줄은 몰랐다고!

가족, 친구와의 거리를 시차로 계산해야 한다는 사실을 깨달았을 때, 혼자 있으면 자유로이 어디든 갈 수 있을 줄 알았건만 어디도 가고 싶지 않을 때, 눈물을 흘리지 않는 건 성숙함과 용감함의 상징이 아니라 그냥 약해 보이기 싫어서라는 생각이 들었을 때…… 깨달았다. 나는 지쳤다!

"왜 나야?"

"난 미국으로 돌아가서 뉴욕에 정착할 거야. 어쩌면 평생. 그런데 너랑 떨어지는 건 싫어." 레옹은 내 차가운 손 위에 자기 손을 포갰다.

"그래서 이게 최선의 계획이라고?" 나는 실소를 터뜨렸다. 옷 갈아입듯이 여자를 갈아치우더니, 의외로 정과 의리를 중시하는 착한 상사였네.

"너를 잃고 싶지 않아."

"그래서 느닷없이 프러포즈하는 거야? 레옹, 지금껏 나 좋아한다고 한 적 없잖아. 우린 사귄 적도 없고."

"그런 과정이 중요해? 우리 둘 다 성인이잖아. 자기가 뭘 원하는지 정도는 잘 알지." 그의 입가에 의미를 헤아리기 어려운 웃음기가 떠올랐다.

"그래서 날 사랑한다는 거야, 아님 그냥 내가 마음에 걸린다는 거야?" 나는 눈썹을 까딱이며 도발하는 투로 물었다.

'마음에 걸린다'는 중국어 표현이 낯선 듯 레옹은 눈을 가늘게 뜨고 잠시 생각한 뒤에야 입을 열었다.

"말장난하지 마, 샤오샤! 나 중국어 잘 못하잖아." 그는 내 손을 잡아당겨 입술로 비비대다가 쪽 하고 입을 맞췄다. "난 그 둘에 차이가 없다고 생각해. 우리 오랫동안 함께했잖아. 일뿐 아니라 다른 것들도……. You know that!(잘 알잖아!)"

레옹의 따스한 숨결이 내 손가락 끝에 맴돌았다. 그 순간 난 거의…….

그때였다. 테이블 위에 올려둔 휴대전화가 드르륵 진동했다. 힐끗 보니 '886'으로 시작되는 번호였다.

"Excuse me.(잠깐 실례.)" 나는 붙잡힌 손을 빼내 휴대전화를 집어들고 도망치듯이 자리를 벗어났다. 통화 버튼을 누르자마자 장자링의 목소리가 쩌렁쩌렁 흘러나왔다.

"왕샤오샤! 나 다음 달에 결혼해! 군소리 말고 사흘 안에 타이완으로 돌아와!"

"사흘 안에?"

"나 엄청 바빠진단 말이야. 들러리가 결혼식 당일에 나타날 생각은 아니겠지! 특별 휴가 낼 수 있음 내고 아니면 병가라도 내. 병가 없으면 경조사 휴가를 내든지! 사흘 안에 못 만나면 절교야!"

"알았어, 알았다고. 최대한 빨리 갈게. 근데 사흘은 무리야. 우선 진행 중인 일은 끝내야지. 일주일 안에 꼭 갈게." 나는 베프와 흥정하며 파리 F/W 시즌 신상 명품백을 바치겠다고 약속했다. 장자링은 그제야 만족해하며 전화를 끊었다.

자리로 돌아오니 마침 웨이터가 근사한 사바랭 케이크를 내왔다. 레옹은 케이크에 메이플 시럽을 붓고 스푼을 접시에 올린 다음 내 앞으로 내밀었다.

"How do you think?(어때?)"

"Tasty!(맛있어!)" 나는 한 스푼 푹 떠서 입에 넣은 후 천천히 음미하며 대답했다. 그러나 곧 레옹이 원한 건 이 대답이 아니란 걸 깨달았다.

"I think, I need to go back Taiwan for a while, maybe for a few weeks.(나 잠깐 타이완에 돌아가야 할 것 같아. 아마도 몇 주 정도.)" 나는 고개를 들어 레옹을 마주 봤다.

"Anyway…….(어찌됐든…….)" 레옹은 반지를 들어 내 약지에 끼웠다. 금속의 서늘한 촉감에 몸서리가 쳐졌다. 바로 빼려고 했지만 레옹에게 손을 붙들렸다.

"No! I can't answer you right now!(안 돼! 지금은 대답할 수 없단 말이야!)"

"끼고 있어!" 레옹이 나지막이 명령하듯 말했다.

손가락을 흔드니 다이아몬드가 조명을 받아 눈부시게 반짝였다. "만약에 말이야…… 내가 반지 끼고 도망가면? 안 돌아오면?"

"그럴 수 있어?" 레옹은 의미심장한 미소를 지었다.

그 후 며칠 간 미팅이 이어졌고, 구매 평가와 매출 분석도 서둘러 마무리한 뒤, 간단히 짐을 싸고 부랴부랴 비행기 티켓을 예매했다. 일주일 후, 나는 쏜살같이 달리는 가오슝 고속열차에 앉아 있었다.

휙휙 지나가는 창밖 풍경이 빗물에 희미해지며 침울한 색으로 뭉개졌다.

낯선 나라들을 돌며 꼬박 6년이란 시간을 보내고 날짜 변경선의 다른 쪽 끝에서 이제 막 빠져나왔는데, 고향 땅을 밟자마자 추억이 물밀듯이 밀려왔다. 사람들, 사건들, 청춘에 남겨진 그 많은 미완성들. 이미 다 잊었다고, 잊혔다고 생각했는데 사실 그렇게 믿고 싶었을 뿐이다.

그림자가 따라다니듯, 추억은 내가 끌고 다니는 무거운 짐의 일부분이 되었다.

애써 잊고 싶었는데 진짜로 잊지는 못했다.

♣

"본 열차는 곧 종착역에 도착합니다. 내리실 때에는 차 안에 두고 내리는 물건이 없는지 다시 한번 살펴보시고, 열차와 승강장 사이 간격이 넓으니 조심하시기 바랍니다. 즐거운 여행 하시기를 바랍니다."

드디어 도착했다.

승강장을 나와 무의식적으로 손목시계를 봤다. 시침과 분침이 현재 프랑스 시간인 오후 2시를 가리켰다.

프랑스와 타이완 사이에는 여섯 시간의 시차가 있을 뿐인데, 눈 깜짝할 사이에 예전의 나와 현재의 나 사이에 6년이란 간격이 생겼다.

자조적으로 웃으며, 사람들이 오가는 승강장 출구 쪽에 서서 시계를 다시 맞췄다.

"왕샤오샤?"

낭랑한 여자 목소리가 귀에 들어와 고개를 들어 돌아보았다. 키 큰 여자가 내 뒤쪽에 서 있었다.

"진짜 너구나! 오랜만이다." 리쉐얼이 살짝 미소를 지었다.

리쉐얼은 말끔한 바지 정장 차림이었고, 깔끔한 단발머리 사이로 진주 귀걸이가 찰랑거렸다.

"응. 오랜만이네!" 놀랐지만 전혀 내색하지 않고 예의상 입꼬리를 올렸다.

"많이 변했네, 몰라볼 뻔했어……." 리쉐얼은 아무런 감정을 드러내지 않고 나를 살폈다.

확실히 난 많이 변했고, 점점 나답지 않아지고 있다.

하지만 아무리 변했어도, 안 친하던 너랑 친해질 일은 없어! 이전의 왕샤오샤라면 생각 없이 이렇게 내뱉었겠지만, 지금의 왕샤오샤는 완벽한 미소를 유지하며 담담하게 말했다. "고마워."

"계속 유럽에서 일했다며?"

"응." 나는 살짝 고개를 끄덕였다.

리쉐얼은 내 옆의 커다란 캐리어를 보며 질문을 이었다. "방금 온 거야, 가는 거야?"

"방금 왔어." 나는 그렇게 대답하고 가방을 끌며, 이 무의미한 환영식을 끝내자는 뜻을 매우 품위 있게 내비쳤다.

"휴가 온 거야? 아님?"

무슨 상관이냐!

"휴가 왔어."

"얼마나 머물 건데?" 내 의도를 알아챈 듯 리쉐얼은 손을 뻗어 내 가방을 눌렀다.

"한 달쯤. 근데 지금 시간이 없어서, 다음에 한번 만나자." 나는 형식적인 인사치례로 성가심을 감추려 했다.

"너무 좋지!" 리쉐얼은 내 말을 자르고 가방에서 핑크색 봉투를 꺼내 나에게 건넸다. 길고 가는 약지에서 반짝거리는 빛이 어찌나 눈부신지 순간 눈이 타들어가는 줄 알았다.

"이렇게 만난 김에 청첩장 줄게."

"축하해!" 나는 일단 축하를 건넨 뒤 평온한 어조로 말을 이었다. "근데 네 청첩장을 받을 만큼 우리가 친하진 않은 것 같은데."

"너랑 나는 안 친하지……." 리쉐얼의 시선이 내 왼손 약지를 향했다. 나는 그 호기심 어린 눈빛을 피하고 싶어 거의 반사적으로 손가락을 오므렸다.

내 약지엔 나의 대답을 기다리는 또 하나의 사랑이 있었다.

"근데 신랑은 너랑 친할걸." 리쉐얼은 손에 든 핑크색 봉투를 내 얼굴 앞에서 살랑살랑 흔들었다. 진한 향수 냄새에 갑자기 어지러워져, 휘청거리지 않으려고 캐리어 손잡이를 꼭 붙들었다.

"이번 달 마지막 토요일 12시야." 리쉐얼은 여유 있는 목소리로 말했다. 입가에 걸린 온화한 미소도 사실 그리 밉살스럽진 않았다. "꼭 와! 청이가 보고 싶어 할 거야."

안 아파! 진짜로! 마음이 없어졌는데 어떻게 아파!

"응. 갈게." 나는 고개를 들었다. 초연할 수 있다고 생각했지만 결국 공허한 눈으로 리쉐얼을 바라봤고, 웃음을 짓는 것도 잊었다.

내가 여전히 손가락을 오므린 채 청첩장을 받지 않으니, 리쉐얼은 이해한다는 듯 웃으며 내 캐리어 위에 청첩장을 놓고 "그럼 그때 봐!" 하고는 가버렸다.

생각했던 것보다 훨씬 쉬웠다. 심지어 용기를 내어 봉투를 열고 청첩장도 꺼냈다. 글씨는 금박으로 새기고 하트 모양으로 웨딩 사진을 넣은 세련된 디자인이었다. 사진 속 애교스러운 미소를 활짝 짓고 있는 리쉐얼과 그런 신부를 바라보며 웃고 있는 신랑의 옆모습은 누가 봐도 행복해 보였다. 그의 얼굴에서 본 적이 없는 웃음이었다. 아니, 어쩌면 나를 바라보면서는 그렇게 웃은 적이 없다고 말하는 게 맞겠다.

우리 사랑의 여정도 행복했는데, 왜 그렇게 끝난 걸까?

그때 주머니에서 휴대전화가 울렸다. 미처 펼쳐보지 못한 청첩장을 도로 봉투에 밀어 넣고 대충 가방에 담은 후, 심호흡을 하고 전화를 받았다.

"유자, 나 도착했어. 너 시간 잘 맞춘다. 데리러 온다고? 당연히 감동이지……. 감동해서 눈물이 다 나겠네!"

나는 미소를 지었다. 잘 감췄어, 왕샤오샤. 역시 그동안 헛살지 않았어.

학생처럼 보이는 커플이 내 앞에 서 있었다. "나 열차에 뭐 두고 내렸어!" 여자는 작은 소리로 울먹였고, 남자는 여자의 어깨를 안으며 부드러운 목소리로 달래주었다. "괜찮아. 중요한 거면 돌아가서 찾아보자……." 여자는 금세 눈물을 그치고 웃으며 손등으로 얼굴의 눈물 자국을 닦았다. 두 사람은 손을 잡고 내 시야에서 사라졌다.

두고 내렸어.

나는 아주 중요한 것을 그 추억 속에 두고 내린 게 분명해…….

지금도 손을 뻗으면 닿을 듯한데, 내 청춘 시절은 언제 이렇게 멀어졌을까.

1장

너를 좋아하는 마음,
아직은 비밀이야

「그 시절, 우리가 좋아했던 소녀」의 여주인공 선자이가 남학생들의 여신이었다면, 우리 여학생들의 마음속 왕자는 반장이었다. 어릴 때부터 내 기억 속 반장은 전부 반짝거리는 존재였다.

아, 우리 오빠도 반장이었다. 이름은 왕샤오펑, 나보다 두 살 많다. 어려서부터 받아 온 트로피와 상장이 어찌나 많은지 창고에 부문별로 나눠 정리해야 할 정도였다.

오빠 인생의 유일한 오점은 바로 나, 이 모자란 여동생일 거다.

선생님들은 "누구든지 노력하면 뭐라도 될 수 있다."라든가 "하늘이 나를 세상에 내었으니 반드시 쓰일 곳이 있을 것이다." 같은 명언을 내게 들려주곤 했다.

아마 날 격려해주려는 의도였을 것이다.

그래서 오빠에게 물었다.

"어떻게 하면 반장이 될 수 있어? 우등생이 되려면 얼마나 공부해야 해?"

오빠는 한 번도 생각해본 적 없는 문제라는 듯 미간을 찌푸렸다. "특별히 공부할 필요가 있는 건 아닌데. 한 번 보면 기억하는 거지."

……난 평생 반장을 해볼 일이 없을 것 같았다.

자주 이런 의심도 들었다. 혹시 난 밖에서 주워 온 자식인가? 아니면 돌연변이? 그것도 아니면 태어났을 때 병원에서 바뀐 건가? 같은 엄마 아빠한테 태어났는데 이렇게 차이가 나다니!

한번은 가족들이랑 차를 타고 여행을 가다가 멀미가 나서 오빠 몸에 토하고 말았는데, 그때 오빠가 내게 삿대질을 하며 이렇게 소리쳤다.

"왕샤오샤! 너네 부모님은 너한테 소뇌도 안 주셨냐! 왜 평지에서도 멀미를 하고 난리야!"

그래서 어쩌라고? 내 부모님이 네 부모님 아니야?

오랫동안 품어온 의문에 상상력까지 보태져서, 마침내 이렇게 결론 내리기에 이르렀다. '난 아무래도 엄마 아빠 친자식이 아닌가 봐.'

초등학교에 들어간 지 얼마 안 된 어느 날이었다. 점심을 먹은 후 아직 둔하고 서툰 손으로 끙끙대며 숙제를 하고 있었다.

"아주 지렁이가 기어가네!"

오빠가 지우개를 들었다. 쓱, 쓱, 쓱. 지우개 가루가 금세 수북해지고, 내 국어 숙제는 새하얘졌다.

"넌 머리를 학교에 두고 왔냐? 선생님이 가르쳐준 거 다 까먹었어? 이 문제, 저 문제 다 틀렸어!"

또 쓱, 쓱, 쓱. 지우개 가루가 생겨난 자리에 이번에는 내 수학 숙제가 새하얘졌다.

"왕샤오펑, 이 나쁜 놈아! 내 숙제를 네가 왜!"

엄청 화가 나서 의자로 뛰어올라 책상에 있던 연필이며 공책이며 교과서를 오빠에게 집어던졌다.

오빠는 요리조리 피하면서 질세라 소리를 질렀다. "야, 이 멍청아! 네가 내 동생이라고 하면 아무도 안 믿을 거다!"

나도 소리를 질렀다. "누가 네 동생 하고 싶대? 내 맘대로 하게 놔둬!"

"그래! 내 동생 하지 마! 상관 안 할게! 네 맘대로 해라!"

오빠가 손날로 싹둑 베는 시늉을 하고는 방문을 쾅 닫았다.

그래! 나 네 동생 아니다!

툭툭, 새하얀 공책 위로 눈물이 떨어졌다.

나는 가출을 결심했다. 간식이랑 빵을 대충 쑤셔 넣은 작은 가방을 메고 아무도 신경 쓰지 않는 틈을 타 집을 나왔다.

골목 끄트머리에 있는 우리 집에서부터, 철도 옆에 난 길을 따라 시내 쪽을 향해 걸었다.

얼마나 오래, 얼마나 멀리까지 걸었는지, 걷다 지칠 무렵 처음 보는 작은 공원이 나왔다. 공원에는 그네가 쓸쓸하게 매달려 있었다. 흔들흔들 그네를 타며 멍하니 하늘을 올려다봤다.

멀찍이 까만 강아지가 앉아서 나를 쳐다봤다.

반 정도 먹다 남은 도넛을 강아지에게 던져주었다. 강아지는 킁킁 냄새를 맡더니 순식간에 먹어치우고 슬금슬금 내 쪽으로 다가왔다.

이번에는 파인애플 빵을 던져줬다. 강아지는 역시나 게 눈 감추듯

해치우고 다시 내 쪽으로 좀 더 가까이 왔다.

나하고 세 발짝도 안 되는 거리까지 다가온 강아지가 순진무구하게 반짝이는 눈망울로 나를 바라보았지만, 내 작은 가방 속 식량은 이미 바닥이 났다.

"멍멍아, 너도 엄마 찾고 있는 거야?"

수도꼭지가 터진 것처럼 눈물이 멈추지 않고 흘러내렸다.

눈물로 시야가 흐릿한 와중에, 오늘 마징가 제트가 아수라 백작의 기계수와 대결한다는 게 떠올랐다. 누가 이길까? 침대 밑에 분유통 한가득 모아둔 구슬도 생각났다. 내가 몇 년을 따서 모은 건데! 그리고 아까 엄마가 끓이고 있던 족발 감자탕. 고소한 냄새와 따끈한 열기가 집 안에 가득했는데, 이제 다시는 먹을 수 없겠지…….

나는 그네에서 내려와 쪼그리고 앉아 강아지를 쓰다듬었다. 강아지가 몸을 뒤집자 포동포동 까만 배가 드러났다.

문득 눈앞에 검은 그림자가 드리워 고개를 들었다. 내 또래 남자아이가 앞에 서 있었다. 그 아이는 발로 공을 톡톡 차며, 흥미롭다는 듯 강아지를 보며 물었다.

"강아지 이름이 뭐야?"

"하양이."

"하양이? 검은색인데?" 남자아이는 어리둥절한 표정을 지었다.

"속은 하얗거든!" 나는 강아지를 안고 배 위쪽에 난 하트 모양의 흰색 솜털을 가리켰다.

"그러네. 하양아, 형아한테 와봐……." 남자아이가 쪼그려 앉아 손을 내밀자 강아지가 할짝할짝 핥았다. "새로 이사 왔어? 처음 보는 것 같은데."

"이사 온 건 아니고, 아주 아주 먼 곳에서 왔어……."

"아주 아주 먼 곳? 비행기 타고 가는 곳?"

나는 순간 대답이 나오지 않아 그냥 고개만 저었다.

"하양이는 너희 강아지야?"

"아니, 하양이는 길을 잃어버려서 엄마를 찾는 중이야."

"그럼 아주 아주 먼 곳에서 온 애랑 길 잃은 강아지랑…… 나랑 같이 공놀이할래?"

남자아이는 환하게 웃었다.

그날 오후, 우리는 공원에서 공을 차며 신나게 놀았다.

남자아이는 무척 명랑했다. 뛰면서 내내 웃었는데, 그 웃음소리가 꼭 방울 소리처럼 경쾌했다.

공원이 크지 않아서 우리는 한 바퀴, 또 한 바퀴 돌았다. 햇볕에 우리 둘 다 얼굴이 발갛게 달아올랐다.

서로 장난을 치면서 일부러 발을 걸어 상대를 넘어뜨리고는 숨이 넘어갈 듯 크게 웃었다.

강아지는 우리 곁을 맴돌며 짖기도 하고 팔짝팔짝 뛰기도 했다.

먼 하늘에 걸려 있는 태양이 샛노란 달걀노른자 같았다. 배에서 꼬르륵 소리가 났다.

"이 동네 친구! 나 이제 집에 갈게!"

내 말에 남자아이는 웃음을 멈췄다.

"하양이 당분간 너희 집에서 지내도 돼?" 나는 그 아이에게 잠시 동안 강아지를 맡아달라고 부탁했다.

"강아지 우리 집에 데리고 가면⋯⋯." 그 아이는 잠시 말없이 강아지를 보다가 다시 나를 보며 머뭇머뭇 물었다. "너 내일도 여기 올 거야?"

"그럼! 꼭 널 찾아올게."

"우리 집은 저쪽이야. 전봇대 세 개 지나서 오른쪽으로 돌면 초록색 대문이 나오는데, 거기가 우리 집이야."

그 아이의 손가락을 따라 시선을 옮기니, 다 비슷비슷하게 생긴 일본 스타일의 집이 보였다.

"참, 우리 할아버지가 이런 풀을 많이 심었어. 이 냄새가 나는 곳이 우리 집이야."

아이는 주머니에서 이파리 하나를 꺼내 손끝으로 비빈 후 내 코 앞에 가져다 댔다.

처음 맡아보는 냄새였는데, 어렴풋이 레몬 향도 나는 듯했다.

"무슨 풀이야?"

"레몬그라스."

멍한 내 얼굴을 보고 아이가 웃음을 터뜨렸다. "아니면 내일 내가 여기에서 기다릴게!"

"그래! 약속, 도장. 늦는 사람은 강아지다!"

나는 그 아이와 새끼손가락을 걸고 진지하게 엄지 도장을 찍었다.

왔던 길을 따라 집을 향해 달렸다. 한참 달리다 보니, 날 기다렸는지 길가에서 눈물을 글썽이며 서 있는 오빠가 보였다.

오빠는 내 모습을 보더니 얼굴을 훔치고는, 나를 번쩍 안아 올려 집으로 갔다.

최초의 '가출 여행'은 저녁 6시 만화 오프닝송이 울리기 전에 싱겁게 끝났다.

저녁 식사 때 엄마는 내 마음을 풀어주려고 제일 큼지막한 족발을 내 그릇에 담아주었다.

다음 날, 철길을 따라 걸었지만 아무리 걸어도 그 공원이 나오지 않았다.

그 아이는 계속 공원에서 날 기다렸을까?

약속을 해놓고 어겨서 화가 났을까?

약속도 안 지키는 배신자라고 생각하진 않았을까?

하양이를 잘 돌봐줬을까? 혹시 엄마를 찾아줬을까?

시간이 흐르면서 남자아이와 강아지는 머릿속에서 점점 희미해졌고, 몇 년 후에는 더 이상 떠오르지 않게 되었다.

♣

그때의 가출로 나는 뼈저린 교훈을 얻었다.

'먹을 것을 아는 자가 영웅이다.'

'머리가 나쁜 건 중요하지 않다. 배를 채우는 것이 제일 중요하다!'

1등, 그중에서도 대단한 건 전교 1등이고, 그보다 더 대단한 건 전국 1등이다. 하지만 상장에 '대박 1등', '천하무적 세계 1등'이라고 적히지도 않고, 시험에서 1등을 했다고 제일 큰 족발을 먹을 수 있는 것도 아니다.

그렇게 따지면 1등이라고 딱히 좋을 것도 없다.

청이는 '영원한 1등'이자 반장이었다.

청이를 처음 본 건 초등학교 4학년 때였다.

그날 당번이었던 나와 유자는 복도 창가에서 칠판지우개를 털며 티격태격 서로에게 분필 가루를 날렸다.

바람이 부는 틈을 타서 지우개를 들고 탁탁 두드리자 분필 가루가 흩날려 안개처럼 자욱하게 퍼졌다.

바로 그 순간, 그 아이가 안개를 뚫고 나타났다. 마치 영화 속 슬로모션 같았다. 햇빛에 반짝거리는 분필 가루가 그 아이를 둘러쌌다.

피부가 하얗고, 새까만 눈동자가 유난히 반짝이는 아이였다. 쌍꺼풀 아래 속눈썹은 질투가 날 만큼 길었고, 코가 높고 오뚝했다. 너무 예쁘장하다 싶은 느낌이 없지 않았지만, 짙은 눈썹 덕분에 늠름한 인상을 풍겼다. 입술은 발그스름했고, 턱의 곡선도 완벽했다. 그야말로 무슨 짓을 해도 다 용서될 듯한 귀공자 분위기였다.

안타깝게도 귀공자에게 내 첫인상은 그다지 아름답지 않은 듯했다.

그 아이는 눈썹을 찌푸리며 주먹 쥔 손으로 입가를 가렸다.

"미…… 미안해!"

나는 당황해서 얼른 사과를 하고는, 손수건이라도 건네주려고 치마 주머니를 뒤졌지만 나온 것이라곤 꾸깃꾸깃한 휴지 한 장이었다.

귀공자의 미간이 더 깊게 찌푸려졌다.

휴지를 내민 내 손은 나하고 귀공자 사이에 민망하게 멈춰 있었다.

"좀 지나갈게."

그 아이가 마침내 입을 뗐다.

나는 얼른 손을 거두고 옆으로 비켜섰다.

귀공자는 내 옆을 성큼성큼 지나갔고, 나는 그 아이 가슴에 수놓아진 이름을 봤다. '청이.'

화려한 시작은커녕 엄청난 분필 가루만 풀풀 날린 그 초여름 오후, 번개라도 내리친 것처럼 느닷없이 나는 그 아이를 좋아하게 되었다.

여자아이들은 누군가를 좋아하게 되면 어리석은 짓을 하기 시작한다.

뭐, 나만 그랬을 수도 있지만.

어쨌든, 그렇지 않고서야 내가 어떻게 교과서 귀퉁이나 공책 여기저기에 그 아이의 이름을 조그맣게 쓰고 또 썼을까?

그 아이의 모습만 떠올리면 바보같이 실실 웃음이 나고, 수업 종이 울리는데도 그 아이 교실 근처에서 어슬렁거리고, 그 반 수업 시간표와 그 아이가 참여하는 특별 활동을 몰래 적어놓고는 우연히 만난 척했다.

또 집에 갈 때 몰래 따라가서 그 아이가 아주 사납고 커다란 검정개를 기르는 것도 알았다.

한번은 집 앞에서 들키는 바람에 그 커다란 개가 내게 달려들었는데 청이는 영웅처럼 날 구해줄 생각은 없이 여유롭게 뒷짐만 지고 서있었다. 좋은 구경거리가 생겼다는 듯한 표정으로 커다란 개가 침을 흘리며 한 발짝 한 발짝 내게 다가오는 걸 가만히 보고만 있었다. 나는 너무 무서워서 엄마 아빠를 외치며 엉엉 울면서 도망쳤고, 다시는 청이 집 근처에는 얼씬도 하지 않았다.

청이는 학교 합창단에서 반주를 맡고 있었다.

나는 매일 정정당당하게 청이를 보려고 용감하게 합창단에 들어갔다. 악보도 볼 줄 모르는 데다 음치인 주제에. 합창단은 연습이 엄격했다. 월요일부터 금요일까지 조회 전에 아침 연습이 있고, 대회 전에는 휴일이어도 학교에 가서 연습을 해야 했다. 이런 생활에 익숙한 청이는 매일 학교에 일찍 나와 피아노를 연습했다.

피아노 연습이라고는 하지만 사실 합창단에서 연습하지 않는 곡들을 쳤다. 그리고 뜻밖에도 대부분이 팝송이었다.

매일 이른 아침, 선생님과 다른 아이들이 오기 전 30분 동안 청이는 피아노를 치고, 나는 구석에 앉아 책장을 넘기거나 아침밥을 먹으며 청이를 훔쳐봤다. 이보다 더 큰 행복은 없을 것 같았다.

청이의 피아노 소리에 홀린 나는 피리 부는 사나이를 따라가는 생쥐가 된 것처럼, 바람이 불고 비가 와도 아침 일찍 연습실에 갔다. 감기에 걸려 열이 나 밤새 끙끙 앓다가도 아침에는 벌떡 일어나 연습실로 향했다.

보슬보슬 이슬비가 내리던 어느 이른 아침, 연습실에 도착하니 청이는 이미 피아노를 치고 있었다. 멜로디는 조금 구슬펐지만 청이는 부드럽고 여유로운 표정으로 미소까지 띠고 있었다.

"「더 로즈」라는 노래야."

청이는 감상에 젖은 듯 노래도 흥얼거렸다.

와! 청이가 처음으로 먼저 나한테 말을 걸다니. 게다가 노래까지 불러주고.

그런데 평소에는 조잘조잘 말 잘하는 수다쟁이인 내가 하필 그 순간에는 먹통이 되어 간신히 "응."이라고만 말하고 힘껏 침을 삼켰다. 얼굴이 너무 뜨겁고 목구멍이 아팠다.

청이가 갑자기 몸을 일으켜 다가오더니 내 이마에 손을 얹었다.

청이 손이 너무 차가워서 깜짝 놀라 나도 모르게 목을 움츠렸다.

"너 감기 걸렸구나." 청이가 살짝 미간을 찌푸렸다.

"하하, 감기는 무슨. 엄청 멀쩡해……. 봐, 외투도 안 입을 정도잖아!" 나는 청이에게 날름 혀를 내밀었다.

청이가 외투를 벗더니 내 몸에 걸쳐주었다.

"오늘은 계속 비 오고 추울 거니까, 내일 돌려줘."

옷에는 청이의 체온이 남아 있었다. 옅은 레몬그라스 향기를 머금은 듯, 시원하면서 달콤한 체취도 느껴졌다.

"고마워." 나는 계속 바보같이 웃었다.

"뭘." 청이는 무표정하게 나를 힐끗 보더니 한마디 덧붙였다. "곧 대회니까 다른 사람한테 옮기지 않게 조심해."

말투가 냉담했다. 청이는 다시 피아노 앞에 가서 앉았다.

곧 대회니까 다른 사람한테 옮기지 않게 조심하라고?!

뭐가 이렇게 쌀쌀맞아? 말 좀 곱게 해주면 덧나냐?

"청이 와 있었네!"

낭랑한 여학생 목소리에 청이가 고개를 들었다.

막 연습실에 도착한 리쉐얼이 경쾌한 걸음으로 피아노 앞으로 가더니 스스럼없이 청이 옆에 앉았다. 그러고는 길고 가는 손가락으로 건반을 두드렸다.

"조금 전에 친 곡 이거 맞지?" 리쉐얼은 빙긋 웃으며 청이를 바라봤다.

"응." 청이도 리쉐얼에게 살짝 미소를 지어 보였다.

합창단에서 메인 소프라노를 맡은 리쉐얼은 B반 반장이었다.

이게 무어람. 벌써 악역 담당 여자 조연이 등장하다니!

하릴없이 청이 외투를 만지작거리는데 가슴 안주머니에서 뭔가 딱딱한 게 만져졌다. 꺼내보니 학생증 속에서 남자아이가 나에게 미소 짓고 있었다.

나쁜 마음이 들었다. 청이의 학생증을 몰래 내 필통에 넣고, 비밀을 묻듯이 색색의 볼펜으로 덮었다.

청이에게는 말하지 않았지만, 사실 나도 외투가 있었다. 단지 사물함에 넣어두었을 뿐.

청이가 하루 종일 손을 비비고 입김을 불며 움츠리고 있는 모습을 보는데 이상하게도 기분이 좋았다!

다음 날, 청이에게 외투를 돌려줄 때였다. 청이는 외투를 받아들고 안쪽 주머니를 뒤적이더니 내게 물었다. "내 학생증 못 봤어?"

"무슨 학생증?" 나는 시치미를 뗐다.

"이상하네, 분명히 외투 주머니에 뒀는데, 왜 안 보이지?"

"난 못 봤는데? 네가 다른 데 두고서 까먹었나 보지. 잘 찾아봐."

"내가 넌 줄 아냐? 난 건망증 없거든. 분명히 외투 주머니에 넣어놨다니까! 정말 못 봤어?" 청이가 나를 째려봤다.

"진짜 못 봤다니까!"

그러고 보니, 나야말로 악역이었네…….

누군가를 좋아하면 '부끄러움도 없이 용감한' 지경에 이를 수 있다. 나는 그게 바로 진짜 사랑이라고 생각한다!

청이를 좋아하는 내 마음에 하늘마저 감동했는지, 초등학교 5학년부터 중학교 때까지 나는 계속 청이와 같은 반이 되었다.

그리고 그 시절 동안, 어벙한 소녀는 '사랑'이라는 것을 동경했다.

수줍음 많고 교양 있는 청이가 나를 보면 살짝 고개를 끄덕여 인사하는 게 좋았다.

오선 밑에 전부 계이름을 적어 넣고 낙서까지 곁들인 내 악보를 곁눈질로 보며 슬쩍 웃는 게 좋았다. 그래서 더 열심히 낙서했다.

아랫입술을 깨물고 뭔가 생각에 잠겨 연필을 돌리는 모습이 좋았고, "차렷, 경례."라고 외칠 때 끝 음이 살짝 올라가는 것도 좋았다.

조회 때 등을 꼿꼿이 펴고 반듯한 자세로 우리 반 맨 앞에 서 있는 청이가 좋았다. 나뭇잎 사이를 통과한 아침 햇살이 청이의 얼굴과 어깨에서 춤을 추는 것 같았다.

심지어 처녀자리다운 결벽증, 여느 아이들과 다른 까칠함과 까다로움, 그리고 이해하기 어려운 조숙함과 괴팍함까지도, 나는 청이의 있는 그대로를 전부 좋아했다.

이런 것 말고, 그 나이에 누군가를 '좋아한다'면 무엇을 할 수 있을까?

다른 여자애들처럼 사탕이나 초콜릿을 주면서 대놓고 좋아하거나,

수학 문제나 물어보면서 몰래 좋아하는 것도 나는 별로였다.

직접 얼굴을 보며 고백한다? 여학생 열 명 중 열한 명이 울면서 돌아왔다. 열한 번째 아이는 가는 도중에 겁이 나서 울었다.

연애편지를 쓴다? 이름을 아는 경우는 몽땅 되돌려줬고, 이름이 없는 편지는 게시판에 붙여버렸다.

나는 내 작은 머리통과 못된 마음씨를 동원해 앞뒤를 살피고 꼼꼼히 분석하며 따져봤다.

청이가 나를 좋아하도록 만드는 게 더 쉬울까, 아니면 나를 싫어하도록 만드는 게 더 쉬울까?

정답이 없는 질문이었지만, 반드시 상대의 관심을 끌어야 한다는 게 관건이었다!

나는 청이의 관심을 끌기 위해 일부러 청이가 하는 말마다 반대를 하고, 일부러 귀찮게 하고, 청이가 하는 일에 훼방을 놓았다.

나는 청이를 '도마뱀'이라고 부르기 시작했다.

도마뱀도 청이도 둘 다 이름에 '이'가 들어갈 뿐만 아니라('도마뱀'의 중국어 발음은 '시이'다—옮긴이) 냉혈동물인 것도 닮았으니까.

아이들을 선동해 다 함께 그렇게 부르기도 했다. 하지만 청이가 살기 어린 눈빛으로 손에 출석부를 들고 노려보면, 다른 아이들은 묵묵히 마음으로만 나를 응원했다.

소풍을 앞두고 장소 투표를 할 때 청이가 산을 추천해, 나는 굳이 섬을 주장했다.

"완서우산에는 동물원도 있어서 평소 교과서에서만 보던 동물들을 볼 수 있어. 교육적인 효과도 있고 재미도 있으니까 좋지 않을까?"

여름날의 레몬그라스

33

청이는 반대 그룹을 설득하려 시도했다. 말 한마디 한마디가 논리 정연하고 어른스러웠다.

"멀미하는 사람은 어떡해! 나는 꼬불꼬불한 산길 달리면 바로 토한 단 말이야!" 나는 그럴 듯한 이유가 있어서 당당했다.

청이는 내 옆자리에 앉은 아이에게 시선을 주었다.

"나 좀 봐주라, 반장! 나 얘랑 같이 앉기 싫어!" 유자가 얼굴을 가리고 흑흑 우는 시늉을 했다.

청이는 이를 꽉 물고 나를 보다가 말했다. "알았어……. 소풍날 너 내 옆에 앉아. 내가 방법을 찾아볼게."

소풍날이 되었다. 나는 신이 나서 버스에 올랐다.

청이 옆자리에 착 앉은 다음, 어떻게 하면 어렵사리 얻은 이 절호의 기회에 청이와 얘기를 나눌 것인가 열심히 고민했다. 청이는 간식으로 빵빵한 내 가방을 힐끗 보더니 매섭게 쏘아붙였다. "너 초등학생이냐? 차에서 그런 거 먹으니까 멀미나겠지!"

청이는 내 항의를 무시하고 뒷자리에 앉은 유자에게 간식을 몽땅 던져준 뒤 내 한쪽 귀에 이어폰을 꽂았다. 부드러운 피아노 선율이 귀에 들어왔고, 그걸 듣고 있으려니 잠이 올 것 같았다.

"이게 뭐야?" 내가 이어폰을 빼자 청이가 손을 뻗어 다시 꽂았다.

"리차드 클레이더만 피아노 연주."

"이건 좀 아니지 않아? 거의 수면제잖아!"

청이는 이어폰의 다른 한쪽은 자기 귀에 꽂고, 팔짱을 낀 채 의자에 기대며 눈을 감았다. "왕샤오샤, 둘 중에 하나 선택해. 1번, 완서우산까지 자면서 간다. 2번, 내가 한 대 쳐서 기절시킨다."

그 두 개 말고 다른 선택 사항은 없을까?

"이도 저도 싫으면 차에서 내려!"

반장님, 너무하시네요!

소풍 장소에 도착했지만 아무도 까칠하고 차가운 청이와는 놀려고 하지 않았다. 나는 버스에서 당한 건 털어버리고 냅다 청이를 끌고 여기저기 다니며 사진을 찍었다.

사랑에 빠진 소녀는 청이가 미소를 띠고 아이스크림을 건넬 때 그만 이렇게 말해버렸다. "우리 꼭 데이트하는 것 같다!"

"오버하네. 아이스크림 50위안이야, 빨리 내놔." 청이는 눈을 치켜떴다.

칫! 짠돌이!

하루가 쏜살같이 지나갔다. 버스는 고속도로 위를 평온하게 달렸고, 들판에 잔잔하게 걸려 있는 석양은 발그스름한 얼굴로 넌지시 초승달과 마주했다.

다들 너나없이 곯아떨어져서 고개를 이쪽저쪽으로 떨구고 있었고, 나도 쏟아지는 잠을 물리치지 못해 자꾸만 고개가 옆으로 꺾였다.

반장님은 어깨를 움직이면서 경고했다. "내 어깨에 침 흘리지 마……."

나는 이 말을 '침만 흘리지 않으면 어깨에 기대도 돼.'로 해석했다.

마음 놓고 잠이 들기 전에 나는 어렴풋이 생각했다. '그래도 이 녀

석 꽤 배려심이 있단 말이야!'

♣

시간은 공평하고도 매정하다. 키가 크든 작든, 뚱뚱하든 말랐든, 외모가 출중하든 평범하든, 똑똑하든 멍청하든, 또 암기해야 할 영어 단어가 한 무더기 있든 말든, 원소 주기율표를 제대로 외웠든 말든…… 조금 이를 수도 있고 늦을 수도 있지만, 어쨌든 비슷비슷한 시기에 우리의 사춘기를 축하하며 달갑지 않은 선물을 준다.

청이도 그 신비로운 선물을 받았다. 남자아이들에게 찾아오는 변성기 말이다.

음악 수업 시간에 나는 청이의 고음이 팽팽히 당겨진 줄 같다는 것을 발견했다.

수업을 시작하며 "차렷, 경례!"를 할 때도 끝 음이 잘 올라가지 않았고, 심지어 약간 쉰 목소리가 났다.

말을 할 때는 먼저 목을 가다듬었고, 계속해서 몰래 물을 마셨다. 가끔씩 아랫입술을 물고 표 안 나게 기침을 참기도 했다.

원래도 말이 없던 청이는 이제 더 과묵해졌다.

"반장, 감기 걸렸어?" 내가 작은 소리로 물었다.

"아니야." 청이는 즉각 부인했다.

청이의 미세한 변화를 발견하긴 했어도 나는 그게 남자아이의 변성기라는 것을 바로 떠올리지는 못했다.

변성기라는 사실을 알게 된 건 우리 오빠도 마침 그 선물을 받은 덕분이었다.

오빠는 좋아서 야단법석을 떨며 저녁 식사 때 요란하게 그 소식을 발표했다.

"나 남자 됐어!" 오빠는 흐뭇해하며 우리에게 목 중간에 살짝 튀어나온 울대뼈와 현미경을 사용해야 보일 것 같은 '수염'을 보여주었다.

엄마는 아들이 어른이 됐다고 기뻐하며, '사춘기 목 관리 차'를 한 냄비 끓였다.

"아들, 이거 내일 학교에 가져가서 마셔. 외할머니한테 배운 건데, 남자가 '어른이 될' 때 이거 마셔주면 좋대!" 엄마는 시커멓고 걸쭉한 액체를 병에 가득 담아 오빠에게 건넸다.

냄비 옆에서 냄새를 맡아보니 이상야릇한 향이 풍겼다.

다음 날, 월요 조회가 끝나고 교실로 돌아온 청이는 내가 자기 물병에 입을 대고 있는 장면을 목격했다.

"왕샤오샤! 그거 내 물병이야!"

나는 청이 말을 무시하고 그대로 꿀꺽꿀꺽 물을 마셨고, 물병은 순식간에 반이나 비었다.

"너…… 너……." 청이가 내 코앞으로 달려와 씩씩거렸다.

나는 아주 만족스럽게 숨을 내쉬었다.

"후, 날씨 진짜 덥다! 너 생수 가져왔기에 내가 좀 마셨어. 시원하고 물맛도 좋네." 나는 물맛을 음미하듯 입을 쩝쩝거리며, 청이의 물병을 슬그머니 등 뒤로 감췄다.

청이의 얼굴이 일그러졌다.

"나는 뭘 받으면 백배 천배로 갚는 사람이거든! 나 때문에 네가 손해를 보는 것도 싫고, 너랑 간접 키스 하는 것도 싫으니까, 오늘은 네가 내 거 마셔!" 나는 시원스럽게 내 물병을 꺼내 청이 앞으로 내밀었다.

청이는 내 손에 들린 핑크색 헬로키티 물병과 나를 번갈아봤다. '간접 키스'라는 네 글자 때문에 속으로 갈등 중인 게 분명했다.

결국 청이는 내 물병을 받아 들었다. 뚜껑을 돌려 여는 모습이 마치 내 모가지라도 비트는 것 같았다.

콸콸 한 모금 마신 청이의 눈이 휘둥그레졌다. 독약을 마신 것처럼 금세라도 토할 듯한 표정이었다.

이튿날도 같은 상황이 벌어졌고, 청이의 얼굴은 전날보다 더 심하게 일그러졌다.

사흘째 되던 날, 청이는 물병을 교실 뒤쪽에 있는 청소 도구함에 '숨겼다'.

내가 어떻게 알았냐고? 당연히 뒤져서 찾아냈지! 발각되었으니 '숨겼다'고 할 수도 없었다. 나는 안에 든 물을 쏟아버리고 우리 외갓집에서 조상 대대로 내려온, '어른이 되려면' 반드시 마셔야 하는 특제 '사춘기 목 관리 차'로 바꿔치기했다.

넷째 날, 청이는 유자에게 물병을 보관해달라고 맡겼고, 나는 유자에게 콜라 한 캔을 주고 물병과 물물교환 했다.

청이는 내가 물병에 넣어준 차를 마실 때마다 원망의 눈빛으로 나를 노려봤다.

닷새째 되던 날, 나는 청이가 안 보는 틈을 타 과감하게 청이의 물병을 빼돌려 집으로 가져갔다.

밤에 자기 전, 청이의 물병을 꺼내 보물단지처럼 조심스럽게 들고 전등 아래에서 감상했다.

짙은 파란색 보온병은 흰 불빛 아래에서 깊은 바다 같은 빛을 냈다. 살짝 긁힌 자국이 있었고, 뒤집어보니 바닥에는 검은색 글씨가 있었다. 흐릿하긴 해도 물병 주인의 이름이라는 건 알아볼 수 있었다. '청이.'

나는 그 이름을 어루만지며 실실 웃었다. 청이가 지니고 다니던 물건이 내 손에 있다고 생각하니 마음속에 행복이 몽실몽실 피어올랐다.

이 작은 행복은 주말이 지나고 바로 끝났다. 월요일에 학교에 가니 청이가 원래의 것과 똑같은 새 물병을 가지고 왔다!

"반장, 물병 바꿨어?" 나는 뻔뻔스럽게 물었다.

"원래 쓰던 거 네가 훔쳐 갔잖아." 청이는 고개도 들지 않고 교과서만 들여다보며 대꾸했다. '훔쳐 갔잖아'라는 말을 특별히 강조하는 것도 잊지 않았다.

나는 잠자코 있었다.

내가 아무 말이 없자, 청이는 고개를 들어 나를 슬쩍 쳐다봤다.

"네가 알고 있었으니 '훔쳐' 간 건 아니지⋯⋯." 나는 이따금 이런 식으로 억지를 부려 옳고 그름을 뒤집고는 했다.

나는 가방에서 청이 물병을 꺼내 돌려주었다. 물론 물병 안에는 '사춘기 목 관리 차'가 가득 들어 있었다. 그 김에 잔소리도 한마디 덧붙였다. "우리 엄마가 사람은 자고로 낭비를 하면 안 된다고 했는데, 이렇게 멀쩡한 물병을 두고 뭐 하러 새로 샀어? 마침 내 물병 망가졌으니까 네 새 물병 좀 빌리자!"

나는 잽싸게 청이의 새 물병을 낚아챘다.

"너…… 진짜…….""청이는 내 코를 찌를 듯 삿대질을 하며 뒷말을 잇지 못했다.

"지금은 네가 날 원망하지만 나중엔 나한테 고마워할 거야!" 엄마가 나에게 가장 자주 하는 말을 청이에게도 해주었다.

당연히 나한테 고마워해야지! 이 울트라 결벽증 플러스 체면 차리기 대마왕 플러스 까칠한 도마뱀아! 내가 이렇게 안 해주면 네가 이런 보약을 어디서 마시겠어? 매일 내 뒤에서 캑캑거리고나 있겠지!

그렇게 캑캑대다 목이 망가지기라도 하면, 나를 이렇게 홀딱 빠지게 만든 그 듣기 좋은 목소리가 남아나겠니? 네가 훗날 키도 쑥쑥 크고 연애 사업도 순조롭다면, 그것도 다 내 공이란 말이다!

엄마는 칼슘이 풍부하다는 두충차, 눈에 좋다는 결명자차, 사춘기 간 보호에 좋다는 청춘양간차, 그리고 여자아이가 월경을 시작하면 마셔야 한다는 사물탕과 구기자차도 끓였다. 나는 그 어느 것도 마다하지 않고 날름 받아다가 무슨 방법을 써서든 몽땅 청이 배 속으로 들어가게 했다.

훗날 든 생각인데, 혹시 그때 나 때문에 온갖 차를 너무 많이 마셔서 청이가 성격이 더 비뚤어지고 괴팍해진 건 아니었을까?

하지만 뭐, 청이가 그런 차를 마시느라 좀 고달팠어도 몸이 좋아졌을 테니, 성격상의 작은 결함 정도는 별것 아니라고 생각한다.

점심을 먹고 낮잠 시간이었다. 옆자리 유자는 진작 곯아떨어져 코까지 도롱도롱 골았다.

나는 몸을 반대쪽으로 틀어 굉장히 부자연스럽고 인체 공학적이지 않은 자세로 팔베개를 하고 엎드려, 눈을 부릅뜨고 왼쪽 뒤편을 봤다.

검은색 부채 같은 청이의 긴 속눈썹이 말끔하고 하얀 얼굴에 드리웠다. 청이는 입술을 꼭 다물고 고르게 숨을 쉬고 있었다.

이렇게 잘생긴 애는 나중에 크면 어떤 모습일까?

구레나룻이 자랄까? 모델처럼 몸이 탄탄해질까?

청이의 자는 모습을 훔쳐보며 머릿속에선 순정 만화 같은 핑크빛 환상이 들썩였다.

자리 사이를 왔다 갔다 하던 선도부가 내 책상을 두드리는 소리에 얼른 눈을 감고 자는 체를 했다. 다시 몰래 눈을 뜨는데 청이가 내 쪽으로 눈을 흘겼다. 들켰구나!

순간 몸에 개미 천만 마리가 기어가는 기분이었다. 당황스러워서 고개를 돌리고 싶었는데 몸이 굳어 움직일 수가 없었다. 우리 둘은 그렇게 눈을 뜨고 한동안 서로를 쳐다봤다. 청이는 눈살을 찌푸리며 자기 얼굴 앞에서 손을 휘 내저었다. '뭘 봐? 얼른 자!'라는 뜻이겠지.

하는 수 없이 끙끙대며 자세를 바르게 하는데, 너무 힘을 준 나머지 책상이 흔들려 반쯤 마시다 서랍에 넣어둔 콜라가 떨어졌다. 콜라 캔이 바닥에 부딪히는 요란한 소리가 고요한 교실에서 유난히 크게 울렸다. 바닥에 떨어진 캔은 데구루루 구르기 시작했다…….

눈을 부릅뜨고 지켜보니 내 왼쪽 뒷자리 의자까지 굴러가서는, 거기서 갈색 액체를 줄줄 뱉어냈다.

의자를 따라 시선을 위로 올리니 청이가 눈에서 불을 뿜으며 나를 잡아먹을 듯이 노려보고 있었다.

선도부는 웅성거리는 아이들을 매서운 눈초리로 제압해 다시 엎드리게 하고는, 재빨리 사건 현장으로 와서 바닥에 드러누운 죄 없는 빨간색 캔을 가리키며 나와 청이를 번갈아 봤다. 그러고는 손가락으로 내 책상과 청이 책상을 톡톡 두드리면서 소리 없이 재판을 진행했다. 모든 것이 '고요함' 속에서 이루어졌다.

정말이지 인성을 시험하는 재판이었다!

내가 막 입을 열려고 하는데, 청이가 허리를 굽혀 콜라 캔을 주워 들더니 그대로 일어나 교실 밖으로 나가 벌을 섰다.

맹세컨대 나는 그렇게 양심 없는 인간은 아니다. 하지만 그때는 어쨌거나 말로 표현하기 어려운 기쁨을 느꼈다. '큰일 날 뻔했네. 쟤가 나 대신 벌 받네.'라는 안도의 기쁨이 아니라, 무협 소설 속 남자 주인공이 용감하게 여자 주인공 대신 칼과 화살을 맞아주는 그런 기분이었다. 그러니까, 미녀를 구해주는 영웅 같은 거!

참 부끄러운 생각이란 걸 알지만…… 정말 기뻤다!

점심시간이 끝나고 청이는 대걸레를 가져다 바닥에 쏟아진 콜라를 닦았다.

"반장…… 내가 할게." 영웅이 구해준 소녀가 걸레를 잡으며 말했다.

"됐어." 영웅은 원래 시시콜콜 말하지 않는 법. 그거면 됐지 뭐. 청이는 워낙 말수가 적으니까 그 두 글자면 충분해.

"그러면 내가 미안하잖아." 소녀는 수줍어 얼굴을 붉혔다.

"나한테서 멀리 떨어져!"

청이는 콜라를 중심으로 앞뒤 좌우 자리까지 한 번씩 싹 민 후, 소독액에 담갔던 걸레로 다시 한번 닦고, 바닥에 남은 물기는 휴지로 닦아 마무리했다. 마치 우등생 자리에 쏟아진 게 콜라가 아니라 구정물인 것처럼!

♣

운동회는 예나 지금이나 학교의 큰 행사다.

벽에 걸 위대한 업적이 몇 개 더 추가되는 기회이기도 하고.

몸치에다 오빠 말에 따르면 '소뇌'가 없는 인간인 나는 개회식이 끝나면 친구들을 응원하는 것 말고는 하루 종일 거의 할 게 없었다.

내가 유일하게 기대하는 건 엄마가 가져다줄 초밥이었다.

점심 때 엄마에게 도시락을 받은 나는 매점 뒤에 숨어서 맛있게 먹을 준비를 했다.

그런데 다섯 걸음쯤 떨어진 곳에 청이가 서 있었다. 막 경기를 끝냈는지 볼이 빨갛고 이마에는 땀방울까지 맺힌 채 숨을 헐떡이고 있었다.

청이는 손에 우유와 샌드위치를 들고서 시선은 내 초밥 도시락으로 향했다.

"반장, 아직 점심 안 먹었지?" 나는 청이의 샌드위치를 빤히 보며 바보 같은 질문을 했다.

청이가 고개를 끄덕였다.

"초밥 먹을래? 엄마가 많이 만들어줬으니까 좀 나눠줄게."

청이는 이번에는 고개를 저었다.

"나 샌드위치 먹고 싶으니까 내 초밥 반이랑 바꾸자."

"난 초밥 별론데." 드디어 청이가 고갯짓 대신 입을 열었다.

"근데 난 갑자기 샌드위치가 먹고 싶은데!"

"그럼 매점 가서 사!" 청이는 몸을 돌렸다.

"엄마가 도시락을 싸줘서 따로 뭐 사 먹을 돈은 안 줬어." 나는 청이를 가로막고 샌드위치를 뺏어서 한입 깨문 후 돌려주었다.

"무슨 짓이야!" 청이는 얼굴을 붉히며 나를 노려봤다.

"나는 초밥도 먹고 싶고 샌드위치도 먹고 싶거든! 아니면, 이렇게 하자. 내가 손해 좀 보지 뭐. 초밥은 네가 다 먹어!"

청이는 내가 한입 베어 먹은 샌드위치와 내 초밥을 번갈아 봤다. 초밥은 반짝반짝 윤기가 흐르고, 금빛 찬란한 달걀말이도 먹음직스러웠다.

결국 청이는 어렵사리 결정을 내렸다. "그래, 같이 먹자."

우리는 매점 뒤쪽 계단에 앉아 함께 도시락을 먹었다. 이날따라 청이는 굉장히 다정하고 말이 많았다.

"너는 엄마가 매일 점심 가져다줘서 좋겠다." 청이가 고개를 돌려 나를 보며 말했다.

"우리 집은 엄청 평범해. 아빠는 공무원이고 엄마는 가정주부인데, 엄마의 가장 큰 취미가 우리한테 음식 만들어 먹이는 거거든. 너희 할아버지는 사범대학교 총장이어서 텔레비전에도 나오시지? 진짜 대단해!" 나는 젓가락을 문 채 말했다.

청이는 잠시 말이 없다가, 불쑥 물었다.

"내가 왜 기를 쓰고 상을 타는지 알아?"

"너야 뭐든지 잘하니까 상을 타는 건 당연하지!" 청이가 기를 쓰고 상을 탄다니, 이해가 안 됐다.

"사실 난 뭐든지 잘하는 것도 아니고 별로 대단하지도 않아." 청이는 내가 동의해주길 바라는 듯 나를 똑바로 쳐다봤다.

"응, 알아! 공부 잘하는 애들은 다 그렇게 말해." 나는 하하 웃으며 젓가락으로 도시락 통을 쿡 찔렀다.

청이는 내게서 시선을 거두고 하늘을 올려다봤다.

"난 매일 새벽 6시 전에 일어나서 공부하고, 집에 가면 최소한 두 시간씩 피아노 연습을 한 다음에 고등학교 수학 문제집을 풀어. 밥 먹고 샤워하는 시간 외에는 계속 공부를 하느라, 거의 자면서도 영어 단어를 외울 정도야. 난 머리가 좋은 편이 아니라서 공부하는 게 진짜 힘들어." 청이의 말투가 진지했다.

"에이! 거짓말이지? 말도 안 돼! 그럼 왜 그렇게 기를 쓰고 공부해?" 나는 청이의 말에 깜짝 놀랐다.

"상을 타야 단상에 설 수 있고, 그래야 할아버지가 날 봐주시니까……. 단 한 번이라도 좋으니까, 할아버지가 단상 귀빈석 말고, 다른 부모님처럼 단상 아래에서 응원해주시면 좋겠어."

나는 놀라서 청이를 바라봤다. 내가 온전히 이해할 수 있는 일은 아니었지만, 청이의 눈 속에 우리 나이에는 어울리지 않는 슬픔이 가득 담겨 있는 듯했다. 청이의 눈에 살짝 물기가 어리는 게 보였다.

"그럼…… 너희 엄마 아빠는?" 그렇게 물어놓고는 아픈 곳을 건드리는 질문일 것 같아 바로 후회했다.

청이는 평소 누가 가족에 대해 묻는 걸 좋아하지 않았다.

역시나 얼굴색이 어두워져서는 고개를 숙이고 텅 빈 도시락 통을 내려다봤다.

"내가 어렸을 때 일하러 해외로 나갔는데, 내가 1등을 하면 날 보러 오겠다고 했어."

"그래서 시험 볼 때마다 1등을 하는 거야?"

"응……. 매학기, 매학년…… 지금까지 한 번도 1등을 놓쳐본 적이 없어."

"그럼 그때마다 엄마 아빠가 오신 거야?"

"거의 안 왔어." 청이는 멀찌감치 하늘을 쳐다봤다.

"그럼 네가 부모님을 만나러 간 적은 있어?"

"딱 한 번. 근데 난 거기가 싫었어."

"엄마 아빠도 옆에 안 계시고, 할아버지는 바쁘시면, 넌 어떻게 컸어?" 나로서는 상상이 가질 않았다.

"혼자 컸어." 청이는 그렇게만 말하고 잠시 뒤 덤덤하게 이어 말했다. "나 혼자 컸지. 해와 달의 정기를 받으며…….."

"야! 적당히 해라! 무슨 해와 달의 정기를 받냐! 네가 손오공이냐?" 나는 청이를 팍 밀었다.

"너 손힘 엄청 세다! 어쩐지 유자가 마징가 제트라고 하더라니. 운동회에 원반던지기 있었으면 네가 1등 하겠다!" 내가 미는 바람에 계단 밑으로 떨어진 청이가 바닥에 앉아 웃었다.

"어허! 그래, 다음 학기에 원반던지기 있는 학교로 전학 갈 거다, 어쩔래? 원반던지기뿐이냐, 투창이랑 투포환도 할 거고, 국제 대회 나가서 상금도 탈 거다!" 나는 발끈해서 말했다. 몹쓸 유자, 내 이미지 제대로 망가뜨렸네!

청이는 신나게 웃느라 눈이 반달 모양이 됐다.

"반장, 앞으로 자주 좀 웃어라. 웃으니까 엄청 보기 좋네." 나는 계단에 앉아 청이를 내려다보며 진심으로 말했다.

청이는 흠칫하더니 웃음을 그치고는 민망해하며 손으로 얼굴을 비볐다.

이때 교내 방송이 울렸다. "곧 계주 경기가 시작됩니다. 경기에 참가하는 학생은 구령대 앞으로 집합하세요!"

"나 경기 나가야 하니까 너도 여기에 숨어 있지 말고 와서 나 응원이나 해!" 청이는 일어나 몸에 묻은 흙먼지를 떨며 나를 쳐다봤다.

"생각 좀 해보고." 나는 도시락 통 뚜껑을 닫았다.

"야, 같은 반끼리 이러기냐!"

"반장, 걱정 붙들어 매. 널 응원해줄 여자애들이 널리고 널렸는데 뭘 나까지 나서냐!" 나도 일어나서 빨리 가라고 청이를 떠밀었다.

역시나 청이를 응원하는 여학생들이 어찌나 많은지 도무지 비집고 들어갈 틈이 없어서 그냥 멀찍이서 구경할 수밖에 없었다.

청이는 혼신의 힘을 다해 앞으로 달려 나갔다. 바람에 청이의 머리카락과 옷자락이 흩날렸다.

나중에 안 사실인데, 청이의 거만하고 냉정해 보이는 겉모습은 사실 커다란 외로움과 슬픔에서 비롯된 것이었다.

눈물이 흐르지 않게 하려면 계속 고개를 들고 하늘을 올려다봐야 한다. 그게 반복되면 누구라도 당당하게 고개를 드는 게 습관이 될 것이다.

해 질 무렵, 학년별 이어달리기가 끝나고 곧바로 게임 경주가 이어졌다.

"다들 조용히!" 심판을 보는 선생님이 앞으로 나와서 무표정하게 설명했다. "이번 경기는 '바구니에 돌 모으기'다. 규칙은 간단해. 반별로 남자 셋 여자 셋이 한 팀이 되어서, 남학생이 여학생을 업고 운동장 저쪽 끝으로 달려간 다음 여학생이 1미터 앞에 있는 바구니에 돌을 던져 넣는 거야. 경기 시간은 10분이고, 경기가 끝난 뒤에 바구니 안에 돌이 가장 많은 반이 이기는 거다. 알겠지?"

"네!" 경기에 참가하는 학생들이 한목소리로 대답했다.

"야! 너 왜 그래?" 나는 유자의 어깨를 두드렸다.

"아까 이어달리기하다가 발목을 삔 것 같아……." 유자가 고통스러운 얼굴로 바닥에 주저앉았다.

"어휴! 그러게 왜 굳이 나 따라서 이번 경기까지 나와? 어쩔 거야……." 내가 복사뼈도 만져보고 발목도 비트니 유자가 소리를 내질렀다.

이제 와서 경기를 포기할 수도 없고, 차마 발목을 삔 유자에게 나를 업으라고 할 수도 없었다.

관두자! 내가 손해 좀 보지 뭐……. 나는 어떻게 유자를 들쳐 업을까 궁리를 시작했다.

"내가 양중유 대신 너 업을게!"

침착한 목소리가 귀에 들려오고, 주위의 시끌시끌한 소음은 순식간에 배경 음악으로 변했다.

고개를 드니, 청이가 유자 뒤에서 맑은 얼굴로 내게 미소 짓고 있었다.

그래도…… 괜찮겠어?

당연히…… 괜찮지!

좋아! 좋아! 나는 백번 천번 좋아!

이때 내 기분은 딱 한 마디로 표현할 수 있었다. '횡재했다!'

호각 소리가 울리자 청이가 허리를 굽혔고, 나는 청이가 후회하기 전에 얼른 등에 업혔다.

청이는 나를 업고 적당한 속도를 유지하며 앞으로 달려 나갔다.

청이가 입은 파란 체육복이 땀으로 축축했다. 나는 두 팔로 청이의 목을 단단히 둘렀다. 청이 뒷목의 짧은 머리카락이 내 코를 쓸었고, 귓바퀴 쪽에 있는 작은 점도 보였다…….

나는 깊게 숨을 들이마셨다. 미친 듯이 뛰는 심장을 손으로 꽉 눌러 버리고 싶었다.

왕샤오샤, 절대 반장한테 들키면 안 돼!

가족 외의 남자와 신체 접촉을 하는 건 이번이 처음인 것 같았다.

그렇게 생각하니 더 긴장됐다.

"반장, 나 무겁지?"

"응…… 괜찮아…….'' 청이가 들릴락 말락 끙끙거렸다.

"너 조금 전에 이어달리기해서 지금 엄청 힘들 거 같은데, 아니면 두 번째 뛸 때는 내가 너 업을게. 아까 나 힘 센 거 봤지? 가능할 거야!" 나는 안절부절못하며 청이 등 위에서 이미 몸을 일으켰다. 그 바람에 청이 몸이 훅 낮아졌다.

"왕샤오샤! 지금 쓸데없는 소리 할 힘 있으면 바구니에 어떻게 돌

여름날의 레몬그라스

을 넣을지나 연구해! 하나도 빠짐없이 다 넣으라고! 난 한 번도 져본
적 없으니까!" 마지막 한 문장은 좀 더 매서운 말투였다.

반장의 말에 자극을 받아 나는 정말로 모든 잠재력을 끌어올렸고,
생애 최초로 운동회에서 상장을 받았다!

집에 돌아오자마자 상장을 정성스럽게 코팅해서 책상 유리 밑에
깔아두었다.

♣

'시간이 쏜살같이 지나간다'는 진부한 말이 일기장과 작문 공책에
셀 수 없이 등장했고, 캔디도 이미 테리우스를 잊고 윌리엄 할아버지
와 아름다운 결말을 맞았다. 초등학교 5학년 때부터 중학교까지 같은
반이었지만, 나의 짝사랑은 아직 결승점에 도달하지 못한 마라톤처럼
항상 청이 뒤를 헐떡헐떡 쫓아가기만 했다. 아무리 쫓아가도 거리는
좀처럼 좁혀지지 않았다. 우리 둘의 석차처럼.

사랑의 라이벌은 날이 갈수록 늘었다. 리쉐얼뿐만 아니라 장자링도
추가됐다.

광고 포스터에 등장하는 선남선녀 커플처럼 늘 청이는 반장, 장자
링은 부반장이었다. 장자링은 자그마한 달걀형 얼굴에, 앙증맞은 입
술은 앵두 같고, 말을 하기 전에 눈꼬리가 먼저 웃었다. 게다가 중학
생 주제에 벌써 제법 어른스러운 맵시까지, 다 갖추었다.

친구들과 함께 집에 가는 길 내내 장자링은 한숨을 내쉬었다.

"무슨 고민이긴. 어휴……. 청이가 요즘 리쉐얼이랑 친하게 지내서

그렇지."

"리쉐얼? B반 반장? 키 크지, 예쁘지, 게다가 혼혈이라던데!" 친구들이 옆에서 한마디씩 거들기 시작했다.

"리쉐얼이 저번에 공개적으로 청이 좋아한다고, 자기가 고백할 거라고 했잖아!"

"대범한데!" 다들 감탄했다.

"걱정하지 마! 청이 그 자식 절대 그 마녀한테 홀리지 않게 내가 잘 단속해줄게⋯⋯." 나는 마음에 없는 말로 장자링을 위로했다.

한창 뜨겁게 화제에 오른 스캔들 속 남녀 주인공이 마침 멀리서 어깨를 나란히 하고 걸어왔다. 대화 중간중간 여자아이가 남자아이 어깨 쪽으로 머리를 기대며 환하게 웃는 모습이 그야말로 하이틴 로맨스 영화의 한 장면 같았다.

뭐야! 인사도 안 하네!

"반장! 잠깐만!" 잔뜩 언짢아진 행인1이 손을 흔들며 큰 소리로 외쳤다.

청이는 그제야 발걸음을 멈추고 우리 쪽을 봤다.

"우리 아이스크림 먹으러 갈 건데, 반장도 같이 갈래?" 나는 일부러 청이 옆에 있는 리쉐얼은 무시했다.

"안 가, 일이 있어." 청이는 단칼에 거절했다.

"데이트하느라 바쁘냐? 괜찮으면 두 사람 시간 좀 빌릴까? 우리 반 사은회 의논할 건데, 반장 의견도 들어야지⋯⋯." 나는 청이에게 얘기하면서 리쉐얼을 향해 상황 파악 좀 하라는 눈짓을 보냈다.

리쉐얼은 살짝 웃으며 청이에게 말했다. "가봐, 집에서 기다릴게."

이 한마디에 모두의 시선이 청이 얼굴로 쏠렸다.

청이는 부자연스럽게 헛기침을 했다. "난 안 간다니까. 너희끼리 얘기해. 난 의견 없어!"

"반장님이 책임을 확 떠미네!" 내가 삐죽거렸다.

"샤오샤, 그만해. 반장은 정말 일이 있나 봐. 사은회 일은 학교에서 얘기하면 되지 뭐." 장자링이 나를 잡아당겼다.

청이랑 리쉐얼이 길모퉁이로 사라지는 걸 지켜보며, 우리는 하다 만 스캔들 얘기로 돌아왔다.

"리쉐얼이 이번에 전국 피아노 대회에서 1등 했잖아. 졸업식에서 청이랑 연탄곡 친다더라."

"진짜?"

"당연히 진짜지! 프로그램도 다 나왔는데."

"리쉐얼이 선생님한테 청이랑 같이 연주하겠다고 말했대. 그래서 지금 청이가 리쉐얼네 집으로 연습하러 가는 거야." 방송부 스타 량 징징이 더 상세한 내막을 알려주었다.

집에 와 후딱 밥부터 먹고, 책상에 앉아 숙제를 펼쳤다.

운동회 때 청이가 나랑 함께 도시락을 먹고 마음속 얘기를 들려줬을 때는 진도가 좀 나가는 것 같다고 생각했는데, 우리 엄마 초밥 때문에 잠깐 이성을 잃고 집안 이야기를 한 거였을까? 신세 지기 싫어하는 성격 때문에 유자 대신 날 업고 게임 경주를 한 거고?

그럼 그날 점심시간에는 왜 내 대신 벌을 섰지? 콜라는 내가 떨어뜨렸고, 자기 자리 밑으로 굴러온 것뿐이라고 말하면 됐을 텐데.

그리고 소풍날도…… 돌아오는 길에 내가 청이 어깨에 기대 잠들었을 때, 꿈결이긴 했지만 청이가 자상하게 어깨도 내어주고 내 얼굴에 붙은 머리카락도 가볍게 쓸어주고, 또 입술에 보드랍고 촉촉한 어떤 감촉도 있었는데…….

잠깐! 보드랍고 촉촉한 감촉?

설마, 청이가…… 나한테 몰래 뽀뽀한 거야?

아니면, 그냥 환각인가?

나는 책상에 엎드렸다. 책상 유리 밑에서 상장의 금박이 눈부시게 반짝였다. 머릿속은 청이와 리쉐얼이 함께 멀어져가는 모습으로 가득 차 아무리 노력해도 사라지지 않았다. 나는 크게 한숨을 쉬었다. 연필을 내던지고 냉장고에 뭐 마실 거 없나 찾으려고 주방으로 가는데 오빠가 마침 외출하려는 게 보였다.

"왕샤오펑! 어디 가냐?" 큰 소리로 오빠를 불렀다.

"공부하러 친구네 집에 간다." 오빠는 신발 끈을 묶느라 고개도 들지 않고 말했다.

"친구네?" 갑자기 머리가 번쩍했다. 전에 오빠랑 같이 공부하는 친구를 본 적이 있는데, 외모가 꼭 혼혈아 같았다.

"그 친구 혹시 여동생 있지 않아? 리쉐얼이라고."

"네가 어떻게 알아?" 오빠가 의아해하며 되물었다.

"오빠 동생이 요즘 수행에 몰두하고 있거든. 손가락을 꼽아서 점쳐보면 알 수 있어." 헤헤! 세상 진짜 좁네!

"동생이여, 주화입마를 조심하시게!"

"그건 걱정 마시오. 남들은 수행하면 도가 깊어지지만 이 몸은 마력이 깊어진다오!"

"하긴, 넌 원래부터 사악한 쪽인 걸 잊었네." 오빠는 나랑 몇 마디 아웅다웅하다가 외투를 입고 나갔다.

오빠가 나가고 30분도 안 돼서, 나하고 장자링은 이미 호화로운 무늬가 새겨진 철문 앞에 서서 고개를 들이밀고 두리번거렸다. 리쉐얼네 집이었다.

"샤오샤…… 정말 이래도 될까? 민폐 끼치는 거 아니야?" 장자링이 불안해하며 손가락을 꼬았다.

"살짝 보기만 하고 갈 거니까 괜찮을 거야." 나는 벨을 눌렀다.

오빠 친구가 나왔다.

"오빠가 뭘 두고 가서 가져다달라고 했어요." 나는 손에 든 봉지를 흔들어 보이며 과장되게 활짝 웃었다.

오빠 친구가 문을 열어주었다. 우리는 정원을 지나 집 안으로 들어갔다.

거실에 앉아 있던 오빠는 나의 등장에 화들짝 놀랐다. "내가 언제 뭐 갖다달랬어?"

나는 황급히 오빠에게 눈을 깜빡이고 입도 삐죽거렸다. 오빠는 몇 마디 꿍얼거리더니, 소리 없이 입모양으로만 물었다. "무슨 꿍꿍이야?"

"아, 이 오빠 동생이 리쉐얼이라며? 우리 학교 B반 반장 맞지?" 나는 사방을 두리번거렸다.

"리쉐얼? 와! 졸업식 때 우리 반 반장 청이랑 같이 피아노 연주하는?" 장자링도 내 연기에 박자를 맞춰주었다.

"이런 우연이 다 있네. 온 김에 리쉐얼한테 인사나 하고 가자!" 나는 흑심 가득한 진짜 방문 목적을 은근슬쩍 밝혔다.

오빠가 바로 눈을 흘겼지만, 나는 못 본 척했다.

"그래 그럼!" 오빠 친구가 시원하게 대답했다.

"그럼 인사만 하고 갈게요. 고맙습니다!" 나는 냉큼 그렇게 말하고, 고개를 돌려 오빠에게 혀를 내밀었다.

오빠의 차가운 시선을 뒤로 하고, 우리는 오빠 친구를 따라 안쪽에 있는 방으로 갔다.

살짝 열린 문틈으로 빛이 새어 나왔다. 하지만 이상하게 조용했다.

나는 살그머니 문을 밀었다가 야릇한 광경을 목격했다.

창문 쪽에 놓인 흰색 피아노 앞에 두 사람이 앉아 있었는데, 리쉐얼은 얼굴이 거의 청이 가슴에 붙도록 고개를 숙이고 있었다.

청이도 고개를 숙이고 있었다. 왼손으로는 리쉐얼의 팔을 받치고, 공중에 높이 든 오른손에서는 리쉐얼의 검은 머리카락 몇 가닥이 떨어졌다.

나는 입을 벌렸지만, 소리가 목에 걸린 듯 아무 말도 나오지 않았다.

그 순간 청이가 고개를 들었다. 역광이어서 표정은 제대로 보이지 않았다. 청이는 공중에 멈춰 있던 오른손을 어색하게 리쉐얼의 어깨에 올리고 얼른 리쉐얼을 밀어냈다. 리쉐얼은 몸을 똑바로 일으켜 앉아 손을 들어 앞머리를 가다듬다가 현장에 난입한 불청객을 발견했다.

이 난처한 상황을 모면할 말이 몇 가지 머릿속에 떠올랐지만, 몇 초 동안은 "허, 하하." 라는 부자연스러운 소리만 튀어나왔다.

"여기에서 반장을 만나다니 우연이네! 그냥 인사나 하고 가려고……. 그럼, 안녕……."

나는 그렇게만 내뱉고 허둥지둥 장자링을 끌고 리쉐얼 집에서 뛰쳐나왔다.

그렇게 한참을 뛰다가 장자링이 멈춰 서며 내 손을 힘껏 뿌리쳤다.

"왕샤오샤, 왜 뛰는 거야? 너 방금 뭐 봤어?" 역시나 장자링이 의심의 눈초리를 보냈다.

"아니야! 보긴 뭘 봐! 너무 덥다! 아이스크림 먹으러 가자……." 나는 안절부절못하며 얼른 화제를 돌렸다.

아이스크림을 먹고 장자링과 헤어진 후 나는 이런저런 생각에 잠겨 천천히 집으로 향했다.

청이와 리쉐얼?

비록 하늘이 그 둘에게 장난이라도 치듯 한 번도 같은 반에 넣어주진 않았지만, 두 사람 사이의 끈은 끊어지질 않은 모양이었다.

물가에 있는 누각에 달이 먼저 비춘다고? 누가 그런 소릴 했어? 나랑 청이는 5년 동안 같은 반이었는데, 달빛은커녕 나를 흘기는 눈빛뿐이었는데!

"야! 왕샤오샤."

누가 나를 부르는 소리에 휙 고개를 돌려 보니 가로수 밑에 청이가 서 있었다.

"너…… 왜 여기에 있어? 리쉐얼이랑 피아노 연습하는 거 아니었어?" 나는 깜짝 놀라 물었다.

"너한테 할 얘기가 있어서."

"난 너랑 할 얘기 없는데." 나는 몇 걸음 물러섰다.

"그럼 내가 하는 얘기 들어."

"왜? 무슨 일인데?" 말투가 곱지 않게 나왔다.

"어, 아까…… 그 일……." 청이가 머뭇머뭇 입을 열었다.

"아까 무슨 일?"

"아까, 네가 본 그거…….."

"응?"

"그게…… 리쉐얼 머리카락이 내 셔츠 단추에 걸렸을 뿐이야. 다른 일은 없었어!" 청이는 단숨에 그렇게 내뱉고는 나를 슬쩍 봤다.

"머리카락이 단추에 걸렸다고?" 로맨스 소설에나 나올 그런 진부한 설정을 누가 믿냐!

"응, 그랬을 뿐이니까, 아무튼 오해하지 마. 나랑 리쉐얼은 정말 아무 사이 아니야."

"나 오해 같은 거 안 했는데?" 나는 청이의 말을 잘랐다. "너랑 리쉐얼이 정말 어쩌고저쩌고 했다고 해도 나랑은 상관없고." 너랑 리쉐얼은 그냥 안고만 있었지. 입을 맞춘 것도 아니고. 겁쟁이 도마뱀이 별것 아닌 일에 호들갑이네. 버벅대면서 해명까지 하고!

"당연히 너랑 상관있지!" 청이는 이대로 물러날 생각이 없는 듯했다.

"왜?" 나는 미간을 찌푸리고 생각했다. "아! 내가 여기저기 소문낼까 봐? 장자링한테 얘기할까 봐 그래?"

"넌 맨날 말썽만 일으키잖아." 청이가 잠시 멈췄다 말을 이었다.

여름날의 레몬그라스

"지금 확실히 안 해두면, 내일 너 때문에 귀찮게 될지도 모르잖아. 네가 있는 얘기 없는 얘기 지어내서 날 괴롭힐지 누가 알아?"

"내가 언제 말썽을 일으켰다고? 내가 언제 널 괴롭혔어? 넌 반장이잖아! 난 아무것도 아니고!" 나는 버럭 소리를 질렀다.

"괴롭혔지! 자주! 늘!" 청이는 더 크게 소리 질렀다.

이제 와서 어쩌라고? 들키면 안 되는 모습 한 번 들킨 것 가지고, 그동안 맺힌 원한을 정산하겠다고?

"국어 쪽지 시험 때, 선생님이 답안지 서로 바꿔서 채점하라고 했는데 네가 계속 내 답에 트집 잡아서 내 점수 낮췄잖아! 교내 토론 대회 예선에서 네가 타임키퍼 맡았을 때는 내가 마지막 변론 하는데 네가 5초 먼저 끊었고! 또 농구 시합 때는 몇 번씩이나, 분명히 유자가 나한테 반칙했는데 네가 나한테 다 뒤집어 씌웠잖아! 유자 얘기가 나와서 말인데, 네가 걔랑 수업 시간에 맨날 쪽지를 주고받아서 내가 수업에 집중할 수가 없다고……." 여기까지 말한 청이는 엄청 흥분한 듯 얼굴이 시뻘게졌다.

"너한테 쪽지를 준 것도 아닌데, 네가 집중 못 한 것까지 다 내 탓이야?" 나도 참다못해 맞받아쳤다.

"당연히 네 탓이지! 둘이 내 앞에서 키득키득 웃고 눈짓 보내고 난리잖아. 수업은 제대로 안 듣고 쪽지나 주고받으면서 남이 수업 듣는 거 방해하는 게 그럼 잘하는 짓이야?"

"그건 네가 집중력이 모자라서 그깟 일에도 방해를 받는 거지!" 내가 쏘아붙였다.

"그리고 딴 애들이 전해달라는 편지나 선물 좀 들고 오지 마! 아까처럼 나하고 리쉐얼이 어쨌다느니 하면서 떠벌리지도 말고. 제발 부탁이다……. 진짜 너무 짜증나고 괴로워." 청이는 입술을 깨물었다. 이마에는 송송 땀까지 맺혔다.

리쉐얼이 그렇게 소중하냐! 듣다 보니 결국 리쉐얼이 힘들까 봐 그러는 거네!

"어차피 곧 졸업이니까 나한테서 해방되는 거 축하한다! 그리고 걱정 마! 오늘 너희 둘 일은 못 본 걸로 할 테니까! 됐냐?"

"그래, 고마워."

"천만의 말씀!" 나는 으르렁거리듯이 내뱉었다.

청이가 나를 쫓아와 해명까지 한 일을 나는 장자링에게 말하지 않았다.

내가 볼 때 청이의 서툰 해명은 딱 이거였다. '눈 가리고 아웅.'

청이하고 리쉐얼, 오래오래 행복하……다가 같이 망해버려라!

그 일이 있고 며칠 뒤, 장자링이 나랑 량징징 등 몇몇 친한 여자애들을 불러냈다.

우리는 생물 실험실에 숨어들었다. 이곳은 1년 내내 포르말린과 소독액 냄새가 지독하게 떠돌아 실험 수업을 할 때가 아니면 아무도 찾지 않는 곳이다.

량징징이 목소리를 한껏 낮춰 입을 열었다.

"내가 B반에서 빅뉴스를 들었어! 졸업식 끝나고 리쉐얼이 청이한테 고백할 거래!"

예상했던 일이군!

"그리고 B반 여자애들이 유자한테 노래방 가자고 할 거래."

"그러니까…… 졸업식 날 다른 반 여자애들이 우리 반 남자애들을 몽땅 채간다는 거잖아!" 장자링의 표정이 심각해졌다.

며칠 전 청이와 싸우고 불쾌하게 헤어진 후 속상하지 않았다면 거짓말이다. 하지만 내가 갖지 못하는 건 괜찮아도, 우리 반 반장을 다른 반 여자애가 채간다는데 가만히 있는 건 말도 안 된다!

"그럼 어떻게 하지?" 내가 물었다.

장자링도 청이에게 고백할 생각이었기 때문에 우리 반 여자애들은 당연히 장자링을 응원했다. 리쉐얼보다 먼저 움직여야 하니, 어떻게든 졸업식 후 청이와 장자링 단둘이 있을 기회를 만드는 게 관건이었다.

몇 년 동안 다양한 방법으로 부딪쳐본 결과, 청이는 절대 쉽게 넘어가는 애가 아님을 우리 모두 잘 알았다. 어쩌면 청이도 일찌감치 만반의 준비를 끝냈는지도 모른다. 이른바 '3안 1없' 정책. 안 말하기, 안 웃기, 안 받아주기, 그리고 시간 없어!

결국 모두의 시선이 나에게 향했다.

"엥? 왜 날 봐? 나도 방법 없어!" 나는 손을 내저었다.

"방법이 없을 리가?" 장자링이 날 보고 상큼하게 웃었다. "너한텐 비밀 무기가 있잖아. 유자!"

♣

아!

유자, 본명은 양쭝유. 유자란 별명은 내가 지어줬다. 별명 그대로, 양쭝유는 어렸을 때부터 하얗고 둥글둥글해서 꼭 껍질을 벗겨놓은 유자 같았다.

우리 엄마가 나를 임신했을 때 유자 엄마랑 같은 병원을 다녀서, 우리 둘은 엄마 배 속에서부터 알았다고 해도 과언이 아니다.

유자네 집은 동네에서 작은 인쇄소를 하는데, 납품 때문에 바쁘면 우리 엄마에게 유자를 맡겼다.

다들 하얗고 통통한 유자를 무척 예뻐했다. 엄마는 유자에게 사탕과 과자를 주었고, 오빠는 로봇이나 자동차 장난감으로 유자랑 놀아주면서 나는 버려뒀다. 심통이 난 나는 기회만 있으면 유자를 꼬집고 발로 차고 깨물어서 울렸다. 유자가 울면 엄마는 유자의 콧물 눈물을 닦아주었고 오빠는 재밌는 이야기로 유자를 달랬다. 나는 벌을 섰다 ……. 슬픔은 뱃속으로 삼킬 수밖에 없었고, 슬픔이 차곡차곡 쌓이다 보니 큰 원한이 되었다. 그 원한은 「링」의 주인공 사다코처럼 내 작은 마음을 긁어 파내며 나갈 길을 찾고 있었다.

어느 날, 난 드디어 이 하얀 뚱땡이 유자에게 마수를 뻗어, 우리 집 앞 저수지로 밀어버렸다.

나중에 저수지는 메워져서 공터가 되었다.

그런데 하늘의 장난인지, 초등학교부터 지금까지 이 인간은 9년 동안 나하고 같은 반이 되었다. 마치 내 곁을 떠도는 원혼 같았다!

정말 '내 곁을 떠도는 원혼 같다'는 말은 과장이 아니다. 초등학교는 입학할 때 생일 순으로 번호를 정했다. 천만다행으로 내가 유자보다 생일이 빨라서, 입학식을 시작으로 신체검사 때, 책가방과 교과서를 받을 때, 자리를 배정할 때 전부 유자는 늘 내 뒤꽁무니에서 왔다 갔다 했다.

그 후로도 유자와 나의 '악연'은 마징가 제트의 쇠돌이와 아수라 백작처럼 끊으려 해도 끊어지지 않았다.

남자아이는 여자아이보다 발육이 느린 편이다 보니 유자는 나보다 키가 머리 반 쯤 작았다. 첫날 수업 때 내 옆에 앉은 꼬맹이는 쭈뼛쭈 뼛 계속 내 옷자락을 당기면서 금방이라도 눈물을 쏟을 것 같은 눈으 로 날 쳐다보며 우물쭈물했다.

"왕샤오샤, 나…… 쉬, 쉬!" 수업이 끝날 때까지 견딘 꼬마가 결국 입을 열었다. 울먹이는 목소리에 쪼르륵 물소리가 섞여 들렸다.

나는 교실 밖에 있는 엄마와 눈짓을 주고받다가 이 말에 바로 고개 를 돌렸다. 내 자리 밑으로 액체가 흘러와 새로 산 흰 구두 주변으로 노란 호수가 만들어지는 게 보였다.

이 자식 긴장해서 오줌까지 쌌네! 오줌보도 통제 못하는 오줌싸개 는 다시 유치원으로 가야지!

"선생님…… 오줌 쌌어요!"

나는 놀라서 고함을 질렀다. 원래는 "선생님, 누가 오줌 쌌어요!" 라고 말하려 했는데, 실수로 주어를 빠뜨렸다. 마치 오줌 싼 강아지가 나인 것처럼, 아이들의 시선이 사방팔방에서 내 쪽으로 날아왔다. 나 는 억울해서 엉엉 울기 시작했다.

정작 범인인 유자는 콧물만 줄줄 흘리고 있다가, 내가 우는 소리에 저도 따라서 목청껏 엉엉 울기 시작했다.

두 꼬마가 교실에서 하늘이 무너진 것처럼 울자 선생님과 아이들은 깔깔 웃고, 교실 밖에 있는 학부모들도 재미나게 구경했다. 그중 한 엄마가 이 광경을 사진으로 찍었고, 친절하게도 두 장을 인화해서 유자네 집과 우리 집에 한 장씩 보내줬다.

아마 유자네 집으로 간 사진은 분명 유자가 갈기갈기 찢어 흔적도 없이 사라졌을 것이다. 하지만 나는 그 사진을 이층 필통 사이에 고이 넣어, 유자를 부려먹을 비밀 무기로 썼다. 도시락 사는 줄을 설 때, 필기나 일기, 주간 학습장을 베낄 때, 쪽지 시험 답을 베낄 때 등등……
그야말로 내가 뭘 요구하든 다 들어줄 수밖에 없는 엄청난 무기였다.

유자는 자라면서 점점 잘생겨졌고, 여자애들에게 연애편지나 초콜 릿도 많이 받았다. 그렇다는 건, 이 부끄러운 과거가 유자에게 큰 치명타가 될 수 있다는 뜻이었다. 겉으로는 왕자님처럼 말끔한 양쭝유에게 이런 과거가 있는 줄 누가 상상이나 할까!

누가 내 앞에서 유자의 외모를 칭찬할 때마다 내 머릿속에선 콧물을 질질 흘리며 바지에 오줌을 싼 유자의 모습이 자동으로 떠올랐다.
어디가 멋있다는 거야!

눈물과 콧물로 범벅되어 재난 영화 같았던 저학년 시절이 지나고 3학년으로 올라가서는 한시름 놓고 각자 행복을 찾……을 줄 알았으나, 영화 「로빙화」에서 튀어나온 듯한 선생님을 만나고 말았다. 영화 속 선생님이 미술에 재능을 지닌 주인공 구아밍을 발굴하는 걸 사명으로 여긴 것처럼, 우리 담임선생님도 나랑 유자가 그림에 재능이 있다고 여겨 각종 사생 대회에 내보냈다. 그 바람에 우리 둘은 샴쌍둥이처럼 계속 붙어 다녀야 했다.

물론 우리도 선생님의 기대를 저버리지 않고 이런 저런 상을 탔다.

여름날의 레몬그라스

전성기 때는 한 신문의 '교정의 빛'이라는 칼럼에도 실렸고, 학생 주임 선생님은 직접 차로 우리를 데려다주고 데려오며 지도 교사 서명란에 자랑스럽게 사인했다.

정정당당하게 수업을 빠질 수 있으니, 나는 당연히 기뻤다!

하지만 우리는 반은 물론이고 자리까지 떨어진 적이 없었다. 짝꿍이라는 건, 우리가 수업이나 자습, 낮잠만 같이하는 것뿐 아니라 주변도 같이하고 공적인 외출도 같이하며, 도시락도 같이 먹고 쓰레기도 같이 버리고 재활용 쓰레기 정리도 같이하고, 같은 청소 구역에서 청소도 같이한다는 의미였다.

어느 날 수업 종이 울린 직후였다. 매점에서 격렬한 쟁탈전 끝에 전리품을 들고 돌아온 유자가 문 앞에 서서 크게 외쳤다. "셴캉리(鹹抗力)! 셴캉리가 누구야? 사생 대회에서 상 받아서 인터뷰해야 한다고 지금 교장실로 오라는데!"

말이 다 끝나기도 전에, 반 아이들이 전부 동작을 멈추고 나를 쳐다보았다. "오! 오!" 하는 괴성에, 소곤소곤 속닥이는 소리와 키득키득 웃음소리도 들려왔다.

나는 얼굴이 시뻘게져서는 벌떡 일어나 문으로 가서 유자를 잡아끌었다. "가자!"

"수업 시작하는데 어딜 가?" 유자가 멍한 얼굴로 물었다.

"교. 장. 실!" 나는 씩씩대며 세 글자를 뱉어냈다.

그렇다! 선생님이 부른 '셴캉리'는 누군가의 이름이 아니라, '부부'라는 뜻의 '셴캉리(賢伉儷)'였다. 그 부부가 누구냐고? 당연히 나랑 유자다!

이때부터 나는 떨칠 수 없는 별명이 하나 더 생겼다. 유자 마누라!

체육 수업 때였다. 아이들이 나한테 "유자 마누라!"라고 외치며 장난을 치자 유자가 바로 말했다. "난 남자한테 관심 없어!"

"너 눈이 삐었냐? 나 여자야! 여자!" 나는 고개를 치켜들고 가슴을 쫙 펴며 기세등등하게 말했다.

"그래? 겉으로 봐선 전혀 모르겠는데." 유자가 헤헤 웃으며 나를 힐끔 곁눈질했다.

"야! 이 쓰레기야, 내 가슴 봤지!" 내가 놀라서 외쳤다.

"그것도 있는 거라고……. 볼 게 뭐 있냐!" 유자가 맞받아쳤다.

"내가 없다고 누가 그래?"

"고작 그걸로…… '가슴'이라고 할 수 있냐?" 유자가 내 가슴 앞에서 평평하다는 손동작을 해 보였다.

"꺄아! 선생님! 양쭝유가 제 가슴 만지려고 했어요!" 나는 바로 선생님한테 일렀다.

선생님은 옆에 있던 '목격자'에게 물었다. "반장, 너도 봤어?"

"저는 못 봤는데요." 자기와 상관없는 일엔 관심 없는 청이다운 대답이었다.

"쟤가 봤어요!" 나는 장자링에게 눈을 깜빡였다.

"음, 제 쪽에서 봤을 때……." 장자링은 잠시 머뭇대다가 말했다. "그런 것 같았어요!"

유자! 여자 몸에 있는 건 크기가 크든 작든 다 '가슴'이야. 알았어? 남의 가슴을 건드리는 건 성. 추. 행이라고!

유자는 '내 가슴을 만지려고 한 혐의'로 쪼그려 앉아 운동장을 세

여름날의 레몬그라스

바퀴 돌았다.

중학교에 올라간 후에는 학업 스트레스로 미술 대회에 덜 참가했지만, 나와 유자의 자리는 여전히 떨어지지 않았다.

유자는 수학과 과학을 잘하는데 문학과 역사는 꽝이고, 나는 문학과 역사는 잘하는데 수학과 과학은 꽝인 것이 핵심이었다.

유자는 문자로 이루어진 과거 현재 미래를 도무지 이해하지 못했고, 나는 숫자로 이루어진 덧셈 뺄셈 곱셈 나눗셈 루트와 도무지 친해지지 못했다.

그래서 반 평균 성적을 끌어올리고 1~3지망 학교에 최대한 많은 학생을 보내는 것을 평생의 과업으로 삼은 담임선생님에겐, 우리 둘을 한데 묶어두는 것이 최선의 선택이었다. 선생님은 나하고 유자가 그렇게 종일 같이 앉아 공부하다 보면 언젠가는 분명 서로 부족한 과목을 보완해줄 수 있으리라 생각했다.

그래서 우리는 중학교에서도 2년을 같은 책상에서 지냈다.

뿌리치려 해도 뿌리쳐지지 않아 정말 짜증났다!

시간이 흐르면 정이 생긴다던데, 맨날 이놈의 유자와 얼굴을 맞대고 가는 데마다 '유자 마누라' 소리를 들어도 정이 생기기는커녕, 배 속에 똥만 가득 찼다.

반면 청이와의 관계는 발전은 고사하고 청이 근처의 꽃 한 송이, 풀 한 포기도 밟을 수가 없었다.

그렇게 생각하니 더 화가 치밀었다. 특히 낮잠을 잘 때 유자는 책상을 반 이상 차지하곤 했고, 침을 어찌나 흘리는지 굽이굽이 강을 이룰 것 같았다.

하루는 마침내 참다못해 커터 칼로 책상 중간에 힘껏 선을 그었다.

"뭐 하냐?" 과자를 먹고 있던 유자가 눈을 동그랗게 뜨고 책상에 등장한 삐뚤삐뚤한 칼자국을 보며 물었다. 과자 부스러기가 여기저기 떨어졌다.

"잘 봤지? 금 넘어오지 마! 네 그 추잡한 손이 넘어왔단 봐라. 어 험!" 칼날이 빛을 번쩍였고, 나는 사납게 책상을 그었다.

유자는 묵묵히 계속 과자를 먹었다. 유자의 영공에서 흩날린 과자 부스러기가 금을 넘어와 내 국어책 위로 떨어졌다.

찰싹! 교복 밖으로 드러난 유자의 팔뚝에 내 손가락 자국이 선명히 났다.

"무슨 짓이야! 돌았냐…… 아프잖아!" 유자는 팔을 잡고 씩씩거리 며 나를 노려봤다.

"어험!" 나는 턱짓으로 과자 부스러기를 가리켰다.

유자는 그걸 떨어버리려고 손을 뻗었고, 나는 바로 칼등으로 유자 의 손을 탁 때렸다.

"금 넘어오지 말라고!"

"야! 진짜 돌았냐!"

우리는 팽팽히 맞서며 누구도 물러서지 않았다.

결국 유자는 어쩔 수 없이 서랍에서 꾸깃꾸깃한 시험지를 꺼내 빨 대 모양으로 말아 후후 불어서 내 교과서 위의 과자 부스러기를 날려 버렸다.

여중생은 초자연적인 힘에 잘 매료된다. 특히 그 시절엔 별자리 궁합이랑 생일 책이 엄청 유행했고, 나도 거기에 푹 빠졌다.

수업이 끝나고 나는 별자리 책을 유자 자리로 밀었다.

"야, 봐봐……." 나는 유자의 팔을 콕콕 찔렀다.

"뭔데?" 책상에 엎드려 학급 일지를 쓰던 유자는 방해를 받아 언짢은 말투였다.

"별자리! 너 무슨 자린지 알아?"

"나는 네 옆자린데……."

나는 살벌하게 손바닥을 휘둘렀다.

"아오, 왜, 진짜 네 옆자리잖아! 이봐요, 아줌마, 아프다고!" 유자는 나를 흘겨보고는 나에게서 등을 돌리고 다시 학급 일지를 썼다.

나는 책을 몇 페이지 넘겼다. "여기 있다……. '억지로 같이 있어도 어울리기 힘든 커플이다.' 너는 사수자리라서 '불의 사인'에 속하고, 나는 전갈자리라서 '물의 사인'에 속하거든."

"그게 무슨 관계가 있어?"

"물과 불은 섞이지 않잖아!" 나는 우리 둘의 뒤엉킨 악연을 설명했다.

"헛소리!"

"무슨 헛소리. 엄청 논리적인데!" 나는 속이 뻥 뚫렸다. 유자의 등을 쳐다보노라니 그동안 유자가 내 주먹질과 발길질 속에서 자랐다는 생각에 슬그머니 미안한 마음이 들었다. 나는 유자 가까이 다가가서 유자가 학급 일지 쓰는 것을 들여다봤다.

"야, 유자……. 우리는 날 때부터 사이가 나빠서 맨날 치고받고 하는데 선생님은 계속 우리를 같은 반에 넣고 같은 책상에 앉히니 정말 이상한 인연 아니냐?"

"하나도 안 이상하거든!" 유자가 몸을 홱 돌려 책상 위의 선을 가리키며 큰 소리로 말했다. "새 학기에 새 자리에 앉을 때마다 네가 흉측한 선을 그어서 총무부 선생님이 너한테 새 책상을 안 줘서 그런 거잖아."

"진짜? 그랬단 말이야?" 어쩐지 이 책상이 친숙하더라니.

"그래! 이 책상이 우리 둘을 따라서 새 교실로 왔잖아! 그리고 너 사납기로 소문나서 우리 반 남자애들이 아무도 네 옆에 앉을 엄두를 못 내!" 유자가 나를 노려보며 씩씩댔다.

"그러니까 네 말은, 우리 반의 평화를 위해 네 한 몸 희생했다고?"

"이 지옥에 내가 아니면 누가 오겠냐!"

나는 유자의 목을 조르고 싶은 충동을 억누르고 말했다. "그럼 자리 배정할 때마다 장자리처럼 상냥하고 귀여운 애랑 같이 앉고 싶었겠네? 둘이 복도에서 얘기하는 거 여러 번 봤는데, 아주 화기애애하게 웃고 떠들고 사이가 좋던데! 음, 어디 보자. 장자리는 사자자리니까…… '두 사람 모두 불의 사인에 속해서 정이 두텁고 대담하며, 원망이나 후회 없이 사랑을 위해 모든 걸 바치는 커플이다.'라고 나오네. 와아! 커플 지수가 90이나 돼! 유자야, 너 대박이다. 장자리하고 사귀게 내가 도와줄까?" 나는 별자리 책을 팔락팔락 넘겼다.

유자는 나를 등진 채 아무 대답도 하지 않았다.

"야…… . 너 진짜 나 싫어하냐?" 나는 유자의 어깨를 콕콕 찔렀다.

유자는 고개를 숙이고 일지만 쓰다가 잠시 뒤 꿍얼꿍얼 말했다.

"너랑 같이 있으면서 한 번도 싫다고 생각한 적 없는데."

"정말? 왜?" 나는 배시시 웃으며 다시 유자의 어깨를 콕콕 찔렀다.

계속 나를 등지고 있던 유자는 어깨를 씰룩씰룩 하더니 나를 돌아보며 활짝 웃었다. "네가 맨날 도시락 나눠주니까!"

나는 유자가 통곡 소리를 낼 때까지 유자의 발을 꽉 밟았다.

이렇게 사소한 일들로 티격태격하던 우리는 3학년에 올라간 날 마침내 서로에게서 해방됐다.

무슨 이유였는지는 잊었지만 그날 우리는 심하게 싸웠다. 서로를 쩨려보며 기 싸움도 엄청났다.

별안간 유자가 책상에서 내 필통을 가져가더니 몸을 획 돌려 필통을 내던졌다. 유자의 손을 벗어난 필통은 교실 공중에서 완벽한 포물선을 그리며 천장에 달린 선풍기를 일격하고 창문 너머 자유의 세계로 날아갔다.

순간 화가 머리끝까지 뻗쳐 유자에게 몸을 날렸고, 유자는 책상에 부딪힌 후 바닥에 엎어졌다. 서랍 안에 있던 교과서며 공책이며 시험지 등도 엉망진창으로 사방에 흩어졌다.

나는 유자의 몸에 올라타고는 유자의 팔을 잡아 올려 꽉 물었다. 유자는 아파서 소리를 지르며 힘껏 나를 밀어냈지만, 나는 입에서 비릿한 피 맛이 날 때까지 물고 늘어졌다. 반 아이들의 비명과 고함 소리가 이웃 행성에서 들려오는 것처럼 아스라했다.

점심시간, 교실 안에는 도시락 냄새만 진동하고 사람은 그림자도 보이지 않았다.

유자가 사라져 담임선생님과 반 아이들이 모두 유자를 찾으러 나선 것이다.

나는 냉정하게 자리에 앉아, 빵을 꽉꽉 뜯어 먹었다.

한바탕 소란을 피운 유자는 5교시가 시작될 때 꾀죄죄한 몰골을 하고 제 발로 나타났다.

화가 나서 쓰러지기 일보 직전이던 담임선생님은 사투리 억양까지 튀어나오며 큰 소리로 외쳤다. "자리 바꿔! 싹 다 바꿔! 왕샤오샤는 부반장 옆으로 가고, 양쭝유는 반장 옆으로 가! 반장 부반장은 저 야만인들 잘 감시하고!"

수업이 끝난 후 나는 말없이 서랍 속의 콜라, 만화책, 공책, 교과서를 꺼내 전부 책가방에 쑤셔 넣었다.

그때, 흙투성이가 된 빨간색 필통이 불쑥 시야에 들어왔다.

유자가 손으로 쓱쓱 문질러 흙먼지를 닦더니 필통을 내 앞으로 밀었다.

나는 아무 말 없이 필통도 책가방에 쓸어 넣었다.

정리를 마치고 우리는 거의 동시에 일어났다.

유자는 책가방을 어깨에 휙 걸치고 뭔가를 생각하듯 고개를 숙이더니 책상 위에 그어진 금을 손가락으로 쓰다듬었다. 창밖에서 들어온 햇살이 유자 주변에 금빛 테두리를 만들었다. 교복 소매 밖으로 나온 팔뚝에 내 이빨 자국이 선명했다.

문득 유자의 모습이 낯설게 느껴졌다. 우리가 처음으로 짝꿍이 되었던 초등학교 1학년 때만 해도 나보다 머리 반 개쯤 작고, 하얗고 둥글둥글한 유자 같은 녀석이었는데……. 생글생글 웃으면 살짝 보조개도 들어가는 유자. 그런데 녀석이 언제 이렇게 키가 컸지? 광대뼈도 나오고 턱은 갸름해지고 피부는 까무잡잡해진 것이 이제는 제법 사람 같은 데다가…… 꽤 잘생겼다!

"야, 유자! 너 나보다 좀 큰 것 같다……." 나는 손을 들어 유자의 정수리를 살짝 덮었다.

"내가 계속 너보다 컸거든!" 유자가 맑은 눈빛으로 웃었다. 볼에 보조개가 살며시 들어갔다.

♣

중학교 졸업식 날, 청이가 졸업생 대표로 답사를 했다.

단상 조명 아래에 서니 그 준수한 이목구비가 더욱 돋보였다. 흰색 셔츠에 검은색 넥타이를 매고 몸에 꼭 맞는 검은 정장 차림을 하니 몸매도 더 늘씬해 보였다. 청이는 왕자처럼 내가 범접할 수 없는 높은 곳에 서 있었다. 표정은 도도하고 차분했으며 차가운 눈빛은 한곳을 향해 있었지만, 무심코 보이는 어색한 웃음에선 풋풋한 소년의 모습이 드러났다.

나는 단상 아래에 앉아 넋을 잃고 청이를 쳐다봤다.

이어, 청이와 리쉐얼의 정이 뚝뚝 떨어지는 피아노 연주가 빨리 지나가길 간절히 바랐다.

재학생 송사, 상장 수여식에 이어 교정을 거니는 순서까지 모두 견뎌내고 드디어 오전 11시 55분, 장자링과 나는 생물 실험실 앞에 섰다.

실험실 앞에는 자그마한 불꽃나무가 있는데, 이유는 모르지만 지난 여름부터 꽃이 피지 않았다.

햇빛이 나뭇잎을 뚫고 아른아른 내리비쳤다. 바람이 불자 나뭇잎이 흔들려 햇빛도 파도처럼 출렁였다.

이미 핑크색 시폰 정장으로 갈아입은 장자링은 더 예쁘고 매력적으로 보였다. 잔뜩 긴장해서는 왔다 갔다 하며 중얼중얼 혼잣말을 하기도 하고, 까치발로 서서 다른 쪽을 바라보기도 했다.

"야, 샤오샤, 있잖아…… 유자가 정말 청이를 데리고 올까?"

"그럼! 유자가 문제없다고 했어. 봐! 저기 온다." 내가 저 멀리를 가리켰다.

멀찍이, 익숙한 실루엣 몇이 나타났다. 유자와 청이뿐 아니라 B반 여자애들도 몇 명 있었다.

유자가 청이에게 귓속말로 뭐라고 소곤거리자 청이가 고개를 끄덕였다. 이어 유자는 여자애들을 데리고 떠나고, 청이 혼자 실험실 쪽으로 걸어왔다.

나는 몸을 숨기려 나무 쪽으로 걸음을 옮겼다. 남녀 주인공이 모였으니 임무를 완수한 나는 퇴장해야지.

그때였다. 장자링이 내 손을 확 잡더니 떨리는 목소리로 말했다.

"왕샤오샤, 나 너한테 할 말 있어. 나 때리지 마!"

"뭔데?"

"지금 갑자기 깨달았는데, 내가 좋아하는 건 유자야!"

"뭐? 유자? 양쭝유?" 나는 카세트테이프가 씹힌 것처럼 반복해서 물었다.

"맞아! 유자, 양쭝유." 장자링이 확신에 찬 말투로 말했다.

장자링! 너 장난하냐? 몇 년 동안 청이를 짝사랑했다며!

하필 이 타이밍에 다른 사람을 좋아한다고?

"그럼…… 어떡해?" 내가 가까스로 정신을 차리고 물었다.

"미안해! 난 유자한테 가야겠어. 청이는 네가 알아서 해!" 장자링은 이 말만 던지고 달아났다.

뭐가 어쩌고 어째? 내가 뭘 어떻게 알아서 하라는 거야?

청이에게 뭐라고 설명하지?

냅다 도망갈까? 더위 먹어서 쓰러진 척할까?

시간이 없었다.

12시 정각, 청이가 실험실 앞에 도착했다.

청이는 정장 상의는 벗어서 어깨에 걸쳐 들고, 흰 셔츠 차림에 넥타이는 느슨하게 풀려 있었다. 막 튈 준비를 하는 나를 청이가 불러 세웠다.

"왕샤오샤! 나한테 할 말 있다며?" 청이는 살짝 웃음을 참는 듯한 얼굴로 나를 바라봤다.

나 아니야! 원래 장자링이 너한테 고백하려고 했는데, 네가 오기 직전에 갑자기 네가 아니라 망할 놈의 양쭝유를 좋아한다면서 도망갔어!

청이의 맑은 눈동자를 앞에 두고 이런 말을 어떻게 하냐고!

"너…… 리쉐얼이랑 약속 있는 거 아니었어? 어떻게 왔어?"

"네가 나 불러낸 거 아니야? 근데 내가 안 왔으면 했나 보네? 네가 만나자는데 당연히 와야지. 나한테 할 얘기가 뭔데?" 청이의 웃음이 더 깊어졌다.

어째서 내가 불러낸 게 됐지? 난 분명히 유자한테 장자링이 부탁하는 거라고 했는데! 뭔가 잘못됐어!

나는 머릿속이 하얘져 그저 고개를 숙이고 땅만 봤다.

"야! 너답지 않게 왜 고개를 푹 숙이고 있어? 왕샤오샤, 고개 들고 나 좀 봐봐!" 차분하고 깨끗한 청이의 목소리가 오후의 햇빛을 뚫고 내 귓속으로 들어왔다. 따뜻하고 달콤한 힘이 나를 끌어당기는 것 같았다.

나는 고개를 들었다.

망했다! 청이가 날 보고 웃고 있어!

반달눈에 반짝이는 속눈썹, 한입 깨물고 싶은 빨갛고 촉촉한 입술.

"하고 싶은 얘기가 뭐야?" 청이는 참을성 있게 물었다.

말하라면 하는 거지! 누가 겁난대? 이판사판이다!

"야!"

"응?"

"미안해, 네 초등학교 학생증 내가 가져갔어! 돌려줄게." 나는 책가방에서 청이의 학생증을 꺼냈다.

학생증 사진 속 앳된 남자아이는 이제 잘생긴 소년으로 자라 내 앞에 서 있었다.

청이는 화내는 기색 없이 잠깐 놀라기만 하더니 말했다. "아, 이거. 정말 너한테 있었네. 이젠 필요 없으니까 기념으로 너 줄게."

"그럼 미안하잖아." 어이! 이제 와서 미안하다고 말할 처지야? 남의 물건을 빼돌려 그렇게 오래 가지고 있은 주제에.

"나한테 할 얘기가 이거였어?" 청이는 재미나다는 듯 입꼬리를 살짝 올렸다.

"내가 네 학생증을 왜 가져갔는지 안 물어봐?"

"그렇게 오래된 일을 뭐 하러 캐물어?"

"화 안 나? 내 말은, 네 학생증을 왜 가져갔냐고 화내면서 물어야지!"

"뭐 하러 화를 내?"

"왜냐하면……." 나는 긴장해서 뜨겁게 달아오른 뺨을 감추려고 머리카락을 잡아당겼다. "네가 안 물어보니까 내가 얘기를 어떻게 이어나가야 할지 모르겠잖아."

"아, 알았어. 내 학생증 왜 가져갔어?"

"왜냐하면…… 나, 너…… 좋아해!" 나는 힘을 주어 한 단어씩 내뱉으며 청이를 마주 봤다.

청이! 나 너 좋아해!

바람에 나뭇잎 흔들리는 소리만이 내게 맞장구를 쳐주었다.

"알아." 청이의 말투는 평온했다. 마치 내가 내일 시험을 본다고 알려줬는데 청이는 이미 시험공부까지 다 마친 듯한 표정이었다.

"알고 있었어? 언제 알았어?" 나는 청이의 고요한 눈동자를 바라보며 어물어물 물었다.

"네가 나를 좋아하기 시작했을 때부터."

"어……." 청이는 옛날부터 알고 있었구나.

"그러면?" 청이가 이어서 물었다.

"뭐가 그러면이야?" 예상치 못한 질문에 나는 어리둥절했다.

"네가 날 좋아한다, 그러면?"

"그럼, 넌…… 넌 나 좋아해?"

"그러면?" 청이는 내 질문에는 대답하지 않고 다시 물었다.

"만약, 네가…… 너도 날 좋아하면 우리는…… 사귀는 거지…….."
나는 궁색하게 말을 짜냈다. 목부터 귀까지 확 뜨거워졌다.

"그러면?" 청이가 계속 물었다.

"우리가…… 사귀면, 그러면…… 고등학교도 같이 가고…….."

내가 무슨 말을 하는 거지! 내가 청이랑 같이 가오슝고등학교에 간
다고? 성전환 수술이라도 해야 하나?

다행히 청이는 신경 쓰지 않고 계속 물었다. "그러면?"

"고등학교 졸업하면…… 그러면…… 같이 대학에 가고…….." 궁지
에 몰린 나는 문득 청이가 핵심 문제에 대답하지 않은 것이 생각났다.

"그래서 너는 대체 나 좋아해 안 좋아해?"

청이는 입술을 꼭 다문 채 깊고 까만 눈동자로 나를 응시하기만
했다.

내 마음은 계속 가라앉았다. 깊은 연못 같은 청이의 눈동자에 빠져
죽을 것 같았다.

이윽고 청이가 입을 열었다.

"교련 선생님이다!"

그러고는 뒤돌아 가버렸다.

나는 순간 뇌가 증발한 듯 아무 생각도 할 수 없었다. 잠시 뒤 교련
선생님이 가까이 와서 외치는 소리가 들렸다.

"어이! 거기서 뭐 해?"

그제야 정신이 들었다.

청이가 날 가지고 놀았구나!

평소엔 늘 내가 청이를 놀렸는데, 이번엔 청이의 반격이었다. 나를 몰아붙여 자기를 좋아한다고 고백하게 만들고, 난 사랑에 미쳐 청이 뒤꽁무니나 쫓아다니는 정신 나간 애가 되어버렸다.

청이는 내게 "그러면?" 하고 캐물었지만, 청이는 1지망 고등학교, 1지망 대학교에 갈 테고, 어쩌면 해외 유학도 갈지 모른다……. 전부 다 나는 진입할 수 없는 '그러면'이고, 그러면 '그러면'이 없는 셈이다!

청이는 바보 같은 나를 비웃고 있을 것이다! 무엇보다, 내가 자기를 좋아하는 걸 처음부터 알고 있었다니! 청이의 관심을 끌기 위해 벌인 그 모든 수작과 계략이 진작 들통 났다는 얘기다!

내가 청이를 좋아하는 건 줄곧 비밀이었다. 지금까지 아무에게도 말하지 않고 숨겨왔는데, 전부 헛수고였다. 청이는 예전부터 내가 하는 짓을 볼 만큼 봤으니, 속으로 날 수없이 비웃었겠지.

좋아한다고 말하지 않았다면, 계속 몰래 좋아할 수 있었을까?

누군가를 몰래 좋아하는 게 힘들까, 아니면 좋아하는 사람에게 거절당하는 게 힘들까?

비가 왔다.

천둥번개를 동반한, 남부 지역 여름 오후의 전형적인 소나기였다. 급하고 빨라서 햇빛이 숨을 틈도 없었다.

고등학교 입학시험 날, 청이는 나타나지 않았다.

합격자 발표 때, 명단 어디에도 청이의 이름은 없었다.

청이가 떠났다. 아무런 작별 인사도 없이, 결말을 앞두고 갑자기 중단되어버린 소설처럼, 내게 수많은 물음표와 끊임없는 말줄임표만 남긴 채⋯⋯.

몇 년 후에야 문득 깨달았다. 사랑에선 미완성도 하나의 완성이라는 걸.

사람들은 그걸 '아쉬움'이라고 부른다.

2장

기다렸던 사랑과
엇갈린 우리

난 울지 않았다.

거짓말이다.

청이가 출국했다는 사실을 안 것은 마침 고등학교 입학시험 성적이 발표된 날이었다. 나는 식음을 전폐하고 방문을 걸어 잠근 채 사흘 동안 엄청 울었다.

내가 너무 울자, 엄마 아빠가 내 방 밖에서 속닥속닥 의논하는 소리가 들렸다. "성적이 이럴 줄은 다들 예상했잖아. 아무도 야단치지도 않았는데……."

이 말을 듣고 나는 더 큰 소리로 울었다.

"학업 스트레스가 너무 크면 나중에 전문 대학 보낼 생각해도 돼……."

"수험생이 건물에서 뛰어내렸다는 뉴스 나오던데, 우리 집 옥상 문 막아놓을까?"

마지막으로 오빠가 내 방 앞을 지나면서 무심한 듯 뼈 있는 한마디를 던졌다. "나무 한 그루 때문에 숲 전체를 포기할 필요가 있나."

목소리는 크지 않았지만, 좁다란 문틈으로 짭짤한 치킨 냄새가 솔솔 들어왔다. 나는 문을 확 열고 오빠 손에서 제일 큰 치킨 조각을 뺏어 들었다. 그리고 퉁퉁 부은 눈에 쉰 목소리로 물었다. "음료수는? 차가운 거 마실래!"

"냉장고 두 번째 칸에 네가 좋아하는 주스랑 탄산수랑 차랑 콜라랑 다 있으니까 골라 마셔." 오빠는 태연하게 말했다.

청이, 네가 뭔데? 조금 잘생기고 공부 좀 잘하는 거 가지고, 너 때문에 숲 전체를 포기하면 내가 너무 손해 막심이지!

오빠 말이 맞아! 끝없이 넓은 숲에 옵션이 이렇게 많은데, 금빛 번쩍이는 크리스마스트리를 못 고를 리 없어!

나는 집에서 가장 가까운 중간 수준의 공립 고등학교에 붙었다.

남녀 공학이지만 남녀 합반은 아니었다. 작은 정원을 사이에 두고 남학생반 한 건물, 여학생반 한 건물이 있었다.

두 건물 사이 정원에는 상사수 몇 그루가 자라고, 작은 연못도 있었다. 수업이 끝나면 남학생 여학생 할 것 없이 이쪽저쪽 복도 난간에 주르르 기대어 서로 건너편을 흘끔거리는 모습이 정말 볼만했다. 그래서 여학생 건물은 '망부석'이라고도 불렸다.

모두 새로운 궤도에 올랐다.

리쉐얼은 가오슝여고에 합격했지만 해외 발령을 받은 아빠를 따라 유학을 갔다. 영국으로 갔다고 들었다.

장자링은 타이난여고에 합격했다. 타이난이 학업 분위기가 좋다고 생각한 엄마의 강요로 타 지역으로 가게 된 것이다. 3년 내내 기숙사 생활을 해야 하는 학교였다. 나는 집을 떠나 독립할 수 있는 장자링이 부러웠지만, 정작 장자링은 비구니만 있는 절에 사는 것과 다름없다고 투덜거렸다.

한편 유자는 시험 결과가 의외로 좋아서 간당간당하긴 해도 1지망인 가오슝고등학교에 갈 수 있었는데 나랑 같은 학교에 지원했다. 왜 굳이 낮춰 가냐고 물었더니, 바로 대답이 돌아왔다. "첫째는 여자 때문에, 둘째는 차로 통학하기 싫어서!"

'여자 때문에'라는 이유는 '나에게 여학생 없는 곳에서 3년을 지내라는 것은 3년간 채소만 먹으라는 것과 같아서 생각도 하기 싫다.'는 뜻이라고 나는 해석했다.

두 번째 이유는 게을러빠져서 통학 시간을 줄이겠다는 거고. 매일 아침 한 시간 더 자고, 학교 끝나면 일찍 집에 가서 밥을 먹을 수 있으니까!

유자처럼 높은 성적에도 불구하고 본교를 찾아온 우등생들은 학교에서 예우를 갖춰 대한다. 유자는 학교의 유일한 남녀 합반인 이과 우등반에 들어갔다.

나는 새 교실, 새 자리에 앉아 주위를 둘러봤다. 한참 두리번거리는데 알 수 없는 쓸쓸함이 솟구쳐, 펜을 물고 혼자 이런저런 생각에 빠졌다.

"안녕! 왕샤오샤!"

등 뒤에서 들려오는 살가운 목소리에 현실로 돌아와 뒤를 돌아보니, 예쁜 달걀형 얼굴의 여자애가 동그랗고 맑은 눈으로 웃으며 나를 보고 있었다.

나는 멋쩍어하며 고개를 끄덕여 보였다. 동시에 제한된 용량의 기억 속에서 어릴 때부터 지금까지 만났던 모든 친구들을 떠올려보았다. 잠시 후 메모리가 소진된 나는 결국 대놓고 물을 수밖에 없었다.

"저기…… 우리 아는 사이야?"

"아니. 근데 난 너 알아. 저번 5월에 당창 사생 대회에서 네가 나한테 물감 빌린 적 있거든." 여자애가 웃으며 말했다.

그런 일이 있었던 것 같다!

망할 놈의 유자가 내 검은색 포스터물감을 다 써버려서 남한테 빌리게 만들었다!

"헤헤! 너 기억력 되게 좋다." 나는 민망해서 머리를 긁적였다.

"네 그림이 인상 깊어서 기억해. 그때 폐허를 그렸잖아, 맞지? 귀엽게 생긴 남자애랑 같이 왔고." 여자애는 그렇게 말하며 킥킥 웃었다.

"하하하! 걔는 길을 그렸지……." 나도 웃었다.

"너희 둘 진짜 '환상의 커플' 같아!"

"나 걔랑 '커플' 아니야!" 나는 얼른 반박했다.

"나는 허뤄치라고 해. 앞으로 잘 지내보자." 허뤄치는 내게 눈을 찡긋했다.

허뤄치의 엄마가 우리 담임이자 영어 선생님이었다. 잘 웃는 허뤄치와 반대로, 담임은 늘 무표정한 얼굴에 근엄하고 약간 무서웠다.

담임은 첫 수업 때 이렇게 말했다. "군인의 직분은 복종, 학생의 직분은 공부다. 정신적으로 아직 온전히 성장하지 않았고 생리적으로도 미성숙한 고등학생이 연애를 하는 건 유치하고 어리석으며 충동적인 행동일 뿐이야. 결과도 없을 뿐더러 학업에 지장을 주고 부모님 이름에도 먹칠을 하게 되지."

담임은 이 대목에서 잠시 멈추고 반 전체를 매섭게 한번 훑었다. 나는 마늘을 쫓듯이 고개를 끄덕였다. '맞아 맞아! 청이는 개뿔! 사랑도 개뿔! 오랫동안 노력한 결과는 개뿔!'

담임은 안경을 밀어 올리고 마지막으로 한마디 덧붙였다. "혁명은 아직 성공하지 않았으니 학생들은 계속 노력하도록."

군사 교육 영화에 나올 법한 대사에 나는 하마터면 웃음이 터질 뻔해서 기침이 나는 척하며 간신히 수습했다.

학급 임원을 선출하는데 허뤄치가 갑자기 내 어깨를 두드리더니 귓가에 대고 속삭였다.

"왕샤오샤, 이따가 학예부장에 너 추천할거야!"

"에? 추천해도 안 뽑힐 텐데? 난 아직 친한 애들도 없고."

"너 그림 잘 그리잖아. 그리고 내가 너랑 친하잖아!"

허뤄치는 반장에 뽑혔고, 허뤄치의 적극적인 추천으로 나는 학예부장에 뽑혔다.

내가 개그맨에서 진로를 바꿔 문화 예술 분위기가 물씬 풍기는 학예부장으로 승진하다니! 순식간에 등급이 확 높아지자 길을 걸을 때도 경쾌한 것이, 정말 분위기 있는 소녀가 된 느낌이었다.

하지만 이 모든 것은 왕샤오샤의 자아도취에 불과했다.

그 사실을 깨달은 것은 학급 임원 교육에서였다. 나는 내내 안절부절못했다. 들으면 들을수록 뭔가 잘못된 것 같았다.

무슨 까닭으로 학예부장의 업무 수첩이 반장 것보다 더 두껍지? 숙제나 걷고 포스터나 그리면 되는 거 아니었나?

이 비천한 몸은 하늘을 한가로이 떠도는 구름이나 들판을 유유히 거니는 학 같은 생활이 익숙하고 천성적으로 소극적인 성품이어서 권력에 욕심이 없다. 내게 이 세상 명예는 뜬구름이나 마찬가지고, 그림 대회에 나가는 것도 공적으로 조퇴하고 여기저기 놀러 다닐 수 있기 때문일 뿐인데…… 아무래도 교실에 가서 더 적합한 사람으로 다시 뽑자고 해야겠다!

임원 교육 도중에 슬그머니 빠져나오려고 하는데 누군가가 무지막지하게 다리를 뻗어 길을 막았다.

"아직 안 끝났어! 어딜 가려고?" 유자가 곁눈질로 나를 흘겼다.

나는 맘속으로 유자네 가족의 안부를 물은 후 유자에게 상글상글 웃었다. "화. 장. 실!"

집에 와서 업무 수첩을 펼쳐 몇 번이나 꼼꼼히 살펴본 후 학예부장의 3대 임무를 정리했다.

1. 매 수업이 끝난 후 수업 내용을 학급 일지에 적기.

(수업 내용? 난 수업 때 딴생각하거나 조는데!)

2. 학생들 숙제 감독 및 제출.

(다 똑같은 학생인데 어떻게 감독해? 그리고 나도 맨날 늦게 내는데!)

3. 학급의 문화 예술 분위기 끌어올리기.

(캬오…… 이 몸의 임무가 막중하네!)

일단 2, 3번은 잠시 접어두고, 제일 큰 문제는 1번이었다. 학급 일지는 번호를 붙여 매 수업 내용을 적어야 하고, 하교 전에 교무실에 제출해 검사도 받아야 한다.

사악하도다!

나는 평소 내 몸에 휴면 프로그램이 심어져 있는 게 아닐까 의심하는 사람이다. 전날 밤 아무리 충분히 잤어도 선생님이 교과서만 펼치면 10분도 안 돼서 자동적으로 휴면 상태에 들어가니까.

이런 반 수면 상태에서 어떻게 수업 내용을 정리한단 말인가?

게다가 업무 수첩엔 여기저기 처벌이니 경고라고 적혀 있어서 보기만 해도 가슴이 두근거리고 식은땀이 났다.

아! 내 고등학교 인생은 시작부터 험난하구나.

다음 날 학교에 가자마자 유자네 반으로 찾아갔다.

유자 이 자식이 머릿속에 든 건 똥밖에 없지만, 다행히 중학교 때 몇 번이나 학예부장을 맡았고, 그중 몇 번은 내가 유자에게 양보한 거였다. 나랑 친하고 관계가 특수하며('부부'로 불린 세월이 얼마인가!), 약 9년 동안 같이 잤으니(점심시간에!) 당당하게 유자에게 도와달라고 할 작정이었다.

"무슨 일이야?" 유자는 '몹시 바쁘신 나리' 같은 표정으로 문에 기대서며 물었다.

나는 화를 억눌렀다. 이 몸은 남에게 부탁할 때 성격이 딴판으로 좋아진다.

"유자야, 있잖아, 내가 어제 집에 가서 시간표를 연구하다 깨달은 건데, 1학년 모든 반 중에서 우리 반이랑 너희 반만 시간표랑 선생님이 거의 비슷하더라고!"

나는 온갖 표시로 가득한 시간표를 꺼내 유자 눈앞에 내밀었다.

"봐봐! 너희 반 화요일, 수요일이랑 우리 반 목요일, 금요일 시간표가 거의 똑같아. 과목 순서만 조금 다르지."

"응." 유자의 말투가 냉담했다.

나는 시간표에서 신대륙이라도 발견한 것처럼 호들갑을 떨었다. "하하하! 봐봐! 우리 담임은 너희 반 영어 선생님이고, 너희 담임은 우리 반 수학 선생님이야. 진짜 천생연분이네!"

"천생연분?" 유자는 조금 흥미가 생긴 듯 눈썹을 까딱였다.

"가장 중요한 영수 선생님이 같잖아! 그리고 선생님이 같다는 건 수업 진도랑 시험 범위가 같다는 거지! 어쩌면 쪽지 시험도 똑같은 걸 볼지도 모르고! 하하하⋯⋯." 나는 말을 할수록 더 흥분했다.

"그래서?"

"너도 알다시피, 초등학교 중학교를 통틀어서 지금 나랑 같은 학교에 다니는 동창 중에 네가 제일 우등생이잖아⋯⋯." 나는 유자를 슬쩍 밀었다.

"잠시만, 왕샤오샤, 너 설마 우리 반 학급 일지를 베끼겠다는 건 아니지?" 유자가 소리를 질렀고, 교실에 있던 아이들의 시선이 일제히 이쪽을 향했다.

딩동댕! 정답입니다!

"유자, 너 진짜 도사다. 누나가 널 예뻐한 보람이 있네!"

"여보세요! 겨우 며칠 일찍 태어난 주제에⋯⋯."

"겨우 며칠이라니? 거의 두 달이나 빠르거든." 나는 전갈자리 앞쪽이고 유자는 사수자리 끄트머리다. 이런 건 대충 넘어가면 안 되므로 친절히 상기시켜주었다.

그게 사실이기 때문에 유자는 반박하지 못하고 내게 눈만 부라리다가, 잠시 후 세 글자를 내뱉었다. "꿈 깨셔!"

그러고는 바로 돌아서서 교실로 들어가려 했다.

"그러지 말고!" 나는 다급한 나머지 유자의 옷자락을 잡는다는 게 그만 유자의 허리를 덥석 잡았다. 유자는 감전이라도 된 것처럼 몸을 부르르 떨었다.

"그래도 우리가 알고 지낸 세월이 얼만데, 형제 좋다는 게 뭐야." 나는 정에 호소했다.

"끔찍한 소리 하고 있네. 누가 네 형제야!" 유자는 극구 우리 관계에 선을 그었다.

"너 우리 엄마가 만든 음식 좋아하지? 아니면 엄마한테 너랑 나눠 먹게 도시락 더 많이 싸달라고 할게." 이 자식이 형제를 모른 척하니 나는 더 유리한 카드로 유혹할 수밖에 없었다.

"됐거든!" 유자는 세 글자로 말하는 걸 좋아한다.

이 자식!

남에게 부탁할 때는 당근과 채찍을 함께 써야 하는 법. 이제 슬슬 상대의 고삐를 조여 좀 더 강한 공격에 나설 차례였다. 나는 한숨을 쉰 후 짐짓 거드름을 피우며 머리를 쓸어 넘겼다.

"유자, 내가 좋은 말로 할 때 눈치 있게 행동해라! 나는 말이야, 기억력은 나쁘지만 앙심을 품으면 잘 안 잊거든. 이를테면 여기 우등반 학예부장의 초등학교 입학 첫날 같은 거……."

유자는 즉시 내 입을 막고 나를 교실에서 멀찌감치 끌고 갔다.

"왕샤오샤! 너 당장 너희 반으로 가고, 마지막 수업 끝나면 딴 데로 튀지 마. 내가 찾아갈 테니까!"

마지막 수업을 마치는 종소리가 끝나기도 전에 유자는 이미 내 자리 앞에 서서 씩씩대며 학급 일지를 내 책상에 팍 던졌다.

"얼른 베껴! 나 오늘 바빠!"

나는 잽싸게 베끼고 나서 우리 반 학급 일지도 유자에게 건넸다. "가는 김에 교무실에 같이 내줘!"

유자는 이를 꽉 문 채 학급 일지 두 권을 들고선 뒤도 돌아보지 않고 우리 교실을 나갔다.

다음 날 같은 시간, 유자는 내 책상에 학급 일지와 종이 몇 장을 던졌다.

"이게 뭐야?"

"너희 반 거야! 중요해!" 여전히 짧은 문장이었지만 말투는 전날보다 훨씬 좋았다. 이미 체념한 모양이었다.

"어." 나는 신중하게 종이를 반으로 접어 공책에 끼운 후 책가방에 쑤셔 넣었다.

"잠깐! 그걸 왜 가방에 넣어?"

"중요하다며?"

유자는 내 가방 속에 손을 넣고 뒤적이며 참을성 있게 설명했다. "수학 선생님이 이틀간 연수 가서서 영어 선생님이랑 수업을 바꾼대. 알고 있어? 우리 반 수업이 조정돼서 너희 반도 수업이 조정돼. 너희 반은 목요일 수학이 금요일로 옮겨지고, 금요일 영어가 목요일로 옮겨지는 거야."

"그래서?"

"그래서, 네가 반 애들한테 목요일에 영어책을 가져오고 금요일에 수학책을 가져오라고 알려줘야 해. 네가 미리 공지해야 애들이 책을 잘못 가져오지 않지. 학급 일지엔 이 4교시를 '옮김'란에 체크하고……. 이게 수업 조정 알림장이야." 유자는 내가 공책에 끼운 종이 중에서 알림장을 찾아내 학급 일지와 함께 책상에 나란히 놓은 후 손가락으로 위를 톡톡톡 두드렸다. 그러고는 다른 종이도 펼쳐 보이며 말을 이었다. "그리고 이건 학생들 학습 일지는 담임이 서명한 후에 매주 열 권을 뽑아서 생활지도부에 내서 검사받아야 한다는 내용이고, 마지막 거는 교실 환경 미화 대회 설명이야. 시간이 빠듯하니까 잘 살펴봐."

나는 눈을 가늘게 뜨고 유자를 쳐다봤다. 유자 몸에서 성스럽고 자애로운 빛이 반짝거렸고, 천사가 유자 주위에서 나풀나풀 춤추고 있었다.

"유자야, 넌 진짜 좋은 친구야. 근데 난 네 과거를 이용해서 널 협박할 생각이나 하고……." 나는 문득 부끄러워져 필통에서 누르스름하고 꼬깃꼬깃한 사진을 꺼내 한참 동안 들여다봤다.

바닥의 오줌 자국은 말할 것도 없고, 두 꼬마의 얼굴도 이미 흐릿해져 누가 누군지 분간하기도 어려웠다.

난 시원스럽게 사진을 찢었다!

"앞으로도 일지 베끼게 빌려줄 거야?"

"응!"

"내가 너한테 부탁할 일 있으면 도와줄 거지?"

"그래!" 유자는 이를 악물고 무겁게 고개를 끄덕이더니, 매섭게 덧붙였다. "하지만 쪽지 시험 답안지는 꿈도 꾸지 마!"

♣

새 학기의 큰 행사 중 하나인 교실 환경 미화 대회가 다가왔다.

수업이 끝나고 남아서 교실을 꾸미자고 제안했더니, 말끝마다 의리를 찾던 반 애들이 별안간 학원이니, 동아리 활동이니, 고양이 생일이니, 강아지 생일이니…… 하며 순식간에 사라졌다. 나 혼자 텅 빈 교실에 남아 말없이 국부 쑨원 선생의 초상화와 마주했다.

점심을 먹은 후 교실을 꾸밀 용품을 사러 학교 근처 문구점으로 갔다.

계산을 하는데 남색 색상지를 한 장 더 살까 고민됐다.

"사장님, 이 색깔 더 있어요?"

"저 남학생이 든 게 마지막이야." 사장님은 돼지고기를 집어 입에 넣고, 젓가락으로 뒤쪽을 가리켰다.

"쭝유, 봐봐, 이 색 어때?"

여학생 하나가 선반에서 색상지 몇 장을 꺼내 들고, 유자는 남색 색상지를 들고 서 있었다. 둘은 얼굴을 맞대고 한참을 상의했다.

"그럼 됐어요. 이거만 계산해주세요!"

커다란 봉지를 끌면서 느릿느릿 교실로 돌아왔다.

정원에서는 동아리 회원 모집이 한창이었다. 댄스 동아리는 학교가 떠나가라 크게 음악을 틀어놨고, 여기저기서 동아리에 가입하라고 외치는 소리에 왁자지껄 웃고 떠드는 소리로 온 학교가 떠들썩했다. 팝콘과 음료수를 파는 동아리까지 있어서 소규모 야유회 같았다.

잠시 후 누군가가 교실 유리창을 톡톡 두드렸다.

고개를 드니 손에 비닐봉지를 든 유자가 밖에 서 있었다.

"교실 꾸미냐?"

"응······."

"너 혼자?" 유자가 내 주위를 둘러봤다.

"너도 눈 달렸으니까 직접 봐!"

내 말투가 엉망인데도 유자는 화내지 않고 비닐봉지에서 버블티를 꺼내 건넸다.

"받아, 버블티. 당도 30, 펄은 조금, 얼음 많이."

이 녀석이 내 취향을 잘 기억하고 있네!

"얼마야?" 나는 잔돈을 꺼냈다.

"사장님이 그냥 준 거야. 돈 필요 없어." 유자가 미소를 지었다. 보조개가 살짝 들어갔다.

"그럼 그냥 받는다!" 나는 돈을 도로 집어넣고 버블티를 쭉 빨다가 문득 뭔가 생각나 물었다. "야, 유자, 중학교 졸업식 날 너 대체 청이한테 뭐라고 전했냐?"

"그건 갑자기 왜 물어?"

"뭔가 좀 이상해서. 청이한테 뭐라고 했어?"

"이상할 거 없어. 장자링이 부른다고 하면 안 갈 테니, 네가 고백할

94

거라고 했지. 그 자식 바로 가던데!"

"내가 청이 좋아하는 건 어떻게 알았어?" 나는 버블티를 쪽쪽 빨며 유자에게 눈을 흘겼다.

"네 필통에 청이 초등학교 학생증 있는 거 보고 눈치챘지."

"내 필통 훔쳐봤구만!"

"아니거든! 네가 내 팔 물었던 날, 네 필통 찾다가 우연히 봤어."

"청이가 엄청 웃기다고 생각했겠다! 내가 또 무슨 장난을 치려나 싶었을라나? 하긴, 내가 맨날 짓궂게 장난치고 청이 하는 일마다 청개구리처럼 굴었으니, 이런 애가 자기를 좋아한다고 상상이나 했겠어?" 나는 한숨을 쉬었다.

유자는 잠시 머뭇하다가 말했다. "아마…… 네가 생각하는 거랑 다를걸?"

나는 유자를 쳐다봤다. 유자가 눈빛으로 뭔가 얘기하는 것 같았다. 순간 그게 무슨 뜻이냐고 물을 뻔했지만, 끝내 물어보지 않았다.

유자도 더 이상 말하지 않았다.

우리 사이에 묘한 침묵이 감돌았다.

"그날 장자링이 너한테 고백하러 갔잖아. 너희 둘 그때 무슨 일 있었어?" 나는 화제를 돌렸다.

"나는 좋아하는 여자가 있다고 했어."

"그게 누군데?" 나는 그렇게 묻고는 버블티를 쪼옥 빨았다.

"너!"

"픕!" 내 입에서 펄이 튀어나왔다.

"야! 왕샤오샤! 더럽게!" 유자가 뒤로 펄쩍 물러났다.

"왜 날 방패막이로 내세워!" 네 장난을 진짜로 믿으면 내가 성을 간다!

"진짠데. 나 그날 엄청 슬펐어. 좋아하는 여자가 내 친구한테 고백하는 걸 두 눈 뜨고 보려니……."

"웃기네. 너 그러고 바로 장자링한테 까였지? 너도 참 어지간하다. 고백 받자마자 까이고! 솔직하게 말해. 그날 도대체 장자링한테 무슨 짓을 한 거야? 손 잡았냐? 뽀뽀했어? 첫날부터 막 경박하게 굴었어?"

유자는 질색하면서 옷자락에 붙은 펄을 튕겨냈다. "왕샤오샤, 뭐 먹을 때는 입 좀 다물면 안 되냐? 다 뿜어내고, 더러워 죽겠네!"

"빨리 말해! 너희 둘 대체 무슨 일 있었어?" 나는 휴지를 꺼내 유자 옷을 닦아주며 계속 추궁했다.

이미 장자링한테도 물어봤지만, 장자링은 입을 꾹 다물고 한숨만 쉬었다. 여름 방학 내내 궁금해 죽는 줄 알았다.

"언제부터 휴지를 다 들고 다녔냐?" 유자가 웃음을 참는 듯한 표정으로 뜬금없이 물었다.

"너랑 같은 반 안 되고부터. 맨날 애들한테 빌리려니까 민망해서."

"그럼 맨날 나한테 빌릴 때는 안 민망했냐?"

"친분이 다르잖아!" 나는 귀찮아서 손을 내저었다. 이 자식이 왜 갑자기 휴지를 들고 다니네 마네 그런 거에 신경을 쓰는 거야?

"나도 똑같이 학교 친군데, 친분이 뭐가 달라?"

나는 고개를 들어 유자를 보며, 휴지로 유자 몸을 박박 닦았다. "야, 양쫑유, 그런 식으로 말 돌릴 생각하지 마! 그날 무슨 일 있었냐니까! 얼른 말해! 아, 너 이 색마! 설마 장자링을 덮친 건 아니지?"

유자가 눈을 흘겼다. "덮치다니. 왕샤오샤, 넌 어쩜 그렇게 사상이 불순하냐!"

"대체 누가 더 불순하냐? 그날 아이스박스 열어서 어른처럼 술 마신 게 누구더라! 양 회장님, 진짜 통 크시던데요!"

나는 남은 버블티를 쪼옥 다 빨아들인 뒤 컵을 힘껏 찌부러뜨려 유자에게 던졌다.

유자가 간 후 나는 쉬지도 않고 열심히 손을 놀렸다. 오리고 붙이고 한참을 바빴지만 진도가 더뎠다.

"도와줄까? 이거 다 붙일 거야?" 언제 왔는지 허뤄치가 물었다.

"괜찮아. 혼자 하면 돼……." 나는 얼른 손을 저었다.

"뭘 혼자 해! 기다려, 내가 다른 애들 데리고 와서 도와줄게."

허뤄치는 교실 밖으로 뛰어 나가더니, 잠시 후 유자와 유자네 반 남학생 두 명을 달고 돌아왔다. 남학생들이 헤헤 웃으며 장난스럽게 말했다.

"우리 반은 사람이 많아서 몇 명쯤 없어도 돼!"

"숙녀 분들이 도움이 필요하다는데 당연히 도와줘야지!"

나는 유자를 홀끔 쳐다봤다. "미녀가 등장하니 다른 반 학예부장까지 납셨네……."

유자는 내 말에는 아랑곳없이 어깨를 으쓱하곤 남색 색상지 한 묶음을 내 눈앞으로 들이밀었다. "우리 반에선 필요 없으니까 받아라!"

"필요 없는 거 나한테 버리냐? 내가 휴지통이냐!"

"휴지통보다는 쬐금 낫지. 종이류는 재활용 수거함에 넣으니까."

나는 유자를 노려봤다.

"싫어?" 유자는 다시 가져가려는 시늉을 했다.

"됐다 됐어, 마지못해 받아주지." 나는 잽싸게 색상지를 낚아챘다.

도움을 받은 덕분에 해 질 무렵에는 마침내 교실 꾸미기가 끝났다. 영양가 없는 대화로 끊임없이 날 열 받게 하긴 했지만, 그래도 다들 도와줘서 정말 고마웠다. 하지만 유자 앞에서는 왠지 "고마워."라는 말이 쑥스러워서 잘 나오지 않았다.

교실 문을 잠근 뒤 남학생 둘은 쓰레기를 버리러 가고, 나머지는 현관으로 나왔다. 어느새 동아리 홍보 활동도 다 끝나고 몇 명만 남아 자리를 정리하고 있었다.

무심히 정원을 둘러보는데 갑자기 한 남학생이 눈에 들어왔다. 기타를 치는 남학생의 앞머리가 바람에 살며시 날렸다. 집중한 표정과 꼭 다문 입술이 청이의 옆모습과 꽤 비슷했다.

단발머리 여학생 하나가 기타를 안고 남학생에게 기댄 채 작은 소리로 노래를 흥얼거리고 있었다.

나도 모르게 발을 움직여 남학생 앞으로 갔다.

"저기요, 아직도 회원 받나요?" 나는 조심스럽게 물었다.

남학생은 고개를 들고 멋쩍은 듯 미소를 지으며 곁에 있는 여학생을 가리켰다. "얘한테 물어봐."

여학생이 일어섰는데, 키가 아주 크고 모델처럼 늘씬했다. 거기에 고양이 같은 눈매까지.

여학생은 차갑게 우리를 한번 훑어보더니 물었다. "너희 셋?"

허뤄치가 얼른 고개를 저으며 소심하게 말했다. "저는 엄마가 못하게 할 거예요."

"저랑 얘요!" 나는 유자를 잡아끌며 한 발짝 앞으로 나섰다.

여학생은 긴 책상 서랍에서 가입 신청서 두 장을 꺼내 건네주었다.

빛의 속도로 신청서를 작성하고 제출하려는데 유자가 내 손을 누르며 귓속말을 했다. "왕샤오샤, 너 미쳤어? 너 같은 음치 박치가 무슨 기타 동아리에 들어가?"

"음치는 가입 못 한다는 규정 있어? 부족한 재능은 노력으로 메우면 되지!"

나는 유자의 손을 뿌리치고 생글생글 웃으며 자기소개를 했다.

"저는 샤오샤고 얘는 유자예요. 선배님들 잘 부탁드립니다!"

여자 선배가 고개를 끄덕이고는 우리에게 동아리 수칙을 한 장씩 주며 간단히 말했다. "동아리 회비는 1000위안이고 첫 모임 때 내면 돼. 다른 내용은 거기에 다 쓰여 있어."

여자 선배는 기타 동아리 회장으로 이름은 셰싱후이였고, 남자 선배는 부회장이었다. 이름은 샤오런치.

전에는 청이 때문에 합창단에 들어갔는데, 이번에는 청이를 닮은 선배 때문에 기타 동아리였다. 솔직히 염불보다는 잿밥에 관심이 있었기에, 기본 주법만 어영부영 따라가고 손가락끼리 꼬이지만 않으면 그만이었다.

반면 나에게 강제로 끌려 들어온 유자는 오히려 기타에 흥미가 생겨 늘 기타를 등에 매고 다녔다. 뭐 좀 멋져 보이긴 해서 유자가 지나가면 뭇 여학생들의 이목이 집중될 정도였다. 무슨 집념인지 유자는 아침에도 저녁에도 연습에 열중했고, 손끝에 잡혔던 물집은 어느새 굳은살로 변했다. 코드가 손에 익은 후에는 일렉 기타까지 연습하겠다며 열의를 불태웠다. 2학년에 올라가서는 쟁쟁한 라이벌들을 물리치고 동아리 회장까지 맡았다.

내가 뭐랬어! 부족한 재능은 노력으로 메우면 된다니까! 하지만 그건 유자 얘기였고, 나는 여전히 서투르기만 했다.

♣

수업과 보충 수업, 동아리를 오가며 시간이 흘렀고, 눈 깜짝할 사이에 2학년 2학기가 되었다.

런치 선배를 향해서는 '짝사랑'의 본분을 충실히 지켰다. 조용히 선배의 말과 노래와 기타 연주를 들을 뿐, 절대 귀찮게 하지 않았다. 선배의 주의를 끄는 일 없이 조용히, 비밀스럽게, 그저 순수하게…… 좋아하기만 했다.

장자링은 그런 나를 보고 성격이 변했다며, 내 이마를 콕콕 찌르면서 말했다. "이봐요 아가씨, 언제부터 살생을 그만두기로 한 거야? 예전에 청이한테 고백하던 그 기세는 어디로 갔어? 배짱이 점점 작아지네."

"친구를 잘못 사귀었단 사실을 깨달은 순간부터 덕을 쌓아야겠다고 생각했지." 나는 처량하게 말했다. 마음속에 엄청난 후회가 밀려들었다. 청이에게 고백하지 말았어야 한다는 후회! 장자링 이 떠벌이에게 얘기하지 말았어야 한다는 후회!

4월이 되었다. 봄의 기운이 아직 남아 있는데도 가오슝의 태양은 곧 여름이 다가온다고 열정적으로 예고했다.

동아리 활동이 끝나고 집에 가는 길이었다. 왜인지 유자가 기운이 하나도 없어 보였다.

"유자, 아이스크림 먹을래? 내가 사줄게."

"응…….."

둘이 편의점 앞에 서서 하드를 먹으며 이런저런 얘기를 나눴다.

"야, 런치 선배 청이랑 닮지 않았냐?" 그간 속에만 담아두었던 말이 끝내 튀어나왔다.

"그러게." 시큰둥한 말투였다.

선배는 뿔테 안경을 꼈고 덥수룩한 머리는 늘 헝클어져 있었으니 언뜻 보면 하얗고 말쑥한 청이와 많이 달랐다.

"선배가 안경 벗고 머리를 좀 자르면 더 닮았을 거야. 특히 옆모습이!" 나는 조금 더 설득력 있게 말했다.

"응…… 조금." 유자는 잠시 생각에 잠겼다.

"근데 둘이 성격은 전혀 달라. 하나는 뜨겁고 하나는 차갑고!"

"응, 선배는 참 유쾌한 사람이지."

"유쾌? 웃기지! 아, 그거 알아? 선배 원래 둥넨 선배랑 동아리 만들려고 했었대. 그 동아리 이름이 뭐였게?"

"뭐였는데?"

"'둥둥둥, 런치 타임.' 하하하!" 나는 크게 웃었다.

썰렁한 농담을 좋아하는 런치 선배는 걸핏하면 이런 농담으로 동아리 사람들을 얼어붙게 만들었다.

"선배가 오늘 수수께끼 내줬거든. 고양이랑 토끼랑 개랑 바다에 빠졌는데 일주일 후에 개만 살았대. 왜 그랬게?"

"왜 그랬는데?"

"왜냐하면…… 알고 보니 물개였대! 하하하!"

유자는 나를 흘겨보더니 남은 하드를 한 번에 다 먹어버렸다.

"북극곰이 어느 날 너무 심심해서 자기 몸에 털이 몇 가닥 있는지 세어보기로 했대. 하나하나 뽑으면서 세다가 털을 다 뽑고 나서 이렇게 말했대. '북극 왜 이렇게 추워!' 하하하! 웃기지? 엄청 썰렁하지!"

인정! 나는 웃기는 얘기를 잘 못한다.

유자의 안색이 점점 어두워졌지만, 나는 그래도 꿋꿋하게 선배에게 들은 웃긴 얘기를 해줬다. 건널목에선 나름대로 연기까지 곁들여가며 얘기했지만 내가 먼저 웃어버려 실패하고 지나가는 사람들의 시선만 받았다.

갑자기 유자가 내 팔을 확 잡았다. 시선을 내려 보니 내 손에는 민숭민숭한 나무 막대기만 남아 있고, 녹아내린 딸기 우유 하드가 유자의 흰 교복 가슴팍에 묻어 있었다.

"아! 미안." 나는 얼른 손으로 유자의 교복을 탈탈 털었지만 하드가 너무 빨리 녹아서 순식간에 유자 교복으로 스몄다.

"망했다, 더 더러워졌네……." 이번에는 휴지를 꺼내 닦았다. 하지만 닦을수록 자국은 더 번지기만 해서 흰 셔츠가 끈적끈적한 분홍색으로 물들었고, 얇은 하복 속의 살색이 비쳤다.

내 정수리 위에서 유자의 호흡이 맴돌고, 옅은 딸기 우유 향이 코를 찔렀다. 나는 그제야 우리가 몹시 가까이 있다는 사실을 인식했다. 휴지를 쥔 손가락 끝으로 유자의 가슴을 꾹 눌렀다. 교복 아래에서 유자의 심장이 격렬하게 뛰는 게 느껴졌다.

유자의 심장 박동에 동요되었는지, 내 생각도 어지러워지기 시작했다.

애는 내가 잘 알잖아. 어릴 때부터 지금까지, 내 인생의 모든 시간 동안 유자를 알고 지냈어!

어렸을 때 내가 얘를 유자라고 부른 건, 하얗고 포동포동하니 껍질을 벗긴 유자처럼 귀엽고 보드라워서였다. 초등학교 첫 수업 시간에는 오줌을 싸고, 사생 대회에 나가는데 물감을 안 가져오고, 맨날 내 뒤꽁무니나 쫓아다니던 귀찮은 꼬마였는데……. 언제 이렇게 컸지?

열일곱의 유자가 내 앞에 서 있었다. 나보다 머리 하나는 더 크고 옅은 갈색 피부에 가늘고 긴 속쌍까풀, 목 중간에서 올라갔다 내려갔다 하는 울대뼈, 도톰한 입술, 제법 남자다워 보이기 시작한 넓은 어깨……. 딱 하나 변하지 않은 건 웃을 때 두 뺨에 패는 얕은 보조개였다.

조금은 익숙하고, 조금은 낯설었다.

녹아버린 딸기 우유 하드처럼, 여전히 향기는 남아 있지만 이미 처음 그 모습은 아니었다.

성장이란 건 사실 느릿느릿한 변화다. 자기도 모르게 시간을 따라 앞으로 나아가다가, 문득 어느 시점에 다다라서야 그전과 달라진 것들이 있음을 깨닫게 된다. 그리고 그 시점이 분수령이 되어, 어떤 일은 먼 과거에 남겨지고 어떤 일은 현재에 일어난다. 우리는 여전히 갈피를 잡지 못하고 있는데, 내일이면 어김없이 미래가 다가와 또 어찌할 바를 모르게 만든다.

이런 과정을 조금 알게 된 후엔 내일이, 그리고 알 수 없는 미래가 너무 빨리 올까 봐 두렵기 시작한다.

나는 퍼뜩 고개를 들었다. 머리카락이 휘날리며 반쯤 열린 유자의 입을 스쳤고, 마주 보고 있는 유자의 눈에 뭔가 빛이 반짝했다.

유자는 잘못을 저지르고 들킨 꼬마처럼 얼른 머리를 옆으로 돌렸다.

"야, 왕샤오샤, 제발 덜렁대지 좀 마. 제발 조심 좀 해! 더러워 죽겠네!" 유자가 눈썹을 추켜올렸다.

"좀 덜렁대면 어때서! 네가 닦아!" 나는 휴지를 통째로 유자 손에 쥐여주었다.

"이미 다 더러워졌는데 뭘 닦아!" 유자는 화를 내며 휴지를 바닥에 내던졌다.

"왜 화를 내! 내가 일부러 그런 것도 아닌데!" 나도 화가 났다.

"당연히 일부러 한 게 아니라 계획적으로 한 거겠지! 곧 동아리 공연 다가오는 건 생각이나 하냐? 악보도 제대로 못 외워서 땡땡 듣기 싫은 소리나 내면서, 선배가 해준 썰렁한 얘기는 아주 잘도 기억하네! 그리고 그 얘기들 하나도 안 웃기거든! 말끝마다 '선배가 그러는데', '선배가'…… 정말 못 들어주겠다고!"

"선배가 해준 썰렁한 농담 좀 좋아하면 안 돼? 못 들어주겠으면 그냥 가! 억지로 들으라고 한 적 없어!" 눈가가 뜨거워져서 나는 등을 돌렸다.

왕샤오샤, 울면 안 돼! 울면 지는 거야!

"간다! 앞으로 다시는 너랑 같이 집에 안 가!" 유자의 욱하는 목소리가 뒤에서 들려왔다.

"그러시든지!" 나도 지지 않고 소리쳤다.

그날 이후 나는 혼자 집에 갔다.

하지만 곧 깨달은 사실인데, 우리가 싸우지 않았더라도 유자는 나와 함께 집에 갈 수 없었다.

유자는 동아리 공연 때문에 바빴다.

그간의 성과를 선보이는 이 공연에는 다른 학교 기타 동아리도 참관하러 오기 때문에, 미묘한 경쟁의식을 피할 수 없었다.

동아리 회장인 유자는 특히나 이 공연을 중요하게 생각했다. 싱후이 선배, 런치 선배, 둥녠 선배와 2학년 몇 명으로 팀을 짜고, 유자가 메인 연주를 맡기로 했다.

그러나 런치 선배는 입시 부담이 크다며 거절했고, 그 후 동아리에도 잘 오지 않았다.

유자는 수업이 끝나면 거의 대부분 동아리방으로 달려가 늦게까지 연습한 후 집에 갔고, 매일 아침에는 두 눈 밑에 다크서클을 드리우고 나타났다.

오랫동안 매일 바싹 붙어서 연습을 하다 보니 동아리 회원들 간에 어떤 유언비어가 나돌기 시작했다.

몇 주 후, 마음 넓은 나는 더 이상 유자의 속 좁은 말에 신경 쓰지 않는다는 것을 보여주려고 특별히 야식을 사 들고 유자를 응원하러 갔다. 그런데 동아리방에 아무도 없었다.

이 자식 연습한다고 하고선 어디서 누구랑 놀고 있는 거야!

나는 기타를 들고 정신 산란하게 아무렇게나 튕겼다.

"어이, 후배. 기타 음이 나갔네."

고개를 들었는데 명치가 죄였다. 청이가 보였다……. 아니, 런치 선배가 문 앞에 서 있었다.

"선배? 웬일로 왔어요?" 나는 놀라서 물었다.

"농구 하다가 시원한 것 좀 마시려고 들렀지." 선배는 내게 웃어 보이고는 냉장고에 가서 마실 것을 꺼냈다.

나는 선배가 머리를 자르고 안경도 쓰지 않은 것을 알아차렸다. 짙은 눈썹과 눈이 시원하게 드러났다.

"선배, 머리 잘랐네요?"

"날이 더워지니까 머리가 너무 길어서 귀찮더라고." 선배는 이마를 문지르며 짧은 앞머리를 들어 올렸다.

"안경은요?"

"농구 하다 실수로 밟아서 망가졌어." 선배는 눈을 가늘게 뜨고 코를 킁킁거렸다. "어디서 치킨 냄새가 나는 것 같은데……."

"와서 드세요!" 나는 웃으며 옆자리를 톡톡 두들겼다.

"잘됐다! 안 그래도 어디 가서 야식이라도 먹을까 고민하던 중이었는데. 예쁜 후배한테 얻어먹게 될 줄 몰랐네! 치킨엔 시원한 맥주가 진리지! 너도 마셔!" 선배는 맥주를 따며 신나서 말했다. 맥주 캔에서 하얀 거품이 올라왔다.

나는 고개를 저었다. "언제 동아리방 냉장고에 맥주를 넣어뒀어요? 선생님한테 들키면 어쩌려고……."

선배는 어깨를 으쓱해 보이고선 맥주를 들어 거침없이 꿀꺽꿀꺽 넘겼다.

"야식에 대한 보답으로 기타 조율해줄게!" 선배는 내 기타를 안고 줄을 몇 번 튕겨보고는 헤드머신을 돌리고 다시 줄을 튕기고, 이 동작을 수차례 반복했다.

"선배 대단하다, 절대 음감이네요!" 칭찬이 절로 나왔다.

"기타는 헤드머신을 건드리거나 온도, 습도 영향을 받으면 음이 변하거든. 그래서 기타를 치기 전에 꼭 조율하는 습관을 들여야 해." 선배라고 어깨에 힘이 들어가긴 했지만 말투는 아주 부드러웠다.

"그랬구나, 몰랐어요……." 나는 혀를 날름 내밀었다.

사실 그걸 모르는 게 아니라 조율을 할 줄 몰랐다. 유자가 아무리 가르쳐줘도 선천적인 음치에게는 소용없었다. 음이 조금 높아도 낮아도 내 귀에는 다 똑같았다. 나에게 조율을 가르치다가 여러 번 혈압이 올랐던 유자는 내게 진심 어린 조언을 했다.

"왕샤오샤, 넌 그냥 '전화 조율' 쓸래?"

"전화로도 조율을 할 수 있어? 대단한데? 어느 브랜드 폰인데?"

유자는 본인을 가리키며 소리 질렀다. "나한테 전화해!"

"괜찮아, 내가 지금 가르쳐줄게." 선배는 내 손을 잡고 기타 위에서 왔다 갔다 했다. "먼저 6번 줄 5프렛을 누르고 5번 줄 개방음이랑 음이 같은지 보고, 5번 줄 5프렛이랑 4번 줄 개방음이 같은지 보고, 계속 그렇게 하는 거야……. 이걸 '상대음 튜닝'이라고 하는데, 원리는 간단하니까 금방 익힐 거야!" 선배는 줄을 한 번 튕겼다.

술을 홀짝홀짝 마시던 선배는 조금 취한 듯 보였다. 날 응시하는 두 눈동자가 약간 흐릿해 깊은 바다 속 흑진주 같았다.

"한번 쳐봐. 아까랑 다를 거야." 선배는 기타를 돌려주었다.

줄을 몇 번 튕겨보니, 혼탁하고 묵직했던 아까와 달리 낭랑하고 투명한 통기타 음색이 울려 퍼졌다.

"진짜 달라졌네!" 나는 깜짝 놀라 소리쳤다. 그러고는 오랫동안 마음 깊숙한 곳에서 맴돌던, 너무나 익숙한 선율을 드디어 기타로 쳤다.

선배는 다른 기타를 들고 화음을 넣어주었다.

나는 반쯤 눈을 감고 거의 속삭이듯 작은 소리로 노래를 불렀다.

Some say love, it is a hunger, an endless aching need

어떤 이는 말합니다. 사랑은 굶주림이요, 끝없이 고통을 주는 열망이라고.

I say love, it is a flower

그러나 나는 이렇게 말하겠어요. 사랑이란 한 송이 꽃이고,

And you, it's only seed……

오직 그대만이 씨앗이라고…….

내가 뭘 하는 거지? 이 기회에 고백하는 건가?

청이에게? 아니면 런치 선배에게?

나는 노래를 멈추고 기타 줄을 누른 채 선배를 흘끔 훔쳐봤다. 얼굴이 뜨겁게 달아올랐다.

"왜 그만 불러?"

"뒤에는 까먹었어요……." 나는 고개를 숙였다.

"더 연습해서 공연 때 이 노래 하는 게 어때?" 선배는 가볍게 줄을

튕겨 내가 끝내지 않은 곡을 마저 연주했다.

"「더 로즈」는 제 실력으로는 버거운 노래예요."

이 노래의 원곡 가수 베트 미들러는 목소리가 낮고 힘이 있어 심금을 울리지만, 나는 목소리가 가냘파서 이 노래 분위기와 전혀 안 맞았다.

"내가 듣기에는 너한테 잘 어울리는 것 같은데! 베트 미들러의 방식이 아니라 네 방식, 왕샤오샤의 방식으로 해! 베트 미들러가 사랑에 대한 깨달음을 노래했다면 넌……." 선배는 잠시 말을 멈추더니 손을 뻗어 내 턱을 받쳐 올리고 시선을 마주쳤다. "넌…… 기대를 노래하는 거야. 사랑에 대한 소녀의 기대."

조금 전까지만 해도 흐릿하던 선배의 눈동자가 어느새 반짝거렸다.

기대?

나도 모르게 몸을 움츠리며 선배와 거리를 벌렸다.

"이 노래는…… 모르는 사람들 앞에서 부르고 싶지 않아요……. 좋아하는 사람한테만 들려주고 싶거든요." 나는 시선을 피하지 않고 작은 소리로 말했다.

"좋아하는 사람?" 선배가 웃음을 참는 듯한 묘한 표정으로 눈썹을 치켰다.

망했다!

오해를 살 만한 말이었음을 깨닫고 얼른 해명했다. "아, 오해하지 마세요. 이 노래는 저한테 의미가 크다는 뜻이에요……."

선배에게 청이의 이야기를 간단히 들려주었다. 길다고 생각한 몇 년간의 짝사랑이었건만, 의외로 몇 마디로 설명이 끝났다.

"그래서, 우리 동아리에 들어온 것도 내가 청이랑 닮아서였어?" 선배 얼굴에 알쏭달쏭한 표정이 떠올랐다.

나는 고개를 끄덕였다.

"솔직히 말해서, 난 내 외모에 자신이 있거든. 나 때문에 동아리에 들어온 여학생이 꽤 되는 것도 알고. 근데 내가 누군가랑 닮아서 동아리에 들어온 건 네가 처음이다!"

"죄송해요……." 부득이한 상황이어서 털어놓고 나니 너무 창피했다.

"사과는 무슨. 내 실수로 네 비밀을 알았으니 사과를 하려면 오히려 내가 해야지." 선배는 내 머리를 쓰다듬으며 웃었다.

역시, 런치 선배는 정말 어른스럽고 다정한 사람이야. 억지나 부리는 어떤 유치 대마왕이랑은 완전히 달라!

그 유치 대마왕이 언제 왔는지, 음침하게 내 뒤에서 입을 열었다.

"선배 오셨어요? 오늘 웬일로 시간이 났나 봐요?"

게다가 내 존재는 철저히 무시.

"선배, 머리 잘랐네요? 안경은 어디 갔어요?"

품! 난 이 말을 듣고 웃음을 터뜨렸지만, 런치 선배는 불편한 기색이었다.

"오늘 내 안경이랑 머리에 관심 있는 사람이 왜 이리 많지?" 선배는 안경 잃은 콧대를 쓰다듬고 짧아진 머리카락을 쓸어 넘기며 내게 어쩔 수 없다는 눈빛을 보내고는 빈 맥주 캔을 들고 일어섰다. "얼른 가서 내 본모습으로 돌아가야겠네. 늦었다. 갈게!"

"안녕히 가세요!" 선배가 즉시 사라지길 몹시 바랐던 것처럼, 유치 대마왕이 잽싸게 인사했다.

"선배!" 내가 부르자 선배가 돌아보았다. 나는 선배에게 활짝 웃어 보이며 말했다. "고맙습니다!"

"일찍 들어가." 선배는 우리에게 손을 흔들며 밖으로 나갔다.

내가 기름이 잔뜩 밴 치킨 박스를 치우려는데, 유치 대마왕이 음산한 먹구름이 잔뜩 낀 얼굴로 팔짱을 끼고 서서 입을 열었다.

"왜…… 내 치킨이 다 없어졌지?"

무시했다.

"한 조각도 안 남겼어?"

계속 무시했다.

"내가 제일 좋아하는 콜라는?"

맙소사. 몇 주 동안 토라져 있다가 처음 한다는 소리가 치킨이 왜 다 없어졌냐, 콜라 어디갔냐야?

"뭐가 '네 치킨'이야? 그건 '내가 선배한테 사다준 치킨'이거든!" 내가 테이블을 탁 내려치자 치킨 박스가 튀어 올랐다. "그리고 너도 방금 봤잖아. 선배는 맥주 마셨어! 유치원 코찔찔이나 마시는 콜라가 아니라."

말싸움으로는 날 이길 수 없는 유자는 바지 주머니에서 휴대전화를 꺼내더니 어딘가에 전화를 걸어 큰 소리로 말했다. "아줌마 안녕하세요! 샤오샤 찾고 있어요. 네, 휴대전화를 꺼놨더라고요. 집에 없다고요? 아직 안 왔어요? 동아리 활동요? 근데 저희 오늘은 동아리 활동도 없고, 보충 수업도 없는데, 얘가 어디로 튀었을까요? 네, 저도 모르겠어요. 아, 선배랑 술 마시러 갔나 봐요!"

유자는 우리 엄마가 제대로 못 들을까 봐, 마지막 문장은 특히 느릿느릿 강조해서 말했다.

나는 휴대전화를 빼앗아 얼른 소리쳤다. "엄마! 양쭝유가 나불대는 말 듣지 마! 선배는 무슨…… 술 안 마셨어! 아니야, 안 때렸어! 나? 도서관에 있지! 우리 지금 도서관이야……."

전화기에서 엄마의 잔소리가 흘러나왔다. 삼장법사가 손오공 머리에 씌운 금테를 조이는 주문처럼, 금방 끝날 것 같지가 않았다.

나는 유자에게 눈을 흘기며 입 모양으로 말했다. "빨리 어떻게 좀 해봐!"

유자는 목을 가다듬고 도서관 방송을 흉내 냈다. "도서관 폐관 시간입니다. 학생들은 9시 정각에 퇴실해주기 바랍니다……."

"엄마, 들었지? 알았으니까 그만해. 도서관 문 닫아. 뭐? 유자한테 바래다달라고 하라고?"

나는 너무 억울해서 휴대전화 화면을 노려봤다. 유자가 휴대전화를 뺏어 들고 의기양양하게 말했다. "걱정 마세요. 제가 데려다줄게요."

그러고는 나한테 메롱까지 했다.

아, 진짜 유치 대마왕!

집에 가는 길에 우리는 앞뒤로 떨어져서 천천히 걸었다. 각자 생각에 잠겨 걷느라 둘 사이의 거리가 점점 벌어졌다.

"야, 얘기 좀 해봐!" 내가 먼저 입을 열었다.

"무슨 얘기?"

"아무 얘기나!"

"할 얘기 없어……." 유자가 걸음에 더 속도를 냈다.

할 얘기 없다고? 그럼 내가 수차례 들은 그 유언비어는 뭐람?

유자가 갑자기 걸음을 멈추고 뒤를 돌더니 내 책가방 끈을 잡아당 겼다.

"그럼 네가 얘기해봐!"

"할 얘기 없어!" 나도 유자랑 똑같이 말해주고 가방끈을 끌어당긴 후 계속 앞으로 걸었다.

"왜 할 얘기가 없어? 너 런치 선배 얘기 하는 거 좋아하잖아? 너 선배랑……."

"네가 본 그대로야. 진도가 나쁘지 않아." 나는 약해 보이기 싫어서 일부러 이렇게 말했다.

"왕샤오샤, 런치 선배는 청이가 아니야." 유자의 말투가 사나웠다.

"알아!"

"알아? 그럼, 너 진짜 런치 선배 좋아해? 선배랑 사귈 거야? 어느 날 청이가 돌아오면 어떡할 건데? 선배 찰 거야?" 유자는 억지로 나를 돌려세워 자신과 마주 보게 하더니 내가 한 번도 생각해본 적 없는 문제들을 줄줄 던지며 날 몰아붙였다.

"오버하지 마! 내가 청이를 좋아했던 건 인정하지만 이미 지나간 일이야. 청이가 돌아온다고 해도 나랑은 아무 관계도 없어!"

"아무 관계도 없다고? 그럼 왜 기타 동아리에 들어갔어? 런치 선배 가 청이랑 닮아서잖아?"

"선배가 청이랑 닮았다고 해서 선배한테 특별한 생각 품은 적 없어." 난 유자의 눈을 똑바로 쳐다보며 다음 말을 이었다. "그런데 그건 옛날 생각이고, 지금은 또 생각이 달라지네. 만약에 네가 싱후이 선배랑 사귄다면 나도 정정당당하게 런치 선배를 좋아해도 되지!"

"나하고 싱후이 선배 엮지 마! 선배랑은 그냥 얘기가 잘 통하는 것뿐이야." 유자도 내 시선을 피하지 않았다. 목소리는 유난히 또렷하고 냉정했다.

"얘기가 잘 통해? 누굴 속여! 양쯍유, 뒤로는 할 거 다 하면서 인정할 자신은 없나 보네. 런치 선배랑 싱후이 선배가 사귀는 거 몰라? 너랑 싱후이 선배 사이에 무슨 일들이 있었는지 다 들었어. 그런 행동이 다른 사람 눈에는 어떻게 보일지 생각 안 해봤어? 기타 동아리 회장이 선배 여친이랑 그렇고 그런 사이라고 소문이 파다하다고!"

"어디서 그런 소릴 들었어?" 유자는 미간을 찌푸렸다. 나는 유자의 눈에 당황스러움이 스치는 걸 눈치챘지만, 유자는 애써 태연한 척했다.

유자야, 전설 속 '유자 마누라'의 최대 장점이 바로 이거란다. 너에 관한 일이라면, 내가 물어보지 않아도 늘 주변에서 나한테 다 전해주거든!

너 싱후이 선배랑 특별한 거 같다던데? 연습 끝나고 나면 시간이 아무리 늦어도 집까지 바래다준다며?

너랑 싱후이 선배랑 몇 번이나 동아리방에서 밤새 있었다더라? 그것도 단 둘이서!

너 싱후이 선배 생일날 은반지도 선물했다던데.

싱후이 선배 때문에 생전 처음으로 수업도 땡땡이 쳤다지? 싱후이 선배가 기분이 안 좋아서 선배 데리고 바다 보러 가느라.

너야말로 뭔가 찔리는 게 있으니까 아무 사이 아니라고 강조하는 거겠지!

왜 이렇게 화가 나는지 나도 알 수 없었다. 우리 사이의 우정이 무너져 서로 더 이상 할 말이 없어서 화가 나는 건지, 아니면 우리 우정을 무너지게 한 원인 자체를 두려워하는 건지.

참고 또 참아온 어떤 감정이 끝내 폭발했고, 나는 유자에게 소리를 질렀다. 밤으로 접어드는 어두운 길에서 내 목소리가 유난히 날카롭게 울렸다.

"싱후이 선배랑 런치 선배는 공개적으로 사귀는 사인데, 너랑 싱후이 선배 일로 온통 술렁술렁해. 나 모르게 하려고 네가 필사적으로 감추는 건 알겠어. 근데 왜 내가 아는 게 그렇게 겁나? 친구가 그런 격정도 하면 안 돼?" 나는 말 한마디 한마디에 힘을 실어 유자에게 퍼부었다.

"나랑 싱후이 선배 사이에는 아무 일도 없다고 했잖아!" 유자는 겉으론 차분해 보였지만 목소리는 한껏 억누르는 게 느껴졌다.

"아무 일도 없는 건 네가 결정하는 게 아니야! 생각해봤어? 런치 선배는 어떻게 생각할지, 다른 사람들은 어떻게 생각할지? 지금 네가 남의 여자 가로챘다고 생각하는 애들이 대다수야! 런치 선배가 이번 공연에서 빠진 것도 너랑 싱후이 선배 때문이라는 말이 떠돌고! 두 사람은 어쩜 그렇게 이기적이야? 누군가 상처받을 거란 생각은 안 해봤어?"

"왕샤오샤, 이기적인 건 너야! 넌 선배를 이용해서 청이를 잊으려는 것뿐이잖아! 똑바로 들어, 청이에 대한 감정을 런치 선배한테 투사하지 마. 결국 상처받는 건 너 자신이니까!" 유자는 나를 똑바로 봤다.

눈빛에 분노가 가득했고, 뭐라 형언할 수 없는 슬픔도 느껴졌다.

내가 선배를 이용해 청이를 잊으려는 것뿐이라고?

내가 그런가?

"그렇다고 치자. 근데 그게 어때서? 네가 뭔데 내 감정에 참견해?"
난 뒤로 몇 걸음 물러나 유자의 시선을 피했다.

네가 뭔데? 그냥 동네 친구일 뿐이잖아!

어쩌다 오랫동안 같은 반이었고, 같은 동네에 사니 등하교를 같이
한 거지, '소꿉친구'라는 표현도 싫거든!

그리고…….

너와 싱후이 선배의 일 따위 조금도 개의치 않아!

조. 금. 도!

유자는 들릴락 말락 한숨을 쉬고 낮은 목소리로 말했다. "넌 네가
씩씩하다고 생각하겠지만, 사실은 안 그래."

"날 엄청 잘 아는 것처럼 말하지 마!" 나는 통증이 느껴질 때까지
입술을 꽉 깨물었다. "넌 나처럼 꼬박 5년 동안 한 사람만 좋아해본
적 없잖아. 넌 아무리 노력해도 얻지 못하고 웃음거리나 돼버린 그런
괴로운 경험도 없잖아……."

"없다고 누가 그래……." 유자는 불쑥 튀어나오려는 말을 참듯이
세차게 머리를 흔들었다. "네 마음대로 해, 너랑 얘기하기 싫어!"

그러고는 잘 가라는 말도 없이, 나를 버려두고 뒤돌아서 가버렸다.

예전에 내 손으로 책상에 그었던 금이 생각났다.

넘어오지 마! 친구!

그 금은 지금도 또렷하게 남아 있었다.

왕샤오샤, 울지 마! 울면 네가 강한 척한 거였다는 뜻이니까…….

♣

드디어 동아리 공연 날이 다가왔다.

"샤오샤, 너도 오늘 공연해?" 마지막 수업이 끝나고 허뤄치가 물었다.

"아니, 난 그냥 자질구레한 일만 맡았어. 근데 유자는 공연해. 보러 올 거야?"

"응, 유자가 초대장 줬어……." 허뤄치는 자그마한 핑크색 카드를 꺼내 보여주었다. 생동감 넘치는 글씨체로 'Dear 허뤄치, 와서 응원해줘! 기대ing! 유자.'라고 쓰여 있고, 그 옆엔 입을 벌리고 한껏 웃는 빨간색 하트까지 그려져 있었다.

빨간색 하트까지! 이 자식 가지가지 하네. 이 여자 건드리고 저 여자 건드리고, 그러니 소문이 무성하지.

"근데 못 가. 오늘 집에 갑자기 손님 온다고 엄마가 일찍 들어오래……. 내 대신 이거 유자한테 전해줄 수 있어?" 허뤄치는 책가방에서 금색 리본을 묶은 작은 선물 상자를 꺼냈다.

나는 망설였다.

"그냥 소소한 선물이야. 딴 뜻은 없고, 유자 공연 잘하라고. 그렇다고 꽃을 보낼 수도 없고. 엄마가 알면 난리칠 거 너도 알지?" 허뤄치는 그렇게 말하고는 혀를 날름 내밀었다. 차마 거절할 수가 없었다.

"알았어." 대답은 했지만 고개를 끄덕이는데 머리가 무거웠다.

"역시 왕샤오샤 최고! 그럼 부탁할게. 유자한테 꼭 전해줘!" 허뤄치는 기분 좋게 외쳤다.

첫 번째 순서는 다른 학교 밴드의 축하 공연이었다.

나는 후배 몇 명과 함께 자리 안내하랴, 프로그램 나눠주랴, 사진 찍으랴, 도시락과 음료수 준비하랴, 정신없이 바빴다. 조금 있으니 땀으로 티셔츠가 흠뻑 젖고 흐트러진 머리카락은 얼굴에 들러붙어 몰골이 말이 아니었다.

"받아." 런치 선배가 무대 뒤 대기실에서 나를 붙잡고 생수를 건넸다.

나는 받아서 꿀꺽꿀꺽 마셨다. 생수를 내려놓는데 런치 선배가 갑자기 내 얼굴을 손으로 감쌌다. 나는 본능적으로 뒤로 한 발 물러섰다.

"움직이지 마!" 선배는 낮게 말하며 내게 더 가까이 오더니, 길고 차가운 손가락으로 내 목덜미를 스르르 쓸며 머리를 묶어주었다.

나는 꼼짝도 못 하고 머리를 꼿꼿이 세운 채 서 있었다.

"다 됐다, 가서 일 봐!" 선배는 내 어깨를 두드리며 웃었다.

드디어 내 할 일이 끝나고 쉴 수 있게 되었을 때는 벌써 유자가 공연할 차례였다.

시끄러운 헤비메탈 음악이 스피커에서 터져 나왔다. 그 울림에 고막이 터질 것 같았지만, 사람들로 사방이 꽉 막혀서 옴짝달싹할 수 없어 그냥 무대 근처에 그대로 서 있었다. 마침내 유자가 무대에 올라왔다.

리허설 때와 달리 헤진 티셔츠가 아니라 검은색 셔츠를 입었는데, 단추 몇 개를 풀어 가슴 근육이 드러났고, 블랙진을 입은 다리는 평소보다 더 길어 보였다. 늘 단정하게 이마를 가렸던 머리는 위로 세워 올려 꼭 검은 화염이 분노로 타오르는 듯했다.

이런 유자의 모습은 처음이어서 하마터면 못 알아볼 뻔했다. 쉽게 적응이 되지 않았다.

시작은 유자의 독주였다. 유자는 눈을 반쯤 감은 채 냉담하고 심취한 표정으로 기타 줄을 퉁겼다. 은반지를 낀 손이 무대 조명을 받아 반짝반짝 빛나며 힘 있게 움직였다. 나는 두 손을 모아 입가에 대고 소리쳤다. "유자, 파이팅!"

내 목소리를 들은 것처럼 유자가 고개를 옆으로 조금 돌렸고, 나와 눈이 마주쳤다. 유자 볼에 보조개가 옅게 패고, 입꼬리도 살짝 올라갔다.

리드 보컬은 싱후이 선배였다. 원래도 키가 큰데, 하이힐을 신으니 더 빛이 났다. 무대 위의 여왕 같았다. 선배는 높고 낭랑한 목소리와 폭발적인 가창력으로 빠른 곡을 연달아 몇 곡 불렀다. 관중석이 뜨겁게 달아올라 앙코르를 외치는 소리가 끊이지 않았다.

"감사합니다! 조금 급하게 팀을 짜느라 저희가 몇 곡밖에 연습을 못 했고, 준비한 곡은 다 보여드렸어요!" 싱후이 선배가 난처한 듯 싱긋 웃으니, 앙코르 소리가 더 커졌다.

"음, 그럼⋯⋯." 선배가 유자 귀에 대고 뭐라고 소곤거리자 유자가 고개를 끄덕이더니 통기타로 바꿔 들었다.

싱후이 선배는 서정적인 노래를 부르기 시작했고, 맑고 따뜻한 통기타 음색이 선배 목소리를 부드럽게 감쌌다. 두 사람은 호흡이 아주 잘 맞았다. 때때로 미소 지으며 서로를 마주 봤고, 때때로 유자가 낮은 소리로 자연스럽게 화음을 넣었다. 마치 두 사람을 위해 만들어진 곡 같았다.

나는 이만 자리를 뜨려 고개를 숙이고 뒤를 돌았다. 그때 객석에서 이상한 비명이 터져 나왔다. 다시 고개를 들어 보니 싱후이 선배가 유자 목을 감싸 안고 유자에게 입을 맞추고 있었다!

그 순간, 누가 내 심장을 세게 쥐어짜는 것 같았다.

나랑 무슨 상관인데, 왜 속상해서 눈물이 날 것 같지…….

왕샤오샤, 울지 마!

울면…… 마치…… 질투하는 것 같잖아!

질투한다는 건, 저 녀석을 좋아한다는 거잖아?

세상에! 누가 질투를 해!

입은 유자 거고, 유자가 키스하고 싶은 사람이랑 키스하는 거지, 나랑 무슨 상관이야!

나는 그냥 런치 선배 때문에 속상한 거야! 그래, 분명 그런 거야!

선배도 여친이 다른 사람을 껴안고 입 맞추는 걸 봤을 거잖아. 그것도 이 많은 사람이 보는 앞에서. 그러니 내 안의 정의감과 도덕심이 튀어나와서 분개한 거야! 여자가 아무리 적극적으로 매달려도, 반듯한 사내라면 정색하며 거절해야지. 못 이기는 척하는 꼴이라니. 저 색마 자식, 혀까지 내민 거 아니야?

뱃속에서부터 화가 치민 나는 힘없이 벽을 붙잡고 대기실로 왔고,

구석에 서 있는 런치 선배를 발견했다. 언제부터 그러고 서 있었는지 모르겠지만, 선배의 눈빛이 흐릿하고 공허해 보였다.

선배도 봤구나. 마음이 엄청 힘들 거야!

"선배! 공연 다 끝났어요." 나는 선배를 부르며 옷자락을 잡아당겼다.

"끝났어? 그럼 자축하러 가자!" 선배는 정신을 차리고 어색하게 입꼬리를 올렸다.

"자축요? 하지만 좀 이따 뒤풀이 있잖아요?" 말이 채 끝나기도 전에 선배가 갑자기 내 손을 잡았다. 선배의 손에서 전해지는 차가움에 몸이 떨렸다.

"……나랑 같이 가줄래?"

뭔가 간청하는 목소리라 거절할 수 없었다.

사람들이 내뿜는 열기 속에서 벗어나니 초여름 밤 공기가 약간 서늘하게 느껴졌다.

선배는 '치킨에는 맥주가 진리'라고 본인이 한 말을 잊었는지 맥주만 샀고, 체육관 계단에 앉아 마시고 또 마셨다.

나도 선배 옆에 앉아 맥주 캔을 따서 몇 모금 마셨다. 맥주는 쓰고 떫었지만 배 속에 들어가니 스르르 온기가 올라왔다. 나는 선배에게 호기롭게 말했다.

"선배, 불쾌한 일들은 생각하지 말고, 자자자! 마셔요! 싱후이 선배가 유자한테 키스를 하다니 말이 돼요? 도대체 무슨 일이래요!"

나는 분노를 표현한답시고 한 손으로 맥주 캔을 팍 눌렀고, 캔은 내 연기에 맞춰 요란한 소리를 냈다. 선배는 눈썹을 씰룩이더니 고개를 들고 술을 마셨다.

"선배 여친이 선배 앞에서, 아니지, 그 많은 사람 앞에서 다른 사람한테 입을 맞추다니요! 선배 기분은 생각도 안 하나. 정말 너무해요! 선배가 안중에 있긴 한 거예요?" 나는 선배 손에서 빈 캔을 가져오고 새 캔을 건넸다.

선배는 말없이 집게손가락을 캔 꼭지로 가져갔다. 틱틱 금속 부딪히는 소리가 나고 또 났다. 몇 번이나 날카로운 소리만 내다가 결국 꼭지가 부러졌다.

"사실, 나랑 싱후이…… 이미 헤어졌어."

"헤어지다뇨? 언제요? 왜요? 싸웠어요?" 나는 어리둥절해 질문만 쏟아냈다.

"지난 학기에. 헤어진 이유는…… 싱후이가 더 이상 나를 사랑하지 않는대. 느낌이 없대. 이 정도면 헤어진 이유 맞나?" 선배가 어두운 눈빛으로 쓸쓸하게 웃었다.

더 이상 사랑하지 않는다고……?

이별의 이유는 수천수만 가지인데, 사실은 다 핑계인지도 모른다. 계속 이어나갈 수 없는 두 사람에겐 사실 너무나 간단한 한 가지 이유뿐인지도. 바로 더 이상 사랑하지 않게 된 것!

안타깝게도 사람들은 대부분 그 사실을 인정할 용기가 없어서, 차라리 복잡한 이유를 만들어 자신을 속이고 남도 속인다.

"엄청 덥네요……." 갑자기 몸에서 열기가 훅 오르는 것 같아 티셔츠 목둘레를 잡아당겼다.

"너 더 마시면 취한다……."

선배가 내 손에서 맥주 캔을 뺏으려 해 나는 꼭 쥐고 놓지 않았다. 선배가 확 힘을 줘서 나를 품으로 끌어당겼다.

"샤오샤, 그만 마셔. 나 너 어디 사는지 몰라." 선배가 나를 내려다봤다. 눈빛이 흐리멍덩하고 위험해 보였다.

"안 취했어요, 안 취했어. 난 천 잔을 마셔도 안 취하고 마실수록 더 멀쩡해요." 나는 손을 휘두르며 크게 웃었다.

"넌 안 취했어도 난 취했어……." 선배의 길고 차가운 손가락이 내 얼굴에 내려앉아 미끄러지는가 싶더니 입술에서 멈췄다.

순간 호흡이 곤란했다.

"세상에서 가장 위험한 동물이 뭔지 알아?"

"난센스 퀴즈예요?" 나는 배시시 웃었다.

"실연한 데다 취하기까지 한 남자야. 후배, 조심해. 남자는 함부로 위로하면 안 돼……."

선배는 계속 내게 가까이 왔고, 나는 계속 뒤로 물러났다. 벽의 찬 기운이 얇은 티셔츠를 넘어 등에 느껴졌을 때, 더 이상 물러날 곳이 없다는 사실을 알았다!

나는 힘껏 버텼지만 두 손은 선배에게 붙잡혔고, 선배 입술이 내 입술에 거의 닿을 듯했다.

"이렇게, 남자의 욕망은 한이 없어……."

"선배, 뭐 하려는 거예요? 나 그렇게 쉬운 사람 아니에요." 비록 내가 쉬울라치면 장난 아니지만.

"내가 뭘 하려는 것 같은데?" 선배는 손등으로 내 볼을 가볍게 쓸었다. 굵은 손가락 관절에서 전해지는 촉감에 나도 모르게 비명을 지를 뻔했다.

"선배가 내 첫사랑이랑 닮긴 했지만……." 나는 힘껏 입을 다물고 고개를 비켰다.

"청이? 그럼 오늘은 날 청이로 생각해. 청이한테 하고 싶은 게 있으면 지금 나한테 다 해도 돼. 화내지 않을게……."

나는 선배를 노려봤다.

"못 하겠어? 정말 귀엽네, 얼굴까지 빨개지고. 그냥 내가 먼저 할까?" 선배가 가볍게 웃었다.

런치 선배의 붉고 촉촉한 입술에서는 술 냄새가 났고, 깊고 까만 눈동자는 흐릿했지만, 그래도 여전히 청이에게 뒤지지 않을 만큼 매력적인 얼굴이었다.

안 돼, 이러다 무너지겠어!

비록 이 몸은 강직한 짝사랑녀이지만, 첫 키스는 소중하다고 생각한다. 첫사랑을 청이한테 바친 마당에 첫 키스마저 어영부영 청이와 닮은 사람에게 준다면, 내가 손해가 너무 크잖아!

그나마 남은 이성이 내게 용감하게 거절하라고 외쳤다.

"선배, 저 한 번도 선배를 청이 대신으로 여긴 적 없어요. 하지만 선배도 날 좋아한다면 나한테 작업 걸어도 돼요. 내가 만약 넘어가면, 그때 나한테 키스해요."

이것도 고백이라고 할 수 있나? 정말 내 뻔뻔함에 박수를 보낸다!

"샤오샤, 나 너 좋아해……." 런치 선배는 이상야릇한 웃음을 보였다. 내뱉는 숨결마저 유혹적이었다.

"선배……." 나도 모르게 눈을 감았다.

"너를 좋아하지만 너한테 다가갈 수도 없고 키스할 수도 없어……." 선배는 내 귓가에 대고 소곤거렸다. "왜냐하면…… 네가 좋아하는 청이가 내 동생이거든."

농담이지? 어떻게 그럴 수 있어?
두 사람은 성도 다르고, 청이에게 형이 있다는 말은 들어본 적도 없는데!
엉엉…… 어떻게 이런 망신스러운 일이 일어났지? 왕샤오샤, 너 남자한테 작업을 건 거는 그렇다 치는데, 어쩜 청이 형한테 걸었냐!
이 몸이 지금까지 살면서 영수증 복권 한 자리도 맞아본 적이 없고, 즉석 복권을 박박 긁어도 늘 번호가 비껴가고, 병마개를 따도 '꽝! 다음 기회에'만 나오는데, 이번에는 신이 왜 이리 날 사랑한 거야!
말도 안 돼! 말도 안 돼!
내가 취해서 환청을 들은 게 분명했다.
"사기꾼!" 에이, 선배가 장난친 거지. 하마터면 속아 넘어갈 뻔했네. 하하! 왕샤오샤, 너 진짜 잘 속는다…….
"내 원래 이름은 청치야. 청치와 청이. 이름도 비슷하지?"
난 놀라다못해 더 이상 생각을 이어나갈 수 없었다. 머릿속이 윙윙거렸다. 뭔가 물어보고 싶은데 입을 벌려도 아무 말도 나오지 않았다.
"다른 사람한텐 말하지 마." 런치 선배는 집게손가락을 들어 내 입술을 꾹 눌렀다.
나는 눈을 휘둥그레 떴다. 온몸이 계속 떨렸다.

"왜……." 막 질문을 던지려는데 갑자기 하늘에서 커다란 손이 내려와 선배 목덜미를 잡아 공중으로 번쩍 들어 올리더니 바닥에 패대기쳤다.

엄마야! 학교에 귀신이 나타났다!

내가 조금 취한 게 아니라 심하게 취한 모양이었다. 헛것이 보일 정도로!

선배는 몸을 구부리고 바닥에 누워 신음했다.

"뭐 하는 거야?" 검은 그림자가 입을 열었다. 분노 시스템이 풀가동 되었는지 얼굴은 흉악하게 일그러지고 눈에선 이글이글 레이저 광선이 뿜어져 나와 내 몸에 구멍이라도 뚫을 기세였다.

나는 비틀비틀 일어나 검은 그림자의 비위를 맞추며 맥주를 건넸다. "하하, 우리 술 마시고 있었지! 너도 마셔……."

유자는 맥주를 건네받아 따자마자 박력 넘치게 원샷을 하고 빈 캔을 내던졌다. 캔이 바닥에 부딪히며 몇 번이나 튀었다.

"또 있어?"

"콜라 한 캔 남았어……."

"내놔!" 유자는 여러 말 하지 않고 손을 내밀었다.

얼마나 기세가 사나운지 눈빛만으로도 순식간에 날 격파할 것 같아서 얼른 콜라를 양손으로 바쳤다. 유자는 한 손으로는 콜라를 받고 다른 한 손으로는 토끼라도 잡듯이 내 팔을 붙들고 자기 쪽으로 와락 끌어당겼다.

나는 유자에게서 벗어나려고 힘껏 팔을 뿌리쳤지만, 돌아오는 건 유자의 위협적인 눈빛과 뼈까지 스며드는 통증뿐이었다.

"다 마셨으니 가자!"

유자는 나를 끌고 그 자리를 떴다.

"유자, 너 뒤풀이 간 거 아니었어? 재미있었어? 싱후이 선배는? 왜 2차는 안 갔어?"

밤으로 접어든 길의 정적을 깨며 내 목소리가 시끄럽게 울렸다. 유자는 뭔가에 쫓기기라도 하듯 급하고 빠르게 날 끌고 갔다.

"너 찾으려고 뒤풀이 아예 안 갔어!"

유자가 별안간 몸을 돌리는 바람에 나는 걷던 속도 그대로 유자의 품에 쿵 부딪혔다.

"나한테 뭐 볼 일 있어?" 나는 아픈 코를 문질렀다.

"있다!" 유자는 화가 폭발했는지 버럭 소리를 질렀다. "너희 엄마가 찾아! 너 휴대전화 안 받는다고 나한테까지 전화하셨어!"

"나…… 폰 두고 왔어……." 나는 소심하게 변명했다.

"폰을 두고 와? 머리도 두고 왔지?" 유자는 내 머리를 쿡쿡 찔렀다. 아프고 불쾌했다.

"엄마한테 나 못 찾았다고 하면 되지, 뭐 하러 굳이 날 찾아서 끌고 가냐? 선배랑 재미있게 얘기하고 있는 거 못 봤어?"

"재미있게 얘기를 해? 둘이서 얘기하고 있는 것 같지 않던데?" 유자는 이를 악물었다.

"어쨌든! 하필이면 딱 그 타이밍에 나타나냐? 내가 거의……." 엄청난 비밀을 물을 뻔했는데!

"네가 거의 뭐?"

"내가 거의 '물을' 뻔……." 나는 흠칫하며 얼른 손으로 입을 막았다. 말하면 안 돼……. 이건 초강력 충격탄일 수 있으니 선배한테 확실히 물어보기 전에 막 터뜨리면 안 돼.

"물어?" 유자의 목소리가 경직됐다. "네가 그렇게 적극적인 줄 몰랐네. 아주 푹 안겨 있던데! 뻔뻔하긴!"

"뭐가 푹 안겨 있어? 그래, 전엔 런치 선배를 덮칠까 생각한 적도 있지만 꾹 참고 내 소중한 순결을 지켰다! 칭찬은 못 할망정 뻔뻔하다니?"

"그럼 내가 뭐라고 할까? 두 분 방해해서 미안하니 계속하세요, 그럴까?"

"그래! 남의 대화를 방해하는 건 아주 예의 없는 짓이야!" 나는 떳떳하게 맞받아쳤다.

"왕샤오샤!" 내 정수리에서 유자의 목소리가 폭발했다. "너 색광이야, 바보야? 대화? 넌 그런 걸 대화라고 하냐? 대화하는데 선배가 네몸을 누르고 있어? 내가 조금만 늦게 갔으면 넌 선배한테 당했어!"

"당하면 뭐 어때서? 네가 무슨 자격으로 그런 얘길 해? 너야말로 선배한테 당했으면서!"

유자 얘 왜 이래? 지금 작정하고 나랑 싸우자는 거야?

통제 불가능한 감정이 취기에 섞여 머리를 강타했다. 안 그래도 선배 때문에 놀란 상태였는데, 그나마 남아 있던 이성마저 내게 안녕을 고했다. 모든 주정뱅이와 마찬가지로 나는 유자의 멱살을 잡고 혀 꼬인 소리로 나 자신도 종잡을 수 없는 말을 마구 퍼부었다.

"너야말로 싱후이 선배랑 사람들 앞에서 키스했잖아. 그래도 난 그

거 가지고 한마디도 안 했는데, 넌 나랑 런치 선배가 잘되는 게 꼴 보기 싫어서 꼭 그렇게 훼방을 놔야겠어? 양쭝유, 넌 맨날 내가 하는 일 훼방 놓잖아. 진짜 거의 물을 뺄 뻔했거든! 어떻게 물어낼래? 뭐로 물어낼 거야? 말해봐, 말하라고…….”

나도 내가 무슨 소리를 하는지 모르겠지만 계속 밀어붙였다.

주정뱅이가 죽어라 몰아붙이니, 궁지에 몰린 쥐는 고양이를 물 수밖에. 내가 계속 다그치자 다급해진 유자도 입에서 나오는 대로 내뱉었다. “날 물어! 그렇게 남자랑 키스하고 싶으면 나한테 해! 그걸로 물어낼게!”

날 물어!

몇 초 동안 세상이 하얘진 것 같았다.
머리가 어지러웠다…….
서로 소리치며 싸우던 중인데, 어쩌다가 이런 말이 튀어나왔지?

날 물어!
날 물어!
날 물어!

“나한테 해.” 나지막하지만 힘 있는 목소리였다. 깊고 맑은 연못에서 흘러나오는 듯, 뛰어들고 싶을 만큼 고혹적이었다.
“네가 하라고 했다…….” 나는 앞으로 한 발짝 가서 고개를 들었다.

여름날의 레몬그라스   129

"내가 못할 줄 알고……."

달빛 아래, 가만히 내려뜬 유자의 눈동자는 검고 깊었다. 이토록 가까운 거리에서 나와 시선을 마주하고 있으면서도 초점은 살짝 갈피를 잃은 듯 보였다. 살포시 열린 입에서 나온 뜨거운 숨결이 내 얼굴로 쏟아졌다. 긴장했는지 온몸의 근육에 힘이 들어간 듯했고, 숨쉴 때마다 검은 셔츠 깃 아래 드러난 아름다운 쇄골이 오르락내리락했다.

도톰하고 촉촉한 입가에는, 그 빌어먹을 매력적인 보조개도 있었다.

나는 힘껏 눈을 깜박이고 또 깜박였다. 눈앞의 남자애가 수면에 비친 그림자처럼 흔들거려서 머리가 어지러웠다.

유자는 고개를 돌리며 나지막이 한마디를 내뱉었다. "너 취했어!"

나는 두 손으로 유자의 얼굴을 잡았다. "움직이지 마……. 너 키 많이 컸다……."

까치발을 하고 유자의 입을 조준해 물었다.

"야, 너 나 몰래 젤리 먹고 있었어? 콜라 맛이네……." 거리를 조금 벌린 후 당황스러워 물었다.

"그거 내 혀야." 유자가 대답했다. 숨은 약간 거칠었지만 말투는 여전히 침착했다.

나는 뭐라고 꿍얼거렸다. 그다음에는…….

그다음은 없다.

기억 안 나니까…….

정말 기억 안 나니까, 억울하면 너도 날 물든가!

3장
확실하지 않으면
입 맞추지 마

비몽사몽간에 든든하고 따뜻한 촉감에 감싸인 느낌이 들어 머리를 더 안으로 파묻었다. 햇살 내음이 맡아지는 듯했다.

"몇 시지……." 나는 눈을 감은 채 잠꼬대처럼 웅얼거렸다.

"2시 다 됐어……." 쉰 목소리로 대답이 돌아왔다.

"2시밖에 안 됐구나……." 어제 집에 늦게 들어온 기억이 난다. 하늘이 내 기도를 들어주었는지 시간이 느리게 흘렀나 보다.

"새벽 2시가 아니라 오후 2시."

"아……." 나는 아쉬워하며 눈을 떴다가 그 따뜻함 속으로 다시 몸을 묻고 비비적댔다. 수컷 동물이 목구멍 깊은 곳에서 내는 듯한 저음이 들렸다. 이게 무슨 소리지?

"아악!" 이어진 것은 내 비명 소리였다. 안에 뭐가 들었는지 모르는 무서운 상자에 손을 넣었다가 바퀴벌레를 만졌을 때 나올 법한 데시벨이었다. 덤으로 황비홍의 전매특허 발차기 기술인 불산무영각도 몇 차례 날렸다.

"아악!" 이번에는 유자가 아파서 내지른 소리였다. 자다가 별안간 내 발에 차여 침대 밑으로 굴러 떨어진 유자는 바닥에 엎어져 온몸을 웅크렸다.

그 틈에 내 옷차림을 살폈다. 평소 잘 입는 핑크색 헬로키티 잠옷이었고, 단추는 있어야 할 곳에 얌전히 있었다. 가려야 할 곳은 다 잘 덮여 있는 것 같았다. 노출하면 안 되지……. 사실 노출할 것도 없어서 딱히 걱정할 필요도 없지만.

왜인지 한숨 놓였다. 휴, 다행이야.

그래, 왕샤오샤, 다행인 줄 알아! 사실 네가 술 마시고 덮쳤을까 봐 걱정했지?

"야, 네가 왜 여기 있어?" 나는 유자를 발끝으로 툭툭 찼다.

유자는 몸을 돌려 바닥에 대자로 뻗었다. 머리카락은 까치집을 지었고, 볼에는 베개 자국이 발그스름하게 찍혀 있었다. 빨간색 티셔츠에 남색 농구 바지를 입었는데, 가슴 근육 라인을 따라 티셔츠의 햄버거 그림이 오르락내리락하는 것이 아주 입체감이 있었다.

왕샤오샤, 너 무슨 생각을 하는 거야? 음흉하긴!

"어제 내가 너 집까지 바래다줬고, 너희 엄마가 자고 가라고 했어."

"근데 왜 내 침대에서 자?"

유자는 당연하다는 듯이 혀를 찼다. "아니면 바닥에서 자냐?"

음, 논리적인데.

어제 그 입맞춤이 생각났다. 제대로 짚고 넘어가야 할 것 같았다.

"키스는 그런 느낌이었구나……." 조금 실망스러워 한숨이 나왔다.

여름날의 레몬그라스

젤리를 문 것 같았고, 차가웠을 뿐이다.

소설이랑 다르잖아! 전기가 찌릿한다며? 벼락이 치고 불꽃이 튄다며? 하늘에 온통 장미꽃이 휘날린다며?

없었어! 전혀 없었어!

눈앞엔 내 덕에 도루에 성공하고 게슴츠레한 눈으로 멍하니 나를 응시하는 남자애밖에 없었다.

"유자, 어제…… 내가 너한테 키스했지……." 이런 대사를 꺼내다니 너무 부끄러웠지만, 잠시 망설이다 뻔뻔하게 물었다. "넌 어땠어? 내가 좀 손해 본 기분이긴 하지만 우리가 어릴 때부터 함께 자라온 정을 생각해서 감상 좀 얘기해봐……."

"키스? 그것도 키스냐?" 유자는 거북해하며 얼굴을 돌렸다. 뒤에서 비쳐드는 빛 덕분에 나는 유자의 속눈썹이 계속 떨리는 걸 포착했다.

"흐음. 무려 첫 키스거든!" 나는 괜히 이불 끄트머리를 배배 꼬며 강조했다.

"너 나 좋아해? 아니면 나한테 왜 입 맞췄어?" 유자는 내 눈을 응시하며 물었다.

이번엔 둘 다 눈을 피하지 않았다. 우리는 서로 말없이 대치했다.

당장이라도 터질 듯한 바람 빵빵한 풍선이 우리 사이에 끼어 있는 것처럼 긴장감이 점점 높아졌다. 터질까 봐 조마조마하며 아슬아슬, 조심조심 지키고 있었다.

내가, 널 좋아해?

언젠가는 둘 중 누군가라도 터뜨려야 할 질문이었다!

왕샤오샤, 너 잘 생각해!

청이한테 이미 한 번 졌잖아. 이번에 또 지면 사랑뿐 아니라 우정까지 잃는 거다.

그러니까…….

"아니거든!"

적어도 지금은 아니야. 난 아직 충분한 용기가 없어.

이 말을 내뱉는 순간 유자가 안도의 한숨을 쉬는 걸 느꼈다.

좋은 친구. 그래, 이 정도 사이가 더 괜찮은 거 맞지?

애써서 얻은 게 아니니 잃을 걱정도 없다.

"술김에 이성을 잃었을 뿐이야!" 나는 핑계를 댔다.

"내가 생각한 답이랑 똑같네. 야, 경고하는데 절대로 나 좋아하면 안 돼!" 유자는 푸핫 웃으며 손을 뻗어 내 이마를 힘껏 때렸다.

"왜?" 난 원래 꼬치꼬치 캐묻는 스타일이다.

"너 진짜 나 좋아해?"

"아니라니까!" 나는 단호하게 대답한 뒤 머뭇거리며 덧붙였다. "만약에 말이야……."

"그럼 묻지 마!"

"쪼잔한 놈……."

"정말 알고 싶어?"

"당연하지!"

"그럼 잘 들어. 왕샤오샤, 만약 네가 정말 날 좋아하게 되면…….'

"어떻게 되는데?"

"그럼 우리는 친구도 될 수 없어." 유자는 웃음을 거두고 날 바라봤다. 협박이 아니라 뭔가 결심하고 선포하는 말투 같았다.

무시무시한 말이었다. 내게 금을 넘지 말라고 경고하는 거다.

마음이 쿵 내려앉았다. 나는 유자를 쳐다봤다. 유자의 눈빛이 어찌나 깊숙하고 어두운지, 햇빛 찬란한 오후인데도 블랙홀로 빨려 들어가는 기분이었다.

"무서운데?"

"당연하지!" 유자가 옆으로 얼굴을 돌렸다. 뒤에서 비치는 햇빛에 유자 얼굴에 커다란 그늘이 내려앉았다. "그리고 어제 날 물라고 한 건 그냥 농담이었어."

내가 진짜로 물 줄은 몰랐겠지…….

나는 목에서 메마른 웃음을 쥐어짜내며 대수롭지 않은 척 말했다. "그럼 날 밀쳐내지 그랬어. 내가 목적 달성 못 하게."

"미안." 유자가 사과했다.

괜찮아, 사실…… 난 별로 신경 안 쓰이는데 사과는 왜 해?

대체 누구한테 사과하는 거니?

♣

일요일 밤, 일찌감치 침대에 누웠지만 잠이 오지 않아 이리저리 뒤척였다.

이런저런 근심 걱정이 머릿속을 가득 채웠다. 그때 휴대전화 진동이 느껴졌다. 통화 버튼을 누르니 장자링이 통통 튀는 높은 목소리로 다짜고짜 물었다.

"왕샤오샤, 너 유자랑 사귀냐?"

"뭐? 누가 누구랑 사귀어?" 어찌나 놀랐는지, 안 그래도 없던 잠이 완전히 달아났다.

"너랑 유자! 헤헤, 다 들었지롱! 너희 둘 소문이 자자하더라? 우리 학교까지 쫙 퍼졌던데!"

장자링은 아주 신이 났다.

"무슨 헛소리야⋯⋯."

"BBS에 올라왔어. 조회수가 1만이 넘고, 후속편 올려달라고 댓글 난리야!"

나는 벌떡 일어나 책상 앞으로 가서 앉아 컴퓨터를 켰다. 고등학생들이 잘 가는 게시판에 들어가보니, 맨 꼭대기에 깜빡이는 붉은색을 배경으로 제목 몇 개가 보였다.

속보! ○○고등학교 기타 동아리 공연 불꽃 팍팍!

고3 여자 선배가 동아리 회장에게 키스!

고백 거절당한 선배 화내며 후배 뺨 때려!

알쏭달쏭 캠퍼스 러브, 제3자는 과연 누구? 진실이 궁금하면 클릭!

선배가 사람들 앞에서 유자한테 키스한 건 나도 아는데, 고백했다가 거절당했다고? 유자가 거절했어? 뺨까지 맞고?

그런 재밌는 장면을 내가 놓쳤다니!

"야, 제발! 이런 과장된 글을 믿냐!" 나는 화살표 버튼을 탁탁탁 두드려 화면을 아래로 내렸다.

여름날의 레몬그라스

"글쎄, 아니 땐 굴뚝에 연기가 나려나? 너 유자랑 길에서 딥키스 했다며? 본 사람 많다더라! 우와, 세상에, 딥키스라니! 왕샤오샤, 네가 그렇게까지 적극적일 줄이야! 느낌이 어떻디? 좋았어? 아이고! 유자 고놈이 갈수록 인물 나더라니, 선배들까지 탐을 낼 정도였군!"

말하는 게 갈수록 가관이네! 나는 휴대전화로 컴퓨터를 때려 부수고 싶은 충동을 억누르며 장자링의 말을 정정했다. "없는 말 지어내지 마. 무슨 본 사람이 많아? 그때 너무 늦어서 길에 아무도 없었거든!"

아! 망했다! 누가 기관총 좀 주세요. 내 입 좀 쏴버리게!

"하하하! 그러니까 진짜 하긴 했네!" 장자링은 웃음을 터뜨렸다.

"야! 나랑 유자는 니들이 생각하는 그런 사이 아니거든! 그냥 친구야, 동네 친구!" 나는 극구 해명했다.

"이보세요, 정신 좀 차려요. 너랑 유자 사이는 네 맘대로 되는 게 아니야. 중학교 졸업식 날 내가 유자한테 고백했다 까졌잖아. 따로 좋아하는 여자가 있다더라고. 게다가 그 자식 1지망에 갈 수 있는 점수를 받고도 너랑 같은 학교에 갔잖아. 걔가 뭐 때문에 그랬겠니? 잘 들어. 유자가 그 좋은 성적으로 너랑 같은 학교에 간 건 정신이 나가서가 아니라 널 좋아해서야!"

장자링의 목소리가 전화기를 통과해 내 귀에 꽂혔다. 나는 목에 날카로운 칼이 걸린 듯 아무 말도 하지 못하다가, 잠시 후에야 단호하게 내뱉었다.

"말도 안 돼!"

"맙소사, 너 아직도 청이 좋아하는 건 아니지?" 제3자들은 늘 급소 찌르기 담당이다.

나는 컴퓨터를 끄고 이불 속으로 돌아갔다.

"샤오샤, 왜 말을 안 해……. 청이 얘기 꺼내면 안 되는 거였어?" 장자링이 조금 머쓱해했다.

"청이 때문이 아니라 나 졸려서……. 그럼 나 잔다." 나는 최대한 졸린 목소리로 말한 뒤 장자링이 대답하기도 전에 전화를 끊었다.

청이 때문이 아니야.

청이가 아니더라도 나랑 유자는 불가능해!

우리는 친구야. 그뿐이고, 그럴 수밖에 없어.

유자가 좋아하는 여자는 내가 아니니까!

뜻밖이니? 전혀 아니거든! 다들 속았어!

다행히 난 이미 한참 전에 눈치채서 속지 않았어.

고등학교 입시 성적이 발표되던 날, 성적표를 받으러 학교에 갔다가 선생님들이 애석해하며 대화하는 소리를 듣고 청이의 출국 소식을 알았다.

성적표를 접어 넣고 학교 안을 정처 없이 돌아다니는데 내가 수업 받던 교실에서 경쾌한 여자 웃음소리가 흘러나왔다.

창문으로 들여다보니 낯선 여학생이 의자에 앉아 있고, 남학생은 그 옆 책상에 걸터앉아 있었다.

창틀이 시선을 살짝 가로막았지만 남학생은 내게 굉장히 익숙한 실루엣이었다.

"널 좀 더 일찍 만나지 못한 게 너무 아쉬워……. 쭝유, 우리 같은 고등학교 갈래?" 여학생은 애교 섞인 목소리로 말했다.

유자는 말없이 머리만 끄덕였다.

여학생이 얼굴을 들었다. 동그란 큰 눈은 웃음기가 가득했고, 눈빛은 새벽을 깨우는 첫 햇살처럼 맑았다.

그때는 누군지 몰랐지만, 나중에 그 애의 얼굴을 기억해냈다.

그 애는…… 허뤄치였다.

나하고는 딱 한 번 봤을 뿐이고, 고등학교에 올라가 같은 반이 된 허뤄치.

유자가 1지망 점수를 받고도 나랑 같은 학교에 진학한 이유다.

그건 유자가 허뤄치에게 한 약속이지, 나와는 관계없다.

둘은 교실 앞문으로 나갔고, 창문 밑에 있던 나를 보지 못했다. 잠시 그대로 있다가 자리를 뜨려는데 갑자기 푸른빛이 눈에 들어왔다. 나는 걸음을 옮겨 교실로 들어갔다. 짙은 파란색 물병이 내 책상 서랍에 가만히 누워 쓸쓸한 금속 빛을 발하고 있었다.

그걸 못 알아볼 리 없었다. 깊은 바다처럼 푸른 광택에 살짝 긁힌 자국까지…….

청이 물병이 왜 내 서랍에 있지?

알 수 없는 기대를 품고 열어 안을 들여다봤지만 비어 있었다.

물병과 끈에 달린 금속 고리가 서로 부딪히는 소리만이 아무도 없는 교실에 울렸다. 기분 나쁜 비웃음처럼 들렸다.

내 기대를 비웃었어!

그냥 빈 물병이야! 청이가 두고 가서 누군가 내 서랍에 잘못 넣어둔 것뿐이야.

왕샤오샤, 너 대체 뭘 기대했어?

"그래서 너는 대체 나 좋아해 안 좋아해?"

나는 이 질문의 대답을 기다리고 기대했다. 그해 초여름부터 지금까지 나의 교만함과 자존심을 내던지고 하루 또 하루, 고집스럽게 기다렸다……. 한 남자의 대답을.

너무 바보 같은가…….

전갈자리의 이런 고집이 나 자신도 싫다. 얻을 수 없는 건 굳이 갖고 싶고, 가질 수 없는데 죽어라 집착하고!

나중에는 나조차 분간이 가질 않았다. 기다리는 게 그 사람인지, 아니면 그 사람의 대답인지.

나는 버려진 청이의 물병을 집으로 챙겨 와 그 안에 청이의 학생증을 넣고, 지난날의 기억과 함께 서랍 깊숙이 넣었다. 더 이상 세상을 볼 수 없도록.

버릴 순 없으니 깊이 묻을 수밖에.

그랬는데…… 이날 걸려온 장자링의 전화 한 통이 내 기억 상자를 뒤집은 것이다. 한번 발동이 걸리니 수습이 안 됐다. 침대에 누워 예전 일들을 떠올리니 눈물이 날 것만 같았다. 바람 한 점 없는 밤공기에 숨이 막혔다.

"왕샤오샤, 자?" 오빠가 노크를 하고 문을 살짝 열어 머리를 들이밀었다. "내 흑백 다큐멘터리 네가 가져갔지?"

"아니."

"거짓말, 저번에 네가 보는 거 분명히 봤거든."

"못 믿겠으면 들어와서 직접 찾든가." 오빠와 실랑이하기도 귀찮았다.

오빠는 냉큼 들어와 내 책상을 샅샅이 수색했지만 찾지 못하자 책상 서랍을 열고 마구 뒤졌다.

"조심해, 다 흐트러뜨리지 말고." 살짝 짜증이 났다.

"언제 정돈된 적은 있냐?" 오빠가 기분 나쁜 미소를 지었다.

"있거든! 물건이 찾아지는 확률이 조금 낮아서 그렇지." 나는 우물거렸다.

오빠는 끝내 서랍 깊숙한 곳에서 CD 하나를 찾아냈다.

"확률이 조금 낮아? 이건 뭘까나?" 오빠는 손에 든 CD를 흔들었다.

"찾았으면 얼른 나가. 무슨 잔소리가 그렇게 많아."

"시간 내서 정리 좀 해라. 이게 서랍이야 쓰레기통이야!" 오빠는 서랍을 쾅 닫고는 성큼성큼 내 방에서 나갔다.

어차피 잠도 오지 않으니 일어나서 오빠가 어지럽힌 서랍을 정리하기 시작했다.

버릴 수 없거나 버리기 아깝거나 어떻게 해야 좋을지 모르겠는 물건투성이였다. 세월이 지나니 이제는 다 쓰레기였다. 점수가 엉망인 수학 시험지, 과월호 만화 잡지, 다 쓴 색연필과 건전지, 더 이상 연락하지 않는 전화번호가 가득한 수첩, 지금의 내 모습이랑 다른 사진, 아직 기념이 끝나지 않은 졸업 기념 책자……. 천천히 하나하나 정돈했다.

청이의 물병이 굴러 나왔다. 한참을 멍하니 쳐다보다 다시 서랍 깊숙이 넣으려고 잡았는데 손이 미끄러지는 바람에 물병이 바닥으로 곤두박질쳤다. 요란한 소리와 함께 나무 바닥이 살짝 긁혔다.

물병을 주워 무심코 바닥 쪽으로 뒤집었다. 그 순간, 자그맣게 쓰인 깔끔한 검정 글씨가 눈에 들어왔다.

나는 벼락을 맞은 듯 바닥에 주저앉았다.

나도 널 좋아해.

손을 뻗어도 그렇게 닿지 않더니…… 이 여섯 글자는 물속에 빠진 듯 내 앞에서 둥실둥실 움직이며 점점 흐릿해졌다.

배 속에서 시고 떫은 느낌이 강하게 울렁거리며 끊임없이 위로 올라와 눈에 자욱하게 퍼졌다. 그것은 이내 습기가 되어 내 시야를 완전히 가렸다.

나 너 좋아해. 너도 나 좋아해?
나도 널 좋아해.

드디어 답을 들었다.
청이도 날 좋아했구나…….
당연히 기뻐야 하는데, 왜 씁쓸하고 울고만 싶지?
2년 전의 고백에 대한 답을 마침내 들었는데, 그 대답을 남긴 사람은 이미 내 세상에서 한참 멀어졌다.
청이는 어떤 마음으로 이걸 썼을까?

여름날의 레몬그라스   143

내가 널 좋아한다는 걸 계속 알고 있었다며!

너도 날 좋아하면서, 그땐 왜 말하지 않았어?

줄곧 억울하게, 조용하게, 비밀스럽게 물병 바닥에 숨어 있던 이 여섯 글자를 내가 끝까지 발견하지 못했으면?

아니면 아예 처음부터 내가 발견하지 못하길 바랐던 거야?

넌 어쩜 그렇게 이기적이니?

날 좋아하는 게 창피한 일이야?

나중에 내가 이 글씨를 발견하고 어떤 기분일지 생각은 해봤어?

나도 널 좋아해.

그래서 어쩌라고?

넌 이미 내 곁에 없는데.

♣

어떻게 해야 좋을까. 지난 일은 과거에 남겨졌고, 시간은 계속 날 앞으로 밀어내는데.

얼떨떨한 상태로 며칠이 지났다.

매일 수업, 보충 수업, 예습 복습, 곧 다가올 기말고사 대비 등을 반복하며 바쁜 일상에 피곤했지만, 밤이 되어 침대에 누우면 심란해서 잠이 오지 않았다.

그러던 어느 날, 실외 청소를 하는데 허뤄치가 날 한쪽 구석으로 끌고 가 어두운 얼굴로 물었다. "샤오샤, 애들이 그러는데 너랑 유자…… 정말 사귀는 거야?" 허뤄치의 하얀 얼굴이 살짝 붉게 물들었고, 예쁜 큰 눈에는 물기도 어려 있었다.

나는 그 물음에는 답하지 않고 허뤄치에게 되물었다. "너 유자 좋아해?"

"이상한 소리 하지 마……." 허뤄치는 고개를 떨궜다. 귀 끝까지 새빨개진 걸 보니 대답을 안 들어도 알 것 같았다. "우리 엄마 귀에 들어가면 안 돼."

"염려 마! 나랑 유자는 그냥 친구야! 그날 내 휴대전화 배터리가 없어서 폰이 꺼졌거든. 그래서 우리 엄마가 유자더러 나 좀 찾아보라고 했대. 그때 딱 싱후이 선배가 유자한테 고백할 줄 누가 알았겠어. 어쨌든 여차저차해서 일이 꼬였을 뿐이야." 나는 열심히 해명했다.

"그러면…… 그 소문들은?"

"헛소문이야!" 허뤄치가 믿지 않을까 봐 나는 이를 악물고 숨김없이 털어놨다. "나는 좋아하는 애가 있고, 유자도 좋아하는 여자 따로 있어."

"정말? 그럼 유자가 좋아하는 애는 누군지 알아?" 허뤄치는 얼굴은 살짝 펴졌지만 목소리가 떨렸다.

"궁금해? 가서 유자한테 물어봐! 유자가 좋아서 얘기해줄걸." 나는 허뤄치의 팔을 툭툭 치며 격려의 미소를 보냈다.

자신이 좋아하는 사람에게서 직접 '널 좋아해'라는 말을 듣는 건 행운이고 행복이다.

나는 이미 행운을 놓쳤고 행복은 멀어졌다.

♣

　선배들의 졸업식 날, 커다란 먹구름이 어둡게 드리웠지만 하늘은 뭔가 맺힌 게 있다는 듯 꾸물거리며 좀체 비를 내리지 않았다.

　학교 정문 앞에는 해바라기 노점상이 줄지어 늘어섰다. 눈길을 끄는 환한 모습에 끌려 한 송이를 사고 돌아서는데 예쁘게 핀 장미가 보여 장미도 한 다발 샀다.

　강당은 이미 학생들로 빼곡했다.

　런치 선배가 졸업생 대표로 답사를 했다. 선배는 흰색 셔츠를 입고 머리는 더 짧게 잘랐다. 뿔테 안경 너머 눈동자가 밝게 빛났다. 강단에 선 선배의 해맑고 당당한 얼굴이 주위의 모든 것을 무채색 배경으로 만드는 듯했다.

　형제는 둘 다 사람들 속에서 빛을 발했다.

　나는 잠시 생각하다 해바라기를 런치 선배에게 주었다. 선배는 활짝 웃으며 꽃을 받았고, 내게 말을 건네기도 전에 누가 사진을 찍자고 불러서 가야 했다.

　"네가 묻고 싶은 게 뭔지 알아. 나 사진 다 찍고 올 때까지 기다려."

　선배는 한 손을 들어 어린아이에게 하듯 내 머리를 쓰다듬었다.

　선배를 중심으로 사람들이 한 겹 또 한 겹 에워쌌다. 아무래도 금방 놓여날 것 같지 않았다.

　싱후이 선배는 다른 원 안에 서 있었다. 나는 선배에게 장미를 주려고 사람들 틈을 비집고 들어갔다.

　나를 본 순간 선배 얼굴에서 웃음이 얼어붙었다.

"누가 꽃 달래?" 선배는 콧방귀를 뀌었다. 목소리가 크지는 않았지만 스캔들에 예리한 주위의 시선을 끌기엔 충분했다.

"선배가 장미를 좋아한다고 해서……." 이 말을 제대로 내뱉을 새도 없이 나는 별안간 훅 앞으로 떠밀렸고, 들고 있던 장미가 선배 얼굴을 덮치고 말았다.

"마음에도 없는 짓 하네!" 싱후이 선배는 몇 걸음 물러나 씩씩거리다가 내 손에서 장미를 빼앗아 들고 힘차게 내 몸으로 던졌다. 꽃다발 밑에 묶여 있던 물주머니가 터지고 리본도 풀어졌다. 빨간 장미 꽃잎이 사방으로 흩날리고, 교복 밖으로 나온 팔은 장미 가시에 찔려 빨갛게 피가 맺혔다.

안 아파…… 진짜로.

나는 멍하게 선배를 쳐다봤다.

선배는 유자가 나 때문에 자신을 거절했다고 생각하는 게 분명했다.

왕샤오샤, 네가 멍청했네. 상처에 소금을 뿌린 셈이니, 선배한테 미움받아도 싸!

"죄송해요, 선배……. 장미 안 좋아하시나 봐요." 나는 변명하지 않고 바로 차분한 말투로 사과했다.

"너……." 선배는 얼굴빛이 더 창백해지더니 손을 번쩍 들어 올렸다. 나는 본능적으로 눈을 감으며 얼굴을 돌렸다. '짝!' 뺨 때리는 소리가 생생히 들렸지만 볼이 얼얼하지는 않았다.

살며시 눈을 떠보니 런치 선배가 내 앞을 막고 있었다.

"그만해! 싱후이!" 런치 선배는 싱후이 선배의 팔을 잡고 나지막이 말했다.

싱후이 선배는 입술만 꽉 깨물고 있었다. 잠시 후 이빨 자국이 선명한 입술 틈새로 울음소리가 터져 나왔다. 주변에 있던 사람들이 싱후이 선배를 둘러싸며 달랬고, 더 많은 사람들이 내게 눈을 흘겼다.

여기저기서 수군거리는 소리가 들리기 시작했다. 그 말들은 방어 능력을 상실한 내 귀로 한 글자 한 글자 들어왔다.

이때 마침 바깥에는 비가 내리기 시작했다. 천둥까지 요란하게 치며 세차게 쏟아지는 빗소리가 세상을 야속하게 봉쇄해버렸다. 밖으로 달아날 수도 없게.

뭐 어때, 그냥 뛰자. 비 좀 맞으면 어때? 차가운 시선도 씻어버리고 좋잖아!

그런데 신발 속에서 무기력하게 움츠려 있던 발가락이 경련을 일으키며 움직이지 않았다. 나는 바람 빠진 풍선처럼 지쳐서 벽에 기댈 수밖에 없었다.

"가자!"

따뜻한 온기가 손바닥에 전해졌다. 목소리의 주인공이 나를 데리고 도망쳤다.

런치 선배는 그렇게 내 손을 꽉 잡고 강당 밖으로 나갔다.

♣

초여름 남서풍은 빨리 오고 빨리 갔다.

비가 그치고, 햇살을 받은 구름층이 아련하게 금빛을 둘렀다. 공기 중에 맴도는 싱그러운 치자나무 향이 가슴속으로 확 들어왔다.

우리는 학교 구석에 있는 작은 정자로 가서 앉았다. 커다란 불꽃나무 한 그루가 정자를 거의 덮고 있었다. 빨갛게 물든 아름다운 잎사귀에 맑고 투명한 물방울이 맺혀 반짝였다.

런치 선배는 책가방에서 얇은 외투를 꺼내 조심스럽게 내 몸의 물기를 닦아주었다.

긴 속눈썹이 눈가에 그림자를 드리웠고, 오뚝한 코 아래 살짝 다문 입술은 끝이 살며시 올라가 웃을 듯 말 듯 보였다. 정말 닮았다…….

책가방에 얇은 외투를 가지고 다니는 습관까지 똑같았다. 하긴, 형제니까!

"여기, 안 아파?" 선배가 내 팔의 상처를 눌렀다.

따스한 선배의 체온이 손가락을 통해 전해져, 내 몸도 따뜻해지는 기분이었다.

나는 고개를 젓고 선배를 바라보기만 했다. 눈을 깜박이면 이 얼굴이 내 눈앞에서 사라질까 봐 두려워 진지하게, 집중해서.

"야……. 난 청이가 아니야. 그렇게 보지 마. 진짜 나한테 빠지면 어쩌려고?" 선배는 내 눈썹을 콕 찔렀다. 입가에 장난기가 걸려 있었다.

마음이 뜨끔해 황급히 시선을 옮겼다. 잠깐 적막이 흐른 후 최대한 평범하고 평온하게 들리도록 애쓰며 청이의 안부를 물었다.

"청이는…… 선배 동생은, 잘 있어요?"

선배는 내 손에 쪽지를 쥐여주었다. 손바닥을 펴보니 종이에 낯선 숫자들이 적혀 있었다.

"청이 전화번호야. 002 누르고 44는 영국 국가번호야. 그 뒤는 휴대전화 번호고. 한번 걸어봐. 연결이 될지는 나도 모르겠네." 선배는 손끝으로 쪽지의 숫자를 짚으며 자상하게 설명해주었다.

나는 혼란스러워 선배를 힐끗 봤다.

"사실은 나도 청이랑 연락한 지 오래됐어. 만난 지도 오래됐고. 형제지만 남이나 다름없지. 널 안 만났으면 청이 얘기를 꺼낼 일도 없었을 거야." 선배는 내 궁금증을 눈치채고 가벼운 말투로 말했다.

청이가 말하기 꺼려했던 외로움의 이유를 런치 선배가 전부 들려주었다. "내가 일곱 살, 청이가 여섯 살 때 아빠가 박사 과정 장학금을 신청했는데, 그쪽에서 교직이랑 숙소까지 제공해주기로 해서 온 가족이 이민을 가기로 했어. 그런데 청이가 그때 큰 병을 앓다가 막 나았는데 무슨 일이든 이상하게 민감하고 거부감이 심하더라고. 그래서 어쩔 수 없이 청이는 남겨두고 가게 됐어."

"어쩐지……. 청이가 시험에서 1등을 해야 부모님이 자기를 보러 온다고 하더라고요."

나는 그 말을 하던 청이의 눈동자 깊은 곳에 숨겨졌던 자긍심과 외로움이 떠올랐다.

"그런데 부모님이 이혼을 했어……. 나중에 엄마가 나를 데리고 재혼해서 나는 새아빠 성으로 바꿨고. 타이완으로 돌아온 후에 엄마가 몇 번이나 청이를 만나려고 했는데, 할아버지는 엄마가 청이를 만나는 게 싫었는지 아예 청이를 외국으로 보내버렸어. 아빠가 있는 곳으로." 선배는 시선을 내려뜨리고 담담하게 말했다.

"청이는 부모님이 이혼한 걸 모르고 있었어요?" 나는 몹시 놀랐다.

"응. 할아버지는 부모님이 이혼한 것도 엄마가 재혼한 것도 다 받아들이지 못하고 청이한테도 계속 숨겼어. 나이 드신 분들은 이혼도 재혼도 다 남 부끄러운 일이라고 생각하니까……. 청이한테 아마 나라는 형은 옛날부터 없는 존재일 거야." 선배는 씁쓸하게 웃었다.

"청이는 영국에 가서야 알고 마음이 많이 아팠겠네요……. 청이가 얼마나 가족들이랑 함께 살고 싶어 했는데, 그런 사실을 속이다니. 너무 잔인한 거 아니에요?" 나는 전화번호가 적힌 종이를 꽉 꾸겼다. 내 말에 선배 얼굴이 어두워졌다.

선배는 손바닥에 얼굴을 묻었다. "나도 잔인하다고 생각해. 하지만 내가 청이한테 어떻게 말해야 좋았을까? 엄마 아빠 너 보러 안 가니까 기다리지 마, 두 분 이혼했어! 이제는 날 형이라고 부르지 마, 난 이미 다른 사람들 가족이 됐어! 이런 얘길 할 수 있었겠어? 우리 둘 다 어린애들이었다고!"

목구멍에 뭐가 걸린 듯 쓰리고 뜨거워 한참 후에야 목소리가 나왔다. "청이는 버림받았다고 생각했을 거예요……."

선배도 한참 동안 말이 없었다. 무언가를 꾹 참고 있는 눈빛이었다. 그러다가 결국 한숨을 쉬고는 입을 열었다. "누가 누구한테 잔인하게 군 게 아니야. 사람은 살면서 언제고 버리고 버림받는 일을 겪게 돼. 그걸 감당하는 과정에서 더 강해지는 법을 배우는 거야."

이곳에서 전부를 버리고 영국에 가서야 자신이 이미 모든 것으로부터 버려졌음을 깨닫다니.

사람들은 때로 누군가에게 상처를 주지 않으려 진실을 숨기지만, 거짓말이 무너지는 순간 상대가 받아야 하는 상처는 훨씬 깊다. 청이는 그 모든 것을 감당하며 그전처럼 거만하고 외롭게 자신을 가두고, 그 누구와도 연락하지 않는 것이다.

눈이 계속 시큰했다. 양파를 깔 때처럼 찌릿찌릿한 통증 때문에 거의 눈을 뜰 수 없었다.

"울고 싶으면 울어. 안 놀릴게." 선배는 손등으로 내 눈가를 닦아주었다.

"눈에 모래가 들어가서 아파서 그래요." 나는 감정을 억누르고 힘껏 눈을 깜박였다.

"눈 감아봐. 내가 불어줄게." 선배는 싱긋 웃으며 자연스럽게 내 말을 받아주었다.

나는 눈을 감았다. 눈꺼풀에 선배의 차가운 손끝이 닿았고, 얼굴에는 뜨거운 입김이 와 닿았다. 차가웠다 뜨거웠다 하고 있으려니 지금 상황이 조금 애매하다는 생각이 들었다. 당황해서 눈을 떴다. 맑고 깨끗한 선배의 눈동자가 아주 가까운 거리에서 평온하게 나를 마주하고 있었다.

청이 앞에서 난 엄청난 겁쟁이여서 아주 조심스럽게 그 애를 좋아했다. 그리고 용기를 내 겨우 고백했지만 청이는 인색하게 대답을 아꼈고, 나는 나중에야 청이가 쓴 글자를 발견했다. 하지만 청이는 이미 나의 세상에서 떠난 뒤였다.

나는 최대한 아무 기대도 품지 않고 물었다. "청이는 돌아오나요?"

선배가 나를 지그시 바라보았다. "그 질문은 나에게 할 게 아닌데. 여기에 마음 쓰이는 게 있다면 당연히 돌아오겠지."

마음이 콩닥거렸다.

나는 청이가 버린 존재일까, 아니면 마음 쓰이는 존재일까?

고개를 숙여 쪽지를 들여다봤다. 비에 젖어 글씨 주변이 살짝 번져 있었다. 번진 자국이 뇌리에 깊이 박힐 때까지 보고 또 봤다.

그런 후 선배에게 쪽지를 돌려주었다.

"왜? 청이한테 연락하고 싶지 않아?" 선배가 의아해하며 물었다.

"선배 말이 맞아요. 청이가 마음 쓰이는 게 있으면 자연히 돌아오겠죠." 나는 쿨하게 말했지만, 입이 조금 뻣뻣하고 왼쪽 가슴께가 욱신거렸다.

"웬 내숭이야? 민망해서? 나는 네 편이야!" 선배는 놀리듯이 웃으며 말했다.

"내숭이 아니라 자부심이에요!"

버렸을까, 마음에 있을까?

청이 마음에 내가 있다면 돌아오겠지!

이건 내 자부심이자 자존심이었다.

선배는 잠시 가만히 있다가 천천히 쪽지를 접어 가방에 넣었다.

"벌써 졸업이라니, 시간 진짜 빠르네. 졸업하고 나면 널 만날 기회가 있을지 모르겠네." 선배는 아직도 흩어지지 않은 구름에 시선을 던지며 우물우물 혼잣말처럼 말했다.

혹시, 청이가 날 버린 거면…… 다시는 만날 수 없고, 만날 일도 없겠지!

갑작스러운 찌릿한 통증에 숨을 쉴 수 없을 지경이었다. 나는 옆에 앉은 선배를 봤다. 나뭇잎 틈으로 떨어지는 햇빛에 선배 옆얼굴의 윤곽이 또렷이 그려졌다. 그 애와 정말 닮았다. 내가 많이 좋아했고, 지금은 잃었으며, 앞으로 만날 수 있을지 알지 못하는 그 애의 옆모습과.

"선배……."

"응?" 선배가 무심히 대답하는데 멀리서 누군가가 선배에게 손짓을 해 선배도 그쪽으로 손을 흔들었다.

그때 머릿속에 무슨 생각이 떠올랐다. 나는 찬찬히 고민할 틈도 없이, 어디서 그런 용기가 났는지 불쑥 말을 내뱉었다. "선배, 청이는 저한테 2년을 빚졌어요……. 선배가 청이 대신 '나도 널 좋아해.'라고 말해줄 수 있어요?"

내가 방금 뭐라고 말한 거야? 돌았구나? 아니면 비를 맞아서 이성을 상실했거나!

순간 분위기가 엄청나게 민망해졌다.

괜찮아! 안 민망해. 내 얼굴이 달아올랐을 뿐이야.

선배는 잠시 어리둥절해하다가 이내 따사롭게 웃으며 대답했다.

"그래!"

그러고는 한 손을 뻗어 내 눈을 가렸다. 따뜻한 손바닥 밑에서 내 속눈썹이 파르르 떨렸다.

"나도 널 좋아해."

그해 청이가 내게 들려주지 않은 말을 런치 선배가 내 귓가에 대고 해주었다.

눈이 가려지니 온몸의 감각 기관 중 청각만 남아 있는 기분이었다. 공기의 떨림 같은 목소리가 귓가에 울리고, 고추잠자리가 공중에서 투명한 날개를 바르르 떨 듯이 내 볼에도 살짝 닿았다.

나도 널 좋아해.

청이의 목소리가 시공을 넘어 부드럽고 투명하게 들려오는 듯했다.

눈을 뜨면 사라질 꿈처럼 너무나 달콤했다.

얼굴을 덮었던 온기가 사라질 때까지 나는 눈을 꼭 감고 있었다.

"야, 계속 눈 감고 있으면 키스도 대신 해버린다!"

농담인 줄 알면서도 얼른 눈을 떴다.

선배는 미소를 짓고 있었다. 초여름의 산들바람처럼 상쾌한 미소가 뿌연 공기를 다 씻어낼 것 같았다.

고마워요, 선배!

그리고 선배를 만나서 참 좋았어요!

♣

학교를 졸업하면 졸업장을 받는다. 그럼 사랑을 졸업하면?

런치 선배 앞에서 난 아주 대범하게 굴었다. 심지어 청이 전화번호가 적힌 쪽지를 돌려주기까지 했다.

그런데 나 자신에겐?

그저 강한 척하고 있을 뿐이었다. 나도 그 사실을 잘 알았다.

선배 앞에선 꾹 참았는데 선배가 가고 나니 장미 가시에 찔린 상처가 욱신거렸다. 최대한 옷이 상처에 닿지 않도록 소매를 걷어 올렸다. 옷과 머리카락은 거의 말랐지만 아까 빗속을 사정없이 뛰다가 물웅덩이에 빠져 신발이 축축했고, 발목도 아파 절뚝절뚝 걸어야 했다.

낭패스러운 몰골로 교실 쪽으로 걷다가 현관 앞 정원에서 허뤄치를 마주쳤다. 허뤄치는 창백한 얼굴로 가방을 끌어안고 다급히 걷고 있었다.

"왜 그래?" 나는 허뭐치를 붙잡고 물었다.

한참 말이 없던 허뭐치는 눈물범벅이 된 얼굴을 들고 말했다. "샤오샤, 네 말은 반만 맞았어. 유자한테 좋아하는 여자가 있는 건 맞는데…… 내가 아니야!"

"그럴 리가!" 나는 허뭐치의 눈물에 놀라 더는 아무 말도 하지 못하고 가만히 안아주기만 했다.

허뭐치는 내 어깨에 얼굴을 묻고 한참 훌쩍인 뒤에야 눈물을 닦고 말했다. "괜히 가서 물어봤어……. 차라리 아무것도 모르고 계속 멍청한 척하는 게 더 행복했을 거야!"

몰랐으면 더 행복했을 거야!

마음속에서 내내 날 잡아끌던 어떤 감정이 끝내 갈라져, 더 이상 참을 수 없었다…….

나는 정원을 가로질러 유자네 교실로 찾아갔다.

중학교 졸업식 때 유자가 청이를 데려오지 않았다면, 일이 꼬여 내가 청이에게 고백하는 일도 없었을 거고, 이 모든 상황은 그때 다 끝났을 거다!

내가 청이를 좋아하고 청이도 날 좋아한들 뭘 어쩐단 말인가? 사춘기에 누군들 그런 감정을 품어보지 않았겠는가. 다만 말하지 않으면 계속 모르는 척할 수 있고, 시간이 가면 잊어버린다.

그랬다면 아마 내 생활은 평온하고 즐거웠을 테고, 시간이 흐른 뒤 친구와 웃으며 추억처럼 얘기할 수 있었을 것이다.

절대 지금처럼 이렇지 않겠지. 인정하기 싫지만, 난 정말 바보 같다!

유자는 기타를 들고 창가 자리에 앉아 있었다. 기타 악보를 책상에 펼쳐놓은 걸 보니 아직 마스터하지 못한 곡을 연습하는 중인 모양이었다.

옆에서 들어오는 빛을 받은 얼굴에 그림자가 짙게 드리웠다. 유난히 집중한 표정이었다. 내가 다가가니 유자는 고개도 들지 않고 담담히 말했다. "빛 가렸어."

"왜 졸업식에 안 갔어?" 나는 비켜줄 생각 없이 그대로 서서 물었다.

유자는 대답하지 않고 긴 손가락으로 가볍고 빠르게 줄을 튕겼다. 언제 뺐는지, 은반지는 보이지 않았다.

나는 손을 뻗어 유자의 손등을 눌렀다.

"농구하러 가자!" 부탁하는 것도 아니고 묻는 것도 아니고, 명령에 가까웠다.

학교 운동장 농구 골대 아래에서 우리는 서로 공을 가로채고, 뛰고, 슛을 날렸다. 푸른 하늘 아래 주황색 공이 흰색 바스켓에서 빙글빙글 돌다 백보드를 때리고 떨어졌다.

아무리 위치를 잘 잡아도 무지막지하게 슛을 하니 공은 계속 백보드를 맞고 튕겨 나갔다.

울컥한 나는 목표를 옮겨 공을 유자에게 던졌다. 유자는 처음엔 착착 받았지만, 내가 계속 아무렇게나 던지며 일부러 몸을 맞히자 끝내 폭발해서 농구공을 쥔 내 손을 붙들고 소리를 질렀다.

"왕샤오샤! 앞을 봐! 골대는 내가 아니라 저기 앞에 있잖아!"

나는 고개를 들어 유자를 보았다. 하지만 언제라도 터져 나올 틈만
노리던 눈물을 더 이상 막을 수 없어서 다시 고개를 숙였다.

"발목 삔 것 같아. 너무 아파."

내 손에 들린 농구공 위로 눈물이 떨어졌다. 한 방울, 두 방울, 세
방울…… 눈물방울은 계속해서 떨어져 내렸다.

그렇게 나 자신을 통제할 수 없는 건 처음이었다. 나는 유자 앞에서
완전히 망가졌다. 뺨을 타고 눈물이 줄줄 흘러내려 엄청 보기 흉했을
거다.

어느샌가 공은 바닥으로 떨어지고, 내 눈물은 땀으로 축축한 유자
의 교복으로 떨어졌다. 유자의 호흡이 빨라졌다.

유자는 양손으로 내 어깨를 누르고 슬며시 거리를 벌렸다.

"발목 삔 것도 몰랐냐, 바보." 유자는 질책하듯 말했지만, 목소리에
서 어쩐지 어색함과 민망함이 느껴졌다.

나는 유자의 부축을 받아 운동장 가장자리로 가서 앉았다.

"오른쪽 발이야?" 유자가 손을 뻗어 내 복사뼈를 눌렀다. 무의식적
으로 발을 뒤로 뺐지만 유자는 내 발을 붙들어 신발과 양말을 벗겼다.
그대로 맨살을 드러낸 발이 허공에서 불안하게 흔들거렸다.

"아파?" 유자는 손으로 내 복사뼈와 종아리를 살살 문질러주었다.
유자의 손이 닿은 곳이 뜨거워지기 시작했다.

"괜찮아. 너무 오랜만에 운동을 해서 종아리에 쥐가 났나 봐." 이제
는 내가 어색해졌다. 나는 세게 코를 들이마시고 얼굴의 눈물 자국을
닦으며 변명했다.

"많이 아픈 건 아니야? 근데 왜 울어? 내가 아는 왕샤오샤는 남자

애들이랑 농구하다가 온몸이 상처투성이가 돼도 안 우는데." 유자의 입가에 웃음이 스쳤고 말투는 너무나 다정하고 자연스러웠다. 손은 여전히 내 종아리에 놓여 있었다. 손을 치울 생각은 전혀 없어 보였다.

"날 아주 잘 아네……." 받아칠 말이 없어서 그냥 유자의 말을 인정했다.

"왜 울었어?" 이 자식, 내 민망한 모습을 딱 잡아서 끝까지 캐묻지!

"무슨 상관이야!"

"여기는 왜 다쳤고?" 유자는 손을 내 팔로 옮겨 이미 말라 굳은 핏자국을 가리켰다.

너 때문이잖아!

나는 아랫입술을 깨물고 팔을 들어 유자를 밀쳐내려 했지만 유자가 가볍게 내 손을 잡았다. 붙들린 손을 빼내려 하니 유자는 더욱 꽉 쥐었다. 아플 정도로 세게.

유자는 그렇게 내 손을 꽉 잡고 내 앞에 엉거주춤 앉아 있었다. 그래도 나보다 머리 하나가 커서 내 정면에서 내리쬐는 뜨거운 태양을 가려주어, 고요하고 안정적인 그림자가 생겼다.

"샤오샤." 유자는 갑자기 잠긴 목소리로 내 이름을 불렀다. 성 없이 이름만 부른 건 처음이었다.

"응?" 나는 당황해서 눈을 크게 뜨고 유자를 봤다. 왠지 모르게 긴장됐다.

유자는 아무런 예고 없이 몸을 숙이더니 나를 살며시 품으로 끌어안았다. "울고 싶을 때는 제일 먼저 날 찾아와."

목소리가 어찌나 가볍고 부드럽던지 순간 숨을 멈추고 유자 품에서 그대로 얼어붙었다.

잠깐! 이거 엄청 익숙한 대사인데? 다년간 로맨스 소설과 순정 만화를 읽어온 본인의 경험에 따르면 이 상황은…… 유자가 나한테 고백할 준비라도 하는 건가?

유자가 좋아하는 사람이 싱후이 선배도 아니고 허뤄치도 아니면, 설마…… 나?

왕샤오샤 경사 났네!

뺨이 뜨거워졌다. 로맨스 소설의 전형적인 흐름에 따라 나 역시 머뭇거리며 물었다. "왜?"

"왜냐면…….” 세 글자 다음에 긴 침묵이 이어져 수줍은 소녀 마음이 한참 콩닥콩닥했다. 가느다란 심혈관이 터지기 직전, 소년이 난처해하며 서서히 입을 열었다. "왜냐면 넌 울면 진짜 못생겨지거든! 지나가는 사람들 놀랄까 봐 무서워."

빠직.

"원래도 뭐 봐줄 만한 얼굴은 아닌데, 울기까지 하니까 더 가관이잖아." 유자는 계속 불난 집에 부채질을 했다.

나는 겉으로는 침착한 체했지만 속으론 어떻게 하면 내 소행이란 걸 들키지 않고 이 망할 유자를 손봐줄까 궁리했다. 몸의 충동을 극도로 인내하느라 멍해진 뇌가 미처 재가동되기도 전에, 유자의 몸이 움직이더니 입가에서 실룩이는 보조개가 내 눈앞으로 바짝 다가왔다. 밀쳐내야지 생각했을 때는 이미 늦었다. 유자는 내 귀에 대고 가벼운 한숨을 지었다.

"근데…… 인정하기 싫지만, 그게 귀엽게 보이는 사람은 아마 전 세계에서 나밖에 없을걸?"

나는 퍼뜩 정신을 차리고 콜록 기침을 했다. "무슨 뜻이야?"

유자는 싱긋 웃더니 손가락 하나를 구부려 내 이마를 콩 쳤다. "공룡보다 더 둔하다니까!"

갑자기 왜 나를 욕해!

나는 입을 삐죽거렸다. "내가 둔한 게 너랑 무슨 상관이야!"

"왜 상관이 없어?"

"내 일이니까 신경 꺼……. 아야!" 말이 끝나기도 전에 이마에 다시 공격이 가해졌다.

"당연히 나랑 상관있다니까! 허뤄치한테 내가 누굴 좋아하는지는 왜 물어보라고 했어?" 유자가 눈을 가늘게 뜨며 물었다. 눈빛이 제법 진지해 보였다.

"그럼 누구한테 물어보라고 해?"

"난 네가 아는 줄 알았지!"

"네가 얘기해준 적도 없는데 내가 어떻게 알아?" 내가 네 뱃속에 들어앉은 것도 아니고, 내가 신이야?

다시 유자의 손가락이 다가오는 느낌이 들어 재빨리 손을 들어 이마를 막았다. 동시에 입은 시기적절하게 제구실을 해서 세 가지 질문을 연달아 쏟아냈다.

"너 허뤄치 좋아하는 거 아니야? 허뤄치 때문에 1지망 포기한 거잖아? 허뤄치한테 같은 고등학교 가자고 대답한 거 아니었어? 그때 다 들었거든!"

유자는 멍하니 있다가 손을 거두어 갔다. "우리 대화 엿들었구나!"

"그게 뭐 들으면 안 되는 얘기였어?" 나는 콧방귀를 뀌며 질세라 턱을 쳐들었다. 그제야 유자 어깨 너머의 광경이 눈에 들어왔다. 열심히 농구를 하던 애들이 농구는 안 하고 우리 쪽으로 눈빛을 쏘고 있었다. 스캔들 현장을 포착하겠다 이거지!

나는 천천히 몸을 움직여 티 나지 않게 유자와 거리를 벌렸다.

유자는 눈치를 챘는지 한 손으로 내 어깨를 누르며 웃음을 머금고 해명했다. "같은 학교에 가겠다고 한 건 우연일 뿐이야. 그전부터 여기로 오려고 결심했어."

"네 입으로 이 학교 오는 거 여자 때문이라고 했잖아."

"맞아." 유자는 시원스럽게 인정한 뒤 덧붙였다. "그래서 네가 멍청하다는 거야. 힘들어 죽겠다!"

왜 또 나를 욕해!

"저기요, 양쭝유 학생……. 지금 우리 대화하는 포즈가 조금 부적절한 것 같다고 생각 안 하십니까?" 사실은 '조금'이 아니고 아주 애매했다.

"그래? 나는 괜찮은 것 같은데." 유자는 내가 난처해하든 말든 아주 사악하게 웃으며 대답했다.

"난 스캔들 같은 거 일으키기 싫거든!"

"그전의 스캔들이 가짜라는 건 다들 알아……." 유자는 몸을 굽히고 내 입술에 시선을 주며 목소리를 낮췄다. "지금 이게 진짜지."

뭐라 반응할 새도 없이 눈앞이 까매졌다. 수면을 차며 날아오르는 잠자리처럼 유자의 입이 내 아랫입술을 훑었다. 입술이 맞닿는 그 부드러운 순간, 사지가 무력하게 마비되는 느낌이 들며 뇌가 증발한 기분이었다. 어떻게 대응해야 할지 아무 생각도 나지 않았다. 나는 그냥 입을 꽉 다물었다.

불안, 당혹, 탐색이 담긴 이번 것은 술주정이 아니었다. 우리는 또 입을 맞췄다.

내 어깨를 잡은 유자의 손가락에 힘이 실렸다. 나는 농구장 가장자리 철조망에 등이 완전히 밀착됐다.

유자의 강렬한 숨결과 함께 뜨겁고 촉촉한 것이 한 번 또 한 번 내 입술과 이 사이를 가볍게 쓰다듬었다. 너무나 부드럽고 매끄러웠지만 나는 긴장으로 온몸이 굳고 숨도 제대로 쉴 수 없었다. 저항할 수도, 도망칠 수도 없으니 고스란히 공격을 받다가 나도 모르게 꽉 깨물었다.

엄청 아플 텐데! 입 안에 서서히 피 맛이 퍼졌다.

유자는 물러나지도 않고, 날 밀치지도 않고, 계속 내 윗입술을 빨았다. 어떻게 벗어나야 할지 몰라 나도 계속 유자의 아랫입술을 깨물었다. 우린 한참 동안 그렇게 서로를 물고 있었다. 유자는 차츰 손가락을 움츠려 내 어깨를 더 세게 쥐었다.

얼마나 지났을까, 유자가 마침내 깊게 숨을 내쉬며 천천히 내 입술을 놔주었다. 나는 눈을 떴다. 유자 아랫입술에 이빨 자국이 선명했다.

반짝이는 유자의 눈동자에 내 모습이 비쳐 보였다. 유자는 숨이 고르지 않고, 속눈썹이 계속 파르르 떨렸다.

어떤 건 분명해진 것 같았고, 어떤 건 더 불분명해진 것 같았다.

나더러 너 좋아하지 말라며?

내가 널 좋아하면 우린 친구도 될 수 없다며?

"언제부터야?" 목소리가 살짝 떨렸다.

"모르겠어." 유자는 가볍게 한숨을 쉬었다.

"네가…… 어떻게 날 좋아해?" 그렇게 중얼거리는데 유자 눈 속의 얇은 빛이 점점 사그라지더니 완전히 어두워졌다. 왠지 유지를 똑바로 볼 수 없었다.

"나는 안 돼?" 유자는 나를 응시하며 꽉 잠긴 목소리로 말했다. 말투가 너무 슬프게 들렸다. "걔만 널 좋아할 수 있는 건가……."

걔만 널 좋아할 수 있는 건가…….

똑바로 들어, 청이에 대한 감정을 런치 선배한테 투사하지 마. 결국 상처받는 건 너 자신이니까!

어느 날 청이가 돌아오면 어떡할 건데?

혼란스러운 머릿속으로 유자의 말들이 마구 떠올랐다.

그래…… 유자가 말한 그 애.

"청이가 나 좋아하는 거 네가 어떻게 알아? 청이가 돌아올 거라는 건 또 어떻게 알아? 런치 선배가 청이 형인 것도 알아?"

잔인한 사실이 퍼즐처럼 맞춰졌다. 나는 온몸을 떨었다. "너 청이랑 연락해? 청이한테 전혀 소식 없다더니, 거짓말이었구나!"

유자는 아무 변명도 하지 않고 침묵했다.

"이렇게 날 갖고 노니까 재밌어?" 너희들한테 난 우스운 존재였구나.

"미안해." 유자는 낮게 깔린 목소리로 사과했다. 간접적인 시인이었다.

"미안하다고 하지 마! 그 세 글자 듣기도 싫어!" 나는 마침내 폭발해 버럭 고함을 질렀다. 괴로움, 실망, 고통, 분노 등 부정적인 감정들이 솟구쳐, 청이에게 따져야겠다는 생각으로 집결됐다.

"휴대전화 내놔!" 유자가 건네기도 전에 손을 뻗어 휴대전화를 빼앗아 들었다. 손가락이 덜덜 떨려서 몇 번의 시도 끝에 겨우 비밀번호를 풀고 최근 통화 기록에 들어갔다. 빠른 속도로 아래로 내려가니 내가 기억하는 익숙하고도 낯선 번호가 보였다.

그때 갑자기 내 손에서 휴대전화 진동이 울리며, 화면에 전화 수신을 알리는 푸른빛이 깜박였다. 뭐에 홀린 듯 나도 모르게 통화 버튼을 눌렀다.

"나야."

넓은 바다를 건너고, 2년이란 시간을 넘어, 공기를 가르는 낭랑한 목소리가 들려왔다. 마치 어제도 만난 것처럼 익숙하게.

나는 거의 숨도 못 쉬고 발신자 이름을 소리 내어 읽었다.

"청이……."

상대는 반응이 없었다. 몇 초간의 정적이 수억 광년처럼 길게 느껴졌다. 휴대전화를 꽉 잡은 손바닥에서 땀이 배어났다. 순간 전화를 끊어버릴까 싶은 생각도 들었다.

"왕…… 샤오샤? 왕샤오샤?" 믿을 수 없다는 듯한 목소리로 청이가 마침내 내 이름을 불렀다.

휴대전화 너머에서는 숨 쉬는 소리까지 또렷이 들려왔다. 나지막하게 내 이름을 부르는 청이 목소리가 마치 탄식처럼 내 귓가를 맴돌았다.

"정말 너야?"

청이의 물음이 내 눈물을 터뜨리는 주문이라도 되는 듯, 목이 메어아무 말도 할 수 없었다. 차오른 눈물이 끝내 두 뺨을 타고 흘러내렸다. 나는 소리 내어 흐느끼지 않게 간신히 참았다.

유자가 휴지를 건네주었지만, 그 손을 밀어내고 손등으로 눈물을 닦았다.

내 눈물은 내가 닦아. 남의 동정 따위 필요 없어!

휴대전화 너머에서 청이가 다급하게 물었다. "왜 말을 안 해? 아직있어? 내 목소리 들려?"

세차게 고개를 내젓다가 다시 고개를 끄덕인 후에야 청이에게는보이지 않는다는 사실을 깨닫고 소리 내어 대답했다. "응."

"왜 울어?" 빌어먹을 부드러운 말투에 눈물은 더 기세 좋게 흘렀다.

"그냥." 그렇게 내가 울었으면 좋겠어? 네 뜻대로 하진 않을 거야!

그만 울어. 그 애 때문에 흘린 눈물은 이미 충분해. 더 울면 내 마음이 바닥날 거야.

"……잘 지내?" 청이가 물었다. 어렴풋이 한숨 소리도 들려왔다.

잘 지내냐고? 잘 못 지낸다! 너 똑똑하잖아. 내가 전혀 잘 지내지못할 거 뻔히 알잖아!

그런데 넌 못 봤지! 늘 못 봤잖아!

2년 동안 마음 아프고 속상한 건 나 혼자만의 일이었어. 네가 뭔데

날 좋아한대?

"너 언제 돌아와?" 묻기 어려울 거라 생각했는데, 이렇게 쉽게 말이 나올 줄 몰랐다. 잠시 여행 간 사람에게 묻는 듯 담담한 말투로.

청이는 대답이 없었다. 내게 대답하는 건 국제전화 특유의 치치거리는 미세한 잡음뿐이었다.

청이의 침묵에 난감해하다가 퍼뜩 정신이 들었다. 심지어 전화기를 앞에 두고 청이의 입가에 걸렸을 잔인한 웃음까지 상상됐다. 너무 늦게야 깨달은 나를 비웃고 있겠지.

나는 이미 너무 지쳤다. 청이가 잘 지내는지, 2년 동안 왜 연락을 하지 않았는지, 아직도 날 좋아하는지, 아무것도 알고 싶지 않았다. 답은 너무나 분명하니까!

청이에게 난 그저 자기 뒤를 따라다니는 강아지였다. 자기 기분이 좋으면 선심 쓰듯 날 좋아한다고 말해서, 내가 계속 꼬리를 흔들도록, 계속 우스꽝스러운 짓을 해서 자신을 즐겁게 해주도록 격려해줬을 뿐이다. 자기 허영심을 충족하려고. 그러다가 싫증나면 궁둥이를 탁탁 쳐주고는 돌아서서 가버리며 그만이었다. 거짓이나 형식적으로라도 나에게 말을 걸 가치는 느끼지 못하고.

"됐어." 나는 더 물을 힘도 없을 만큼 몹시 피곤했다.

마음이 너무 아프면 무감각해지는구나.

거의 감정이 실리지 않은 말투로 덧붙였다. "난 잘 지내. 널 안 보고 네 목소리를 안 들으면 더 잘 지낼 거야!"

청이가 말할 틈도 주지 않고 바로 통화 종료 버튼을 누른 후 휴대전화를 유자에게 돌려주었다.

여름날의 레몬그라스

4장

사랑을 갈팡질팡하게
만드는 우스운 운명

눈물이 너무 많으면 값어치가 없어진다.

하지만 청이와 관련되면, 내 눈물은 그런 걸 따지지 않았다.

이렇게 쓸데없이 우는 내가 정말 싫다!

유자는 내가 돌려주는 휴대전화를 받아 말없이 주머니에 넣었다.

더 쓸데없는 것은, 배에서 꼬르륵 소리가 나야 이미 점심때가 되었음을 깨닫는 것이다.

"야…… 내가 맥도널드 쏠게, 어때?" 유자가 내 비위를 맞춰주려 말했다.

"맥도널드 한 끼에 널 용서할 거라 생각하지 마." 나는 콧방귀를 뀌었다.

30분 후, 우리는 맥도널드에 앉아 있었다.

콜라 컵에 맺혔던 물방울이 제 무게를 버티지 못해 컵을 타고 미끄러져 테이블 위에 고였다. 나는 무의식적으로 손가락에 물을 찍어 글자를 쓰고 또 썼다. 공기가 건조해 글자는 금방 말라버리고 희미한 자국만 남겼다.

정신을 차려보니 테이블 여기저기 남은 자국은 다 같은 이름이었다. 속으로 한숨을 짓고 얼른 냅킨으로 닦았다.

"괜찮아?" 유자가 물었다.

안 괜찮다! 칼에 맞아 피가 철철 흐르는데 범인은 천리 밖에 있고, 공범은 나한테 괜찮으냐고 묻는 느낌이다, 어쩔래?

"청이가 말하지 말라고 했어?"

"청이는…… 사실 내내……." 유자는 흘끔 나를 보며 입을 열었다.

"청이 편들지 않아도 돼." 나는 유자의 말을 잘랐다. 입꼬리를 끌어올리고 싶었지만, 아무리 용을 써도 얼굴 근육은 경련이라도 인 듯 실룩거릴 뿐이었다. 한참 씨름하다 한숨을 쉬고, 우는 것보다 더 보기 흉한 이 표정으로 그냥 말하기로 했다. "유자……."

"응?" 유자는 콜라를 한 모금 마시고 얼음을 아드득아드득 깨물었다.

"우리 사귀자!"

우리 사귀자!

유자는 순간 얼음을 꿀떡 삼키고 사레가 들려 격렬히 기침을 했다. 얼굴이 새빨개지고 눈물까지 흘릴 정도였다.

나는 얼굴을 피하며 유자에게 휴지를 건넸다.

"뭐라고?" 유자는 목소리가 살짝 갈라지고, 가슴도 빠르게 오르락 내리락했다.

"그러니까……." 나는 고개를 숙이고 애꿎은 손가락만 비비적거리다 꾸물꾸물 말했다. "우리 사귈래?"

계속 고개를 숙이고 있었지만 이글이글 불타는 눈빛이 나한테 꽂히는 게 느껴졌다.

"아니!" 유자는 아주 단호하게 대답하고는 다시 얼음을 깨물었다.

"뭐?" 나 거절당한 거야?

나는 잽싸게 고개를 들고 유자를 봤다. 아니, 사실 그냥 본 게 아니라 화가 잔뜩 나서 눈을 흘겼다.

"너 나 좋아하는 거 아니야? 아까, 네가……." 나는 말까지 더듬었다.

아까 네가 농구장에서 강제로 키스까지 하지 않았어? 이상한 말까지 하면서.

설마 환상이었나? 내가 또 뭘 오해했나? 아니면 유자도 청이처럼 입 딱 씻고 궁둥이나 두드려주고 돌아서기 전문인가? 진작 알았으면 아까 바로 뺨 한 대 갈기는 건데!

"너 뭔가 잘못 아는 거 아니야?" 유자가 덤덤하게 말했다.

윽, 창피해!

나는 쟁반을 들고 일어났다. 유자 머리를 내리칠까 돌아서서 그냥 갈까 잠깐 고민하는데 유자 동작이 더 빨랐다. 유자가 내 팔을 잡아끌었다.

"이봐요, 아가씨. 사람 말은 끝까지 들으셔야죠!" 유자는 미소까지 짓고 있었다.

"할 말 있음 빨리 해!" 쟁반으로 테이블을 내리치는 소리에 옆자리 사람들이 우리 쪽을 흘끔거렸다.

나는 자리에 앉아 유자를 쏘아봤다.

"내가 널 좋아하는 건 맞아!" 유자 입가의 미소가 점점 옅어졌다. "근데 그건 내가 그렇다는 거고, 너는? 정말 나한테 마음이 생겼어? 난 이기적이고 욕심 많고, 어쩌면 청이보다 더 건방지기도 하고……. 네 맘속에 아직 다른 사람이 있으면 나 좋아하지 마!" 씁쓸하고 자조적이면서 살짝 슬픔도 섞인 말투였다.

멀리 떨어져 있는데도 늘 청이에게서 벗어날 수 없었다. 한시도 내 곁을 떠나지 않는 그림자처럼, 청이는 고집스럽게 나와 유자 사이에 도사리고 앉아 풀 수 없는 매듭이 되었다.

매듭을 쥐고 놓지 않는 내가 무슨 자격으로 다른 남자의 마음을 잡을까?

♣

담임 선생님 말이 맞았다. 연애는 역시 성적의 무덤이었다.

기말고사를 완전히 망쳐버렸다. 원래도 간당간당했던 수학은 여름 방학 보충 수업 때 재시험을 봐야 하는 지경으로 떨어졌다.

유자 상황도 비슷해서, 학급 석차가 처음으로 6등으로 떨어졌다. 나도 6등이었다. 다만 유자는 앞에서 6등이고, 나는 뒤에서 6등이었다!

유자는 선발 시험 방식으로 산업디자인학과에 지원할 계획이어서

2학년 2학기 기말고사 등수가 특히 중요했다. 그런데 필기시험에서 점수를 까먹었기 때문에, 여름 방학 내내 포트폴리오 준비에 거의 모든 시간을 썼다. 종일 지그소와 커터를 들고 모형과 씨름했다.

한번은 엄마 심부름으로 나물 무침을 가져다주러 유자네에 갔다. 막 벨을 누르려는데 유자가 마당에서 왔다 갔다 하는 게 보였다. 머리카락은 잔뜩 헝클어진 채 페인트까지 묻어 있고, 어린애 같은 보조개가 살짝 패었고…… 웃통을 벗고 있었는데, 보아하니 체육 시간뿐만 아니라 방학 때도 운동을 꾸준히 한 것 같았다.

잠깐, 내가 무슨 생각을 하는 거야? 엄밀히 말하면 내가 쟤한테 사귀자고 했다가 까였는데, 나한테 이런 자극을 줄 필요는 없잖아!

아무튼 보기 민망해서 대문 앞에 음식을 두고 도망쳤다.

장자링은 방학을 맞아 공군 남친과 화롄에 가서 며칠간 신나게 놀았다.

장자링이 순조롭게 여행을 떠난 건 절친인 내가 뛰어난 연막전술을 펼쳐 큰 공을 세워준 덕분이었다. 우리 집에서 며칠 지낸다고 장자링의 부모님을 속인 건 물론이고 행글라이더, 패러글라이딩, 번지점프 등 미성년자의 보호자 동의서에는 내가 사인까지 해줬다. 그 바람에 며칠간 가슴이 조마조마했다.

사실, 공개할 수 없는 비밀도 알고 있는 터라, 소녀에서 여인으로 성장하기 위한 탈피를 경험하라고 친구를 보내는 기분이었다. 당시엔 둘 다 이 얘기는 입 밖으로 꺼내지 않았지만. 장자링이 화롄 명물인 찹쌀떡 두 박스를 들고 날 보러 왔을 때, 난 장자링을 꼭 끌어안았다.

"야, 왕샤오샤, 뭐 잘못 먹었어?" 장자링은 내 등을 토닥였다. 새빨

갖게 탄 얼굴에 드리운 싱그러운 웃음은 부러울 만큼 달콤했다.

"개학하기 전에 우리 동창회 하자!" 장자링이 말했다.

"무슨 동창회?" 나는 시큰둥하게 반응했다.

"중학교 동창회 말이야."

관심 없었다. 보고 싶은 애들은 어차피 보고 지내고, 못 보는 애들은 딱히 볼 필요가 없으니까!

장자링은 신바람이 나서 진행 상황을 보고하며 나를 떠봤다. "B반이랑 같이 하기로 했어. 우리 반이랑 서로 거의 다 아는 사이기도 하고, 중학교 졸업하고 2년 만에 처음 하는 동창회니까 좀 크게 해도 괜찮을 것 같아서……."

"어……." 나는 성의 없이 대답하며 책상에 엎드려 수학 교과서를 팔랑팔랑 넘겼다. 확률과 기댓값 때문에 머리가 아팠다.

"장소는 푸화호텔 16층 소연회실이야. 바다 전망이어서 예약하기 엄청 어려운데, 리쉐얼 친척이 호텔 매니저라 특별히 도와줬어. 히히."

특정 키워드를 듣고 깜짝 놀랐다. "리쉐얼? 걔 영국에 있는 거 아니야?"

"이번 방학에 돌아왔어. 아차, 너 몰랐구나! 이번 동창회는 리쉐얼이 제안한 셈이야. 여신님이 옛 친구들 한번 모이자고 해서서. 하여간 리쉐얼 인기는 대단해. 연락받은 애들 거의 다 온다고 했어."

나는 침을 꼴깍 삼키고 어렵사리 입을 열었다. "걔는 방학이라 놀러 온 거야, 아니면……."

장자링은 내 이마를 콕콕 두드리며 웃었다. "사실 청이도 돌아왔는지가 궁금한 거지?"

♣

푸화호텔 16층 소연회실. 통유리 너머 가오슝항이 한눈에 들어왔다.

저녁 6시의 화려하고 눈부신 금빛 석양이 항구 마을에 두툼한 금색 테두리를 둘렀다.

연회실은 그다지 크지는 않았지만 거울처럼 반들반들한 대리석 바닥이었고, 좌우 양쪽에 뷔페 코너가 있었다. 중앙에는 화려한 크리스털 샹들리에가 달려 있고, 그 아래에 검은색 그랜드 피아노가 놓여 있어 고급스러운 리셉션 장소처럼 보였지만, 곧 시끌벅적한 고등학생 무리의 차지가 되었다.

왁자지껄한 와중에도 그 중심이 누구인지는 확실히 보였다.

누구는 태어날 때부터 인생 승자로, 별들에 에워싸인 달처럼 사람들에게 둘러싸인다. 이를테면 리쉐얼 같은 사람.

리쉐얼은 노란색 시폰 정장 차림에, 어깨를 덮는 길이의 머리카락은 웨이브가 살짝 들어갔고, 앞머리 몇 가닥도 곱슬곱슬 말아서 성숙미가 돋보였다. 원래도 키가 크고 날씬한 체형에 하이힐까지 신어 웬만한 남학생보다 키도 컸다.

"영국 재미있어? 또 어느 나라 가봤어? 프랑스랑 이탈리아랑 스웨덴? 와, 진짜 부럽다!"

"이 가방 버버리 신상 아니야?"

"타이완에서 대학 다닐 생각 있어?"

아이들은 리쉐얼에게 질문을 쏟아부었고, 리쉐얼은 시종일관 미소 띤 얼굴로 여유롭고 우아하게 대답했다. "아니, 타이완에서 대학을 다닐 가능성은 거의 없어. 왜냐하면 나랑 청이는……." 리쉐얼은 내 시선을 느낀 듯 말을 멈추고는 나를 향해 살짝 웃어 보였다.

갑자기 실내 공기가 숨 쉴 수 없을 만큼 답답하게 느껴졌다. 슬그머니 문 쪽으로 뒷걸음질 치는데 등이 웬 벽에 부딪혔다.

"야, 왜 안 들어가고 길을 가로막고 있어? 나 기다렸어?" 내 등에 닿은 건 벽이 아니라 유자였다.

나는 사납게 고개를 돌렸다. 짜증이 폭발하려는데 어디선가 시끄럽게 외치는 소리가 들려 더 짜증스러웠다.

"우리 반 1호 커플 드디어 등장, 박수!"

사방에서 터지는 박수 소리에 나는 어리둥절해 이리저리 두리번거렸다.

"뭘 두리번거려!" 유자는 나를 앞으로 밀며 귓가에 대고 작은 소리로 투덜거렸다. "우리 얘기 하잖아. 우리 관계는 무슨 수를 써도 해명이 안 되나 보다……."

한 걸음 걸을 때마다 휘파람 소리가 따라왔다. 2년간 학예부장을 하며 간신히 분위기 있는 미소녀 이미지를 만들어놨는데, 이제 와서 깰 순 없지! 나는 화를 누르고 스캔들에 영혼이 팔린 시선들을 뒤로 한 채, 문가에서 가장 가까운 테이블로 유자를 끌고 가 앉았다. 언제 날아왔는지 여신이 어느새 내 옆에 서 있었다. "너희 결국 사귀는구나? 샤오샤, 축하해! 중학교 졸업하고서 사귀기 시작한 거야?"

이어서 '언제 결혼해? 애는 언제 낳아?'라도 물을 기세인데?

저기요, 저는 여신님과 친하지 않은 평민이거든요. 이 대화 좀 중단해주시면 안 될까요?

나는 리쉐얼을 무시하고 힘껏 테이블을 치며 일어나 큰 소리로 말했다. "유자, 뭐 먹을래? 내가 가져다줄게!"

그때였다. 누가 화면 정지 버튼이라도 누른 듯, 주위가 갑자기 조용해졌다.

내 정면 창밖으로는 보이는 하늘은 어느새 지는 해를 따라 조금씩 빛을 바래며 내 얼굴처럼 흐리고 아득한 남회색 막을 드리웠다.

모두의 시선이 내게 쏠렸다. 아니, 정확히 말하면 나를 지나 내 뒤의 문 쪽으로 향했다.

나는 천천히 고개를 돌렸다.

청이가, 문밖에 서 있었다.

무방비한 청이의 눈빛이 나와 부딪혔다. 너무 순식간이라 둘 다 피할 틈이 없었다. 내 얼굴에는 마른 들판을 태우는 것처럼 순식간에 열기가 확 번졌다.

왕샤오샤, 이젠 전혀 개의치 않는다며. 다 잊었다고 매일 되뇌었으면서, 왜 청이를 보자마자 이성까지 같이 잊어버린 거야!

발소리, 웃음소리, 왁자지껄 떠드는 소리가 다시 연회장을 가득 채웠지만, 나는 아무 소리 없이 적막한 진공 속에 격리된 듯했다. 희미한 기억들이 드문드문 끊어졌다 이어지기를 반복하며 눈앞에 펼쳐지다가 차츰 또렷한 모습으로 뭉쳐졌다. 친숙하면서도 낯설었다.

청이는 키가 많이 큰 것 같았다. 고작 문 하나를 사이에 둔 거리였지만 고개를 조금 들어야 청이의 얼굴이 보였다. 어린애티를 벗은 이목구비는 윤곽이 더 뚜렷해 보였다. 검고 깊은 눈동자에서는 여전히 아무 감정도 읽을 수 없었고, 살짝 다문 입술엔 옅은 웃음을 띠고 있었다. 서 있는 모습마저도 전과 똑같이 도도해 보였다.

"나랑 청이 둘 다 케임브리지대학교 추천장을 받았어……." 리쉬얼의 목소리가 귓가에 반복해서 울렸다.

바로 그 청이가 내 앞에 서 있는데 여전히 꿈처럼 아득히 멀게만 느껴졌다.

청이는 내게서 시선을 거두며 내 옆자리를 훑어봤다. 유자가 의자를 살짝 뒤로 뺐다. 나는 그제야 내 왼쪽에 아직 한 자리가 비어 있는 걸 알아차렸다.

청이가 천천히 다가왔다. 내 가슴은 점점 더 죄여왔다. 청이와의 거리가 두세 걸음쯤 남았을 때는 이미 호흡 곤란 상태였다.

눈가에 고인 눈물이 금방이라도 쏟아져 나올 듯해, 애써 감정을 숨기려고 고개를 확 돌린 순간 거대한 물체가 사방을 두리번거리는 게 보였다.

"홍다바오! 이리 와, 이리! 여기 자리 있어!" 나는 목을 쥐어짜 소리를 지르며, 우악스럽게 홍다바오를 끌어다가 내 왼쪽 의자에 눌러 앉혔다. "오랜만이다. 이 누님이 오늘 기분이 좋아서 특별히 같이 얘기라도 하자고 옆에 앉혀준 거야!"

나한테 강제로 끌려와 덜컥 같은 테이블에 앉게 된 홍다바오는 으악 소리를 질렀다. "이 자리 너무 비좁은데. 그리고 너랑은 할 얘기도 없거든!"

나는 유자 쪽으로 더 붙어서 왼쪽에 홍다바오가 앉을 만한 공간을 만들어주며 괜히 큰 목소리로 말했다. "할 얘기가 없기는! 그간 쌓인 얘기가 얼마나 많은데!"

청이가 눈살을 살짝 찌푸리며 우리가 옥신각신하는 모습을 지켜보았다.

그렇게 보면 어쩔 건데? 내가 꼬리라도 흔들며 네 품에 뛰어들 줄 알았어? 아니면 주룩주룩 눈물 흘리며 내 옆으로 와달라고 간청할 줄 알았니?

"미안, 반장이 온 줄 몰랐네……. 우리 테이블은 꽉 차서 자리가 없어!" 나는 조금도 주눅 들지 않고 청이의 눈빛을 똑바로 보았다.

청이는 아무 말 없이, 인사조차 없이 내 앞을 그대로 지나쳐 갔다. 긴 속눈썹 아래 눈빛은 여전히 차가웠고, 마치 비웃는 것처럼 입가만 살짝 올라가 있었다.

내 짝사랑을 비웃다니!

"청이! 이쪽으로 와. 내가 자리 맡아놨어." 리쉐얼이 청이에게 팔짱을 꼈다. 목소리가 느끼할 만큼 부드러웠다.

동창회에 가면 감정이 이어질 거라 기대하는가?

틀렸다. 동창회는 그냥 누군가는 잘난 척을 하고, 누군가는 자격지심을 느끼는 자리다.

한때 같은 교실에서 수업받고, 같은 책상에서 공부하고, 같이 밥을 먹고, 인생의 중요한 시간을 함께했던 녀석들이 자신과 전혀 다른 세계에 사는 낯선 사람이 된 모습을 지켜보는 자리다.

누가 그러라고 한 건 아니지만, 동창회는 두 무리로 나뉘어 진행됐다. 그랜드 피아노를 경계로 '인생승자팀'은 누가 명품 백을 샀고, 쫓아다니는 사람이 너무 많아 짜증나고, 앞으로 어느 나라로 유학을 갈 거라는 등의 얘기를 했다. '별볼일없는팀'의 화제는 누가 새 휴대전화를 샀고, 여드름이 많이 나서 짜증나고, 2차로는 어느 노래방을 갈지 등이었다.

"다들 대학은 무슨 과 갈 거야?" 별볼일없는팀이 웬일로 인생 계획을 화제에 올렸다.

"요리학과나 관광학과." 훙다바오는 배를 쓰다듬으며 꺽 트림을 했다. "여기저기 다니며 먹고 마시고 놀고 얼마나 좋아. 샤오샤 너는?"

"난 외국어 계열! 나는 숫자만 보면 머리가 아프니까 경영학과 같은 거는 괴로워 죽을 거고, 외국어 학과는 적어도 4년 동안 수학을 건드릴 필요가 없잖아. 방학 때 어학연수도 갈 수 있고."

다들 내 예리한 분석에 엄지를 들어 올렸고, 나는 머리를 옆으로 까딱하며 우쭐댔다. "이 정도쯤이야!"

내 착각인지 모르겠는데, 어째 계속 시선 하나가 내 등 뒤를 배회하는 느낌이었다. 거미줄처럼 있는 듯 없는 듯하면서도 딱 엉겨 붙은 시선에 정탐당하는 느낌이랄까. 몇 번이나 고개를 돌려 봤지만, 청이는 고개를 숙이고 리쉐얼과 작은 소리로 웃으며 얘기하고 있을 뿐이었다. 가끔씩 영어까지 섞어가며 대화하는 모습이 정말 눈꼴 시렸다.

내가 여섯 번째 고개를 돌렸을 때는 심지어 둘이 티라미수 한 조각을 나눠 먹고 있었다.

쳇! 뻔뻔하긴.

2년간 서양 물 좀 먹었다고 공자님이 신신당부하신 '남녀칠세부동석'을 태평양 밖에 내팽겨쳤구만.

나는 테이블에 있는 음료수 한 잔을 낚아채 입 속으로 털어 넣었다.

"야! 왕샤오샤, 그거 내 주스거든!" 유자는 턱을 괴고 나를 보며 입 모양으로 네 글자를 덧붙였다. '간. 접. 키. 스.'

간접키스가 뭐? 직접키스도 했는데, 쪼잔하긴!

나는 유자 접시에서 바나나 한 조각을 포크로 찍으며 되는대로 말을 내뱉었다. "네 주스 좀 마시면 어때서? 다른 것도 먹⋯⋯." 말이 끝나기도 전에 유자가 번개처럼 티라미수 한 조각을 내 입에 쑤셔 넣었다.

티라미수가 목에 콱 막힌 그 순간, 유자가 내 말꼬리를 자르는 바람에 말이 애매하게 끝났다는 사실을 깨달았다. 부끄럽고 난감해서 사방을 둘러보니 다행히 다들 자기의 희망찬 미래를 그리며 부푼 꿈에 빠져 있고, 옆자리에 앉은 녀석만 실실 웃으며 말했다. "신혼부부 깨가 쏟아지네."

누군가 날카로운 검이라도 던진 것처럼 갑자기 등골이 싸했다. 나는 얼른 자세를 바르게 했다.

"청이가 그러는데 이 호텔 티라미수 엄청 맛있대. 어때, 맛있어?" 유자가 실실거리며 물었다.

결정적인 순간에 내 결백함을 지켜줘서 고맙긴 한데 밉살스러운 이름을 듣고 눈살이 찌푸려졌다. 나는 모두에게 들리도록 목소리를 높였다. "더럽게 맛없네. 이 달아빠진 걸 맛있다고 한 사람은 분명 미각에 문제가 있는 거지!"

인생승자팀 쪽이 갑자기 술렁거렸다.

청이와 리쉐얼이 같이 일어났다.

"선생님이 다시 두 사람의 피아노 연주를 듣게 될 날이 올 줄은 몰랐어. 세상에, 정말 기쁘네!" 중학교 때 3년간 음악을 가르친 판 선생님이 눈가를 훔치며 리쉐얼의 손을 격하게 흔들었다.

너무 오버잖아? 연기를 잘하시네!

청이는 연회실 중앙의 피아노 쪽으로 걸어가며 내게 매서운 시선을 던졌다. 그 음산하고 흉악한 시선에 나는 몸을 움츠렸다. 청이는 몸 옆에 늘어뜨린 손으로 주먹을 꽉 쥐었다 다시 쫙 폈다. 피아노를 치러 가는 사람이 아니라 피아노를 박살내러 가는 거 같았다.

리처드 클레이더만처럼 부드럽게 연주해야 할 피아노 곡을 청이는 분노라도 발산하듯 군대 행진곡처럼 쳤다. 연주가 끝나자 아첨꾼들은 박수를 세게 쳤고, 리쉐얼은 가까이 다가가 청이의 팔을 치며 낮게 말했다. "선생님은 우리 연탄곡을 듣고 싶으시다는 거야."

크리스털 조명 아래, 리쉐얼은 홍조 띤 얼굴로 청이 옆에 딱 붙어 앉았다. "어느 곡이 좋을까?"

청이는 살짝 눈을 감았다. 잠시 후 다시 눈을 떴을 때는, 눈 밑의 어두움은 거의 사라지고 입가에 살며시 미소가 드리웠다. "영국에서 연습했던 곡으로 하자!"

살포시 외로 꼰 고개, 둥글게 올라간 입꼬리, 몸의 움직임을 따라 파르르 떨리는 긴 속눈썹, 강한 크리스털 조명 아래 거의 투명해 보이는 긴 손가락 끝. 사방으로 퍼지는 빛에 눈이 잘 떠지지 않으면서도, 청이에게서 시선을 뗄 수가 없었다.

2년 전 청이가 "나도 널 좋아해."라고 직접 말했다 한들 뭘 어쨌을까? 이 모든 게 달라졌을까?

청이는 여전히 영국에 갔을 거고, 지금 청이 곁에 앉아 있는 사람도 변함없이 리쉐얼일 텐데!

아르페지오가 진행되는 가운데 어쩌면 무심결에, 어쩌면 조금도 감추지 않은 내 시선을 눈치채고, 청이가 고개를 들어 내 쪽을 쳐다봤다. 그저 딱 한 번, 쓰윽. 예전에 내가 청이를 훔쳐보다 들켰을 때처럼 비웃음이 서린 눈빛이었다. 확 피가 거꾸로 솟으며 들고 있던 음료수를 쏟고 싶은 걸 간신히 참았다.

"둘이 진짜 호흡 잘 맞는다."

"굉장히 어려운 곡인데, 엄청 오랫동안 같이 연습했나 보네."

못 봐주겠네! 손이 거의 겹쳐지려고 하는데?

음료수를 저 둘에게 확 끼얹을 순 없는 관계로 내 배 속에 몽땅 부어버렸다. 유자 컵에 있는 주스까지 홀라당 다 마셨는데도 입이 바짝 마르는 느낌이었다. 하는 수 없이 일어나 여기저기 찾다가 결국 와인 두 병을 가지고 자리로 돌아왔다.

"야, 술은 별도로 돈 내는 거잖아?" 유자가 바로 의혹을 제기했다. 역시 똑똑한 녀석. 검은색 병에 골드 라벨은 가격이 센 와인이라는 뜻이었다.

"돈 가지고 마음 상하게 하지 마. 누가 쏜다며!" 코르크 마개를 확 비틀었다. 그런대로 순조롭게 한 번에 땄다 했는데 마개가 바닥에 떨어져 피아노 쪽으로 통통 튀어갔다. 하지만 피아노 가까이 가기 전에 멈췄고, 적군을 폭격하는 일 따위는 발생하지 않아 조금 실망했다.

"외국 영화 보면 다들 음악 들으며 와인 마시던데? 와인 잔이 없으니 아쉬운 대로 그릇에 마시자."

나는 홍다바오와 유자의 빈 그릇에도 와인을 가득 따라주고 그릇을 들어 벌컥벌컥 마셨다. 맥주처럼 탄산이 톡 쏘는 대신 시큼하고 씁쓰름한 데다 서서히 목에 침전되는 떫은맛에 사레가 들려 울고 싶기만 했다.

동창회…… 오랫동안 못 본 친구들을 어렵사리 만났으니 분명 즐거워야 하는데! 왜 난 이혼당한 여자처럼 구석에 앉아 술이나 마셔야 하지?

"반장! 반장! 신청곡 받아! 나 신청곡 있어!" 나는 그릇을 두드리며 큰 소리로 외쳤다.

"동창, 뭘 듣고 싶은데?" 청이는 나를 힐끗 보며 덤덤한 목소리로 물었다.

동창?

순간, 세월이 거꾸로 흘러 청이와 교실에서 아옹다옹하던 때로 돌아간 듯한 착각이 들었다. 내가 항상 청이의 말에 토를 달고 청개구리처럼 군 건 사실 청이가 나 때문에 화가 나서 펄쩍 뛰게 만들고 싶어서였다. 그러면 나 자신이 청이에게 조금쯤 특별한 사람이 된 듯한 기분이 들었다. 한데 아무리 도발을 해도 단상 위에 있는 청이는 차분하고 느긋하기만 했다. 그 담담한 모습은 정말 밉상이었다!

"프란츠 리스트? 모차르트? 쇼팽? 슈베르트?" 청이가 물었다.

그래! 바로 이래야지! 이게 바로 내가 기억하는 신랄하고 거만한 잘난 척 대마왕 청이지.

왕샤오샤, 넌 아직도 멍청하게 청이가 너에게 친절한 말이라도 건넬 줄 알았니?

"쳇, 반장, 너 그런 것밖에 못 쳐? 발전이 없네!" 나는 대놓고 무시하듯 말했다.

"그럼 누구 곡이 듣고 싶은데? 말만 해, 다 칠 수 있으니까." 청이의 얼굴은 평온했다.

"「할아버지도 간다(墓仔埔也敢去)」, 우바이 버전으로!" 이 곡 엄청 신나지! 동창회 분위기가 뜨겁게 달아오를 거야!

청이는 여전히 평온한 얼굴을 하고 손가락으로 피아노 뚜껑을 탁 탁 두드렸다.

나는 또 혀를 찼다. "못 해? 「지명과 춘교(志明與春嬌)」는? 아니면 「레이싱(尬車)」?(* 모두 대만의 대중가요이다―옮긴이) 우웨텐 노래가 얼마나 유명한데!"

청이 얼굴은 여전히 평온한데, 손가락으로 피아노 뚜껑을 두드리는 속도는 더 빨라졌다.

"그렇게 쉬운 것도 못 쳐?" 나는 이쯤에서 타협할 수밖에 없어서 밝게 웃어 보였다. "아니면 쓰레기차에서 나오는 그 곡 좋겠다. 「엘리제를 위하여」인가?"

드디어 평온함이 사라졌다. 청이는 얼굴을 살짝 붉히며 나를 노려 봤다. 구멍을 낼 기세로 빠르고 세게 피아노 뚜껑을 두드리는 것이, 극도로 흥분한 모습이었다.

하얀 목에 푸른 힘줄이 불거졌고, 손가락은 피아노를 너무 세게 두 드려서 점점 하얘졌다. 아랫입술을 꽉 깨문 채 내게 쏘는 눈빛은 날카 롭고 차가워 협박성이 다분했지만, 살짝 빨개진 작고 반듯한 얼굴이 어찌나 귀여워 죽겠던지, 위력이 조금도 없었다!

"내가 쓰레기차로 보이냐?" 청이는 군이 내게 확인했다.

"네가 그렇게 생각하면 나도 어쩔 수 없지." 나는 맞고 싶어 안달 난 얼굴로 어깨를 으쓱해 보였다. "뭐든지 말만 하면 다 칠 수 있다며? 그거 나름대로 세계적인 명곡인데, 반장!" 일부러 말꼬리를 길게 빼며 도발했다.

"오케이!" 청이가 드디어 패배를 인정했다. 사실은 나와 더 이상 입씨름하기 싫어서겠지만. 내가 화를 돋울 때마다 청이는 감정이 폭발하기 직전에 얼른 누르곤 했다.

청이는 손가락을 다시 건반 위에 올리고 유난히 단정한 자세로 앉았다. 그러고는 연주를 시작하기 전에 음을 몇 개 눌러보며 말했다. "2년 만에 보는 건데, 왕샤오샤, 넌 예전이랑 똑같네." 말투가 일관되게 평온해서 칭찬인지 욕인지 알 수 없었지만, 나는 100프로 욕이라고 확신했다!

청이는 쓰레기차 음악을 재빨리 연주하고는, 다들 박수를 쳐야 하나 말아야 하나 주저하고 있는 사이 피아노 의자에서 일어나 내 앞으로 걸어와서 섰다.

청이가 내게로 몸을 굽혔다. 깜박거리는 속눈썹이 내게 거의 닿을 만큼, 따스한 숨결이 뚜렷이 느껴질 만큼, 빙그레 열린 입이 내 귓불을 깨물 수도 있을 만큼 가까웠다. 너무 가까워서 청이의 표정을 볼 수도 없었다. 보지 않아도 입가에 비웃음이 걸려 있을 게 당연했지만.

"퓌어 엘리제(Für Elise)……. 사실 베토벤이 연인 엘리제를 위해 만든 곡이지." 거의 귓속말을 하듯 나지막한 목소리였다.

갑자기 고막을 뚫고 들어온 말에 대뇌가 반응할 틈도 없어 그저 멍하니 앉아, 청이가 몸을 세우고 등을 꼿꼿이 펴는 움직임에 따라 청이를 올려다보기만 했다.

청이는 돌아서 자기 자리로 가면서 악의 가득한 말을 던졌다.

"나 간다. 너 왜 아직 거기 앉아 있냐?"

다들 폭소를 터뜨렸다.

저 두 문장이 무슨 상관관계가 있는지 나도 알아들었다. 말투에서부터 잔뜩 경멸이 느껴져 어떻게 들어도 결코 좋은 뜻은 아니었다.

내가 쓰레기차면, 넌 쓰. 레. 기. 야!

순간 이성을 상실해 와인 병을 들고 청이 뒤통수에 던지려는데 유자가 내 손을 누르고 병을 뺏으며 고개를 흔들었다.

유자를 노려보다가 얘마저 저 자식 편을 드는구나 하는 생각에 서글퍼지려는데, 유자가 천천히 입을 열었다. "비싼 술이야. 다 마시고 던져."

일리 있네!

한 그릇 또 한 그릇, 맥주를 들이켜듯 유자도 마시고 나도 마셨다. 거기에 홍다바오까지 적극 흥을 돋워 우리는 와인 두 병을 금세 바닥내고 테이블에 엎어졌다.

유자가 먼저 엎어지며 테이블과 입맞춤하는 순간, 나는 내 주량이 제법이라는 생각에 으쓱했다. 살짝 취하긴 했지만 인사불성이 될 정도는 아니었다. 온몸이 휘청거리는 것 또한 따뜻한 물에 잠겨 물결 따라 몸이 출렁이는 것처럼 따뜻하고 편안했다. 보이는 것, 들리는 것 모두 안개 속인 듯 흐릿했다.

흐리멍덩한 와중에 누군가 내 어깨와 머리를 쿡 찌르는 게 느껴졌다.

"야, 왕샤오샤, 일어나. 동창회 끝났어." 장자링의 목소리였다.

"얘네 취했어!" 훙다바오의 목소리였다.

"하는 수 없네. 택시 불러야지……." 음, 밉상의 목소리였다.

나는 간신히 한 손을 들어 유자를 흔들었다. "야, 너 오늘 우리 집에 가서 잘래?"

"응?" 유자가 턱을 괴고 고개를 끄덕이더니 다시 풀썩 쓰러졌다.

"내가 얘들 데려다줄게." 밉상이 즉각 말했다.

장자링이 나를 부축해 호텔 밖으로 데리고 나왔다. "샤오샤, 너 괜찮아?"

차가운 바람에 조금 정신이 들어 입을 열려는데, 갑자기 호텔 직원이 쫓아 나오는 게 보였다.

"학생! 와인 두 병 값은 아직 계산 안 했어."

"얼만데요?"

"뀌베 마들렌 콜리뇽이 한 병에 7500위안인데, 두 병이니까 15000위안(* 우리 돈 약 60만원—옮긴이)이야. 그런데 리쉐얼 학생 친구들이라고 매니저님이 20프로 할인해주라고 하네." 직원이 계산서를 내밀었다.

나는 다리가 휘청거리고 머리가 너무 어지러웠다. 정말 엄청나게 취했다.

"이 카드로 계산해주세요." 그래, 비록 밉상이지만 이 순간만큼은 네가 천사임을 인정한다.

유자를 먼저 내려주고, 택시에는 나랑 착한 천사만 남았다.

"기사님, 이 주소로 가주세요." 천사는 내 기억에 없는 주소를 말했다.

나는 발끝부터 한기가 쫙 올라와 몸을 똑바로 세워 앉으며 소리를 질렀다. "그거 우리 집 주소 아닌데!"

어둑한 가로등 불빛만이 비쳐드는 택시 안에서 천사가 서서히 오싹한 치아를 드러냈다.

청이는 고개를 돌려 나를 보며 사악하게 씨익 웃었다. "우리 집이야. 빨리 깼네? 아까 술값 낼 때만 해도 엄청 취했었는데."

청이는 픕 웃음을 터뜨리며 슬쩍 내 쪽으로 거리를 좁혀 앉았고, 의도한 건 아니라는 듯이 내 손가락을 건드렸다.

나는 감전이라도 된 듯 바로 손을 움츠렸다. 술기운이 퍼져서 그런지, 아니면 이 좁은 공간에 청이와 함께 있어서 긴장이 되어 그런지, 신선한 공기를 깊게 들이마실 기운조차 없었다.

"너희 집?" 나는 침을 꼴깍 삼키고 천천히 차 문 쪽으로 바짝 몸을 붙였다.

"응. 걱정 마, 우리 할아버지 출장 가셔서 집에 아무도 없어."

그거야말로 내가 걱정하는 바거든!

"집에 아무도 없어?" 나는 다시 침을 꼴깍 삼켰다. 차에서 뛰어내려 도망을 갈까, 아니면 이 마음 불순한 악당을 때려눕힐까 고민하면서.

기사 아저씨는 이미 시동을 걸었고, 나는 내 온몸에 그나마 무기로 쓸 만한 거라곤 통굽 샌들밖에 없다는 사실을 슬프게 깨달았다. 날 납치하고 있는 악당은 비록 아주 건장한 사내는 아니지만 충분히 날 제

압할 수 있는 키의 소유자였고, 팔 근육도 은근히 울룩불룩했다. 느긋하고 차분한 모양새를 보니 단단히 작정을 한 거 같아서 처치하기 어려울 듯했다.

택시는 그 낯선 주소지를 향해 달렸다. 또렷하던 창밖 풍경이 희미해지며 어두컴컴해졌다.

기사 아저씨는 계속 백미러를 흘끔거리며 이따금 헤헤헤 야릇한 웃음소리까지 냈다.

택시 뒷자리에 있는 이 남자, 아니, '남자'라기보다 그냥 다 큰 사내 녀석 정도이지만, 어쨌든 내가 술 취한 틈에 날 자기 집으로 데려간다고? 게다가 집에는 아무도 없고?

종합해보면 결론은…… 무슨 짓을 할지 모른다는 거잖아!

비록, 마음속엔 빌어먹게도 작은 기쁨과 작은 기대가 있었지만, 나랑 친한 사람이라면 잘 알다시피 나는 '표리부동'한 사람이어서, 속으로 수천 번을 원한다 해도 절대 그렇다고 말할 순 없었다.

아니지, 아니야! 왕샤오샤, 너 어쩜 이렇게 뻔뻔스럽냐? 술 마시면 아무렇게나 남자랑 집에 가는 거야? 그러면 널 낳아주시고 길러주신 부모님께 미안하지 않겠어? 지금껏 온 마음으로 너를 교육해주신 어른들께 미안하지 않겠어?

"집. 에. 갈. 래!" 나는 악당과 소통을 시도하며, 악당이 잘못을 저지르기 전에 돌이킬 기회를 주었다.

"우리 집 먼저 가고." 악당은 잘못을 깨닫지 못했다.

청이는 팔짱을 끼고 편안하게 의자에 몸을 기대앉았다. 부드러운 검은색 머리카락이 이마를 덮고 눈은 살짝 감은 채였는데, 속눈썹이 바르르 떨리는 게 보였다. 다문 입술엔 엷은 웃음도 띠고 있었다. "우리 집까지 아직 멀었으니까 좀 자든가. 도착하면 깨울게."

다급해진 나는 품에 안고 있던 가방을 들어 청이 머리를 향해 휘둘렀다. 이 얼굴이 망가지는 건 좀 애석하지만, 그것보다 내가 17년간 지켜온 정조가 더 중요하거든! 뭘 믿고 2년간 소식도 없던 사람이 돌아오자마자 함부로 빼앗아!

청이는 날렵하게 손을 들어 막고선 아예 내 가방을 베개 삼아 목 뒤에 받친 후 여유롭게 말했다. "충고하는데 너무 힘 낭비하지 마라. 그러다 이따가 지친다."

"학생이 체력이 좋네!" 기사 아저씨가 감탄하며 헤헤 웃었다. "근데 두 사람 미성년자 같은데, 그래도 되는 거?"

"아아악!" 난 결국 비명을 지르며, 신발을 벗어 들고 위협적으로 휘둘렀다. "나 너희 집 안 가! 우리 집으로 갈 거라고! 아저씨, 내려주세요! 내릴 거예요!"

내가 이렇게 나올 줄은 몰랐는지 청이는 난감해하며 피했고, 나는 계속해서 인정사정없이 손과 발로 동시에 공격했다. 기사 아저씨는 계속 돌아보며 우리를 말렸다. "학생들, 싸우려면 집에 가서 싸워!"

잠시 택시 속도가 떨어진 사이, 나는 가방을 도로 빼앗아 껴안고 바로 몸을 돌려 차 문을 열고 도망가려 했다. 청이는 내 의도를 알아차리고 더 빠른 동작으로 등 뒤에서 나를 붙잡았다. 레슬링 선수의 파테르 같은 자세로 단단히 나를 제압해 꼼짝도 못 하게 만들었다!

"왕샤오샤, 죽고 싶어? 지금 도로 위야!" 청이는 숨을 헐떡이며 내 귀에 대고 크게 소리쳤다.

"나 내릴래! 내린다고!" 목숨 걸고 정조를 지키겠다는 심정으로 나도 소리쳤다.

택시를 살인 사건 현장으로 만들고 싶지 않았던 기사 아저씨는 결국 나와 청이를 쫓아내듯 내려줬다.

다시 차를 몰아 떠나기 전에 기사 아저씨는 아주 의리 있게 말했다. 내일 아침 뉴스를 잘 살펴보겠다고, 필요하면 증인 신분으로 경찰서에 가서 증언해주겠다고.

기사 아저씨가 우리를 내려준 곳을 둘러보니 철로를 따라 으슥하고 작은 길 하나만 앞쪽으로 뻗어 있고, 한쪽은 하천 둑이었다. 캄캄한 강물은 굳어진 먹물처럼 아무것도 비치지 않았고, 멀찍이 있는 가로등 몇 개는 희미한 빛을 간신히 내고 있었다. 장식으로 달아났나 싶을 정도로 어두운 빛 때문에 안 그래도 깜깜한 곳이 더 소름끼치게 어두워 보였고, 이따금씩 울리는 경적 소리는 아주 먼 곳에서 들려오는 듯했으며, 어딘가에서 개가 신경질적으로 짖어댔다.

정말이지, 살인하고 시체를 묻기 딱 좋은 곳이었다.

청이는 내 앞에 서 있었다. 어둠 속에서지만 얼굴 선이 또렷이 보였고, 쌕쌕거리는 호흡도 느낄 수 있었으며, 빛 하나가 홀연히 나타나듯 눈동자에 내 모습이 비치는 것도 볼 수 있었다.

우리 사이에 잠깐 정적이 흘렀다. 겨우 1, 2분이었을 텐데 몇 년처럼 길게 느껴졌다. 마침내 청이가 한숨을 쉬며 말하는 소리가 들렸다. "잘됐네. 여기에선 택시도 못 잡아."

말 속에 웃음기가 섞여 있어서 화가 난 건지 원망을 하는 건지 알 수 없었지만, 뭔가 간계가 먹혔다는 말투처럼 들렸다!

"집에 가는 길 알겠어?" 청이는 짐짓 착한 척을 했다.

"휴대전화 있으니까 전화하면 되지." 내가 아까 왜 차에서 뛰어내리려고 했을까! 진짜 멍청하긴! 먼저 전화로 신고부터 해서 이 의도 불순한 색마를 감방에 넣었어야지!

나는 가방 속을 더듬어 휴대전화를 찾아냈지만, 화면의 빛은 무기력하게 곧 컴컴해졌고, 짧게 삐삐 하는 소리도 났다. 정말 불길한 징조였다.

"배터리가 없나 보네?" 청이가 다시 물었다. 얼굴에 악의를 가득 품은 모습으로.

"이 길 따라 쭉 가다보면…… 길을 물을 만한 사람이 있겠지." 나는 이를 악물었다.

"나한테 물어봐도 돼!"

"됐거든!"

청이는 이미 내 대답을 예측한 듯 낮게 웃고는 내 쪽으로 몇 걸음 다가왔다. 조금 애매한 거리까지 다가와 시선을 아래로 옮기더니 아무것도 신지 않은 내 왼발을 쳐다봤다.

아까 한바탕 난리를 피우며 싸울 때 신발을 벗어 흉기로 쓰고는 그만 택시에 두고 내려버렸다.

"신발은?" 묻긴 뭘 물어! 그것도 신나게 웃으면서!

진짜 머리끝까지 화가 나 청이를 뭉개버리고 싶었다! 누구 때문인데!

"잘 가라!" 이 막돼먹은 놈과 계속 질질 끌기 싫어서 가방을 꼭 안고 몇 걸음 물러났다. 바로 뒤돌아 도망칠 생각이었다.

막 몸을 돌리는데 걸음을 뗄 새도 없이 청이의 팔이 등 뒤에서 날 감싸 안았다. 청이는 조금도 주저하지 않고 나를 자기 품에 단단히 가두었다. 청이의 턱이 내 정수리 위에 닿았다.

"왕샤오샤……." 청이의 목소리는 내 심장을 뚫고 들어올 듯 낮고 묵직했다. "너 진짜 어렵다!"

눈에서 계속 시큰한 게 올라오는 걸 힘겹게 참고 있었는데, 결국 눈물이 뚝뚝 떨어졌다.

너야말로 어렵거든!

2년 전에 얼렁뚱땅 내가 너한테 고백하게 만들고, 얼렁뚱땅 날 좋아한다는 메모를 남기고, 얼렁뚱땅 연락 한 번 없었고, 2년 후에 얼렁뚱땅 돌아와서는 내 앞에서 리쉐얼과 그렇게 붙어 있고……. 그 모든 일들이 없었더라면 난 아주 평온하고 평범하게, 눈물 흘리거나 마음 졸이지 않고 살았을 텐데.

"신발도 없이 어떻게 걸어가려고?" 청이는 두 팔로 나를 꽉 감싼 채 머리를 숙여 내 귓가에 대고 말했다. 목소리가 허스키했지만 또렷이 잘 들렸다. "내가 업어줄게! 우리 집으로 가자. 괜찮지?"

치명적인 마력을 지닌 듯한 청이의 말에 심장이 심하게 쿵쾅거리기 시작했다. 반면 몸은 힘이 쫙 빠져 움직일 수도 없고 청이에게서 벗어날 수도 없었다. 머리가 이불솜처럼 흐리멍덩하게 뒤엉켜 무의식적으로 고개를 끄덕일 수밖에 없었다.

업는다는 것은…… 위험할 정도로 애매한 동작이다.

이를테면, 청이가 손으로 내 엉덩이를 받치거나 내 허벅지 안쪽을 둘러야 한다. 그런데 젠장, 난 심지어 반바지를 입었다.

그뿐만 아니라, 걸을 때 균형을 유지하려면 내 팔로 청이 목을 꼭 둘러야 하고, 그러면 내 가슴이 청이 등에 딱 붙게 된다.

청이 등에 엎드려 청이 어깨에 머리를 기대니 청이 귓바퀴 쪽의 작은 점이 보였다. 청이 몸에서는 상쾌한 냄새가 났으며, 청이 머리카락 끝이 내 볼을 간지럽게 찔렀다……. 내 얼굴은 아주 성실하게 빨개져 있을 게 분명했고.

청이가 날 업는 게 처음은 아니었다. 중학교 3학년 때 운동회에서 업은 적이 있으니까.

그때의 우리, 2년 전의 우리는 지금의 우리가 있을 수 없을 것이라 여겼다.

나는 청이에게 이렇게 묻고 싶을 줄 알았다. '너 아직도 나 좋아해?'

그런데 지금 청이에게 가장 묻고 싶은 말은 따로 있었다. '왜 날 좋아해?'

왜 날 좋아해?

수학 경시대회 1등, 토론 대회 1등, 피아노 콩쿠르 1등…… 수많은 후광을 두른 우등생. 많은 여자애들이 원했지만 가질 수 없었던 너의 마음. 그런 너의 사랑은 너무 귀중하고 너무 아름다워. 너무 아름다운 것은 비현실적이곤 하지.

이때 나는 아주 현실적인 질문이 떠올랐다.

"집에 너무 늦으면 가족들이 걱정할 텐데." 조신함은 미덕이다. 수줍은 소녀는 최후의 저항을 하며, 강경한 말투로 고집을 부렸다. "아니면 너희 집에 가서 우리 엄마 아빠한테 데리러 오라고 할까?"

"그럴 필요 없어." 청이의 가슴에서 미세한 떨림이 느껴졌다. "아까 장자렁이 너희 엄마한테 전화해서 오늘 걔네 집에서 자고 가겠다고 말했어."

장자렁이 날 팔아먹었구만!

문득 택시에 타기 전 장자렁이 은박지로 포장된 작고 네모난 물건을 내 바지 뒷주머니에 넣은 듯한 기억이 나, 뒤로 손을 뻗어 더듬어 보았다. 얄팍한 포장 속 미스터리한 동그란 물건이 만져져 후다닥 손을 오므렸다.

장자렁 이거 진짜 정신이 나갔네! 아주 날 불구덩이로 차버리고!

입으로 새어나오려는 비명을 간신히 참았다. 주머니 속 의문의 물체가 송충이라도 되는 듯, 온몸이 뻣뻣해지며 나도 모르게 손발이 오그라들었다.

"왕샤오샤, 움직이지 마." 청이는 약간 숨을 헐떡이며 걸음을 멈추더니 거의 미끄러져 내려갈 듯한 내 몸을 힘껏 위로 추어올렸다. "너 무거워진 거 몰라?"

"내, 내가 무슨 살이 쪄……." 조금 찔려서 목소리가 기어들어갔지만, 그래도 발뺌을 했다. "엄청 잘 관리해서 2년 전이랑 똑같거든."

청이는 쿨럭 기침을 하고는 나지막한 목소리로 말했다. "전보다 살이 붙은 곳들도 있으니 당연히 무거워지지."

매우 함축적으로 표현했지만, 말 속의 뜻은 조금도 함축적이지 않았다! 뺨이 순식간에 뜨겁게 달아올랐다.

이 색마!

길어 보였던 작은 길은 실망스러울 만큼 짧았다.

그네가 하나 있는 작은 공원을 지나 오른쪽으로 꺾어 짙은 녹색 철문 앞에 도착했다. 청이는 나를 내려주고 열쇠를 꺼내 문을 열었다. 문이 열림과 동시에 컹컹 개 짖는 소리가 들렸다.

청이네 집에서 사납고 커다란 검은 개를 키웠던 것이 떠올라 나는 움츠리며 몇 발짝 물러났다.

"개 무서워해? 여기서 잠깐 기다려." 청이는 나를 안심시키듯 미소를 지었다.

몇 분 후 청이는 손에 하늘색 슬리퍼를 들고 다시 나왔고, 개도 조용해졌다.

"미안, 집에 여자 신발이 없어. 이거 내가 어릴 때 신던 건데 대충 신어봐." 청이는 살짝 고개를 숙이며 애처럼 혀를 내밀었다. 조금 난감해하는 모습이 엄청 귀여웠다. 청이가 급히 한마디를 덧붙였다. "깨끗한 거야."

"그래 보이네." 그러게 왜 날 너희 집으로 납치해 왔니. 나는 입을 다물고 웃었다. 슬리퍼의 도라에몽 그림을 보며 천천히 발을 넣으니, 마음 깊은 곳에서 작은 행복감이 퍼졌다.

정원을 지나는데 서늘한 밤바람에 향기가 은은히 묻어 왔다. 시원하고 달콤한 향이었다.

나는 숨을 깊게 들이마셨다. 내 안 깊숙이에서 어떤 기억이 끌어올려지며 자연스레 입 밖으로 나왔다. "레몬그라스?"

"응, 할아버지가 심으셨어." 청이는 허리를 굽혀 이파리 하나를 꺾어 내 손바닥에 놓았다. "레몬그라스 꽃말이 뭔지 알아?"

나는 고개를 저었다. "뭔데?"

"네가 찾아봐." 청이다운 대답이었다.

청이네 집은 일본 스타일의 단독 주택이었는데 인테리어가 우아했다. 제일 눈길을 끄는 것은 벽 한 면을 차지한 책꽂이와 검은색 피아노였다.

청이가 따뜻한 차를 한 잔 가져다주었다. "술 깨는 데는 차가 좋아. 거실에 좀 앉아 있어. 책을 보거나 TV를 보거나."

나는 등나무 의자에 편하게 기대앉아 발을 흔들며 사방을 두리번거렸다.

청이가 다다미방으로 들어가는 게 보였다. 얇은 종이를 바른 창문 너머 남자아이가 양손으로 셔츠 단추를 푸는 그림자가 비치고, 담황색 조명이 몸의 근육 라인을 그려내는 것이…… 정말이지 상상의 나래를 펴게 만들었다!

헉, 근데 이건 너무 빠른 거 아니야? 게다가…… 난 준비도 안 됐는데!

다시 거실로 나온 청이는 이미 흰색 티셔츠에 아이보리 색 반바지로 갈아입었고, 어깨에는 큰 수건을 걸치고 있었다. 샤워를 하러 가려는 모양이었다. 청이가 나를 힐끗 보더니 웃음을 참는 것 같은 얼굴로 말했다. "왕샤오샤, 뭘 멍하니 있어? 와서 도와줘야지."

참자. 술김에 달려들어 청이에게 몹쓸 짓을 하면, 저 자식은 최소한 200퍼센트 '강간' 책임을 지라 할 거야!

"돕, 돕다니 뭘?" 나는 침을 꼴깍 삼키며, 티셔츠가 타이트하게 달라붙은 청이의 가슴에서 차마 눈을 떼지 못했다.

청이는 대답 대신 턱짓을 했다. 그쪽으로 고개를 돌리니 주방 옆에 욕실이 보였다.

욕실? 목욕 타월? 나는 그 두 물건의 관련성을 곧 찾았다.

"변태!" 바로 고개를 돌려 불순함이 가득한 청이의 웃는 얼굴을 노려봤다. "손도 있고 발도 있는데 내가 왜 도와줘?"

청이는 괜히 어깨를 문지르고 팔을 돌리더니 아프다는 듯 눈썹을 찌푸렸다. "아까 택시에서 누구한테 몇 번이나 발길질을 당하고, 누구를 업고 오랫동안 걸었더니 손도 좀 삔 것 같아. 그 '누구'가 책임을 좀 져야 할 것 같은데."

귀가 달렸으면 '그 누구'가 바로 이 몸을 가리키는 것임을 알 수 있었다!

"뭐 할 건데? 빙빙 돌리지 말고 그냥 말해!" 나는 펄쩍 뛰었다.

씻는 거 도와달라고? 너 같은 답답이가 그런 말을 할 리 없지.

"목욕." 진짜 말하다니.

이래서 애를 혼자 외국에 유학 보내면 안 되는 거다. 저 삐뚤어진 것 좀 보소!

나는 선량하고 진지한 말투로 청이에게 제안했다. "손이 좀 괜찮아지거든 씻지 그래? 그리고 지금은 너무 늦었어……." 만약 내가 잘못해서 너한테 마수의 손길을 뻗으면, 아무도 널 구하러 올 사람도 없는데 어쩌려고?

"안 돼! 나 결벽증 있어!" 청이는 일언지하에 거절했다.

나는 아랫입술을 깨물었다. 내 얼굴은 안 봐도 붉으락푸르락할 게 분명했다. 청이는 내가 난처해하는 모습을 즐기는 듯 팔짱을 끼고 벽에 기대서서는 입꼬리가 점점 올라가는가 싶더니 결국 푸핫 웃음을 터뜨렸다.

"그래 씻어라! 누가 겁나나!" 충동적으로 소리를 질렀더니 몸속에 가라앉아 있던 알코올 기운이 갑자기 확 올라오면서 후끈 열이 오르고 머리가 뜨거워져 윙윙거렸다. 나는 어리바리 청이에게 밀려 욕실로 들어갔다.

"기다려……." 부끄러워졌는지 소년은 내게 나무 솔을 쥐여주곤 밖으로 튀어나갔다. 작은 나무 스툴에 앉아 한참을 기다리다가 눈이 깜박깜박하며 막 잠이 들려고 하는데 욕실 미닫이문이 열리는 소리가 들리고, 제대로 볼 틈도 없이 털이 북슬북슬한 커다란 검은 공이 품으로 달려들었다. 뺨을 스치는 축축하고 끈적끈적하고 보드랍고 뜨거운 촉감에 온몸에 닭살이 돋았다.

"개?" 나는 벌벌 떨며 문밖으로 기어나가려고 했지만, 청이가 성큼 들어와 문 앞을 막았다.

"개 목욕 도와달라고 그 고생을 해서 날 너희 집으로 납치해 온 거야?"

청이는 '아니면 나 목욕하는 거 도와달라겠니?' 하는 눈빛을 보내왔다. "오늘 오후에야 타이완에 도착해서 짐 정리부터 하느라 못 씻었어. 애견 미용실 데려가려니 이미 문을 닫았고." 청이는 한숨까지 내쉬고는 말을 이었다. "나도 어쩔 수가 없었어. 전화를 하면 네가 바로 끊을 거 같아서, 할 수 없이 동창회에 갔지."

"그래서 동창회에 갔다, 단지 나를 불러내려고……." 내 목소리가 점점 높아져 작은 욕실 안에 쩌렁쩌렁 울려 퍼졌다. "개 씻기는 거 도

우라고?!"

"응." 청이는 차분하게 고개를 끄덕였다. "너도 얘한테 책임을 져야지."

얘?

커다란 검정 개는 신나서 내 주위를 빙빙 돌며 몇 번이고 내 다리를 핥았다.

"내가 얘랑 무슨 상관이야? 너희 집 개잖아. 왜 내가 얘한테 책임을 져?"

"정말 잊었어? 전혀 생각이 안 나?" 청이는 내 앞으로 바짝 다가왔다. "그럼 내가 알려줄게. 이 개 이름은 엄청 특별해. 얘 이름은 하양이야!"

하양이…… 하양이? 이제는 커다란 개가 된 하양이는 청이가 이름을 부르자 좋아서 꼬리를 흔들었다.

"하양이? 검은색인데?" 남자아이는 어리둥절한 표정을 지었다.

"속은 하얗거든!" 여자아이는 강아지를 안고 배 위쪽에 난 하트 모양의 흰색 솜털을 가리켰다.

그해의 약속, 길을 잃고 도착한 작은 공원, 그네, 함께 공놀이했던 남자아이, 레몬그라스…….

"네가 그때 개야?" 머릿속으로 기억이 확 들어왔다. 그 무게를 감당할 수 없어 다리가 휘청거려 벽에 기대섰다. "네가 그때 나 대신 개를 맡아준 그 남자애야?"

"그래!"

"그럼…… 너 계속 공원에서 나 기다린 건 아니지?" 목소리까지 떨렸다.

"계속은 아니고, 3일 후에 속았다는 걸 알았어." 청이는 무섭게 한마디를 덧붙였다. "왕샤오샤, 너야말로 사기꾼이거든!"

나는 너무 놀라 한참 동안 입만 벌리고 아무 말도 하지 못했다.

어떻게 이런 우연이 다 있지? 청이는 진작 나를 알아본 거야? 왜 계속 말을 안 했지?

그 오랫동안 혼자 강아지를 키웠다니. 힘들었을 텐데 꾹 참고 하양이라는 이름의 검정 강아지를 털이 북슬북슬한 큰 개로 길러냈다니……. 너무 충격적이었다! 나는 부끄러운 나머지 욕조로 뛰어들어 물에 코를 박고 싶었다!

"미안해……. 그 후에 너희 집으로 가는 길을 못 찾았어." 눈가에 눈물을 반짝이며 소녀가 더듬더듬 해명했다.

"초등학교 4학년 때 복도에서 만났잖아. 왜 날 못 알아봤어?"

"미안해, 네 얼굴을 까먹었어." 4년이나 지나서도 또렷이 기억하면 정상이 아니지! 게다가 애들은 쑥쑥 크니까!

앗, 내가 잘못했네. 청이는 '정상'이 아니지. 이 녀석은 한 번 본 건 잊지 않는 기억력과 대단한 추리 능력도 지녔으니.

"너 저번에 우리 집까지 따라왔을 때 하양이가 반가워서 뛰어나와 인사했잖아. 너도 기억할 줄 알았는데 의외로 도망치더라!"

그게 인사한 거였어? 그건 날 물려고 달려든 거였지. 도망치지 않는 게 이상하다!

나는 혀를 깨물어서라도 내 결백을 밝히고 싶을 지경이었다. "미안해, 정말 잊었어……."

"이제 와서 미안하다고 해봤자 소용없어." 청이는 속을 알 수 없는 표정으로 손을 내저으며 입가에 아리송한 웃음을 드리우고 단호하게 말했다. "네. 가. 책. 임. 져!"

그러고는 하양이를 잡아 내 앞으로 들이밀었다. 커다랗고 까만 개는 계속 내 몸에 제 얼굴을 문지르고 날 핥았다. 나는 놀라 벽에 등을 딱 붙이고 서서 입으로는 끊임없이 용서를 구했다. "싫어, 이러지 마. 나 개 씻겨본 적 없단 말이야!"

"괜찮아, 하양이 아주 순해." 청이는 눈썹을 까딱하고 곁눈질로 나를 보며 놀리는 말투로 한마디 덧붙였다. "그냥 나 목욕하는 거 돕는다고 생각해."

머릿속 불순한 생각을 들켜버렸다. 너무 부끄러운 나머지 손에 든 나무 솔을 청이 얼굴로 던지고 싶었다!

"참, 왕샤오샤……."

"왜?" 나는 사나운 말투로 쿵쾅쿵쾅 뛰는 내면을 감췄다.

청이는 내게 목욕 타월을 쥐여주고 내 발 옆에 있는 용품들을 가리키며 잔소리를 늘어났다. "이건 하양이 전용 수건, 샴푸, 린스고, 드라이어는 저 위 수납장에 있어."

그러고는 미닫이문을 열고 나가기 전에 신신당부하는 것도 잊지 않았다. "깨끗이 잘 씻겨줘. 나 결벽증 있거든!"

아닌 게 아니라 하양이는 아주 순한 개였다. 샴푸 거품이 눈에 들어가서 온몸을 털어대느라 내 몸에 거품을 잔뜩 뿌린 것만 빼고. 내

가 "이제 발 닦자!"라고 하자 하양이는 발을 내밀어 내 다리에 올려
놓았다. 영리하게 길들여진 모습은 하양이의 주인보다 훨씬 마음에
들었다.

물 온도를 맞추고 샤워기를 들자 하양이는 내 동작에 맞춰 머리를
들고 몸을 돌리며 꼬리를 흔들었다. 훈련이 잘되어 있어 조금도 힘 들
이지 않고 거품을 씻어냈다. 자욱한 수증기 속에서 엉뚱하게도 이런
생각이 들었다. '역시 아이는 아빠를 따라가는 게 맞아.'

드라이어를 들어 하양이 털을 말려주려고 하는데 불쑥 문이 열렸
다. 청이가 문밖에 서 있었다. 막 샤워를 하고 나왔는지 발그스름한
몸에서 상쾌한 향기가 나고, 영롱하고 투명한 물방울 몇 개가 머리카
락 끝에 맺혀 금세라도 떨어질 듯했다. 이유는 알 수 없지만, 청이는
나를 보자마자 휙 얼굴을 돌리더니 조금 머뭇거리는 표정으로 뻣뻣
하게 말했다. "드라이어."

얼씨구! '좀 줄래?'는 생략이야?

"하양이 아직 안 말려서 감기 걸릴 텐데." 나는 드라이어를 슬쩍 뒤
로 감췄다.

"내가 말려줄게." 청이는 내 등 뒤로 손을 뻗어 드라이어를 빼앗았
다. 그러다 청이 손바닥이 옷을 스쳤는데, 피부에 닿는 열기에 내 몸
이 온통 축축이 젖었다는 사실을 퍼뜩 깨달았다. 핑크색 티셔츠가 투
명한 종잇장처럼 몸에 딱 달라붙어 있었다.

"너도 샤워해라." 청이가 좋은 뜻에서 권했다.

"꺼져!" 전혀 나답지 않은 말투가 튀어나왔다.

청이는 자기가 어렸을 때 입던 티셔츠와 바지를 꺼내 주며 깨끗한

것이라고 연거푸 강조했다. 나는 티셔츠만 받았다. 비밀스러운 동그란 물건이 들어 있는 내 바지를 세탁기에 넣어달라고 할 용기가 도저히 없었다. 너무 창피하잖아!

샤워를 마치고 나오니 거실에는 간접조명 몇 개만 켜져 있어 목재 인테리어가 은은히 빛났고, 창밖 일본식 정원에도 무성한 꽃 그림자가 드리웠다. 공간 전체가 노란 불빛에 감싸여 따뜻하고 고요한 꿈속 풍경 같았다.

청이는 이어폰을 끼고 소파에 반쯤 누워 있었다. 손에는 책이 한 권 들려 있었는데, 호흡이 조용하고 고른 것을 보니 잠든 것 같았다. 청이 발 옆에 엎드려 있던 하양이는 나를 보더니 다가와 꼬리를 살랑살랑 흔들었다.

나는 소파 옆 바닥에 살며시 앉아 무릎을 감싸 안고, 가까운 거리에서 청이를 응시했다. 부드러운 불빛 아래 청이의 하얀 살결은 백옥 같은 광채를 뿜어냈고, 속눈썹이 가볍게 드리운 눈 아래는 푸르스름했다. 오늘 오후에야 타이완에 도착했다던 말이 생각났다. 영국에서 타이완까지 비행시간에 환승 시간, 거기에 공항에서 집에 온 시간까지 하면 이 까다로운 녀석은 아마 하루 밤낮을 꼬박 눈을 붙이지 못했을 터였다.

청이 눈 밑에 드러난 피로를 어루만져주고 싶은 마음이 들었다. 손을 반쯤 뻗었을 때 책을 쥔 청이 손가락이 쫙 펴지며 책이 떨어졌다. 나는 너무 놀라 얼른 책을 받아서 바닥에 살짝 놓았다.

잠에서 깬 줄 알았는데 청이는 입으로 웅얼웅얼 몇 마디 할 뿐, 눈은 계속 감겨 있었다.

내 기억 속에서 늘 다물어져 있던 청이의 입은 잠이 든 지금에서야 벌어졌다. 아이처럼 입술이 살짝 열려 있어 새하얀 앞니가 보일 듯 말 듯했다. 거만하지 않고 쏘아보지 않고 잔소리도 하지 않는, 조용하고 온순한 모습은 정말 천사 같았다.

더 욕심내면 안 돼. 돌아와줘서 고마워. 설령 다시 떠난다 해도.

돌아와줘서 고마워.

청이 귓가에 이 말을 속삭여주고 싶었다. 청이가 깰까 봐 두려워 숨을 참고 조금씩 가까이 가다가 나도 모르게 눈을 감고 멈췄다.

깊이 잠든 거 같은데, 그럼 아주 조금만 욕심내서 입술에 살짝 대기만 하면…… 들키지 않겠지?

"여자가 너무 적극적이면 별로지 않아?" 내뱉은 숨이 미처 식을 틈도 없는 거리에서 청이는 눈을 뜨고 또랑또랑한 목소리로 말했다.

망했다! 또 들켰어.

나는 눈을 뜨고, 눈을 깜박깜박하며 청이를 처다봤다.

청이의 속눈썹이 살짝 떨렸고 입술은 다시 다물어졌다. 그저 평온한 얼굴이었다.

기왕 들킨 거 계속 부끄러운 척하는 건 왕샤오샤 스타일이 아니지. 나는 숨지도, 뒤로 물러나지도 않았다. 오히려 아무렇지 않은 목소리로 말했다. "여자가 적극적인 게 별로면 남자가 적극적으로 나서보든지!"

청이는 싱긋 웃으며 천천히 내 쪽으로 몸을 기울였다. 내 앞에서 청이 얼굴이 점점 확대되면서 살짝 열린 입술이 서서히 다가왔다. 내뱉는 숨결이 거의 내 눈썹을 태울 기세였다. 나도 모르게 눈이 감겼다. 혼란스러운 머리에는 딱 하나의 질문만 남았다. '너, 나한테 키스할 거야?'

청이의 입술이 내 뺨을 스쳤다. 지극히 살포시, 지극히 따뜻하게. 하지만 키스는 아니었다. 그냥 밤바람처럼 내 뺨과 귀와 목을 스쳐지나갔다……. 그러고 나서 청이는 손을 쭉 뻗어 바닥에 떨어진 책을 주웠다. "책이 떨어졌네."

그대로 삼켜버린 질문이 혈기로 변해 목구멍으로 올라왔다. 나는 힘껏 고개를 돌리며 가라앉은 목소리로 말했다. "나 졸려."

몸을 일으키는 순간 청이가 한 손을 뻗어 내 팔목을 잡았다. 그 힘이 어찌나 세던지 청이 옆으로 털썩 주저앉았다.

"머리카락이 아직 축축하네……. 말리고 자."

청이가 나지막하게 말하며 테이블에서 드라이어를 집어 들었다. 무의식적으로 받으려고 손을 뻗었는데, 청이의 목소리가 들렸다. "뒤돌아."

나는 3초간 멍하니 있다가 상황을 파악했다. 머리를 말려주겠다는 거잖아!

너무 심한 반칙인데! 하지만 이런 반칙 서비스를 거절한다면 스스로를 용서하지 못할 거야.

몸을 돌리고 살짝 고개를 숙였다. 청이의 손가락이 내 축축한 머리카락을 파고들었고, 머리카락 한 가닥 한 가닥에 드라이어가 내뿜는 따뜻한 바람이 와 닿았다.

목덜미와 귀 뒤가 은근히 자극되며 찌릿찌릿 간지러웠다.

"있잖아……."

"응?"

"미안해." 나는 대뜸 사과했다.

"뭐가 미안해?" 청이가 되물었다.

청이의 얼굴이 보이지 않으니 오히려 더 말할 용기가 생겼다.

"공원에서 혼자 기다리게 해서 미안해. 혼자 하양이를 키우게 해서 미안해. 그리고…… 너도 날 좋아한다는 걸 너무 늦게 알아서 미안해."

단숨에 말을 끝냈다. 마지막 말을 청이가 들었는지는 확실하지 않았다. 너무 작게 말해서 드라이어 소리에 거의 묻히는 바람에 내 귀에도 잘 들리지 않았기 때문이다.

청이는 아무 대답도 하지 않았다. 내 머리카락을 쓸어내리던 손가락의 속도만 느려졌다. 손바닥이 내 목과 어깨로 미끄러져 내려올 때는 거의 마사지라도 하듯 힘이 세져서, 팽팽해졌던 신경도 점점 느슨해졌다.

세상은 고요하고 드라이어 소리만 남았다. 하고픈 말이 많았지만, 지금은 이 고요함을 깨고 싶지 않았다. 그러다 조금씩 눈꺼풀이 무거워지면서 몸이 흐물흐물해져, 지구의 인력을 버티지 못하고 스르르 뒤로 기댔다. 청이가 나를 살며시 받아, 나는 자연스럽게 청이 품에 기댔다. 내 머리카락에 따뜻하고 부드러운 바람이 반복해서 오가는 것이 어렴풋이 느껴졌다. 움직이기 싫어, 자고 싶어……. 그냥 이렇게 청이 품에서.

"있잖아……."

"응?" 청이 목소리가 귓가에서 들렸다.

"미안해……. 앞으로 다시는 널 혼자 두지 않을게……." 이 꿈을 깨고 싶지 않아서 나는 거의 속삭이듯 말했다.

아래로 늘어뜨려진 머리카락을 따라 따뜻하고 부드러운 느낌이 내 목덜미로 천천히 내려앉았다. 처음에는 강아지가 핥는 것처럼 살짝 스치고 지나갈 뿐, 힘이 세지 않았다. 그런데 잠이 들락 말락 할 즈음, 그 찌릿찌릿하고 간질간질한 감촉에 죽을 것 같았다. 누군가가 깃털로 간질이는 기분이었다. 내 몸의 모든 말초신경이 그 '깃털'이 닿은 부분으로 모이는 듯, 그곳의 피부가 팽팽해지면서 유난히 민감하게 느껴졌다. 눈이 흩날리며 떨어질 때처럼 미세한 정도의 힘이었지만, 마음을 긁는 듯 괴로웠다.

그 간지러움을 떨쳐내려고 살짝 몸부림쳤지만, 청이는 나를 더 꽉 안았다. 목덜미에 버티고 있던 그 부드러움은 이내 예의를 던져버리고 깊게 빠는 동작으로 바뀌더니 그다음엔 세게 깨물었다. 처음에는 아프지 않았는데, 갈수록 깊숙이 살갗에 파고들어 점점 아프고 피 냄새까지 났다.

청이가 나를 깨물고 있나?

정말 너무 아파서 정신이 확 들었다. 손으로 뒤쪽을 세게 밀었지만 청이가 나를 단단히 품에 가두어 꼼짝할 수가 없었다.

"아파……." 나는 쌕쌕 숨을 내쉬었다. 눈물이 핑 돌았다. 꾹 참으며 고개를 홱 돌리고 소리를 질렀다. "야! 사람을 왜 물어?"

청이의 입술은 여전히 내 목덜미에 머물러 있었다. 한참 후에야 청이가 고개를 들었다. 거리가 너무 가까워 표정은 제대로 보이지 않았지만, 청이 눈 밑에 잔잔하게 맺힌 물기와 입가에 살짝 묻은 피가 보였다.

저거 내 피야?

"아파?" 청이의 목소리는 멀리 떨어진 다른 행성에서 들려오는 것 같았다.

통증을 참으며 몸부림쳤지만 청이에게서 벗어날 수 없었다. 되레 상처 부위만 더 자극해 통증에 미간을 찌푸렸다. "아파!"

청이가 웃을 듯 말 듯 입꼬리를 올리고 물었다. "그렇게 아픈데 왜 안 울어?"

헉! 나는 화가 나서 청이를 노려봤다. "너 변태지!"

청이의 가슴이 오르락내리락했다. 청이는 다시 고개를 숙여 내 목덜미 쪽 상처에 입을 대더니 가볍게 핥았다. 감전된 듯 저릿저릿한 느낌에 온몸이 부르르 떨렸다.

"넌 안 울고, 내가 운 것 같다……." 말을 하느라 살짝 열린 청이 입술이 닿을락 말락 상처를 스치자 그 통증이 내 심장 깊숙한 곳까지 바로 와 닿았다.

왜 네가 울어? 분명히 네가 날 물었는데? 분명히 네가 날 버렸는데……. 너도 아파? 나처럼 마음이 아파?

"2년 동안…… 왜 내 연락을 무시했어?" 청이가 물었다. 목소리가 살짝 떨렸다.

청이의 물음이 무슨 뜻인지 몰라서 잠시 멍하니 있었다.

"내가 언제?" 나는 한 번도 널 버린 적 없어. 버리고 싶어도 버려지지가 않았어. 네가 영국에 가 있는 2년 동안, 소식 하나 없던 그 2년 동안, 넌 줄곧 무지막지하게 내 마음속에 살고 있었다고.

너야말로 한 번도 연락 같은 거 없었으면서, 뻔뻔스럽게 나한테 뒤집어씌우는 거야?

"내 편지에 한 번도 답장 안 보내줬잖아!"

"편지? 못 받았는데?" 곰곰이 생각해보니 짚이는 부분이 있었다. "설마 졸업 기념책에 있는 연락망을 본 건 아니지? 우리 동네 주소가 조정됐는데, 연락망에 있는 건 입학할 때 적은 주소 그대로거든."

썩 만족스럽지 않은 대답이었겠지만 청이는 살짝 눈썹을 찌푸리며 마지못해 받아들이고 계속 따져 물었다. "그럼, MSN은 왜 한 번도 접속 안 했어?"

"무슨 MSN?" 나는 어리둥절했다.

"문자에는 왜 답장 안 보냈고?"

"무슨 문자?" 정신이 혼미해졌다.

"왜 전화를 받자마자 사기꾼이라고 욕했어?"

이 사기꾼아, 다시는 전화하지 마!

한동안 보이스 피싱이 기승을 부려 선생님들이 이상한 번호로 시작되는 전화는 받지 말라고 신신당부했다. 나는 낯선 전화는 대부분 받지 않았고, 부재중 전화가 왔어도 다시 걸지 않았다. 스팸 문자도 너무 많아서 하나하나 보기가 귀찮아 한 번에 한 페이지씩 몽땅 지우곤 했다. 설마 그 안에 청이에게 온 전화나 문자가 있었나?

머리가 새하애져서 아무 말도 나오지 않았다.

어느 질문에도 대답을 얻지 못하자 청이 목소리가 확연히 가라앉았다. "내 물병 네가 가져간 거 아니야?"

"맞아!" 이건 아주 확실하게 대답했다. 다만 서랍에 처박아뒀다 몇 주 전에야 꺼냈고, 그제야 바닥의 비밀이 드러났다는 말은 차마 할 수 없었다.

"물병 안에 메모를 남겼는데……." 순간 어떻게 된 일인지 알겠다는 듯 청이의 입꼬리가 올라갔지만 아무리 봐도 웃는 모습 같지는 않았다. "그 메모 못 봤구나!"

"무슨 메모?" 나는 되물었다. 청이의 눈빛이 내 목덜미 상처에 내려앉는 느낌이 들어, 나도 모르게 목을 움츠리며 얼른 덧붙였다. "안에 아무것도 없었는데! 메모에 뭐라고 썼는데?"

"영국 전화번호, MSN 아이디랑 비밀번호, 그리고……." 청이는 말을 멈추고 살짝 한숨을 쉬었다. 목소리가 많이 피곤한 듯 들렸다. "됐어, 뭐 중요한 것도 아니고, 다 지난 일이니까."

청이는 마침내 내 손을 놓고, 집게손가락을 뻗어 내 목덜미 상처 주변을 가볍게 눌렀다. "아직도 아파?"

나는 천천히 고개를 저었다. 몸의 상처는 그리 아프지 않은데 욱신거리는 마음의 통증이 조금씩 커졌고, 눈가에 그렁그렁 맺혔던 눈물이 결국 주르륵 흘러내렸다.

청이가 연락을 안 한 게 아니라 우리가 어긋난 거였구나. 한번 시작된 어긋남이 2년이나 이어졌고!

"안 아파지니까 우네." 청이가 상처에 입을 맞췄다. 따뜻한 숨결이 상처에 뿜어지고, 점점 퍼지는 행복이 내 아픈 곳을 세심하게 감싸주었다.

청이가 나를 자기 쪽으로 돌려 앉혔다. 눈빛은 부드러운데 목소리는 무서웠다. "울지 마! 나 돌아왔잖아!"

이날 사건 전개는 내 예측을 완전히 벗어났다. 하루도 채 안 되는 짧은 시간에 놀람, 감동, 불안, 달콤함, 아픔, 쓸쓸함, 무력감, 상실감, 분노, 두려움…… 등등 태어나 겪어본 모든 감정이 다 한 번씩 마음속에서 날뛰다 마지막에는 눈물로 승화되어 흘러내렸다.

청이가 내 눈물을 닦으려고 손을 드는 걸 보고 나는 몸을 뒤로 빼 손등으로 뺨을 훔쳤다. 고개를 드니 청이가 뚫어져라 나를 쳐다보고 있었다. 눈 밑에는 따뜻한 웃음기가 퍼져 있어, 다정한 그 눈빛에 왠지 모르게 쑥스러워졌다. 진짜 망했다. 조금도 나답지 않잖아. 내 뻔뻔함이 왜 청이 앞에서는 자꾸 고장 나지?

얼굴이 뜨거워져 손을 뻗어 청이 눈을 가렸다. "보지 마! 유자가 그러는데 나 울면 엄청 못생겼대!"

청이가 눈을 계속 깜박이는지, 내 손바닥에서 나비가 팔랑팔랑 날개를 움직이듯 간질간질한 느낌이 들어 죽을 맛이었다.

나비가 차츰 조용해졌다. 청이는 눈을 감은 것 같았고, 위로 올라간 입꼬리는 덮치고 싶을 만큼 매혹적이었다.

여자가 적극적이면 안 된다는 법이 있나? 나는 결국 청이 입술에 쪽 하고 입을 맞췄다.

나비가 다시 팔랑팔랑 날개를 파닥이기 시작했다. 청이는 힘껏 내 손을 끌어내리고 날 똑바로 쳐다보며 물었다. "이게 다야?"

"웅!" 나는 고개를 끄덕이며 뻔뻔하게 선포했다. "여자가 먼저 적극적으로 나섰으니, 이젠 남자 차례야!"

마치 이 말을 기다렸다는 듯 청이의 입술이 조금도 주저하지 않고 내려왔다. 내 입술에 입을 맞춘 건 아니고, 귀와 턱과 목을 따라 살짝 핥다가 목 옆에 멈춰 살짝 깨물었다. 그쪽 동맥이 심장과 연결되어 있어 심장이 미친 듯이 뛰었고, 온몸이 절로 떨려 청이의 목을 꽉 안을 수밖에 없었다. 나는 아득한 현기증과 달콤함에 파묻혔다. 따뜻한 바다에서 표류하는 기분이었다.

날카로운 치아가 살짝 스치는 듯한 느낌에 청이를 밀치고, 떨리는 목소리로 경고했다. "거기 물지 마. 살인난다."

이 자식 미쳤구나!

청이는 고개를 들고 무의식적으로 "응." 하고 대답했다. 눈동자가 호박색으로 변해 있었다. 그 눈동자 안에 불난 듯 새빨간 내 얼굴이 비쳐 보였다.

청이는 다시 몸을 숙였다. 세심한 입술과 혀가 내 목의 상처 부근까지 다가와서는 천천히, 부드럽고 조심스럽게 어루만졌다.

청이는 살짝 몸을 일으키며 거친 숨을 억누르는 듯 최대한 낮은 목소리로 말했다. "여기까지만. 더는 안 돼……."

뜨거운 숨결이 내 피부를 떠나자마자 말할 수 없는 상실감이 나를 바로 뭍으로 던져 올렸다. 나는 꽉 잠긴 소리로 물었다. "여기까지만?"

청이는 몸을 세워 앉아 손으로 뒷목을 잡더니 새빨개진 얼굴로 입술을 깨물며 나를 쏘아봤다. "왕샤오샤, 내 자제력을 시험하지 마!"

"난 아까 입술에 했잖아……." 나는 뻔뻔스럽게 흥정에 나섰다.

"안 돼!" 청이는 즉각 고개를 저었다. "그건 내 여자 친구를 위해 남겨둘 거야."

"네 여자 친구가 누군데?" 나는 그대로 뛰어올라 청이의 목을 조를 뻔했다. 이 자식이 아까부터 지금까지 날 안고 뽀뽀하고 물어서 하마터면 죽을 뻔했는데, 만약 네 여자 친구가 리쉐얼이라고 감히 말한다면, 오늘 널 저세상으로 보내주마!

"내 여자 친구가 돼주겠냐고 아직 그 애한테 안 물어봤어." 청이는 웃으며 손을 들어 내 공격을 막았다. 웃느라 눈이 초승달이 됐다.

"그럼 지금 물어봐!" 나한테 물어봐, 바로 대답할게!

"싫어! 너무 사나운 여자라서 지금 다시 생각 중이야."

나는 청이를 소파 위로 밀어 넘어뜨리고는 멱살을 잡으며 소리쳤다. "그럼 왜 날 만나러 왔어?"

"그건 나도 모르겠네……." 청이는 손을 들어 항복하고는 몇 번 기침을 하더니 웃으며 말했다. "유자는 내 머리가 어떻게 된 것 같다고 하던데!"

그날 밤, 우리는 같이 잤다. 청이의 방에서. 나는 침대에서, 청이는 바닥에서.

청이는 몰래 내 입술에 키스했다.

내가 잠든 줄 알았던 모양인데, 사실 잠들지 않고 있었다.

청이는 몸을 굽혀 내 귓가에 대고 말했다. 거의 들리지 않을 정도로 작은 목소리였지만 내 귀에는 또렷하게 와 닿았다. "레몬그라스의 꽃말은…… '말할 수 없는 사랑'이야."

이게 바로 청이다. 까칠하고 거만하고, 잔소리 많고 이상하게 많은 걸 버텨내고, 그런데 어쩔 때는 나보다 더 부끄러움 많은 청이.

청이가 돌아왔다. 그리고 다시는 떠나지 않을 거다.

떠나지 않겠지…….

떠나지 않았으면…….

5장

내 생애 가장
아름다운 풍경

고등학생들은 다들 연애를 어떻게 하려나?

수업 시간에 몰래 '사랑해, 보고 싶어, 나 착하지, 나 보고 싶어?'라고 문자 보내기. 보충 수업이 끝나면 자전거 뒷자리에 올라타 집 앞 골목까지 태워달라고 하고, 헤어지기 아쉬워 미적미적 잘 가라 인사하고 집에 들어가기. 농구장에서 남친의 외투를 받아 안고 한옆에 서서 소리 지르고 방방 뛰며 응원하기. 방학하면 부모님한테는 도서관 가서 공부한다고 거짓말하고 맥도널드에서 서로 감자튀김 먹여주기. 아니면 모의고사가 끝난 후 영화 보러 가기. 좀 더 사치를 부린다면 팝콘도 한 통 사기. 남친은 액션 영화를 보고 싶어 하고 나는 로맨스 영화가 보고 싶어서 둘이 한참 버티다가 마지막엔 남친이 양보하고 줄 서서 표도 사오기. 그런 뒤 아무도 신경 쓰지 않는 맨 뒷줄에 앉아 포옹하고 뽀뽀하기. 영화는 언제나 처음과 끝만 봐서 사실 중간 내용은 둘 다 아무것도 기억 못 하기.

그래, 위 내용은 순전히 왕샤오샤 본인의 비현실적인 환상임을 시인한다.

'너 내 여자 친구 할래?'

그날 밤 청이는 끝내 그 말을 하지 않았고, 나도 더는 몰아붙이지 않았다.

나의 뻔뻔함 정도와 한껏 무르익었던 분위기대로라면, 내가 펄쩍 뛰며 내 남친이 되라고 청이를 밀어붙였어야 한다. 그런데 그때는 무슨 심정이었는지 나도 확실히는 모르겠지만, 먼저 고백한 것도 나고 먼저 키스한 것도 나이니 만일 또 거절당하면 어쩌나 두려웠던 것 같다. 나도 자존심이 있는 사람이니까. 게다가 이 모든 게 그저 눈을 뜨면 깨버리는 꿈이면 어쩌나 하는 두려움도 있었다.

어쩌면 잠들기 전의 키스는 사실 청이가 내게 준 이별 선물이고, 다시 영국으로 돌아갈지도 모른다. 아니면 아예 내가 술에 취해 본 환상일 수도 있다. 사실은 아무 일도 일어나지 않았고, 난 그냥 청이 침대에 누워 한잠 잔 것뿐일지도.

그래서 나는 현실을 도피하며 자는 척했고, 다음 날 아침에 일어나서는 아무 일도 없었던 척했다.

모든 게 다시 원점으로 돌아간 것 같았다. 2년 전으로.

일단 특정한 타이밍을 놓치면 그걸로 끝나버리는 일들이 있다. 뒤로 갈 수도 없고 다시 오지도 않아 후회만 하다가, 결국 다시는 그 질문을 꺼낼 용기가 나지 않았다.

'너 지금도 나 좋아해?'

아직도 날 좋아한다면…… 그럼, 나랑 사귀자!

이게 뭐람, 도저히 입이 안 떨어져!

여름 방학이 끝난 후 리쉐얼만 영국으로 돌아가고 청이는 남았다.

3학년 2학기, 청이는 문과에 응시하기로 했고, 이 결정에 다들 몹시 놀랐다.

초등학교 작문 시간에 청이가 맑고 우렁찬 소리로 발표했던 게 아직도 기억난다. "제 장래 희망은 의사입니다." 오후의 밝은 햇살이 교실로 들어와 청이의 새하얀 교복 위로 아롱거렸고, 나는 흰 가운을 입은 어른 청이를 상상했다. 당시 나는 심지어 일기에 이렇게 썼다. '나는 커서 간호사가 될 거야.'

"장래 희망은 크면서 변하는 거지. 어릴 때는 참 순진했으니까." 장자링은 조금 짠해하며 말했다.

하긴, 「세인트 세이야」 속 성투사가 되는 것이 꿈이라던 유자는 올해 4월 이미 산업디자인학과 예비 신입생이 되었다.

"어쨌든 좋은 소식은, 청이가 타이완에서 대학을 다닌다는 거지!" 나는 기운을 냈다. 청이가 또 갑자기 사라지지만 않으면, 리쉐얼이 중간에서 방해만 하지 않으면, 내게는 다 '좋은 소식'이었다.

"근데 청이가 다니는 그 사립 고등학교 말이야, 여학생들 다 장난 아니라고 하더라!" 장자링이 경고했다.

"걱정 마, 내가 물어봤는데 걔네 남녀 분반 철저하대. 수영 수업도 따로 하고." 나는 흐뭇하게 말했다.

장자링은 내게 눈을 부라렸다. 눈빛에 '그러니까 일이 커지지.'라고

써 있었다.

"지금처럼 개방적인 시대에는……." 장자링은 아이스티를 한 모금 마시고 느릿느릿 말했다. "남자들끼리도 불꽃이 튀지."

"그래도 입시를 앞두고는 공부가 제일 중요하니까, 대학에 갈 때까지는……." 나는 애써 마음을 가라앉혔다.

장자링이 다시 나를 쳐다보며 한 가지 사실을 일깨워주었다. "타이완대, 정치대, 성공대, 칭화대, 교통대 중에서 너 어디에 붙을 수 있어?"

"합격할 가망이 없는 게 아니라 내가 공부를 즐기지 않는 것뿐이야. 죽어라 열심히 하면……." 어떤 사실들은 혼자 속으로 잘 알면 그만이다. 겉으로는 허풍 좀 떨어도 괜찮다.

"대학에 들어가면 위로 섹시하고 예쁜 선배들 있지, 아래로 파릇파릇한 후배들 있지, 또 남자 선후배들도 한쪽에서 호시탐탐 노릴 텐데……. 너한테 기회가 얼마나 있을까?" 장자링은 한숨을 쉬며 의미심장하게 말했다.

나는 한참 입을 다물고 있다가 테이블에 엎드렸다. 만감이 교차했다.

청이가 타이완에 남았다 한들 뭐가 달라지지? 가까이 있어도 한 걸음도 더 나가지 못하는 건, 내가 용기가 없어서일까, 아니면 청이가 날 별로 좋아하지 않아서일까?

"나 싫다고 하면 그냥 집어치우지 뭐! 그럼 딴 사람 좋아하면 돼!" 나는 대수롭지 않다는 듯 콧방귀를 뀌었다.

"왕샤오샤, 나중에 후회하지 말고 지금 청이를 잡는 게 최선이야." 장자링도 콧방귀를 뀌었다. "쓸모없는 자식. 아깝게 내 콘돔만 하나

버리고……."

그래서 난 맥도널드에 앉아, 날 비웃음거리로 만든 눈앞의 '쓸모없는 자식'을 잡을 방법을 쥐어짜고 있었다.

청이는 하늘색 줄무늬 셔츠에 워싱진을 입고, 외투는 벗어서 대충 의자에 걸쳐두었다. 햇빛이 청이의 얼굴을 환하게 비추었다. 중학교 시절의 풋풋함 대신 온몸에서 말쑥한 분위기가 풍겼다.

청이는 손에 영어 소설을 들고 있었는데, 입가에 이따금씩 미소가 떠오르는 걸 보니 아주 푹 빠져서 읽는 모양이었다.

내 눈빛을 느꼈는지 청이가 살짝 미간을 찌푸리며 입을 열었다. "답안지 다 고쳤어? 연습 문제 다 풀었고?"

"응, 다 했어." 나는 빨대로 청이가 들고 있는 책을 가리켰다. "왜 나는 공부하고 너는 한가하게 책을 읽고 있어? 너희 학교는 시험 안 봐?"

"한 번 훑어봤어."

"한 번 훑어보면 시험 볼 수 있어?" 나는 턱을 쓰다듬으며 깊이 생각에 빠진 척했다. "네 머리가 스캐너냐!"

"아무래도 너랑 구조가 다르긴 하지."

자기 머리가 보통 사람과 다르다는 걸 아니 다행이네!

나는 시선을 옮기다가 구석에 앉은 중학생 커플이 서로 감자튀김을 먹여주는 모습을 보았다.

"감자튀김 먹을래?" 자, 내가 먹여줄게…….

"싫어! 난 정크푸드 안 먹어." 청이는 고개도 들지 않고 말했다.

청이 쪽으로 향하던 감자튀김이 어색하게 내 입으로 돌아왔다.

"그럼 왜 맥도널드에 왔어?"

"책 볼 곳이 필요해서."

"그럼 도서관 지하 자유열람실로 가면 되지!"

"지하는 공기가 안 좋아."

"그럼 너 혼자 오면 되지, 나는 왜 불렀어?"

"햄버거 주문하고 안 먹으면 아까우니까."

아, 그래서 햄버거 먹으라고 날 불렀다고?

"청이야……."

"응?"

"나랑 데이트하고 싶으면 그냥 말해!" 나는 천천히 입꼬리를 올렸다.

청이는 고개를 들어 나를 쳐다봤다. 좋아, 정정하지. 나를 노려보고 다시 고개를 숙였다. "너무 깊이 생각하셨네요!"

청이의 이런 반응을 다른 사람은 어떻게 볼지 모르겠지만, 나는 이렇게 해석했다.

'깊이 생각할 필요 없어. 네가 생각하는 것과 똑같아!'

내 생각?

나 드디어 청이와 데이트했다. 흐뭇했다.

장자링이 영화표를 한 장 줬다.

"고마워! 내가 공포 영화 좋아한다고 챙겨주는거야? 마누라 사랑해." 나는 신나서 장자링을 끌어안고 뽀뽀했다.

"토 나오거든!" 장자링은 질색한 얼굴로 나를 밀어냈다. "뽀뽀는 네 남자한테 가서 해! 야! 잘 들어. 이 영화표 가져가서 청이 줘."

"뭐?" 마른하늘에 날벼락이라더니, 서운해서 눈물이 날 뻔했다. "왜 청이한테 줘? 나한테 어떻게 이럴 수가 있어? 나 이 영화 보고 싶었단 말이야!"

"청이한테 줘!" 장자링은 뜻을 꺾지 않았다.

"싫어, 싫어, 싫다고!" 나는 떼를 부렸다.

장자링은 골치 아프다는 듯 이마를 문지르더니 유치원 선생님 같은 말투로 차근차근 말했다. "착하지, 말 들으세요. 표 가져가서 청이 줘. 그리고 너 혼자 공포 영화 볼 엄두가 안 나서 주는 거라고 해."

"왜? 나 혼자 엄청 잘 보는데, 왜 청이를 속여?" 나는 성실하고 착한 아이다.

애석하게도 장자링은 내 성실함에 눈을 흘길 뿐이었다.

"청이가 남자라면 분명히 '괜찮아, 내가 같이 가서 봐줄게!'라고 말할 거야." 장자링은 나를 안쓰러워하며 머리를 쓰다듬었다. "꼬마야, 이제 이해됐니?"

이해했다.

하지만 막상 청이에게 전화를 걸었을 땐 열나절이나 버벅대다 결국 이렇게 말해버렸다. "있잖아, 장자링이 영화표를 한 장 줬는데 공포 영화라 나 혼자 보러 못 가겠어. 그래서 너한테 같이 가서 봐달라고 부탁하고 싶은데……" 마음속의 불안을 애써 감추고 단숨에 읊고 나서야, 청이의 대사까지 내가 다 해버린 걸 알았다.

"음." 뭔가를 생각하는 중인지 수화기 저편에서 긴 침묵이 이어졌다.

"표는 한 장만 더 사면 돼." 내가 덧붙였다.

"언젠데?" 휴대전화를 통해 듣는 청이의 목소리는 유난히 낮고 묵직하게 들렸다.

거절 안 하는 거야? 순간 가슴이 퐁퐁 뛰기 시작했고, 출항을 기다리는 돛단배처럼 잔뜩 기대에 부풀었다.

♣

기말고사가 끝난 날 오후, 나는 청이와 극장 입구에서 보기로 약속하고 5분 일찍 도착했다.

가오슝의 모든 고등학교가 동시에 기말고사를 마쳤는지, 극장 곳곳이 다 교복 차림의 고등학생이었다.

엄청난 인파 속, 멀지 않은 곳에 익숙한 뒷모습이 보였다. 내가 이름을 부르기도 전에 텔레파시가 통한 듯 그 뒷모습이 고개를 확 돌려 이쪽을 보았다. 볼에 얕게 보조개를 피우고.

유자였다!

유자도 날 본 게 확실했는데 나와 눈빛이 부딪히는 순간, 사방을 둘러보는 중이라는 듯 재빨리 시선을 피했다. 누구를 찾고 있는 것처럼 보이기도 했다. 그리고 이내 시끌시끌한 인파에 묻혀버렸다.

유자가…… 날 피하나?

"왕샤오샤!" 나를 부르는 목소리에 유자 쪽에서 시선을 거두었다. 돌아보지 않아도 이미 누군지 잘 알았다.

청이가 내 앞으로 왔다. 초여름 오후 태양이 청이의 흰색 교복에 황금빛 모래 같은 빛을 드리웠다. 긴 속눈썹으로 덮인 새까만 눈은 고요했고, 입꼬리는 온화하게 올라가 있었다. 청이는 손을 뻗어 내 눈앞에서 흔들며 말했다. "뭘 그렇게 멍하니 있어?"

"방금 학교 친구를 본 것 같아서." 살짝 고개를 숙이는데, 청이 교복 셔츠의 두 번째 단추에 시선이 내려앉았다.

"청이야!"

"응?"

"일본 드라마에서 보니까 남학생들이 교복 두 번째 단추를 좋아하는 여자한테 주던데……." 은근슬쩍 떠보는 거냐고? 당연히 아니다. 저 목석에게 대놓고 말하는 거다.

"우리 학교는 자습하러 갈 때도 교복 입어야 해." 청이는 완곡히 거절했다.

좀생이! 나는 아랫입술을 깨물며 웅얼대는 소리로 말했다. "네 표는 내가 사놨어. 이따 까먹지 말고 표 값 줘. 학생표 220위안." 됐다! 사람이 좀 대범해야지. "200위안만 줘!"

청이는 바로 주머니에서 돈을 꺼내 주고는 무표정하게 영화표 두 장을 받아 들더니 카운터 앞으로 갔다.

이 영화, 인간의 탈을 쓴 악마가 피해자의 머리를 턱턱 잘라 프라이팬에 올리고 뒤집었다 엎었다 한다던데……. 그런 괴기스러운 장면을 생각만 해도 흥분이 돼서 머리가 쭈뼛쭈뼛했다.

"맨 뒷줄 가장자리로 바꿔주세요, 감사합니다."

뭐라고?

미처 막을 새도 없이 청이는 좌석을 바꿔 왔다. 나는 몹시 애석해하며 말했다. "앞쪽에서 봐야 더 리얼한데."

청이는 싸늘하게 나를 쳐다봤다. "무서워서 못 보겠다고 한 거 아니었어?"

네 눈빛이 악마보다 더 무섭다. 네 옆에 앉는 것도 리얼하게 공포스럽고.

나는 무서운 척 몸을 배배 꼬며 억지로 한 옥타브 높여 떨리는 목소리로 말했다. "그치! 너무 무서워. 네가 같이 와줘서 다행이야."

거짓말을 했더니 얼굴에서 살짝 열이 났다. 장자링의 정성스러운 가르침에 따라 무심코 청이 가슴에 기대는 척도 해야 했다. 나 스스로도 토를 뿜을 것 같았는데, 어째 청이는 살짝 떠는 것 같았다.

"가자! 영화 곧 시작해." 청이는 딱딱한 말투로 내뱉고는 한눈팔지 않고 상영관으로 들어갔다.

자리를 찾아 앉은 뒤, 아직 영화가 시작되기 전이어서 미리 사놓은 햄버거를 먹기 시작했다. 청이가 홍차를 건네기에 받아서 병에 입을 대고 몇 모금 마신 후 다시 돌려줬다.

"그건 너 마셔. 난 주스 있어." 청이는 가방에서 사과 주스와 빨대를 꺼냈다.

"점심 먹었어?" 다정한 눈빛으로 청이를 보며 물었다. 난 역시 비위를 잘 맞춘다니까.

청이는 고개를 젓고 내 손에 있는 햄버거를 바라보며 아랫입술을 오물거렸다. 사탕을 먹고 싶어 하는 꼬마 같은 표정이었다.

나는 몇 입 먹은 햄버거를 청이에게 내밀었다. "너 먹어!"

청이는 잠시 주저했다.

"괜찮아, 먹어! 난 신경 안 써." 네가 내 침을 먹는 거 신경 안 써.

"나는 신경 쓰여."

악마는 섬섬옥수를 뻗어 멀쩡한 빵과 패티를 갈랐다. 햄버거가 죽기 직전에 발버둥치는 듯 잘라진 부분에서 빨간 케첩이 줄줄 흘렀다. 악마는 냅킨으로 내가 베어 물지 않은 쪽을 집어 갔고, 다 먹은 후에는 내 티슈를 다 써서 손가락과 입술을 깨끗이 닦았다. 변태 수준으로 결벽증이 있는 녀석과 교제를 하다니, 내 수명 줄어드는 소리가 들린다!

침착하자.

나는 남은 햄버거를 몇 입에 먹어치우고 홍차도 싹 마시고는, 영화가 끝나면 이 녀석에게 고맙다고, 나중에 다시 연락하자고 말하리라 속으로 결심했다!

"야, 티슈 더 있어?" 청이가 팔꿈치로 쿡쿡 찌르기에 쳐다보니, 나를 보면서 의미를 알 수 없는 웃음을 머금고 있었다.

"없어!" 나는 다시 스크린의 예고편에 집중했다.

"케첩 묻었어." 청이가 집게손가락 뻗어 내 입술 위쪽을 가리켰다.

"어디?" 입술을 핥아봤지만 없는 것 같았다.

"이쪽."

"없는데……. 어디?" 나는 혀를 쭉 내밀어 더 열심히 핥았다. 그러다 갑자기 손을 두고 뭐 하는 건가 싶어서 손을 반쯤 들었는데 청이가 막았다.

"애도 아니고 손으로 닦냐." 청이는 키득키득 웃으며 몸을 앞으로 내밀었다.

"그럼 어떡해? 티슈는 네가 다 썼잖아!" 나는 조금 짜증이 났다.

입술에 묻은 케첩에 정신을 집중하는 사이 청이의 숨결이 내 앞으로 바짝 다가왔다. 거리가 묘하게 가까워 나도 모르게 좌석 등받이로 몸을 움츠렸다. 갑자기 주위가 어두워지고 스피커에서 영화 시작 음악이 흘러나오며 고막을 쩌렁쩌렁 울렸다.

완전한 어둠 속에서 허스키한 음성이 반항할 수 없는 권위를 싣고 귓가에 울렸다. "그럼, 그냥 이렇게……."

입술에 아직 질문이 맺혀 있는데, 촉촉하고 차가우면서도 부드러운 것이 순식간에 내 입술을 어루만지며 입 가장자리를 스쳐갔다. 몇 초도 안 되는 그 짧은 순간에 나는 온몸에 전류가 통한 듯 떨었다. 내가 반응할 새도 없이 그 촉감은 사라졌고, 달콤한 사과 향만 남아 공기 중에 서서히 퍼졌다.

"조금 맵다." 날 습격한 녀석이 말했다.

나는 어리벙벙한 채로 대답했다. "마지막에 칠리소스 뿌렸거든."

"다음엔 나도 뿌려줘."

"아, 그래."

이게…… 무슨 상황이지?

눈이 어둠에 적응한 후 청이 쪽을 보니, 청이는 이미 태연하게 의자에 폭 기대앉아 있었다. 라인이 분명한 옆모습이 대형 스크린 조명을 따라 환해졌다 어두워졌다를 반복했다. 꿈속처럼 비현실적이고 환상적이었다.

이리하여 나는 '청이가 과연 내게 키스를 한 것인가 아닌가.'라는 의문으로 갈등하기 시작했고, 어느덧 영화는 끝나 있었다. 천천히 위로 올라가는 엔딩 크레딧을 보며 얼굴을 가리고 슬퍼할 수밖에 없었다.

"어땠어?" 청이는 표정이 아주 즐거워 보였다.

나는 청이를 노려봤다. "그럭저럭. 생각만큼 무섭진 않았어." 왜냐하면 영화에 전혀 집중할 수 없었거든.

"가자!" 청이가 일어섰다.

우리는 파도처럼 쏟아지는 사람들 틈에서 하마터면 서로를 놓칠 뻔했다. 청이가 슬쩍 내 손을 잡아끌었다. 청이 손바닥에서 따뜻한 기운이 또렷이 전해져 나도 모르게 얼굴이 뜨거워졌다.

손잡은 거야?

"선배! 샤오샤 선배!"

상영관을 나서는데 입장하는 줄에서 누군가 나를 부르며 팔을 붙들었다. 돌아보니 동아리 여자 후배였다. 후배는 내 곁으로 오는 청이를 보고 농담을 했다. "오호! 선배 우리랑 안 온다고 하더니, 다른 학교 남학생이랑 보러 왔나 봐요…… . 우정보다 사랑이 먼저라 이거죠!"

기타 동아리 후배 몇이 즉시 우릴 에워쌌다. 얼굴에 '오, 사귀나 봐.'라고 쓰여 있는 애도 있었고, 서로 귓속말을 소곤거리는 애들도 있었다.

후배들 쪽을 쓱 훑어보았다. 예상을 벗어나지 않고, 유자의 굳은 눈빛이 포착됐다. 유자는 살짝 얼굴을 돌려 부자연스러운 표정을 감추려고 부단히 애썼다.

청이도 걸음을 멈췄다.

어떤 짓궂은 녀석은 휘파람까지 불었다. 그제야 내가 청이와 다정하게 손을 잡고 있는 걸 알았고, 어떤 생각들이 번쩍 떠올라 슬그머니 청이의 손을 놓았다.

"그전의 스캔들이 가짜라는 건 다들 알아⋯⋯. 지금 이게 진짜지!"

망했다. 졸업이 코앞인데, 더 이상 어떤 스캔들에도 엮이고 싶지 않았다.

"내가 널 좋아하는 건 맞아! 근데 그건 내가 그렇다는 거고."

완전히 망했다. 내가 전생에 무슨 죄를 지었나?

작년 여름 이후 한 번도 유자와 만나지 않은 것 같다.

사실 학교가 크지 않고 둘이 등하굣길도 같은데, 왠지 모르게 한 번도 마주치지 않았다. 게다가 3학년 되어 동아리 활동을 중단한 후에는 정원을 사이에 두고 힐끗 보는 것 빼고는, 최대한 각종 핑계를 대고 만나지 않았다. 둘 다 일부러 서로를 피했다. 우리 사이에 이미 틈이 벌어져 섣불리 건드릴 수 없었다. 건드리면 와르르 부서질까 봐 겁났다.

어쩌면 시간이 그 틈을 저절로 메워줄지도 모른다. 그 시간이 올 때까지는 뭘 해도 옳지 않을 것 같았다.

"어, 선배랑 유자 선배⋯⋯." 바이무는 말을 하다 말고 다른 후배에게 끌려갔다. 나는 고마워하며 그 후배를 쳐다봤다.

유자는 웃음을 쥐어짜며 우리에게 인사했다. "너희도 영화 보러 왔구나."

"응, 여기서 만나네." 청이가 고개를 끄덕였다. 목소리에선 아무 감정도 드러나지 않았다.

유자는 약간 혼잣말처럼 중얼거렸다. "이 영화 엄청 스릴 있다고 하더라고. 몇 장면은 역대급이라던데……."

"괜찮더라." 청이의 말투가 의외로 어색했다.

끝나라, 끝나라. 난 마음속으로 끊임없이 주문을 외웠다.

하늘은 한 번도 내 기도를 들어주지 않더니, 지금은 더 그랬다!

통로 다른 쪽에서 허뤄치가 콜라 두 병을 들고 유자 옆으로 왔다. "자, 네 콜라." 그러고는 돌아서서 내가 있는 걸 보더니 조금 의아해했다. "어, 샤오샤, 너도 있었어?"

허뤄치는 내 뒤에 있는 청이를 보더니, 상황이 파악된 듯 웃었다. "아, 쟤가 바로 너의……."

청이가 나의……?

공기가 갑자기 확 줄어드는 것 같았다. 나는 불안해서 청이를 바라봤다. 청이도 마침 나를 보고 있었다. 앞머리에 살짝 가려진 눈동자는 무슨 생각을 하는지 헤아릴 수 없었다.

우리 사이에 날카로운 침묵이 흘렀다.

"중학교 동창!" 결국 청이가 말했다.

그러니까, 단지…… 중학교 동창이군.

우리는 아직 담담함을 배우지 못했다.

♣

드디어 졸업식이 다가와 고등학교 시절에도 마침표를 찍게 되었다.

졸업식이라고 해도 사실 별 느낌 없었다. 이미 예행연습을 해봐서 그럴 수도 있고, 졸업식 이후에도 학교에 와서 자습을 해야 해서 그럴 수도 있고, 곧 다가오는 입시 스트레스에 짓눌려 숨을 쉴 수가 없어서 그럴 수도 있고, 아무튼 뭔가 해방되는 느낌은 없었다.

졸업식이 끝난 후 다들 사진 찍고 한바탕 시끌벅적 놀다가 각자 교실로 돌아갔다.

오히려 후배들이 이 기회를 놓치지 않고 자기들끼리 물풍선을 던지며 신나게 놀았다. 웃음소리가 울려 퍼지는 정원과 책장 넘기는 소리만 흐르는 3학년 교실은 완전히 딴 세상이었다.

머리를 빡빡 민 남학생 하나가 갑자기 여학생 건물로 뛰어 들어오더니 복도를 따라 우리 반 교실로 달려와 문밖에서 큰 소리로 외쳤다.

"허뤄치 선배! 좋아해요! 오래 전부터요!"

느닷없는 고백에 허뤄치는 놀라 얼굴이 하얘졌다. "머리는 왜 밀었어? 빨리 가. 우리 엄마 오실라."

"마음에 들어요? 제가 선배를 얼마나 좋아하는지 보여주려고 밀었어요!" 후배는 뿌듯해하며 민머리를 쓰다듬었다.

"야, 이 바보야! 난 너 안 좋아해!"

"지금은 안 좋아해도 괜찮아요. 나중에 좋아해주면 돼요!"

이번에는 허뤄치 얼굴이 새빨개졌고, 창피한지 아무 말도 못 했다.

"선배 기다려요. 저 꼭 선배랑 같은 대학에 붙을 거예요! 나중에 머리 자란 제 모습 보면, 선배 분명 저한테 반할 거예요!" 빡빡이 후배가 입을 헤벌쭉 벌리고 웃었다. 그러고는 진지하게 다짐했다. "그리고 저 반드시 10센티미터 더 클 거예요!"

마침내 교실 안에 웃음이 터졌고, 박수로 후배를 격려하는 애들도 있었다. 일순간 교실에 즐거운 분위기가 넘쳤다.

2학년 남학생 몇이 들어와 빡빡이 후배를 끌고 가며 사과했다. "선배님들 공부하시는데 방해해서 죄송합니다……. 하, 이 자식 한번 발동 걸리면 못 말려요."

이 소동은 금세 끝났다. 단념하지 않는 빡빡이 후배의 고성만이 복도에서 맴돌았다. "뤄치 선배, 꼭 기다려줘요!"

난 허뤄치에게 쪽지를 던졌다. '저 후배 진짜 용감하다!'

허뤄치가 던져온 쪽지에는 딱 세 글자만 적혀 있었다. '미친놈!'

어쩌면 우리는 충분히 미치지 못했고, 감정 앞에서 충분히 용감하지 못했다.

집에 가려는데 동아리방에 아직 불이 켜져 있어서 들어갔더니 유자가 있었다. 문 쪽을 등지고 선반의 자료를 정리하는 중이었다. 발소리를 들은 유자가 고개를 돌렸다. 볼에 보조개가 살짝 들어갔다.

"유자, 아직 안 갔어? 인수인계 다 한 거 아니었어?"

"거의 끝났어. 그냥 기타 악보 좀 정리해주고 싶어서."

"내가 도와줄게! 어떻게 분류해?" 나는 유자 옆으로 갔다.

"여기는 연도별로, 아래는 가수별로, 그리고 네 뒤에 있는 거는…… 나한테 줘."

나는 기타 악보 한 묶음을 유자에게 건넸다. 유자가 미처 받기 전에 내가 손을 놓는 바람에, 흰 종이들이 소리 없이 우리 앞에 흩날렸다.

유자는 쪼그려 앉아 한 장씩 주워 파일에 끼운 후 파일함에 넣었다.

"고마워." 왠지 모르지만 이 말이 하고 싶었다.

유자는 멍하니 있다 한참 후에야 덤덤히 말했다. "이럴 때는 미안하다고 해야지!"

나는 아랫입술만 깨물고 아무 말도 하지 않았다.

"됐어. 하루 이틀 알고 지낸 사이도 아니고 널 모르는 것도 아닌데 ……." 유자는 몇 초간 날 쳐다보다 별안간 빙긋 웃었다. "넌 항상 예의 없었잖아! 네가 나한테 '미안해.'라고 하는 걸 들어본 적이 없다."

"내가 그렇게 형편없는 사람인 줄 몰랐네." 나는 조금 민망했다.

"이제 알았냐! 청이는 머리가 어떻게 됐다니까. 어떻게 너처럼 우악스러운 녀석을 좋아하냐."

"전생에 나한테 빚진 게 있나 보지."

"내가 너한테 빚지지 않아서 다행이다."

이렇게 주거니 받거니 하는 사이 우리 사이의 어색함이 사라진 듯했다. 그 벌어졌던 틈은 존재하지 않았다는 듯이.

"너도 전에 나 좋아한다고 인정하지 않았어?"

"다행히 지금은 정신 차렸어!"

나와 유자는 서로를 쳐다보며 웃었다.

금세 동아리방 정리를 마치고 함께 걸어 집으로 향했다. 가로등 아래 어깨를 나란히 하고 걷는 그림자를 보노라니 '앞으로는 다시 이런 시간을 갖기 어렵겠지?' 하는 생각이 들었다.

여름날의 레몬그라스

"콜라?" 유자가 콜라 한 캔을 건넸다. 무심결에 내게 닿은 유자 손가락은 캔에 있던 물기가 묻어 약간 차가웠다.

"고마워."

유자는 가만히 앞만 쳐다보며 콜라를 마셨다.

침묵이 우리 둘의 걸음을 더디게 만들었다. 걸을수록 더 느려졌다. 이러다간 끝까지 못 가겠다고 생각할 즈음, 길모퉁이를 돌아 우리 집에 도착했다.

"잘 가!" 유자가 말했다.

잘 가.

그리고, 미안해.

뒤돌아 몇 걸음 걷는데 주머니에서 진동이 울려 전화를 받았다.

"야, 부탁 하나 들어줄래?" 유자 목소리가 내 등 뒤에서 어렴풋하게 들려왔다.

"그래." 고개를 돌리지 않아도 유자가 아직 가지 않고 서 있다는 걸 알았다.

"무슨 부탁인지 듣지도 않고?"

"날 하루 이틀 알았냐, 날 모르는 것도 아니면서. 난 친구 부탁이라면 뭐든 들어주잖아. 상당한 위험을 무릅쓰는 일도!" 나는 미소를 지었다.

"전갈자리 여자 성격은 내가 잘 알지." 유자는 우쭐대는 목소리로 그렇게 말하고는 잠시 머뭇거리다가 말을 이었다. "그럼 약속해줘. 영원히 나한테 고맙다는 말은 안 한다고……."

"왜?" 나는 어리둥절했지만 유자는 대답하지 않았다. 휴대전화에서 뚜뚜 소리가 들릴 때에야 유자가 이미 전화를 끊은 걸 알았다.

집에 와서 샤워를 하고 침대에 누워 불을 껐는데, 깜깜한 방에서 휴대전화 불빛이 깜박이는 게 보였다.

유자에게서 문자가 와 있었다. 아까 대답하지 않은 질문에 대한 답이었다.

'왜냐하면 내가 좋아서 하는 거니까.'

♣

시험 날짜가 다가오면서 칠판에 쓰인 디데이 숫자도 점점 줄어들었다.

날씨는 하루가 다르게 더워졌다. 이 항구 도시의 가장 무더운 계절이 바야흐로 다가왔다. 강하게 내리쬐는 태양은 유동하는 공기를 몽땅 증발시킨 듯했으며, 해질 무렵에만 살짝 바람을 보내주었다.

올해는 운이 좋았다. 가오슝 제3구역 고사장이 마침 우리 학교에 마련된 것이다. 익숙한 장소에서 시험을 보면 안심도 되고 긴장감도 한결 덜할 터였다.

나는 허뤄치와 학교 도서관에서 공부했다. 말이 공부지, 계속 무의식적으로 참고서만 넘기며 줄을 하도 많이 그어서 이미 너덜너덜해진 핵심 포인트에 색색의 줄을 치고 또 쳤다.

그런 후 빈 곳에 글자 몇 개를 쓰고, 그 글자를 보며 멍하니 앉아 있었다.

여름날의 레몬그라스

번뜩 정신을 차리다 손에서 펜이 떨어져 책상 밑으로 굴러갔다. 몸을 굽혀 책상 밑으로 들어가 주우려는데 다른 쪽에서 기다란 남자 팔이 나타나 재빨리 펜을 가져가는 게 보였다.

"아, 그거 내 펜인데!" 놀라서 소리를 질렀다.

"조용히 해." 살짝 장난기가 섞인, 너무나 익숙한 목소리였다.

픽. 책상에 머리를 심하게 부딪쳤다.

아파! 나는 머리를 부여잡고 얼른 책상 밑에서 기어 나왔다.

커다란 손이 내 머리를 떠받치고 살살 문질러주었다. 따스함이 온몸으로 퍼져 나갔다. 자연스럽고 다정한 행동에 심장이 후끈해졌다.

"됐어, 이제 안 아파." 나는 소곤소곤 말했다.

청이는 살짝 의자 하나를 끌어 와서는 허뤄치와 내 사이로 비집고 들어와 앉았다. 내 귓가에 따뜻한 숨결이 닿았다. "공부 안 하고 왜 정신 놓고 있어?"

"네가 왜 여기에 있어?"

"고사장 보러 왔지." 청이는 떼굴떼굴 펜을 굴리면서 내 참고서로 시선을 떨궜다.

나는 책을 팍 덮으며 청이를 쳐다봤다.

"너도 공부할 마음은 없어 보이는데, 학교 구경시켜줄래?" 청이가 나를 힐끔 보며 물었다. 어렴풋했던 입맞춤은 전혀 아랑곳하지 않는 것 같았다.

해 질 녘 햇살은 황금빛 강물처럼 느리고 부드럽게 교정을 흐르며, 지난 3년 내 고등학교 시절의 추억을 비추었다.

"도서관 옆에 백년 된 고무나무가 있는데, 전에 나무 밑에서 빨간색 달을 봤어. 운동장은 작아서 한 바퀴에 200미터도 안 돼. 매점은 점심시간만 되면 전쟁터가 되고. 싸고 맛있는 닭다리 도시락을 차지하려고 남학생 여학생 할 것 없이 몰려들어 난리거든…….”

나는 이어서 작은 정원을 가운데 두고 양쪽으로 나뉜 두 건물을 가리켰다. “푸른색 건물은 남학생반이고 붉은색 건물은 여학생반이야. 수업이 끝나면 복도 난간에 기대서 몰래 맞은편을 보는 애들이 많아. 그래서 남학생들은 여학생 주의를 끌려고 엉뚱한 짓들을 하고. 대자보에 사랑 고백을 쓴다든지 파도타기를 한다든지 상의를 벗는다든지……. 엄청 유치해, 이 나이 또래 남자애들은. 저기에 있는 불꽃나무는 남학생들이 생일빵 하는 장소야. 저번에는 머리를 빡빡 민 후배가 뛰어와서 우리 반 여학생한테 고백했어. 아, 좀 전에 너도 봤어. 도서관에서 내 옆에 있던 친구. 예쁘지? 걔네 엄마가 우리 담임이야.”

청이는 시종일관 미소를 띠고 조용히 내 설명을 들었다.

학교가 정말 조용했다. 너무 조용해서 우리 둘만 남은 것 같았고, 마구 뛰는 내 심장 소리가 청이에게도 들릴 것 같았다.

그래서 나는 끊임없이 얘기를 했다. 고등학교 생활의 시시콜콜한 일들, 재미있는 일화들을 쉬지 않고 계속 말했다. 나와 청이 사이에 놓인 2년간의 공백을 메우려는 듯이.

지난 학창 시절엔 네가 없었지만, 앞으로는 네가 있었으면 좋겠어……. 이게 내 얘기에 숨은 뜻이야. 알겠니?

어느덧 동아리방이 있는 건물까지 갔다.

“나는 기타 동아리야. 그렇게 안 보이지?” 나는 동아리방 문을 밀어 열었다. 햇빛이 확 쏟아져 들어가며 어두컴컴한 실내를 밝혔다. 후배들이 챙겨 가지 않은 기타 몇 개가 구석에 조용히 누워 있었다. 햇빛에 기타 줄이 금빛으로 반짝였다.

"정말?" 청이는 역시 믿지 않았다.

"근데 잘 치지는 못해." 나는 솔직하게 자백했다. "나는 거의 대충 시간이나 때웠고 유자가 나보다 훨씬 진지하게 했어. 동아리 회장도 맡고, 선배들이랑 밴드 꾸려서 여기저기서 공연도 하고 대회에도 나가고. 5월에는 컨딩에서 열리는 음악제에도 나갔대."

청이는 내 말에는 아무 반응 없이 바로 구석으로 가서 기타를 들더니 먼지를 떨어내고 몇 번 가볍게 줄을 튕겼다. "음이 다 나갔네."

그러고는 줄을 튕기며 귀를 기울여 듣고 헤드머신을 돌린 후 다시 줄을 튕겼다. 본 적 있는 동작이다. 런치 선배에게서.

"너도 기타 칠 줄 아는구나? 나는 왜 전혀 몰랐지?" 나는 감탄했다.

"네가 모르는 일이야 많지. 한번 쳐봐. 노래 하나 들려줘." 청이는 기타를 내 앞으로 내밀었다.

"들으면 비웃을 텐데! 공자 앞에서 문자 쓰기 싫거든." 나는 주저하며 아랫입술을 깨물었다.

"나도 책 사서 혼자 대충 배운 거라 그다지 잘 치지는 못해. 혹시 알아, 네가 나보다 잘 칠지." 청이가 해맑게 웃었다.

청이의 말에 한결 마음이 놓인 나는 뻔뻔스럽게 큰 소리를 쳤다. "정말 배우고 싶으면 '선생님'이라고 불러. 내가 마지못해 가르쳐주지. 수업료는 상담 가능해."

"수업료도 있어? 그럼 일단 들어보고."

"까짓것 문제없어!" 나는 자신만만하게 외쳤다. 다행히 그럭저럭

남들에게 선보일 만큼 연습한 곡이 몇 개 있었다.

　나는 기타를 안고 걸상을 하나 끌어와 앉았다. 그런데 오랜만에 치려니 아무리 해도 자세가 이상했다. 청이는 차마 못 봐주겠는지 내 뒤로 와서 대신 기타를 바로잡아주었다. 고맙다는 말을 할 새도 없이 온몸이 훅 달아올랐다. 상쾌한 남자 냄새가 어렴풋이 코에 들어온 후에야 내가 청이 품에 쏙 들어가 있는 걸 알았다.

　청이는 내 뒤에 있는 의자에 앉아 거의 포옹하는 자세로 나와 기타를 안았다.

　"들려줘, 배우고 싶어⋯⋯." 청이는 내 목과 등 쪽에 얼굴을 묻었다. 목소리가 거의 내 등을 통과해서 전해졌다. "나 착한 학생이거든."

　이 학생이! 자세부터 엄청 반칙이거든!

　온몸이 뻣뻣하게 경직되고 손발도 어떻게 두어야 할지 알 수 없었다. 갑자기 용기가 툭 사라져 더듬거리며 말했다. "나, 나 진짜 못해."

　"걱정 마, 안 웃을게. 괴롭히지도 않을게." 관객은 거듭거듭 다짐했다.

　당황해서 마음이 산란한 채로 줄을 튕겼더니 첫 곡은 엉망진창이었다. 나 자신도 무슨 곡인지 알 수가 없었고, 웃음을 참는지 청이의 가슴이 살짝살짝 들썩이는 것만 느껴졌다.

　"야, 안 웃는다며! 더 뒤로 가서 앉아. 머리도 나한테 기대지 말고!" 나는 기타 줄을 누르고 항의했다.

　"안 웃었는데⋯⋯." 청이는 잡아떼며 쿨럭 기침을 하고선 기타를 향해 앞으로 더 가까이 왔다. 청이의 가슴은 거의 내 등에 붙었고, 청이의 심장도 내 심장과 같은 속도로 두근두근 뛰는 것 같았다.

"네가 친 거 이 곡이지?"

청이는 기타를 치며 노래도 불렀다. 나는 전에 런치 선배 앞에서 이 노래의 뒷부분을 부르지 못했다.

When the night has been too lonely

밤이 너무 외롭고

And the road has been too long

갈 길이 너무 멀 때

And you think that love is only for the lucky and the strong

사랑은 행운이 따르는 용감한 사람만 얻을 수 있는 것이란 생각이 들 때

Just remember in the winter

이것만 기억해요, 추운 겨울

Far beneath the bitter snow lies the seed

차가운 눈 속에 씨앗 하나가 있다는 것을

That with the sun's love in the spring becomes the rose

봄이 되면 태양의 따사로운 빛을 받아 장미로 자랄 씨앗이죠

정말 아름답다. 행운이 따르고 용감한 사람이 사랑을 얻을 수 있지. 나는 용감하진 않은데, 그래도 행운이 따르는 여자가 될 수 있을까?

연주를 끝낸 청이가 내 귀를 깨물려는 시늉을 했다. 목소리에 웃음이 잔뜩 실려 있었다. "그 정도 연주로 나한테 수업료를 요구하다니, 진짜 용기가 가상하다!"

창피해서 쥐구멍에라도 들어가고 싶었다. 누구에게 지원 요청을 할

까 생각하다 번뜩 뭔가가 떠올랐다. "나 아는 선배가 상도 여러 번 받고 음반 회사랑도 음반 계약하려고 준비 중이야. 차라리 그 선배를 스승으로 모셔. 장담하는데 너도 분명히 인정할 거야!"

"일단 알고 지내게 소개나 시켜줘." 청이는 이렇다 저렇다 말하지 않았다.

"잠시만. 며칠 전에 선배가 전화기 바꿨다고 문자를 보냈는데, 내가 아직 바뀐 번호를 저장 안 했어." 나는 휴대전화를 열어 문자를 찾았다. '왜냐하면 내가 좋아서 하는 거니까.'라는 유자의 문자가 눈에 확 들어와, 손가락 끝을 찌르는 듯한 통증에 잠시 멈칫했다.

"찾았어?" 청이가 머리를 들이밀며 물었다.

"응." 나는 선배의 휴대전화 번호를 청이에게 주며 최대한 얼렁뚱땅 설명했다. "너랑 비슷하니까 꼭 한번 만나봐. 이름은 샤오런치고 명랑하고 재미있는 사람이야."

전에는 이름이 청치였어. 네 형이자 네 가족.

표정은 못 봤지만 청이가 살짝 얼떨떨해하는 것이 느껴졌다. 나는 고개를 돌려 청이 얼굴에 시선을 던졌다. 나와 눈빛이 부딪히자마자 청이는 표 나지 않게 시선을 옮겼다.

"가자." 청이가 나를 잡아 일으켜 세웠다.

"여기 로비 지나서 나가면 학교 쪽문이 있어. 동아리 활동 끝나면 그 쪽문으로 집에 가. 그게 더 가깝거든." 나는 게시판 앞에서 걸음을 멈추었다. "학교도 진짜 너무해. 시험 끝날 때마다 게시판에 전교 석차를 붙이는 거 있지. 학생들한테 자극 준답시고. 기분 상할것 같아서 마지막 모의고사 성적은 안 봤어." 나는 내 이름을 찾으려고 얼굴을 거의 유리에 붙이고 왔다 갔다 했다. 한참 만에 드디어 중간 조금 위쪽에서 이름을 찾고 좋아서 말했다. "찾았다. 나 여기에 있네! 전교 47등! 간당간당하지만 잘하면 국립대도 갈 수 있겠는데."

유리에 청이의 모습이 비쳤다. 청이는 꼼짝도 하지 않고 맨 첫 줄에 시선을 주고 있었다. 나도 모르게 웃음이 터졌다. 조금 쓸쓸했다. "너 같은 애들은 자기 이름 엄청 쉽게 찾겠지!"

너는 너무 높이 있어서, 나는 너에게 닿을 수 없어. 그냥 내가 너무 많이 뒤처지지 않도록 최선을 다할 뿐이지. 너는 유리에 비치는 모습처럼, 아주 가까운 곳에 있지만 만지려고 하면 차가워. 늘 네 그림자만 쫓아다니는 나는…… 사실 조금 힘들어.

"저기, 나 너무 시끄러워?" 조금 불안한 마음에 물었다.

"응, 조금." 청이는 살짝 한숨을 짓고 게시판에서 시선을 거뒀다. "말을 그렇게 많이 하면 목마르지 않아?"

못됐어. 이 인간은 한 번도 내 체면을 안 살려준다니까.

"안 마르거든!" 나는 씩씩대며 고개를 돌리고 가려고 했다.

"근데 내가 목마르다. 물 있어?" 청이는 내 옷자락을 잡아당기며 물었다.

"있어." 나는 책가방에서 생수병을 꺼내 뚜껑을 열어 병에 입을 대고 꿀꺽꿀꺽 들이켠 후 침도 뱉고 싶은 걸 간신히 참고 청이에게 건넸다.

"나 쪼잔한 사람 아니니까 너 다 마셔." 살짝 미간을 찌푸리는 청이의 표정을 감상하며 속으로 몰래 웃었다. 어떻게 나오나 보자.

"마셔! 마셔!" 매점은 문 닫았고, 자동판매기에는 콜라밖에 없거든. 나랑 간접키스 하기 싫으면 정문으로 나가서 10미터를 더 가야 나오는 편의점까지 가야 해. 보복성의 쾌감이 차올랐다.

"그래." 청이는 눈썹을 까딱이고 몇 걸음 다가와 병을 받으려고 손을 내밀었다.

엄청난 결벽증 까칠이가 갑자기 철이 들었나?

청이가 팔을 쭉 뻗어서 잡은 건 생수병이 아니라 내 팔목이었다. 나는 완전한 무방비 상태에서 청이에게 끌려갔다.

까맣고 깊은 청이의 눈이 바로 앞에 있었다. 석양 아래, 청이의 눈동자 깊은 곳에서 흐르는 빛이 깜박였다. 그 빛이 지나치게 눈부신 듯해 나는 계속 눈을 깜박이다가 살짝 고개를 돌렸다.

청이는 다른 손으로 살짝 내 얼굴을 받치고는 기다란 손가락으로 끊임없이 내 귀에서 턱까지를 쓰다듬었다. 민감한 신경을 건드려 미칠 지경이었다.

"야, 후회하지 마. 네가 마시라고 했다." 청이의 목소리가 이상하리만치 부드러웠다. 어린아이를 꼬여 사탕을 빼앗으려는 듯한 말투랄까.

"물 여기 있어, 가져가!" 긴장해서 생수병을 꽉 쥔 나머지, 병 중간이 움푹 들어갔다.

건조한 청이 입술이 잠자리가 수면을 건드리고 날아오르듯 내 뺨을 스쳤다. 얼떨떨해서 미처 반응도 하지 못했는데 순간 눈앞이 까매졌다. 청이는 고개를 숙여 혀로 내 입술을 벌린 후 내 입 속의 액체를 힘껏 빨았다. 한 번 빨 때마다 온몸이 마비될 것 같은 전류가 흘렀고,

뜨거운 혈액을 따라 전류가 몸 전체로 흘렀다.

온몸이 계속 떨렸다. 드럼 세탁기 속에 들어가 도는 것처럼 하늘과 땅이 빙글빙글 돌았다. 손은 무의식적으로 아무 거나 잡았으나 이내 청이에게 꽉 붙들렸다. 얼마나 지났을까, 멀리서 하교 종소리가 길게 울리며 이 혼돈을 쪼갰고, 청이는 그제야 가쁘게 숨을 헐떡이며 천천히 내 입술을 떠났다.

"마셨어." 청이의 촉촉한 입술에 맑은 웃음기가 흘렀다.

나는 입 속의 물기가 다 빨려서 바싹 마른 기분이었다. 막 탈수가 끝나고 건조기 안으로 넣어진 옷처럼, 온몸이 축 늘어지고 후끈거렸다.

잠시 정신을 놓고 있다가 고개를 숙였다. 청이 손과 내 손이 꽉 겹쳐 있고, 언제 떨어뜨렸는지 생수병은 발 옆에 누워 있었다.

"내가 얘기했나……. 우리 학교 엄청 이상해서 남학생과 여학생이 교내에서 손잡으면 안 된다는 규정이 있는데."

"얘기 안 했어."

"그럼 이 얘기도 안 했나……. 우리 학교 엄청 이상해서 남학생과 여학생이 교내에서 키스하면 안 된다는 규정도 있는데."

"그 얘기도 안 했어."

키스? 무, 무려 프렌치 키스?

혼란스러운 머리에서 갑자기 이성의 끈 하나가 풀려 나오며 정신이 확 들었다. "너 나한테 키스한 거야?"

"응." 청이는 부인하지 않고 웃음이 넘실대는 얼굴로 말했다. "네가 내 뺨을 때리지도 않았고."

침착하자 침착해. 하지만 지금 굉장히 비명을 지르고 싶어!

청이가 나한테 키스했다고?

이런 갑작스러운 전개라니, 어쩌면 꿈일지도 몰라. 꿈에서 깨면 그냥 책상에 엎드려 침이나 흘리고 있을지도 몰라.

아랫입술을 죽어라 깨물고 비명을 참으며 바로 결론으로 치달았다. "그럼 너하고 나, 그러니까 우리는…… 사귀는 거야?!"

곰곰이 생각해보니 내가 너무 일방적인 것 같았다. "아니면 생각할 시간 5초 줄게. 내가 5초를 센 후에 네가 인정하지 않으면, 넌, 넌 성추행한 거야! 난 네 뺨을 때릴 거고, 선생님한테 말해서 네 이름이랑 학교랑 네 사진이랑 다 게시판에 붙일 거야!"

"왕샤오샤는 어째 갈수록 더 무서워지네. 나 앞으로 괴롭힘 좀 당하겠어." 청이는 웃음을 거두고 코를 살짝 찌푸리며 중얼거렸다. "물건을 사도 반품할 수 있는 기간이 일주일이나 되는데, 이걸 5초만 고민하라는 건 너무……."

"5, 4, 3……." 나는 귀를 막고 청이의 불만을 무시하며 숫자를 셌다. "2, 너 나중에 후회하지 마! 이제 다 셌는데……."

내 말은 거기에서 끊겼다. 청이는 몸을 숙이고 내 입술을 살짝 물었다. 따뜻한 열기에 약속 하나가 실려 왔다. "후회 안 해!"

나는 청이를 꼭 끌어안았다. 두려워서 죽을 것 같고, 행복해서 죽을 것 같았다. 청이가 다시는 날 떠나지 않는다고 하면 내일 세상이 끝난다 해도 괜찮을 것 같아!

내일은 당연히 세계 종말의 날일 리가 없고!

시간이 우리 곁에서 조용히 흐르고, 태양은 점점 몸을 낮췄다. 하늘은 아득한 남회색이 되었고, 지평선 가장자리만 옅은 주황색 빛으로 고요히 물들었다.

"청이야……."

"응?"

"내일 드디어 시험 보네. 응원해줄래?" 나는 청이의 가슴에 얼굴을 묻고 청이 옷에서 나는 레몬그라스 향기를 맡으며 청이의 평온한 심장 박동 소리를 들었다.

"내일 시험 잘 봐." 청이는 내 어깨를 살살 쓰다듬었다. 한 번 또 한 번. 하지만 이어지는 목소리에는 살짝 탄식이 배어 있었다. "너한테 국립대까지는 바라지 않을게. 나랑 너무 멀리 떨어지지만 않으면 돼. 너무 긴장하지 말고 답안지 내기 전에 답 밀려 쓰지 않았는지 꼭 체크해. 휴대전화는 고사장에 가지고 들어가지 말고." 처녀자리 까칠이, 내 남친은 몹시 긴장해서 당부했다.

나는 까치발을 하고 청이에게 입을 맞췄다. "네가 응원해줬으니까 잘 볼 거야."

열일곱 살 여름, 길었던 술래잡기와 짝사랑이 끝나고 나와 청이의 사랑이 드디어 시작되었다.

이야기가 여기에서 끝났다면 우리는 영원히 열일곱에 머물렀을 테고, 사랑도 영원토록 아름다웠겠지.

아쉽게도, 우리는 결국 어른이 되어갔다.

6장

내 눈 속엔
너밖에 없었어

시험 첫날, 7월 초의 날씨는 후덥지근했다. 공기 중의 모든 물기가 다 말라버린 듯했다. 하늘은 구름 한 점 없이 맑고 파랬다.

긴장하지 않았다면 거짓말이고, 조금 불안하고 초조했지만 마음속에 뭔가 표현할 수 없는 평온함과 해방감이 있었다.

청이와 나는 고사장은 같지만 건물이 달랐다. 무엇보다 이 중요한 시점에 다른 애들의 뒷말과 질문 어린 시선에 대응하고 싶지 않아서 아침식사를 한 후 바로 헤어져 각자 교실 근처에서 시험 준비를 했다.

얼마 안 있어 청이에게 문자가 왔다.

'긴장하지 마.'

몇 분 후에 두 번째 문자가 왔고, 내용은 역시 짤막했다.

'2B? 지우개?'

필기도구를 제대로 챙겨 왔는지 체크하라는 뜻이었다.
답장을 보내려는데 세 번째 문자가 도착했다.

'휴대전화 끄고!'

나는 문자 하나하나가 도착할 때마다 키득키득 웃었다. 요 녀석 잔
소리 엄청 심하네.

허뤄치가 다가와 쳐다보기에 얼른 손으로 화면을 가리고 휴대전화
를 껐다. 마지막엔 아예 배터리를 빼버렸다.

"물 줄까?" 등 뒤에서 익숙한 목소리가 들려왔다. 유자였다.

"웅! 다정하기도 해라!" 마침 기분이 좋던 터라 유자의 어깨에 살
짝 팔을 걸치고 말했다.

유자가 명랑하게 웃었다. 뜨거운 햇살 아래 유자의 웃는 얼굴에 싱
그러운 산들바람이 실려 있는 듯했다.

유자는 허뤄치에게도 생수병을 건넸다. 허뤄치가 물었다. "시험장
엔 웬일이야?"

유자는 팔에 두른 빨간 완장을 잡아당기며 으스대는 투로 말했다.
"고사장 자원봉사! 어때? 봉사 정신 투철하지!"

"적당히 해라! 우리 고생하는 거 보러 온 거잖아!" 나는 비아냥거
렸다.

"정답!" 유자 입가에 보조개가 깊게 들어갔다. 유자는 내 머리를 톡

치며 말했다. "파이팅! 친구."

이날 시험은 무사히 끝났다.

밤에 자기 전에야 휴대전화를 켰다. 원래는 청이에게 전화를 걸어 시험은 잘 봤는지 묻고 내일도 계속 힘내, 네 말대로 정말 태풍이 오네…… 등등의 말을 하려고 했는데, 곰곰이 생각하다 결국 짧은 문자만 보냈다.

'잘 자!'

한참 기다려도 청이에게서 답장은 없었다.

잠들었나 보네. 창밖에서 끊임없이 흔들리는 나무 그림자를 보며 그렇게 생각했다.

그런데, 왜 은근히 불안한 생각이 들지?

다음 날은 아침부터 짙은 회색 구름이 하늘에서 맴돌더니, 고사장에 도착하고 얼마 후 역시나 장대비가 내리기 시작했다. 양동이로 퍼붓는 것처럼 빗줄기가 좍좍 쏟아졌다. 7월인데도 한기가 느껴졌다.

천지를 뒤덮는 장대비가 단숨에 학교 전체를 점령해, 학생과 학부모들은 복도에 바글바글 모여 비를 피할 수밖에 없었다.

나는 계속 휴대전화 화면을 켰다. 대기화면이 밝아졌다 어두워지고, 어두워졌다 밝아졌다.

불안했다.

청이에게서는 지난밤부터 줄곧 답장이 없었다. 휴대전화는 계속 꺼져 있었다.

나는 허뤄치에게 수험표와 필통을 맡아달라고 부탁한 후 우산을 쓰고 청이가 시험을 보는 건물로 뛰어갔다.

심장이 두근두근 무겁게 뛰어 힘껏 숨을 들이마셨다.

예비종이 울렸다. 머리에서 굉음이 들리고, 온몸이 그 자리에 못 박힌 듯 움직일 수 없었다.

청이가 보이지 않았다.

"왕샤오샤, 너 왜 여기 있어?" 고사장 돌아보는 일을 맡은 유자가 날 발견하고 다급하게 떠밀었다. "빨리 고사장으로 돌아가!"

"하지만…… 청이가…….." 말도 잘 나오지 않았다.

유자는 나를 밖으로 끌고 가려 했고, 나는 그 자리에서 버티며 간신히 말을 뱉었다. "청이가 시험 보러 안 왔어."

"뭐?" 유자는 놀라서 입을 쩍 벌리고 교실 안을 들여다봤다. 청이 자리는 역시 비어 있었다!

"어떡해? 전화도 안 받아…….." 목소리까지 떨렸다. 있을 법한 각종 사고를 떠올리니 현기증이 나서 서 있기도 힘들었다.

유자는 우산을 받치고 힘껏 나를 끌어당겨 시험 보는 교실로 데리고 갔다.

"왕샤오샤, 잘 들어." 유자는 거의 온몸이 젖은 채 양손으로 내 얼굴을 받쳐 들었다. 나는 살짝 움츠렸다.

"청이가 어떻든 간에 넌 일단 시험 잘 봐. 내가 방법을 찾아서 연락할 테니까!" 유자의 손바닥에서 전해지는 따뜻함에는 사람을 안정시켜주는 힘도 실려 있는 것 같았다. 나는 더 이상 떨지 않고 막막하게 유자만 쳐다봤다.

"나 믿지? 여러 생각 하지 마. 그 자식 그냥 늦잠 잔 걸지도 몰라." 유자가 웃으며 대수롭지 않다는 투로 말했다.

청이가 늦잠을 잘 애가 아니란 건 우리 둘 다 잘 알았다. 유자는 그저 날 안심시키려는 거였다.

"응." 나는 고개를 세게 끄덕였다. 차가운 눈물이 주룩 흘러내렸다.

1교시 시험은 역사였다. 당최 시험을 어떻게 쳤는지 알 수 없었다.

시험을 마치는 종이 울리자마자 필통과 수험표를 쥐고 청이가 시험 보는 교실 쪽으로 달렸다. 얼마 가지 않아 누군가 날 불러 세웠다.

"왕샤오샤, 어디 가?" 청이였다. 입꼬리는 슬그머니 위로 올라가고, 손에 든 우산은 흠뻑 젖어 물이 뚝뚝 떨어졌다.

"유자가 그러던데, 나 안 온 줄 알았다며?" 청이가 웃으며 물었다.

잔뜩 오그라들었던 심장이 드디어 풀렸다. 그대로 청이 품에 뛰어들고 싶었다. 아무것도 신경 쓰지 않고 꼭 안아주고 싶었다.

그러나 복도가 점차 떠들썩하며 붐비기 시작했다.

하는 수 없이 청이를 몇 번 세게 치며 원망의 말만 쏟아냈다. "걱정돼서 죽을 뻔했잖아! 휴대전화는 계속 꺼져 있지, 예비종은 울리는데 넌 안 보이지!"

청이는 웃으며 주먹을 피한 뒤 내 손을 꼭 잡고 말했다. 기침을 참는 듯한 목소리였다. "늦잠 잤는데, 다행히 시험 시작 전에 도착했어."

너무 걱정을 많이 한 바람에 화낼 기운도 없어 그냥 청이를 노려보기만 했다.

내가 생각이 너무 많았나? 하지만 청이처럼 조심스럽고 빈틈없는 까칠이가 늦잠을 자다니?

그리고 청이 손이 엄청 차가웠다. 얼굴은 창백한 데다, 눈은 피곤해 보였고 목소리도 쉬어 있었다. 웃음도 억지로 짓는 것 같았다.

나는 부르르 몸을 떨었다.

청이는 입고 있던 얇은 외투를 벗어 내 몸에 걸쳐주었다. "바보는 여름에도 감기에 잘 걸린다더라." 그러고는 내 코를 비틀며 작게 말했다. "바보야, 비 올 땐 꼭 외투 가지고 다녀."

"바보는 너지! 이런 날 어떻게 늦잠을 자? 대학에 가선 어떻게 하려고?" 나는 샐쭉하게 받아쳤다.

"아니면 앞으로는 네가 깨워주든지?" 그렇게 툭 내뱉은 뒤 청이의 하얀 얼굴에 살짝 홍조가 드리웠다.

"됐거든!" 사실 평소엔 내가 더 못 일어난다. 나는 다시 콧방귀를 뀌며 받아쳤다. "알람 시계를 선물할게!"

청이는 오늘 휴대전화를 두고 왔다며, 괜히 자기를 찾느라 여기저기 돌아다니지 말고 시험에 집중하라고 당부했다. 오후에 마지막 과목 시험이 끝나면 데리러 올 테니 같이 영화 보러 가자고…….. 왠지 모르게 날 달래는 느낌이었다.

마지막 과목 시험이 끝난 후 복도에서 기다리고 있는 건 청이가 아니라 유자였다.

역시 내 예감이 맞았다.

"잘 봤어?" 유자는 경쾌하게 물었지만 시선은 내 눈을 피했다.

"청이는?" 나는 유자를 똑바로 쳐다봤다. 이미 마음의 준비가 되어 있었다.

"오전 시험 끝나고 쓰러졌어. 지금 병원에 있어. 내가 데려다줄게." 유자는 이번에는 시선을 피하지 않았다.

"왜 쓰러져?" 내 목소리는 침착했다.

"네가 물어봐. 그 미친놈이……. 하여튼 정말 두 손 들었다!" 유자는 한숨을 쉬었다.

시험을 마친 학생들이 교문에서 물밀 듯이 쏟아져 나왔다. 사람들과 각종 교통수단으로 사방 도로가 빼곡히 들어찼다.

유자는 오토바이를 몰고 내 앞으로 와서 미안한 듯이 말했다. "차로 가면 더 빠른데 내가 아직 면허증이 없어서. 탈 수 있겠어?"

"괜찮아. 나도 면허증 없어." 농담으로 받아치고, 조금도 주저하지 않고 올라탔다. 유자는 이미 내게 많은 도움을 주었고, 내게 사과할 이유는 전혀 없었다.

가는 길 내내 우리는 침묵했다.

비는 이미 멎었지만 짙은 먹구름은 여전히 흩어지지 않고 어물거렸다. 바람이 획획 스쳐 지나갔다. 나는 음울한 하늘을 바라보았다. 그 뿌연 하늘에 마음 하나가 걸려 있는 것 같아 나도 모르게 손을 더 꽉 쥐었다. 병원에 거의 다 왔을 때에야 내가 하도 꽉 틀어쥐어서 유자 옷이 꼬깃꼬깃해진 것을 알았다.

유자가 고개를 돌리고 내 손등을 툭툭 치며 말했다. "다 왔어. 걱정마. 별 일 없을 거야."

미안하다는 말도 하고 싶고 고맙다는 말도 하고 싶었지만, 그냥 "응."이라고만 작게 대답했다.

청이 병실 앞에 도착하니 살짝 열린 문틈으로 한 줄기 희미한 빛이 새어 나왔다. 안에서 언쟁하는 소리가 들려왔다.

유자는 목소리를 낮춰 내 귓가에 말했다. "청이 할아버지."

청이와 할아버지는 서로에게 말하는 투가 어색하고 딱딱했다. 가족 간의 언쟁이라기보다는, 서로 의견 일치를 보지 못한 협상 테이블에서 오가는 대화 같았다.

"그래서 안 봤다는 게 무슨 말이냐?" 할아버지는 별 농담 다 듣겠다는 투였다.

"시험 안 봤다고요. 못 본 거죠." 청이는 간단히 설명했다. 목소리가 몹시 약하게 들렸다.

병실에 한동안 침묵이 흘렀다. 나는 초조해서 안을 들여다보며 노크를 하려고 손을 뻗었지만, 유자가 내 손을 잡아당기며 고개를 저었다.

"영국으로 돌아가!" 할아버지가 먼저 침묵을 깼다. 엄한 목소리에 저항할 수 없는 위엄이 실려 있었다.

"학교는 우선 할아비가 찾아놓으마. 가을 학기에 입학해서 전입 시험을 봐. 네 실력이면 런던 정치경제대학도 문제없어."

"저 안 돌아가요." 청이는 목소리는 작아도 단호하게 말했다.

"이유가 뭐냐?"

"여기에서 대학 다닐래요."

"이 성적으로 타이완대에 갈 수 있을 것 같아? 아직 사리분별을 못

하는 게냐!" 할아버지가 냉소를 지었다.

"타이완대에 가겠다고 한 적 없어요."

그 말을 들으니 심장이 욱신거렸다. 유자가 막는 걸 아랑곳않고 세게 문을 밀어 열었다.

"넌 누구냐?" 할아버지가 눈을 가늘게 떴다. 안색이 확연히 어두워졌다.

'여자 친구예요.'라고 말하고 싶었는데, 왠지 모르지만 막상 나온 말은 달랐다. "청이 학교 친구예요!"

방해받은 것이 몹시 불쾌한 듯 할아버지는 미간을 더 깊게 찌푸리며 무덤덤한 목소리로 물었다. "무슨 일로 왔니?"

"청이가 아프다기에 걱정돼서 보러 왔어요!" 한 글자 한 글자에 힘이 실렸다.

할아버지는 예리한 눈빛으로 나를 쏘아봤다. 나는 전혀 주눅 들지 않고 그 눈빛을 마주 봤다. 내 말에 숨은 뜻을 눈치챈 게 확실했다.

청이가 병이 났는데 가족이라는 분이 시험 성적과 대학 진학만 걱정됩니까?

백발의 할아버지를 똑바로 쳐다보다 나는 끝내 참지 못하고 말했다. "청이한테 지금 제일 필요한 건 할아버지의 위로예요."

"열등생이나 위로가 필요하지." 할아버지의 시선이 내 얼굴을 떠나 청이에게로 옮겨갔다. "우등생한테 필요한 건 방법이야! 금자탑 꼭대기에 설 방법!"

"하지만 청이가 행복하지 않잖아요……." 나는 몸서리를 쳤다. 조금씩 확실하게 보였다. 오랫동안 청이 마음속에 숨어 있던 블랙홀, 청이를 앞으로 나아가도록 밀어붙였던 그 힘은 언젠가 청이를 다치게 할 터였다.

"행복? 지금은 당연히 행복하지 않지. 한 과목 점수를 몽땅 날렸으니! 타이완대는 말할 것도 없고 다른 공립대도 지원할 수 있을지 불확실한데!" 할아버지는 벌컥 성을 내더니 성가시다는 듯 손을 흔들었다. "1년을 낭비해 재수를 하는 것도, 사립대에 가는 것도 절대 용납 못 한다!"

"타이완대에 가는 게 그렇게 중요해요? 용납하지 못하시는 건 사실 할아버지가 창피해서 그러시는 거잖아요!" 불쑥 말이 튀어나왔다.

"너⋯⋯." 할아버지는 벌떡 일어나 내게 삿대질을 했다. 극도의 분노를 억누르는지 몸까지 살짝 떠는 게 보였다.

청이는 어정쩡히 몸을 일으키며 묘한 표정으로 나를 쳐다봤다. 유자가 나를 툭 밀었을 때야 내가 실언을 한 건 아닌가 하는 생각이 들며 얼굴이 살짝 뜨거워졌다. 나는 천천히 고개를 떨궜다.

망했다. 청이 할아버지와 첫 만남인데 대들고 말았다.

한바탕 몰아칠 폭풍우를 맞을 각오를 하고 있는데 들려온 건 한숨뿐이었다. 다시 슬그머니 고개를 들었다. 할아버지가 약간 비틀거리며 청이에게 다가갔다.

청이가 무슨 말을 하려는데 할아버지가 청이의 어깨를 가볍게 누르더니 청이가 몸을 일으키느라 떨어진 이불을 당겨 덮어주었다. 세심하고 다정한 동작이었다.

"네가 여기 남으려는 이유를 알겠구나. 제대로 생각한 게냐?" 할아버지가 잔잔한 미소를 지으며 물었다.

"네." 청이도 잔잔히 웃었다.

"그럼 잘 들어라. 네가 끝내 여기 남겠다고 고집을 피운다면, 학비와 생활비는 한 푼도 안 준다." 할아버지는 덤덤한 목소리로 그렇게 말했다.

이런 사람이 있구나. 가족이면서, 뻔히 걱정하면서, 왜 안아주려 하지 않고 감정을 꼭꼭 숨길까?

"알겠어요." 청이의 표정은 지극히 평온했다. 이 모든 걸 일찌감치 예측한 듯, 억울해한다거나 화를 내는 기색도 없었다. 심지어 미소까지 지으며 이렇게 덧붙였다. "고맙습니다, 할아버지."

"너무 순진해. 역시 아직 애구나." 할아버지는 쯧쯧 혀를 차며 청이와 나를 번갈아 보더니 의미심장하게 말했다. "네 애비랑 똑같구나. 사랑할 때는 차마 헤어지지 못하고, 사랑하지 않을 때는……."

할아버지는 말을 끝맺지 않고 병실을 나섰다. 청이 얼굴에서 점차 웃음이 걷히는 게 내 눈에도 똑똑히 보였다.

"어떡해?" 내가 작은 소리로 물었다. 왈칵 터지려는 눈물을 간신히 참았다.

청이는 내 쪽을 보지 않고 가볍게 기침을 몇 번 했다. 나는 얼른 탁자에 놓인 보온병에서 물을 따라 건네주었다. 다 마시길 기다렸다가 컵을 받아 들려는데, 청이가 내 다른 쪽 손을 살짝 잡았다. 어리둥절해서 손을 빼려고 하니 청이는 더 세게 잡았다.

"지금은 아무 생각도 하지 마. 좀 자고 싶어. 옆에 있어줘." 청이는 기력이 달리는지 약간 숨찬 목소리였다. 그러고는 한참 동안 잤다.

나는 곁에 앉아 청이를 지켜봤다. 청이는 자는 동안에도 눈썹을 살짝 찌푸리고 속눈썹을 바르르 떨었다. 이마에선 송골송골 땀까지 배어나왔다. 숙면을 취하지는 못하는 모양이었다. 결국 청이 얼굴의 땀방울을 닦아주고 눈썹을 어루만져주다가 태양혈도 살살 눌러주었다. 그러자 눈썹이 펴지고 얼굴 근육도 풀어졌다. 꼭 어린애처럼 입술도 살짝 벌어졌다. 아무 걱정 근심 없는 아이가 잠든 모습 같았다. 나는 청이 입술에 살짝 입을 맞췄다.

왜 슬그머니 두려워지는 거지.

사랑할 때는 차마 헤어지지 못하고, 사랑하지 않을 때는?

어른들 계획에 순종해 영국으로 돌아간다면 청이는 넉넉하게 생활할 수 있을 거고, 최고 명문 대학에서 공부하게 될 터였다. 만약 타이완에 남는다면 청이가 아무리 대단해도 한 과목에서 0점을 맞은 건 변함없는 사실이므로 공립대는 가망이 없고 장학금도 기대할 수 없다. 사립대는 한 학기 등록금도 만만치 않고 매달 기숙사비에 생활비까지 하면…… 경제적으로 굉장히 힘들 거다.

청이는 사랑할 땐 후회하지 않을 거라고 했다. 그럼 사랑하지 않을 땐? 후회하게 될까?

우리는 아직 어른이 되지 않았다. 사랑하는 법은 배웠지만, 사랑하지 않는 법은 배우지 않았다.

두려움이 피어올랐다.

유자가 뜨끈한 죽이 담긴 포장 그릇을 내 손에 쥐여주는 바람에 생각이 끊겼다.

"나 배 안 고픈데." 나는 무의식적으로 사양했다.

"너 먹으라고 주는 거 아니거든." 유자는 나를 쏘아보고는 턱으로 청이를 가리켰다. "저 환자 먹여주라고!"

서툴게 뚜껑을 열다가 하마터면 죽을 엎을 뻔했다. 차마 못 봐주겠
는지 유자가 플라스틱 숟가락으로 살며시 죽을 떴다. 청이는 손을 들
어 받으려다 민망한 듯 말했다. "고마워. 내가 먹을게."

"쳇, 사양하지 마. 이건 환자의 특권이야!" 유자는 배시시 웃으며
청이 입에 억지로 숟가락을 넣었다.

둘의 우정 어린 장면을 보고 있노라니 절로 감탄이 나왔다. "유자,
청이, 너희 둘 사귀면 좋겠…… 아야!" 말이 끝나기도 전에 바로 뒤통
수를 가격당했다.

알았다고. 사실 나도 억지로 즐거운 얼굴 하고 있는 거거든.

나는 유자처럼 죽을 떠서 입에 대고 후후 분 다음 청이에게 먹여주
었다.

유자는 아직도 못마땅한지 방정맞게 웃으며 말했다. "야! 왕샤오
샤, 너도 심하게 다정한데?"

나는 유자의 말투를 흉내 내어 진지한 척 말했다. "쳇, 이건 환자의
특권이거든. 다음에 너도 입원하면 이렇게 먹여줄게!"

청이가 갑자기 쿨럭 기침을 했다.

"절대 싫어!" 유자는 당황한 얼굴로 연거푸 손사래를 쳤다. "나는
청이처럼 미친 짓 안 해. 오밤중에 잠 안 자서 병이나 나고."

"잠을 안 잤어?" 나는 깜짝 놀라 청이를 봤다.

"응……." 청이는 어물어물 대답하고 베개에 기대며 눈을 감았다.
더 이상 말할 생각이 없는 듯해서 나는 물음표 가득한 시선을 유자에
게 돌릴 수밖에 없었다.

"의사 선생님 말로는 감기로 인한 경미한 폐렴 때문에 갑자기 쓰러진 거래." 유자가 어깨를 으쓱해 보이고는 목소리를 낮춰 말했다. "근데 저 자식은 어젯밤에 잠을 못 자서 그런 거라고만 하네."

"왜 잠을 못 잤지? 뭔가 이유가 있겠지……." 나는 중얼거렸다.

청이는 죽을 마저 먹은 뒤 약을 먹고 다시 눈을 감았다. 간호사가 와서 링거를 바꿔줄 때 잠시 깼을 뿐 대부분 깊이 잠을 잤다.

유자가 언제 갔는지도 모르고 나는 손으로 턱을 괸 채 침대 가장자리에 붙어 아련하게 청이를 바라봤다. 시간이 얼마나 흘렀을까, 나도 깜빡 잠이 들려는데 살짝 잠긴 목소리가 귀에 들려왔다.

"야, 왕샤오샤……."

"어?" 멍하게 눈을 들다가 시선이 창밖으로 가 닿았다. 밖에서 들어온 금빛 석양이 창백하고 차가운 병실을 따뜻한 색으로 물들였다. 창에서 시선을 거두고 얼른 청이에게 물었다. "깼어? 물 마실래? 아님 화장실 가고 싶어?"

"물." 이 녀석, 사람을 참 잘 부려먹네.

컵에 물을 따라 내밀었지만 청이는 천천히 고개를 저었다. 손을 뻗어 받으려는 의지가 전혀 안 보였다.

"남친의 특권은 없어?" 청이는 엄청나게 피로한 기색이 감춰지지 않은 얼굴이면서 입가엔 장난스러운 미소를 지었다.

제 잇속은 다 채우겠다 이거지! 나는 물을 원샷한 후 사악한 웃음을 띠며 청이에게 달려들었다.

"더 해보시지?" 나는 청이의 목을 조르는 시늉을 하며 여친의 권리를 행사해 표독스럽게 물었다. "어젯밤은 왜 꼴딱 새웠어? 누구랑 나가서 이 꼴이 되도록 빈둥거렸어? 사는 게 지겹냐!"

청이는 피하지 않고 웃으며 두 팔을 뻗어 나를 꽉 끌어안았다. 열이 나서인지 흥분해서인지, 청이 뺨이 발그레했다. 나는 가볍게 들썩이는 청이 가슴에 얼굴을 묻고 청이의 심장 뛰는 소리를 가만히 들었다.

"어제 하양이가 갑자기 집을 나가서 밤새도록 찾아서 데려왔어." 청이는 손가락으로 내 머리를 쓸어내리며 말했다.

"뭐? 왜 나한테 얘기 안 했어? 같이 찾으면 되는데!" 화도 나고 마음도 아팠다.

청이는 느릿느릿 고개를 저었다. "같이 찾아? 그리고 오늘 둘이 같이 아프고? 같이 시험 못 보고?"

"하지만…… 네가 시험을 못 봤잖아. 그래서 할아버지가 영국으로 돌아가라고 하시잖아. 그래서……." 왈칵 목이 멨다.

"응." 갑자기 청이 얼굴에서 웃음기가 사라지고 표정이 진지해졌다.

"앞으로 어떡해? 겁 안 나?" 나도 모르게 아랫입술을 깨물었다. 난 겁나.

청이는 내 두려움을 없애주려는 듯 손가락으로 내 입술을 꾹 눌렀다. 그러고는 내 얼굴을 살짝 받치고 말했다. "응, 겁났어. 하양이가 없어져서 많이 무서웠어. 차에 치였을까 봐, 누가 잡아 갔을까 봐 엄청 무서웠어. 그래서 밤새 하양이를 찾다가 감기에 걸린 거야."

"미안해." 내 뺨에 닿은 청이 손바닥이 놀랄 만큼 뜨거워서 금방이라도 눈물이 터져 나올 것 같았다.

"감기 걸려서 너한테 키스 못 할까 봐 겁났어." 청이는 작게 말했다. 씨익 올라가는 입꼬리에 가슴이 두근거렸다.

눈물이 떨어지기 전에 청이 입술에 입을 맞췄다. 청이도 적극적으로 응했다.

청이는 고개를 숙이고 내 귓가에 나지막이, 하지만 또렷하게 속삭였다. "다른 건 겁 안 나."

이 이야기가 영원히 이쯤에서 멈출 수는 없을까? 여기에서 멈추고 더 이상 앞으로 나가지 않으면 안 될까?

♣

다음 날, 청이 병실로 두 명이 문병을 왔다.

한 명은 즉시 불청객으로 분류됐다. 내 기준이지만.

마침 병원에 도착한 나는 리쉐얼이 청이 병실에서 나오는 걸 보고 얼른 뒤돌아 지나가는 사람인 척했으나, 리쉐얼은 기어이 날 불러 세웠다.

입시 준비에 몰두하느라 머리를 다듬으러 갈 시간도 없고 마음의 여유도 없어 앞머리가 삐죽삐죽 눈까지 내려와 조금 간지러웠는데, 여신의 찰랑거리는 웨이브 머리를 보니 나도 이 짜증나는 머리를 싹 자를 때가 된 것 같았다.

"청이 보러 왔어? 언제, 귀국했어?" 나는 버벅거리며 물었다.

"응, 돌아온 지 반년 됐어."

"반년이나? 가족들은 영국에 있는 거 아니야?" 예의상 물었다가 심장이 쿵 내려앉았다. 그러면 리쉐얼도 올해 타이완에서 입시 보는 거야?

"엄마 아빠가 이혼해서 난 타이완으로 돌아와서 엄마랑 같이 살아." 리쉐얼이 빙긋 웃었다.

생각지도 못한 대답에 순간 당황스러웠다. 뭔가 사생활을 캔 것 같아 민망했다.

"미안해, 괜히 물었네." 나는 멋쩍음을 감추려 앞머리를 눌러 눈을 덮었다.

"괜찮아." 같은 질문에 수백 번은 대답해본 듯한 자연스러운 표정이었다. 리쉐얼은 내 손에 들린 밀폐 용기로 시선을 옮기더니 탐색이라도 하는 듯한 투로 물었다. "너도 문병 왔어?"

"엄마가 초밥을 너무 많이 만들어서 남았거든. 청이 아픈데 부모님도 옆에 안 계시니 돌봐줄 사람도 없잖아. 마침 잘됐다 싶어서 청이 주려고 가져왔어. 음식 낭비하면 아까우니까……." 나는 괜히 안절부절못하며 해명했다. 마지막엔 하하 웃기까지 했는데 생각해보니 이상했다. 왜 떳떳하게 '우리 둘 사귀거든. 여친이 당연히 문병을 와야지!'라고 말하지 못했을까?

내가 좀 둔한 면이 있긴 해도 어떤 직감은 정확하다. 막 청이 병실에서 나온 리쉐얼이 이렇게 묻는다는 건 청이가 나와 사귄다는 사실을 말하지 않았다는 뜻이다.

왠지 모르게 슬며시 박탈감이 들었다. 병실 문을 열려는데 리쉐얼이 갑자기 물었다. "청이가 시험도 제대로 못 보고, 케임브리지 추천 입학 자격까지 포기하면서 타이완에서 대학을 가겠다고 고집 부리는데, 혹시 왜 그런지 알아?"

나 때문이지.

내가 뿌듯해야 하는 건가?

하지만 그렇게 말할 용기가 나지 않아 멍하니 리쉐얼을 바라만 보다가 느릿느릿 고개를 저었다.

문을 여니 청이는 빨간색 외투를 덮고 베개에 삐딱하게 등을 기대고 앉아 있었다. 손에 책을 들었지만 시선은 창밖을 향해 있다가 내 발소리에 고개를 돌리고는 동화 『빨간 모자』속 소녀처럼 해맑은 미소를 지었다.

과일 바구니며 케이크, 초콜릿, 꽃다발이 탁자에 잔뜩 쌓여 있었다. 나는 무표정하게 그 거치적거리는 것들을 한쪽으로 치우고 간신히 자리를 만들어 내 러브러브 도시락을 놓았다.

"청 선생님 오늘 인기 최고십니다!" 나는 씁쓸하게 말하며 탁자로 손을 뻗어 잡히는 대로 하트 모양 초콜릿 박스를 집어 열었다. 안에는 핑크 리본을 묶은 작은 카드까지 들어 있었다. 이때다 하고 고백한 건가?

"그럭저럭. 왜 이렇게 늦게 왔어, 배고파 죽을 뻔했어." 청이는 담담하게 말하며 약간 투정을 부렸다.

"배고파 죽을 일은 없겠네. 먹을 게 이렇게 많으니." 나는 초콜릿 하나를 까서 배시시 웃으며 청이 입 앞으로 들이밀었다. "자! 먹여줄게!"

청이가 입을 벌려 살며시 깨문 건 초콜릿이 아니라 내 손가락이었다. 내 손이 고소한 닭다리라도 되는 것처럼 손가락을 따라 팔까지 올라오며 깨물었다.

"여보세요, 난 음식이 아니라고!" 나는 팔을 빼내려 살짝 몸부림쳤다. 빨간 모자를 쓴 늑대라니까! 걸핏하면 날 깨물어.

"나쁘진 않은데, 고기가 좀 적네." 청이는 내 팔을 쳐다보며 평가를 마치고는 이어 내 목을 공격했다. 청이 입술은 부드럽고 숨결은 뜨거웠다. 살갗을 다리미질이라도 하듯 찌릿찌릿한 느낌이 발바닥에서부터 서서히 올라와 서 있기도 힘들 지경이었다.

"고기가 있으면 된 거지 어디서 불평이야. 개봉하면 환불 불가……." 나는 힘없이 투덜거렸다.

청이가 몸을 떨더니 고개를 들었다. 의미를 알 수 없는 웃음이 청이 얼굴에 서서히 번졌지만 눈빛은 점점 깊어졌다. 친절하지 않은 그 웃음을 보고는 내가 투덜거린 말에 묘한 암시가 섞였다는 걸 알았다. 아뿔싸.

똑똑. 반쯤 닫힌 병실 문을 누군가 예의상 두드렸다. 나는 깜짝 놀라 다시 내 몸을 물고 있는 늑대를 세게 밀쳤다.

문을 열고 들어온 사람은 몹시 뜻밖의 인물이었다.

"런치 선배?"

거의 1년 만에 보는 듯했다. 못 본 사이 피부가 더 까매졌고 분위기는 좀 더 어른스러워졌다.

청이도 뜻밖인지 잠시 얼떨떨해하다가 선배에게 고개를 끄덕여 보였다.

우리 둘 사이의 묘한 분위기를 깬 걸 모르는 척, 선배는 표정이 태연했다.

"나 노크했다!" 선배는 강조해서 말하며 입가엔 보일 듯 말 듯 웃음을 머금었다.

청이는 가볍게 기침을 하며 얼굴을 돌렸다.

선배는 번잡한 탁자 위를 훑어보더니 이번에는 활짝 웃음을 지었다. "먹을 거 엄청 많네. 내가 제때 온 것 같은데!"

"선배 마침 잘 왔어요! 와서 점심 먹어요. 오랜만에 만났는데 먹으면서 얘기해요." 나는 기분이 좋아서 밀폐 용기를 열고, 선배를 끌어 의자에 앉힌 후 신나게 먹었다.

선배는 연신 칭찬을 내뱉었다. "진짜 맛있다. 다 네가 만든 거야? 냉채도 있네. 이런 거는 손이 많이 가지?"

"일찍 일어나서⋯⋯." 나는 거기까지 말하다가 입을 다물고 헤헤 웃으며 선배에게 두부피 초밥을 집어주었다. "좋아하면 많이 먹어요!"

"일찍 일어나서 사랑의 도시락을 만든 거야? 진짜 현모양처 감이네. 청이 앞으로 복 터졌다." 선배가 엄지를 척 들었다.

"얘는 라면밖에 못 끓여. 일찍 일어나서 엄마가 만든 음식을 몰래 가져온 거지." 청이가 즉각 내 체면을 무너뜨렸다.

"그것도 나름대로 정성이지. 일찍 일어났으니까." 런치 선배가 푸핫 웃음을 터뜨리고는 젓가락으로 청이를 가리켰다. "청이는 안 줘?"

"얘는 배불러요!" 나는 청이를 노려보며 마지막 초밥을 집어 내 입에 넣었다.

식사를 마친 뒤 청이는 다시 침대에 눕고, 런치 선배는 편하게 의자에 등을 기대고 앉아 청이와 얘기를 나눴다.

전에 선배에게 듣기로는 둘이 오랫동안 못 만났다고 했지만, 그때도 선배가 동생을 많이 아끼고 사랑한다는 게 느껴졌다. 부모님의 이

혼으로 내내 떨어져 지내다 이번에 어렵게 만나서인지 아무래도 대화가 좀 딱딱하고, 특정 화제는 일부러 피하는 것 같았지만, 그렇다고 해도 아주 어색한 분위기는 아니었다. 런치 선배가 워낙 명랑한 사람이다 보니 몇 번이나 청이를 웃기기도 했다. 그러는 사이 분위기는 점점 화기애애해졌다.

"유자한테 들었어. 사회 시험 보던 중에 쓰러졌다고?"

선배가 청이에게 물으며 나를 흘끗 보았다. 그릇을 치우고 있던 나는 선배의 시선을 느끼고는 괜히 양심에 찔려 고개를 푹 숙였다.

"응." 청이의 대답은 간결했다.

"타이완대학은 무리겠지?"

"응."

"장학금도 안 될 테고?"

"응."

"무슨 과 가려고 생각 중인데?"

"법학과."

"공립대 법학과는 커트라인이 엄청 높으니 사립대로 가는 수밖에 없을 텐데, 사립대는 이런저런 경비가 장난이 아니지. 개학하는 순간부터 그냥 강도가 따로 없다니까!" 선배의 미간이 살짝 찌푸려졌다.

"응."

"직계 가족 연소득 때문에 학자금 대출도 안 될 거야." 선배는 잠시 생각해보더니 이렇게 제안했다. "넌 아직 미성년자니까 양육 포기하신 대신 양육비를 달라고 말해봐."

청이는 더 이상 '응.'이라고 대답하지 않고 눈을 들어 선배를 쳐다봤다.

"대가가 참 크네." 선배가 한탄하며 결론을 지었다.

나는 고개가 점점 더 깊이 숙여졌다. 그러느라 훤히 드러난 뒷목에 선배의 시선이 시원하게 와 닿는 게 느껴질 정도로.

한참 침묵이 흐르다가 선배가 입을 열었다. 목소리엔 살짝 웃음기가 실려 있었다. "야, 우등생, 반항해보니 기분이 어때?"

"통쾌해!"

청이 입에서 저런 말이 나오다니, 나는 놀라서 고개를 들었다.

"근데 그 노인네는, 음…… 할아버지는 널 영국으로 보내려고 금전적 지원도 다 끊어버리고 학비도 안 대줄 거 아니야. 한다면 하는 노인네니까. 아버지 쪽도 마찬가지고. 그 두 사람은 네가 영국으로 가서 아버지 연구를 돕길 바라잖아." 선배는 잠시 생각에 잠겼다가 말을 이었다. "내가 엄마한테 말해보면……."

"필요 없어!" 청이는 바로 선배 말을 자르고는 패기 있게 말했다. "원래부터 더 이상 집에서 돈 타 갈 생각 없었어."

"그렇게 말할 줄 알았어. 그럼 이 형이 너 데리고 돈 뺏으러 가야겠네!" 선배는 명랑하게 웃으며 손을 뻗어 청이의 머리를 헝클어뜨렸다.

"돈 뺏으러? 알바? 과외 자리라도 소개해주려고?" 청이가 눈썹을 치켜올리며 흥미를 보였다.

"오, 내 동생은 입술이 빨갛고 치아는 하얗고, 그 외모로 과외교사하기는 너무 아깝지……." 선배가 곁눈질로 날 힐끔 보더니 계속 청이에게 사악하게 말했다. "밤에 시간 있어? 다른 일자리를 한번……."

"선배!" 나는 선배의 말을 끊고는 손에 든 도시락 통으로 청이를 가리키며 입에서 나오는 대로 내뱉었다. "선배 동생은 밤에 내가 전세 냈거든요!"

♣

9월 새 학기를 맞았다. 우리는 대학 신입생이 되었다.

청이는 원한 대로 법학과에 들어갔고, 나는 외국어학부에 들어갔다.

역사가 오래된 이 사립대는 중부 다두산 기슭에 자리 잡아 교내에 아름다운 아카시아 숲이 있다. 아주 유명한 교회도 있는데, 크리스마스이브마다 교회에서 종을 100번 친다. 12월 24일 밤 11시 58분 40초에 치기 시작해 정확히 25일 자정에 100번째 종소리가 울린다.

연인이 이 종소리를 따라 카운트다운을 하면 사랑이 영원히 이어진다는 전설이 있다.

첫해 크리스마스, 나와 청이는 교회 옆 잔디밭에서 끌어안고 있었다. 인파에 떠밀려 헤어질 뻔했지만 서로의 손을 꼭 잡고 말없이 종소리를 세며 포옹하고 키스했다. 그 순간이 영원인 줄 믿으며.

100번째 종소리가 울리자 청이가 내 귓가에 나지막이 세 글자를 말했다. 목소리가 너무 작은 데다 숨소리와 섞여 희미해서, 꼭 혼잣말을 중얼거리는 것처럼 들렸다.

나는 제대로 못 들은 척 다시 한번 말해달라고 했지만, 청이는 나를 간지럽히며 키스만 할 뿐, 절대 다시 말해주지 않았다.

그 세 글자는 '사랑해'가 아니었다.

청이는 한 번도 '사랑해'라는 말을 한 적이 없다. '좋아해'도 간신히 물병 바닥에만 썼을 뿐이고.

순식간에 흩어진 그 세 글자는 교회의 100번째 종소리보다 더 짧았고, 바닥에 떨어지는 먼지보다 더 희미했지만 내 머릿속을 꽉 채웠다. 청이가 말한 그 세 글자는…….

결혼해!

♣

근심 걱정 없는 대학교 1학년 시절이 끝난 뒤 청이는 바빠졌다. 꿈을 일찍 이루기 위해 복수 전공을 신청했고, 최대 한도로 학점을 신청했을 때는 토요일에도 4교시를 들어야 했다. 장학금을 타기 위해 열심히 공부하고 리포트를 쓰며 지도 교수님과 함께 연구도 했다.

생활비와 학비를 버느라 방학마다 과외 알바도 했다.

나는 공부하는 걸 별로 안 좋아하지만 청이와 보조를 맞추기 위해 부전공을 신청했다.

가족의 지원을 잃은 청이가 힘들다는 것을 잘 알았기에, 청이가 힘들수록 내 죄책감이 커졌다. 겉으로는 히히 하하 하며 신경 쓰지 않는 척했지만, 속으로는 청이가 후회할까 봐 점점 걱정됐다.

그래서 청이가 나와 함께 시간을 보내지 못해도 불평하지 않고 조용히 기다렸다.

그때 우린 아무것도 없었다. 서로만 있었고, 서로에 대한 사랑만 있었다.

손만 꽉 잡으면 오래도록 함께할 수 있을 거라 생각했다. 낭만적으로 들리지만 사실 어리석었다. 그렇게 서로를 속박하는 사랑은 두 사람 모두를 피곤하게 만드니까.

3학년이 되어 청이는 지도 교수님의 추천으로 국내 대학 간 학점 교류 프로그램을 신청했다. 매주 이틀은 타이완대 법학대학원에 가서 수업을 들어야 하는 일정이었다.

내 온몸의 세포가 싫다고 외쳤다.

북부와 중부를 오가려면 청이가 너무 힘드니까, 싫어!

리쉐얼이 타이완대 법학과에 다니니까, 더 싫어!

하지만 청이는 좋은 기회를 놓치지 않았다. 타이완대 법학대학원에서 개설한 어려운 커리큘럼은 청이의 승부욕을 불태웠다.

나는 꿈을 이루기 위해 열심히 준비하는 청이의 발목을 잡을 수 없었다.

그러던 어느 날, 나는 청이와 대판 싸웠다.

타이완대 법학대학원 커리큘럼은 목요일 오후 마지막 3교시와 다음날 오전 3교시까지였다. 교통비와 오가는 시간을 아끼려고 청이는 타이베이에서 하룻밤을 자고 왔다.

런치 선배가 푸런대학에 다니면서 학교 밖에서 친구와 자취를 했기에 나는 당연히 청이가 선배 자취집으로 간다고 생각했다. 나는 청이를 믿었다.

나는, 내가 청이를 믿는다고 거듭 나 자신을 세뇌시켰다.

그런데 그 신뢰가 깨졌다!

그날은 새벽 2시가 다 되어서야 간신히 리포트를 마무리했다. 노트북을 끄기 전에 습관적으로 MSN 친구 목록을 둘러보는데, 늘 일찍 자고 일찍 일어나는 청이가 접속 상태에 있었다.

'왜 아직 안 자? 나 보고 싶어서?'

나는 수줍어하는 얼굴 모양 이모티콘을 보냈다.

청이는 답이 없었다. 나는 참지 못하고 물음표를 다다다다 보냈다.

'내 굿나잇 키스가 있어야 잘 수 있는 거야? 화상 채팅 켜봐.'

나는 청이에게 애교를 부렸지만, 여전히 대답은 없었다.

'야! 자는 거야? 감히 날 무시해? 돌아오면 죽었어!'

나는 조금 화가 났다.

한참이 지난 후 화면에 몇 글자가 나타났고, 순간 머리에서 쾅 소리가 울렸다.

'나 리쉐얼이야.'

청이가 심각한 결벽증에 까칠한 처녀자리라고 내가 여러 번 강조하지 않았던가?

까칠이 청이는 절대 아무에게도 노트북을 빌려주지 않는다. 한번은 내 노트북이 망가졌는데도 밤새도록 PC방에서 리포트를 쓰게 할지언정, 자기 노트북을 빌려주지 않았다. 그런데 그 문장을 보는 순간, 나는 차라리 청이가 리쉐얼에게 노트북을 빌려준 것이길 바랐다.

어쩌면 청이는 컴퓨터를 켜면 MSN이 자동 로그인 된다는 걸 생각 못 하고 설정을 변경하지 않은 채 리쉐얼에게 노트북을 빌려줬을 수도 있다.

난 속으로 끊임없이 스스로를 설득했다.

'리쉐얼, 너 너무 예의 없다! 남의 노트북을 빌리고 MSN까지 함부로 로그인하는 거야? 뻔뻔하네!'

나는 리쉐얼에게 화를 냈다.

'왕샤오샤, 말조심해! 난 그냥 청이가 자는지 보러 왔다가 노트북을 꺼주려던 것뿐이야.'

'너 청이랑 같이 있어?'

어렵사리 그렇게 묻는데 손가락이 떨렸다.

'아니라고 하면 믿을래?'

리쉐얼이 되물었다.

믿지 않는다.

리쉐얼을 믿지 않고, 마찬가지로 청이도 믿지 않는다.

리쉐얼은 날 도발했고, 성공했다!

화가 나서 온몸이 떨렸다. 의자에서 벌떡 일어나다 책상 위에 있던 물컵을 엎었고, 컵에 가득 차 있던 물이 노트북으로 쏟아졌다. 나는 몇 초간 멍하니 있다가 전원을 뽑고, 휴대전화를 찾아 청이에게 전화를 했다.

전에 청이와 리쉐얼이 같이 야시장에서 노는 걸 봤다던 량징징의 말이 떠올랐다.

전화 연결음이 여러 번 울린 후에야 청이가 전화를 받았다.

"웅?" 청이 목소리는 마치 다른 별에서 들려오는 것처럼 아주 작고 나지막했다.

"뭐 하고 있어? 지금 어디야?" 나는 최대한 아무렇지 않게 묻는 것처럼 들리도록 노력했지만, 역시 짙은 분노를 감출 수가 없었다.

"자고 있었어. 형네 집이야. 무슨 일 있어?" 피곤함이 가득한 목소리에 조금 마음이 아팠다.

"잠이 안 와서……." 나는 궁색한 핑계를 찾아 꾸물거리며 말했다.

"또 커피 많이 마셨구나. 우유를 좀 마셔봐. 잠 잘 올 거야." 표정은 보이지 않지만 청이가 미간을 찌푸리고 있을 것이 상상되었다.

"우유 마셨는데도 잠이 안 와……. 나랑 수다 떨자!" 나는 진상을 부리기 시작했다.

"내일 아침 일찍 수업 가야 해." 청이는 퇴짜를 놓았다.

"아니면 런치 선배랑 얘기할게. 선배 바꿔줘." 나는 휴대전화를 귀에 바짝 붙였다.

"형 없어. 늦었으니까 너도 얼른 자." 청이는 작게 한숨을 쉬었다.

"선배 없어? 그럼 너 혼자 있어? 다른 사람은 없고?"

"응."

"네 노트북 지금 어디 있어? 누구 빌려줬어?" 나는 더 이상 참지 못하고 차갑게 물었다.

"노트북 내 가방에 있는데. 가방은 내가 누워 있는 침대 옆에 있고, 나는 우리 형 방에서 자고 있어. 왕샤오샤, 대체 왜 그래?" 청이 목소리에서 점점 인내심이 사라지는 게 느껴졌다.

"노트북 켜고 MSN에 로그인해!" 나는 한 박자 쉬었다가 다시 한 마디를 이었다. "그리고 화상 채팅 켜서 증명해봐!" 간통 현장을 잡은 본처처럼, 조금도 사랑스럽지 않았다.

나는 입술을 깨물고 새까만 노트북 화면을 바라봤다.

사실 청이가 알았다고 대답만 했어도, 또는 날 달래주기만 했어도, 청이를 믿자고 나 자신을 설득했을 것이다.

"안 해." 역시, 청이는 날 달래주는 법이 없었다.

"왜?"

"노트북 고장 났어." 나를 불안하게 만드는 대답이었다.

"지금 마침? 노트북 리쉐얼한테 빌려줘서 그런 거 아니고? 아니면 네가 리쉐얼 집에 있어서 그런 건 아니고? 그것도 아니면 리쉐얼이 거기 있어서 그런 거 아니야?" 불안함에 예민해진 나는 화가 나서 미칠 지경이었다. 그래서 내 두려움으로 추측하고 청이를 의심했다.

"억지 부리지 마!" 청이는 그대로 전화를 끊었다.

청이는 자신의 거만함으로 나를 징벌했다.

나는 침대에 걸터앉아 구석으로 내던진 휴대전화를 절망적으로 바라봤다. 찍 소리도 못 하고 있는 품이 가여워 보였다.

책상으로 시선을 돌리니 새까만 노트북 화면에 내 얼굴이 비쳤다. 창백하다못해 무서웠다.

망했다. 리포트 아직 프린트 안 했는데.

아침 일찍 제출해야 하는 과제여서 급한 대로 친구한테 달려가 컴퓨터를 빌려 대충 새로 작성하고 날이 밝을 무렵에야 피곤한 몸을 이끌고 내 자취방으로 돌아왔다.

열쇠를 꺼내 문을 열려는데 문고리에 비닐봉지가 걸려 있었다. 편의점에서 파는 우유와 샌드위치가 들어 있었다. 진상 떤 결과로 받은 상품이었다.

침대 위에 집어던져둔 휴대전화를 확인해보니 부재중 전화가 세 통 와 있었다. 청이 스타일이자 청이의 거만함이었다. 전화를 받지 않으면 딱 세 번까지만 걸고 더 이상 걸지 않았다. 그것 말고는 사과도 없고 해명도 없고, 일언반구 다른 말도 없었다.

청이는 돌아왔고, 다시 갔다.

다음 날 아침, 과제를 제출하고 노트북 수리를 맡기러 갔다. 물이 들어가자마자 응급조치를 했어야 하는데 그냥 방치해서 하드 디스크까지 물이 스며들었고, 마그네틱 부분이 망가져 데이터를 읽지 못한다고 했다. 게다가 이미 보증 기간이 지나서 수리와 데이터 복구 비용도 만만치 않다고 했다.

"평소 데이터 백업은 해두세요?"

나는 고개를 저었다.

"하드 디스크에 중요한 자료 있어요?"

중요한 자료라……. 청이와 함께 찍은 사진, 함께 들었던 노래, 함께 봤던 영화……. 나는 멍하니 있다가 다시 고개를 저었다.

"그럼 아예 새 걸로 교체하는 게 낫겠는데요? 그게 훨씬 저렴해요. 이건 이번 시즌에 막 출시된 거예요."

기사가 열심히 소개해주는 말에 나는 고개만 끄덕였다. RPM, 시스템 디스크, 데이터 디스크…… 뭐가 뭔지 들어도 몰라서, 대충 제일 저렴한 걸로 골라서 교체를 접수했다.

"기존 하드 디스크는 회수할까요, 아니면 챙겨드려요?"

내가 한참 고민하니, 기존 하드 디스크를 반납하면 수리비에서 약간 빼준다고 했다.

"그럼 그렇게 해주세요."

금요일 오후 수업이 끝나면 저녁 먹을 때까지 시간이 꽤 남았다. 평소엔 인문대 건물 1층 강의실에서 노트북으로 인터넷을 하거나 과제를 하며 청이가 돌아오길 기다렸다. 하지만 이날은 노트북이 없으니 도서관에 가서 책이나 보며 시간을 때우는 수밖에 없었다.

이 시간에 특별한 약속을 잡지 않는 것이 나와 청이의 암묵적 약속이고 습관이었다. 금요일 저녁마다 난 청이를 기다렸다. 조금 이르기도 하고 조금 늦기도 했지만, 어쨌든 6시 전에는 청이가 돌아왔다. 청이가 지친 얼굴에 웃음을 띠고 강의실 문 앞에 나타나면, 나는 기뻐서 팔짝팔짝 뛰었다. 우리는 손을 잡고 학교 근처 음식점에 가서 저녁을 먹고, 그다음엔 디저트로 타로 빙수 한 그릇을 나눠 먹었다.

촛불도 없고 와인도 없이 평범했지만 참 행복했다.

어쩌면 지난밤 일은 다 장난인데 내가 너무 호들갑을 떤 걸지도 모른다.

차분히 마음을 가라앉히고 청이에게 제대로 물어보고 청이의 설명을 들어야 한다. 심지어 그런 일이 아예 없었던 척해야 한다.

청이는 날 위해 사립대에 들어왔고, 그 밤중에도 돌아와 간식까지 놓고 갔는데, 난 청이를 믿는 것도 못 할까?

하지만 밤을 꼬박 새운 데다 아침에는 A/S센터에 다녀오느라 힘을 뺐더니, 피곤해서 방에 가 자고 싶은 마음뿐이었다.

'안 기다릴게.'

청이에게 문자를 보낸 후 가방을 들고 도서관을 나서려는데 뒤에서 누가 어깨를 톡톡 쳤다.

"외국어 후배……."

돌아보니 청이 학과 선배였다. 친하지는 않지만 회식 때 몇 번 본 적이 있다. 활발하고 말이 많은 사람이었다. 내가 외국어학부 전공이라 '외국어 후배'라고 부른 것이다.

"안녕하세요?" 나는 미소를 지으며 고개를 끄덕여 인사했다.

"마침 잘 만났어." 선배는 숨을 헐떡이며 다급하게 말했다. "청이 휴대전화로 여러 번 전화했는데 안 받네. 전화를 두고 나갔나? 미안한데 청이한테 말 좀 전해줄래? 아니면 나한테 바로 연락하라고 해도 되고. 아무튼 이따 청이 만날 거지?"

"잘 모르겠어요. 무슨 일인데요?" 나는 고개를 숙여 시계를 보며 물었다.

"접수 마감할 때 거의 다 됐는데 아직 준비할 게 많거든. 보호자 동의서, 병역 확인서, 수강 신청서…… 다 얼른 제출해야 해." 선배는 노트를 꺼내 들고 내가 제대로 듣든 말든 상관없이 혼자 정신없이 쏟아냈다. "아 참, 교수님이 우선 보호자 동의서랑 여권부터 내라고 하시던데."

순간 들려온 핵심 키워드에 나는 선배의 말을 잘랐다. "언제까지 내야 하는데요? 그리고 무슨 동의서요? 여권은 왜요? 어딜 가는데 여권이 필요해요?"

"어? 청이가 말 안 했어? 우리 과에서 미국 교환 학생으로 청이 추천했는데. 1년 코스." 선배는 몰랐냐는 듯한 표정을 지었다.

청이가 교환 학생으로 1년 동안 미국에 간다고?

"네, 못 들었어요." 가방을 잡은 손가락에 나도 모르게 점점 더 힘이 들어갔다. 무참히 쪼개진 심장을 부여잡고 있는 것 같았다. "아마 저는 청이 못 만날 것 같아요. 오늘도, 내일도……. 선배가 문자 보내 보세요. MSN에 메시지를 남기거나." 나는 미소까지 지으며 담담하게 말했다.

일주일 후 하드 디스크를 새로 교체한 노트북이 내게로 돌아왔다. 모든 게 깨끗이 지워져 있었다. 문서, 사진, 영화, 내 사랑……. 싹 비워졌다. 전에는 나와 청이가 함께 찍은 사진이 바탕화면이었는데, 이제는 청명한 푸른 하늘과 흰 구름이 대신했다. MSN 아이디와 비밀번호 입력칸도 자유로운 공백을 얻었다.

더 이상 서로를 속박하지 않는, 자유로운 공백.

MSN 아이디는 중학생 때 청이가 만들어준 것이다. 그때 청이는 우리 둘 각자의 영문 이름으로 아이디를 만들고, 서로의 생일로 비밀번호를 설정한 후 쪽지에 적어 물병에 숨겨두었다고 했다.

내 아이디는 내 영어 이름이고 비밀번호는 청이의 생일이었다. 청이의 아이디는 청이의 영어 이름이고 비밀번호는 내 생일이었다.

아직 어리던 시절, 우리는 서로 헤어지지 않을 줄 알았다.

내 눈에는 너밖에 없었어.

그리고 네 눈에는 나밖에 없었지.

참 낭만적이네.

참 웃겨.

갑자기 모든 게 부질없게 느껴져 MSN 아이디와 이메일 주소를 새로 만들고, 프로필 사진도 트위터로 바꿨다. 새로운 아이디는 친한 친구 몇 명에게만 알려주었다.

"아이디 왜 바꿨어? 그리고 그 프로필 사진, 내가 꼭 오리랑 얘기하고 있는 것 같거든!" 바로 유자의 투덜거림이 날아왔다.

"그럼 안 돼? 네 프로필 사진은 AV 여배우잖아. 너랑 얘기하면 내가 변태가 된 기분인데 내가 언제 불평한 적 있어?" 나는 살벌하게 맞받아쳤다.

"사실 오리 엄청 귀여워." 기회주의자!

강의가 끝나는 종이 울리자마자 기다렸다는 듯이 휴대전화 진동이 울렸다. 발신자 표시를 흘끗 봤다. 한 통, 두 통, 세 통……. 받지 않았다. 윙윙 공기 중에 흩어지는 진동 소리에 앞자리에 앉은 친구가 결국 뒤를 돌아보며 물었다. "전화 안 받아?"

"스팸이라 안 받아도 돼!" 나는 어깨를 으쓱해 보이고는 필기도구를 정리하기 시작했다.

'나 과외 끝나고 저녁에 좀 보자.'

문자가 왔다. 질문이나 부탁이 아니었다. 내가 마땅히 자기를 기다려야 할 것 같은 거만한 말투였다.

여름날의 레몬그라스

나는 간단히 회신했다. '시간 없어!'

보복을 한 듯한 작은 쾌감이 들었다.

휴대전화를 두꺼운 영문학 책과 함께 가방에 쑤셔 넣은 뒤 양손을 비비고 세게 입김을 불었다. 코트를 입고 나온 게 후회됐다. 길어서 핏은 좋은데 주머니가 없어서 손을 넣을 수 없었다. 추워 죽겠네. 이런 날엔 얼른 방에 가서 자는 게 최고지.

하루가 다르게 날이 추워졌다. 이해 겨울은 특히나 추웠다. 문리대 옆의 비탈을 걷노라면 살짝 숨만 내쉬어도 눈앞에 뿌옇게 김이 피어올랐다.

며칠 있으면 크리스마스였다. 밴드 공연, 댄스파티, 노천 재즈 음악회, 야외극장……. 전주부터 이미 다양한 행사가 열려 캠퍼스에 축제 분위기가 가득했다.

다들 얼굴에 웃음이 넘치는데 나 혼자 이 분위기에 어울리지 않게 슬픈 표정이었다.

나는 살짝 입가를 끌어올려 즐겁지 않아도 미소 지을 수 있도록 연습했다.

갑자기 뒤통수에 뭔가 와 닿는 느낌에 놀라서 꺅 비명을 질렀다. 등 뒤로 가방을 내던지려고 하는데, 상대가 더 빠른 동작으로 내 팔목을 잡았다.

"왕샤오샤, 그러다 살인난다! 인사를 늘 이런 식으로 해?" 유자는 웃음이 실린 목소리로 야유를 퍼부었다.

"네가 왜 여기에 있어?" 나는 놀라서 유자를 바라봤다.

유자는 내 질문에는 대답하지 않고 고개를 숙여 바닥에 누워 있는 아이스크림을 보며 애석해했다. "아까워라, 한 입도 안 먹었는데."

"겨울에 아이스크림을 먹다니 정신 나갔네!" 나는 웃으며 유자를 구박했다.

"겨울에 아이스크림을 파는 너희 학교도 정신 나갔지! 이 오라버니가 간만에 오셨는데, 좀 모시고 여기저기 다니며 놀아주시죠." 유자가 실실 웃었다.

"좋지요!" 나는 가방을 유자의 광활한 어깨에 걸고 유자의 팔짱을 꼈다. "가자! 누님이 아이스크림 쏠게!"

"타이중에는 웬일이야? 나 보러 온 건 아닐 테고?" 아이스크림 가게에 앉아 농담하듯 물었다.

"왜 왔을까?" 유자는 웃으며 뜸을 들이더니 아이스크림을 한 스푼 뜨고 나서야 우리 학교 기타 동아리의 초청으로 행사에 참여하러 왔다고 말했다.

그제야 캠퍼스에 붙어 있는 크고 작은 크리스마스 행사 포스터가 떠올랐다. 기타 동아리 공연이 오늘 밤이었구나.

"우리 학교에 있는 교회 꽤 유명한데, 며칠 뒤에 왔으면 더 좋았을 걸. 아니면 크리스마스이브까지 있다가 종소리 카운트다운 하고 가. 여자 친구 같이 왔어?" 나는 별생각 없이 물었다.

"하도 여럿이라, 누구?" 유자는 살짝 눈썹을 까딱이며 건들건들 말했다.

나는 유자에게 눈을 흘겼다.

해 질 무렵, 가랑비가 내려 공기가 더 차갑고 습해졌다. 점점이 떨어진 빗자국에 교회 앞 빨간 벽돌이 얼룩덜룩해졌다.

우리가 도착했을 때는 스태프들이 이미 장비를 설치하고 있었다. 정식 무대는 없고 비탈의 높이를 이용해 조명, 스피커, 마이크와 드럼만 간단히 놓는 정도였다.

뼛속을 에는 추위를 견딜 수 없어 코트 속 몸을 한껏 움츠리고 계속 손을 비비며 입김을 불고 있으려니, 유자가 가죽 장갑을 벗어 내 손에 끼워주었다. 기타 연주자들이 끼는 손가락이 드러나는 장갑이었다. 남자 거라 커서, 손가락을 오므리면 주먹 전체가 덮였다.

"나 공연할 동안 좀 갖고 있어줘. 잃어버리지 말고." 유자는 그렇게 당부하고 다른 남학생들과 한쪽에 가서 공연 준비를 했다.

그 무리에 고등학교 기타 동아리 후배 바이무가 섞여 있었다. 나는 바이무를 알아보고 미소 지으며 인사했다.

날씨가 너무 추워서인지 공연을 보러 온 사람은 많지 않았다. 대부분 공연을 응원하러 온 지인들인 데다, 무대와 관중석 구분이 따로 없어서인지 분위기가 더 흥겹고 자연스러웠다. 잔디밭에 앉아 친구의 기타 연주와 노래에 귀 기울이는 느낌이었다.

후배도 내게 맡아달라며 맥주 몇 캔을 던졌다. 나는 조금도 예의 차리지 않고 캔을 따서 마셨다. 밤공기에 흐르는 음악 소리를 들으며 마시니 마음도 살짝 취하는 것 같았다.

텅 빈 머리가 음악으로 가득 찼다. 아무것도 생각하지 않는 느낌이 정말 좋았다.

앞쪽이 소란스러워졌다. 키보드를 맡은 여학생이 달려 나와 꽃을 뿌리고 있었다. 모두 즐겁게 와자지껄 웃고 떠드는 분위기 속에서 후배가 장미꽃 한 송이를 내 손에 쥐여주며 유자 앞으로 세게 떠밀었다.

"꽃! 꽃! 꽃!" 관중의 함성 속에 나는 쭈뼛쭈뼛 유자에게 꽃을 주었다.

"키스해!" 갑자기 누군가 장난스럽게 큰 소리로 외쳤고, 관중석이 들끓기 시작했다. "키스해! 키스해! 키스해!"

어째야 좋을지 당황해하는데 심지어 "덮쳐!"라고 외치는 사람도 있었다.

"어떡해?" 나는 유자의 옷자락을 잡아당기며 뻣뻣하게 웃었다.

"까짓것 키스하면 되지! 안 해본 것도 아닌데." 유자가 대담하게 나왔다.

하긴 그러네, 하하.

유자가 몸을 굽히고 나를 보며 웃었다. 살짝 곱실한 검은 머리카락이 흘러내려 옆얼굴을 덮었고, 뺨의 보조개가 더 깊게 들어갔다.

나는 서서히 다가갔다. 유자의 뺨에 입술이 거의 닿으려고 할 때 나도 모르게 눈을 감았다. 그 순간 고의였는지 우연이었는지는 모르지만 유자가 갑자기 얼굴을 살짝 돌리는 바람에 내 입술은 정확하게 유자 입술에 가 닿았다.

사방이 조용해졌다. 다들 숨을 죽이고 뭔가를 기다리는 듯했지만, 내게는 적막 속에서 천둥 같은 심장 박동 소리만이 들렸다.

내 심장이 뛰고 유자 심장도 뛰었다. 그리고…… 군중 속 멀지 않은 곳에 서 있는, 다른 한 사람의 심장도.

분명히 차가웠을 내 입술이 잠자리가 수면을 스치듯 유자의 입술

여름날의 레몬그라스

에 닿았을 때 유자가 살짝 얼어붙는 것이 느껴졌고, 내 입술이 조금도 주저하지 않고 딱 달라붙자 유자의 호흡이 순간 가빠졌다.

유자는 잠시 망설였다. 어쩌면 거부하려고 했는지도 모르겠지만, 그럼에도 내 윗입술을 세게 물었고, 내가 무의식적으로 입을 여는 바람에 유자의 혀가 내 혀에 살짝 닿았다. 그리고…… 일단 발동이 걸리니 수습할 수 없었다.

이번엔 누구도 물러서지 않았다. 우리는 뒤얽혀 연인처럼 뜨겁게 키스했다.

얼마나 지났을까, 유자가 그제야 정신이 든 듯 뒤로 물러나더니 곤혹스러워하며 나를 응시했다. 하지만 나는 유자의 가슴을 꼭 붙잡아 다시 가까이 끌어당겼다. 마치 미련이 남은 연인의 포옹처럼 보였을 것이다.

"청이가 없었으면 분명히 널 사랑했을 거야."

나는 아주 작은 목소리로, 유자의 목을 감싸 안고 귓가에 대고 속삭였다. 그런데 유자가 헤드셋을 아직 끄지 않은 것을 깜박했다. 내 목소리는 앰프 스피커를 통해 잔인할 만큼 또렷하게 퍼져 나가며 정적을 깼다. 분명 어느 한 사람의 심장을 무참히 찔렀을 것이다.

나는 유자의 헤드셋이 꺼지지 않은 것을 일부러 잊었다.

그 사람에게, 네가 없었으면 나는 분명 유자를 사랑했을 거라고 넌지시 전하는 거였다.

헤어짐에는 다양한 방식이 있건만, 나는 굳이 가장 구태의연한 방식을 택했다. 하지만 단칼에 자를 수 있는 방식이었다.

고백에 가까운 내 말 때문에 현장은 다시 떠들썩해지며 분위기가 한껏 달아올랐다.

유자는 바로 헤드셋을 벗어버리고 나를 한쪽으로 끌고 갔다. 그러고는 믿을 수 없다는 얼굴을 하고 잔뜩 갈라진 목소리로 나지막하게 물었다. "청이가 봤어?"

응, 똑똑히 봤어.

"왕샤오샤, 나 이용한 거야?" 유자는 역시 화를 냈다.

미안해.

"이게 청이한테 얼마나 잔인한 짓인 줄 알아?"

미안해.

"이게 나한테도 얼마나 잔인한 짓인 줄 알아?" 그렇게 말하는 유자의 눈빛이 얼마나 부드럽고 슬프던지, 깊은 바다처럼 나의 비열함과 소심함을 포용하는 듯했다.

갑자기 강풍이라도 불어온 것처럼 한기가 엄습해 온몸을 덜덜 떨었다. 유자는 가볍게 한숨을 쉬며 두 팔로 나를 품에 꼭 안고, 거의 들리지 않는 목소리로 말했다. "잘 들어. 딱 이번 한 번만 도와주는 거다."

유자 품에 꼭 안겨 유자 가슴에 뺨을 대고 있으니 그 따뜻한 온도가 내 눈 속에 굳어 있던 차가움을 녹여, 억제할 수 없을 정도로 눈물이 흘러내렸다.

"울지 마. 너 울면 진짜 보기 흉하다고!" 유자가 어이없어하며 외투 소매로 내 얼굴을 쓱쓱 닦았다.

"눈에 모래 들어갔어." 진실을 감추는 나의 영원한 핑계다.

웃으며 내 정수리 너머로 시선을 돌리던 유자가 흠칫하더니 얼른 내게 말했다. "웃어. 청이 온다."

나는 입꼬리를 끌어올려 오랫동안 연습한 각도를 만들어냈다.

유자가 내 뺨을 꼬집었다. "웃는 게 우는 것보다 더 흉측하다."

"너무 추워서 얼굴이 꽁꽁 얼었어." 진실을 감추려고 간신히 합리적인 핑계를 댔다.

청이는 짙은 남색 트렌치코트 차림이었다. 은색 더블 단추에서 차가운 금속 빛이 났다. 입은 다문 채 입가는 살짝 올라가 있고, 이마로 흘러내린 검은 머리카락이 눈을 덮었다.

청이는 나와 몇 걸음 떨어진 거리에 멈춰 섰다. 그렇게 가까이 있으면서도 더 가까이는 오지 않았다. 우리 사이로 세찬 물살이 흐르며 빠르게 뭔가를 휩쓸어 가고 있는 듯했다.

눈 밑에서 끊임없이 물결이 넘실대 청이의 표정을 제대로 보지는 못했다.

"아, 너였구나." 나는 그제야 청이를 발견한 척하며 고개를 숙여 시계를 봤다. "오늘은 과외 하러 안 갔어?"

"미뤘어. 계속 너 찾아다녔어."

"무슨 일 있어?"

"너한테 할 말이 있어서. 우리 과에서 추천을 받아서 교환 학생으로 미국에 가기로 했어."

아무것도 잡지 못하고, 결국은 이 순간이 왔다.

"아, 그렇구나. 알겠어. 얼마나 가는데?" 예상과 달리 내 목소리는 차분했다.

"1년." 청이는 짧게 대답했다. 목소리에서는 어떤 감정도 느껴지지 않았다. "확실하지는 않아. 더 길어질 수도 있어."

기다려달라는 부탁도 없고, 꼭 돌아오겠다는 약속도 없었다. 심지어 두 눈 똑바로 뜨고 내가 다른 사람 품에 뛰어드는 걸 봤으면서도 왜 그랬냐고 묻지도 않았다. 마음이 변했냐고도, 더 이상 날 사랑하지 않느냐고도.

내 연기가 너무 훌륭했던 거니, 아니면 네가 너무 냉혈한인 거니?

무슨 말을 해야 할지 몰라 잠시 침묵만 지키고 있는데, 머리 깊숙한 곳에서 우리 둘이 잘 아는 대사가 떠올랐다.

"그러면?"

그다음에는 계속 이어나갈 방법이 없지…….

청이는 아무 대답도 없었다.

"기다려?" 적막을 참을 수 없어서 내가 말을 이었다. "꿈도 꾸지 마!"

이미 예상한 대답이라는 듯 청이는 잔잔히 미소를 지었다. "알아."

누가 누구를 영원히 기다려야 한다는 법은 없다.

기다림은 일종의 행복이지만, 알 수 없는 미래를 기다린다는 건, 누군가에겐 그냥 속박이다.

그럼 헤어져!

거만하게 소리 지르고 싶었다. '갈 거면 우리 헤어져!'

하지만 내 거만함은 너무 작았다. "언제 가?"

"기말고사 끝나고 토요일 오후 4시 25분 비행기."

가지 마!

용기를 내 부탁하고 싶었다. '가지 마!'

하지만 내 용기도 너무 작았다. "배웅하러 갈까?"

"편한 대로." 청이가 담담하게 대답했다.

편한 대로……?

분명히 둘이 사랑했는데, 왜 너는 그렇게 무덤덤해?

"그럼 관두지 뭐. 인사 미리 할게, 잘 다녀와." 나는 조금의 주저함도 없이 돌아섰다. 그러고는 청이에게서 멀어지고 싶어 안달 난 사람처럼 유자를 끌고 앞으로 빨리빨리 걸었다.

등 뒤에서 들려오는 어렴풋한 한숨 소리는 내 발걸음을 잡아 세우는 주문 같았다.

"네 노트북 하드 디스크, 내가 A/S센터에 연락해서 수리해달라고 했어. 돈은 내가 냈고, 수리되면 너한테 연락 갈 거야."

"……."

"그리고, 아이스크림 너무 많이 먹지 마."

"……."

"또 보자."

또 볼 수 있겠니?

눈물이 펑펑 쏟아져 뒤를 돌아볼 수 없었다. 돌아보면 심장에서부터 눈물이 솟구칠 것 같았다.

너 아직 나를 사랑하긴 하는 거니?

나는 소리 없이 묻고 또 물었다. 결국 질문을 내뱉었는지 아닌지 나 자신조차 헷갈렸다.

그 자리에 아주 아주 오래 서 있었던 것 같다. 불꽃 소리가 들려 천천히 고개를 돌려보니, 밴드 공연이 끝나고 불꽃이 터지고 있었다. 까만 하늘에 영롱한 불꽃이 펑펑 피어났다. 불꽃이 터지면 주변 경치가 휘황찬란하게 빛났고, 불꽃이 사그라지면 모든 것이 모호하고 흐릿해졌다.

청춘 속에 활짝 피어난 사랑 같았다. 눈부시게 아름답고, 짧고, 마지막엔 흐릿하게 바래는.

그 사람은 이미 없었다.

♣

그날 나와 유자는 맥주를 사 들고 산 중턱에 있는 공원에 가서 야경을 봤다. 나는 큰 소리로 웃고 큰 소리로 울며, 청이 앞에서 억눌렀던 감정을 밤하늘에 대고 몽땅 쏟아냈다.

12월 밤의 산 중턱은 정말 추웠다.

나는 쉴 새 없이 떠들었지만 입에서 나온 말은 다 흰 안개로 변해 흩어졌다.

남친이 해외에 가서 공부를 한다네. 짧으면 1년, 길면 3년 혹은 5년. 그동안 나는 대학을 졸업하고 취직을 하거나 대학원에 가겠지. 먼 곳으로 여행을 갈 수도 있고, 여러 사람을 만날 수도 있고⋯⋯. 나도 꿈이 있고, 가고 싶은 길도 있어!

만약 네가 다른 사람을 사랑하게 되면, 나는 어쩌지?

만약 내가 다른 사람을 사랑하게 되면, 너는 어쩔까?

"너라면 기다릴 거야?" 나는 누군가의 지지가 필요했다. 그래서 유자에게 물었다.

"지치면 안 기다리는 거지." 유자가 말했고, 나는 세게 고개를 끄덕였다.

그 이후의 일은 거의 기억에 없다. 그렇게 심하게 취한 건 처음이었다. 수많은 빛이 눈앞에서 끊임없이 흘러갔고, 수많은 소리가 획획 귀를 스쳐갔지만 아무것도 남지 않았다. 세상이 흐리멍덩하고 비현실적인 꿈 같았고, 결국 나는 짙은 남색 밤하늘 속으로 엎어졌다.

어렴풋이 누군가 나를 안아 올려서 조심스럽게 침대에 눕히는 것 같았다. 그리고 부드럽고 다정하게 내 얼굴의 눈물에 입을 맞추며 말했다.

"그래, 나 아직 너 사랑해."

다음 날 아침, 진한 숙취 속에서 눈을 떴다. 머리통이 둘로 쪼개지는 것처럼 너무 아팠다.

침대에 누워 한참을 신음하다 작은 방 천장을 한 바퀴 둘러봤다. 한 학기에 수도료 포함 전기료 불포함 24000위안(한화 약 95만 원—옮긴이)짜리 내 방이 맞았다. 그렇게 마셔도 시공간을 넘나들지는 못하는구나…….

전화벨 소리에 시선을 돌려보니 휴대전화가 아무렇게나 바닥에 떨어져 있었다. 눈대중으로 보니 손이 닿지 않을 거리였다. 나는 과감하게 결단을 내리고 다시 이불 속으로 파고들어, 모래 무더기에 숨은 타조로 위장했다.

휴대전화는 굳건하게 노래를 불렀다. 말레이시아 출신 가수 양징루가 '우리는 함께할 수 있음을 믿을 용기가 필요해요…….'라고 부르고 또 불렀다. 노랫소리는 두꺼운 이불을 뚫고 기어이 내 귀로 들어왔다.

너무 듣기 싫었다. 나는 험한 말을 내뱉으며 이불을 덮어쓴 채로 바닥으로 내려가 천천히 기었다. 왼손이 휴대전화를 막 잡은 순간 벨소리가 끊겨졌다.

제장.

입이 바싹 말라서 오른손을 탁자로 뻗었다. 우유 한 병과 샌드위치가 만져졌다. 곰곰이 생각할 새도 없이, 몸을 움직이는 바람에 이불이 흘러내렸고 내 몸을 보게 됐다. 다행히 실오라기 하나 걸치지 않은 몸은 아니었다. 오, 아니지! 실오라기 하나 걸치지 않은 것보다 더 나을 것도 없었다! 내가 잠옷을 입고 있네?

잘 때 잠옷을 입는 건 매우 당연하고 전혀 이상할 게 없다. 게다가 내 잠옷은 허벅지까지 내려오는 핑크색 롱티셔츠라서 가릴 건 다 가린다. 그런데 핵심은 그게 아니다. 핵심은…… 누가 갈아입혔지?

나는 간밤의 기억을 더듬었다.

곧 미국으로 공부하러 가는 청이를 떼어버리려고, 나는 많은 사람들이 눈을 동그랗게 뜨고 지켜보는 앞에서 유자에게 키스했고, 한파가 몰아친 밤에 둘이서 산에 올라가 술을 마시고 야경도 봤다. 완전히 취해서 어떻게 집에 왔는지는 기억나지 않는다. 너무 추워서 뭔가 따뜻한 몸을 부여잡고 필사적으로 그 품에 파고들어 울다 지쳤고, 눈꺼풀이 너무 무거워져 더 이상 눈을 뜰 수 없었던 것만 기억난다. 나는 끊임없이 물었다. "아직 나 사랑해?" 마지막으로 뇌리에 남은 기억은 밤하늘처럼 차가운 짙은 남색에 머물러 있었다. 그리고 그 사이에 흩어져 어렴풋하게 차가운 빛을 발하던 은빛 별 몇 개.

그리고…….

여름날의 레몬그라스

그 부드럽고 아쉬움 가득한 다정한 키스들. 살갗과 살갗이 맞닿은 온도가 아직 남아 있는 듯했다.

그리고…….

"나 아직 너 사랑해."라는 말의 끝 음이 내내 귓속에서 맴돌았다.

다시 벨소리가 울렸다. 발신자 표시를 보고 한참 망설이다 받았다.

"깼어?" 유자의 목소리는 언제나처럼 맑고 깨끗해 어제의 혼란은 조금도 느껴지지 않았다.

"응. 언제 갔어?" 나는 목이 깔깔하고 메말라 허스키한 목소리가 나왔다.

"아침에. 오늘 밴드 연습이 있어서 일찍 나왔어. 인사도 못 하고 왔네."

나는 흠칫하며 우유와 샌드위치에 시선을 주었다.

청이가 왔다 갔나?

청이는 내 방 열쇠가 없는데, 그럼 유자가 문을 열어줬나?

이리저리 추측해본 결과, 이런 결론이 나왔다. 아무래도 유자와 잔 것 같다!

게다가 더 난감한 건…… 청이가 봤을지도 모른다!

왕샤오샤, 구제불능이다!

상처받지 않으려고 사랑하는 사람에게 상처를 주고, 네가 행복하지 못하니 널 사랑하는 사람까지 끌어들여 그 사람도 행복하지 못하게 만들고.

전갈자리.

사실 진짜 이기적인 냉혈한은 왕샤오샤 너야!

"괜찮아." 내가 말했다.

"또 어제처럼 그러지 말고 건강 잘 챙겨."

"저기…… 있잖아." 나는 아랫입술을 잘근잘근 깨물다가 물었다. "청이가 나 찾으러 왔었어?"

"응."

나는 말이 쉽게 나오지 않아 우물쭈물했다. "저기 어젯밤에…… 너랑 나랑……."

"응?"

"청이가…… 알았어?" 드디어 용기를 내어 물었다.

"응." 짧은 대답 이후 전화 저편에서는 긴 적막이 흘렀다.

갑자기 머리가 핑 돌며 유자에게 뭘 물어야 할지 더 이상 생각나지 않았다. 나는 천천히 쪼그려 앉았다. 그 어느 때보다 더 확실히 알았다……. 이미 뭔가를 잃었다는 것을.

"암튼 고마워." 그렇게 내뱉고 보니 내 혀를 깨물고 싶었다. 유자한테 뭘 고마워하는 거야? 날 위로해줘서?

왕샤오샤, 너 진짜 염치없다.

유자는 민망한지 헛기침을 하고는 모호하게 말했다. "나한테 고마워할 필요 없어. 네가 고마워해야 할 사람은 내가 아니지……."

"미안해!" 우리 둘이 거의 동시에 말했다.

나는 입꼬리를 끌어올렸다. 전화 저편에서 역시 씨익 올라가 있을 입꼬리와 두 뺨의 보조개가 상상됐다.

♣

그해 겨울은 내내 흐리고 추웠다. 대낮에도 해가 구름층에 숨어 있었고, 해 질 녘 다두산에서 불어오는 바람은 정말 뼈를 에는 듯 차가웠다.

겨울 방학이 시작되기 전 청이는 결국 떠났다.

청이의 생일로 비밀번호를 설정했던 MSN 아이디로는 더 이상 로그인하지 않았다.

청이가 수리를 맡겨준 노트북 하드도 찾아오지 않았다.

이미 새 걸로 바꿨는데 옛날 하드는 가져와서 뭐한담? 내가 바꿔 끼울 수도 없는데!

그리고 전화번호도 바꾸었다. 오빠가 나 보란 듯이 여자 친구를 사귀며 휴대전화를 새로 개통하고 매일 여친과 전화를 하는데, 오빠랑 같은 통신사를 쓰면 가족끼리 무료 통화라고 하도 닦달하는 바람에 나를 포함한 온 가족이 번호를 바꿨다. 얼마 후 오빠는 여친과 헤어졌지만, 나는 옛날 번호로 다시 바꾸지 않았다.

사실 옛것을 버리는 것은 생각보다 어렵지 않다.

4학년이 되어서는 전공 필수 과목을 두 개 더 신청해 시간을 꽉 채워 수업을 들었다. 매일 영어, 독일어, 불어 사이에서 뇌가 바쁘게 전환됐다. 이렇게 바빠야 집에 가면 베개와 이불과 연애하고 싶은 생각 말고는 아무 생각도 들지 않았다.

졸업 전날, 우리 과 친구들은 취직이니 대학원 입학시험이니 병역 추첨 등으로 바빠서 감상적인 분위기는 거의 없었다.

장자링은 사범대 대학원에 붙었다. 명목은 '교육은 백년대계'였지만 사실상 내가 보기에 장자링은 '학생에게 독이 될' 인물이었다.

유자는 중남미의 한 수교 국가로 가서 병역 대체 복무를 하기로 결정하고는 신나서 스페인어까지 배웠다.

견디기 어려울 줄 알았던 나날들은 흐르는 시간 속에 빠르게 지나갔고, 나는 더 이상 무언가를 붙잡지 않아도 되었다.

오래전에 이미 붙잡아둘 수가 없었으니까.

졸업 시험 마지막 과목을 끝내고 나오니 어느덧 해가 기울고 있었다. 느린 걸음으로 캠퍼스를 걸었다. 아카시아 숲, 문리대 큰길, 루체 교회……. 한 걸음 한 걸음 걸을 때마다 넝쿨처럼 추억이 뻗어 가슴이 시큰해졌다.

나도 모르게 법학관 앞까지 갔다.

왜 여기로 왔지? 정말 나 자신이 경멸스러웠다. 그 사람 다 잊었다면서!

"외국어 후배!" 막 뒤돌아 가려고 하는데 누가 나를 불렀다.

돌아보니 청이의 선배였다.

"선배? 졸업하신 거 아니에요?"

"여기 대학원 입학해서 학교에 계속 남았어!"

"아, 축하드려요." 나는 진심으로 축하 인사를 건넸다.

"축하는 무슨. 국립대 가려고 발악을 했는데 죽어도 안 되더라고……." 선배는 커다란 손을 내저으며 웃어 보였다. "하하하! 말이 나왔으니 말인데, 후배야말로 축하해!"

뭘 축하한다는 거지?

"후배 남친 대박이네. 뉴욕대에서 직통으로 대학원 추천장을 다 써주고 말이야. 전액 장학금도 받고 법률사무소 화이트 앤드 케이스에서도 채용하고 싶어 한다며. 게시판에 붙어 있던데."

선배는 게시판에 붙은 축하 소식란을 가리켰다. '경축! 법학과의 영광 청이.'

저녁 해가 내려앉은 게시판 유리에 미소 짓는 얼굴이 비쳐 보였다. 나는 담담하게 말했다. "저 청이랑 이미 헤어졌어요."

전도유망한 법학과의 영광은 당연히 내게 돌아올 리 없겠지.

졸업식이 끝나고 며칠 뒤, 방에서 바쁘게 짐을 싸고 있는데 초인종 소리가 들렸다.

"저…… 왕샤오샤를 만나러 왔는데요." 머뭇거리며 말하는 여자 목소리가 인터폰 너머에서 들려왔는데, 누구인지 전혀 감이 오지 않았다.

대충 얼굴의 땀을 닦은 후 슬리퍼를 신고 1층으로 뛰어 내려가 문을 연 순간, 그대로 얼어붙었다. 리쉐얼이었다!

6월의 따사로운 햇빛 아래, 리쉐얼은 서리라도 맞은 것처럼 안색이 차가웠다.

나는 의아해서 물었다. "여긴 어쩐 일이야?"

리쉐얼이 다짜고짜 말했다. "왕샤오샤 축하해!"

또 축하해? 내가 무사히 졸업한 게 그렇게 축하할 일인가?

"졸업 축하해주러 일부러 온 거야? 엄청 영광이네!" 나는 농담을 던졌다.

"축하해, 네가 이겼어!" 리쉐얼은 입을 다물고 미소를 지었다. 온도가 전혀 없는 엷은 웃음이었다.

내가 뭘 이겼다는 거지?

"무슨 뜻이야?" 나는 미간을 찌푸렸다.

"걔 타이완으로 돌아온대. 남친이 널 위해 장학금도 포기하고 학위도 포기한다잖아. 네가 원한 게 그거 아니야? 그러니 네가 이겼지!"

나는 가볍게 웃으며 말했다. "나 청이랑 이미 헤어졌어. 그런 소식까지는 너한테 안 전해졌나 봐? 우리 헤어진 지 오래됐어."

참 이상하네! 왜 내가 이겼다며 축하하는 거지? 난 내가 뭘 이겼는지 전혀 모르겠는데?

청이가 돌아오든 말든, 이젠 나와 아무 상관 없었다.

나는 해외 파견직에 지원해 취업 비자와 여권도 이미 다 나왔고, 하루 뒤면 유럽으로 출발하니까.

대기업 영업 이사의 수행 통역사 자리는 외국어과 졸업생에게 그야말로 꿈의 기회였다.

사랑과 맞바꿀 가치가 있었다.

가장 사랑하는 남자와 맞바꿀 가치가 있었다.

그동안 후회했니?

아니.

거짓말.

여름날의 레몬그라스

303

7장

출발점은 나와 너,
결승점은 우리

첫사랑과 재회하는 장면을 상상해본 적 있는가?

어쩌면 오랜만의 동창회에서 그 사람이 당신을 보고 고개를 끄덕이며 미소를 지을 수도 있다.

안녕, 잘 지냈어? 난 잘 지냈어. 친하지 않은 사이처럼 서로 서먹하게 예의를 차린다.

어쩌면 넓은 공항에서 마주칠 수도 있다. 그 사람 옆엔 다른 여자가 있다. 한산한 대합실인데 당신과 그 사람은 인파에 휩쓸린 것처럼, 마치 모르는 사이처럼, 서로를 보고도 못 본 척한다.

어쩌면 그의 결혼식 피로연에 당신이 의기양양하게 잘생긴 남자 팔짱을 끼고 나타날 수도 있다.

나는 너 없이도 잘살아! 그에게 이렇게 말하는 거다.

사실 속으론 더 묻고 싶다. '나 없이 행복하니?'

그가 신부를 바라볼 때 짓는 미소가 이미 모든 걸 설명하기에, 진짜로 묻진 못한다.

추억이 너무 아름다우면 현실이 비루해 보일 뿐이다.

시간은 쉼 없이 앞으로 달리며 우리의 성장을 재촉했고, 열일곱 살 우리의 사랑도 훔쳐갔다.

나와 청이는 헤어지면서 서로 어떤 약속도 하지 않았고, 누가 누구를 마음에 걸려할 필요도 없었다. 청이는 미국으로 가는 비행기에 탔고, 나는 청이를 등지는 방향으로 비행했다.

몇 년 후, 나는 백 가지가 넘는 장면을 상상하고 천 마디가 넘는 대화를 상상했으며, 다시 만날 그날을 위해 표정 연습도 수없이 했다.

그러나 인생에선 잠시 멈춤이란 있을 수 없고, 이미 벌어진 일을 만회할 수도 없으며, 예행연습도 불가능하다.

타이완으로 돌아온 첫날, 고속철도에서 내리자마자 그의 청첩장을 받았다. 어떤 표정으로 나를 꾸며야 할지 미처 선택하기도 전에, 다음 날에는 더 뜻밖의 상황에서 청이를 만났다.

두 시간 전, 집에 있는 고물차를 끌고 시내로 나오자마자 후회가 밀려왔다.

핸들과 힘들게 씨름을 하면서 입으로는 끊임없이 창밖으로 지나가는 도로명을 읊었다. 오복로, 육합로, 칠현로, 팔…… 팔이 어디 갔지?

창문을 내리고 머리를 내밀어 한참 동안 앞뒤를 살피다 마침내 결론을 얻었다. 길 잃었네!

장자링에게 전화를 걸었다. 신호음 한 번만에 장자링의 고함이 들렸다. "왕샤오샤, 언제 와?"

"금방 가. 한 10분이면……. 어쩌면 15분에서 20분쯤. 정확하진 않은데, 암튼 금방 도착할 거야." 나는 모호하게 대답했다.

"맙소사! 너 길 잃은 건 아니지!" 장자링은 역시 나의 머뭇거림을 읽어냈다.

"그런 것 같아." 좌절하며 시인하는데 갑자기 좋은 생각이 하나 떠올랐다. 조금 수치스럽긴 하지만, 차라리 이 고물차를 버리고 노랑 택시를 불러서 가버릴까? 택시는 여행자의 좋은 친구잖아!

비록 이 '여행자'라는 사람이 가오슝에서 나고 자란 사람 같긴 하지만…….

"너……." 곧 신부가 되는 장자링은 참을성이 많아진 것 같았다. 나오려는 욕을 어색하게 삼키고 내 위치를 물어본 뒤 GPS로 변신했다. "야, 그 길에서 직진하면 칠현로가 보여. 팔덕로까지 간 다음에 구여로 지나기 전에 십전로 방향으로 가면 7-11이 보일 거야."

장자링의 친절한 설명을 들었지만 솔직히 말해서, 내가 무사히 십전로에 도착하는 것보다 그냥 십 리 안개 속으로 빠지는 게 더 **빠**를 것 같았다!

"빨리 와, 빨리! 드레스 피팅하고 스타일링도 골라야 해. 떡도 돌려야 하고……. 하여간 빨리 와!" 인간 GPS가 끊임없이 재촉했다.

"재촉하지 마. 헉! 오토바이랑 박을 뻔했어! 길이 왜 이렇게 좁아터졌어!"

"왕샤오샤, 너 운전 못하지? 칠현로가 좁다고? 왜, 아예 활주로에 가서 운전을 하지!"

"무슨 그런 말씀을! 나 무시하지 마라. 이래봬도 3개국 면허증 소지

자거든!" 나는 없어 보이지 않으려고 맞받아쳤다.

운전하는 장소만 바뀌었다 뿐이지, 다 똑같이 바퀴 네 개 달린 차인데 설마 안 되겠어?

사실 내가 안 되는 건 이륜차, 정확히 말하면 무리 지어 있는 오토바이 때문이었다. 부르릉 하며 차선을 요리조리 넘나들고 틈만 보이면 앞으로 끼어드는 바람에, 타향에서 오래 떠돌던 이 나그네는 거의 눈물이 그렁그렁해질 지경이었다. 감동해서가 아니라 놀라서!

부들부들 액셀을 밟으며 앞으로 가려는데 위풍당당 오토바이 한 무더기가 갑자기 작은 길에서 쏟아져 나왔다. 다행히 재빨리 브레이크를 밟고 용감하게 후진했다. 그렇게 후진을 하다 내 고물차의 뜨거운 뒤꽁무니가 미처 피하지 못한 뒤차를 박았고, 꽤 세게 부딪히는 바람에 내 차는 다시 앞으로 쭉 밀렸다.

깜짝 놀라서 기어를 당기고 브레이크를 밟았지만, 어디가 잘못된 건지 차가 다시 뒤로 밀리며 뒤차를 또 박았다. 뒤차 주인이 세게 클랙슨을 눌러 경고했고, 그걸 듣고 더 당황한 나는 얼른 발을 액셀에 놓았다. 그런데 기어가 아직 후진 상태에 있는 걸 깜박했고, 고물차는 부릉 포효하며 다시 뒤차 쪽으로 튀었다!

강렬한 충돌은 한 번, 또 한 번 이어졌고 내 머리는 완전히 공백 상태가 되었다. 멍한 가운데 우렁찬 충돌 소리와 귀가 찢어질 듯한 클랙슨 소리와 인간 귀의 한계를 시험하는 하이 데시벨의 비명 소리가 들렸고, 마침내 모든 것이 멈춘 듯한 순간, 내 고물차의 뒤 범퍼가 그 대미를 장식하듯 툭 떨어졌다.

도저히 뒤를 돌아볼 엄두도 나지 않아 백미러로 몰래 상황을 살폈

다. 내 바로 뒤차는 브랜드가 B로 시작되는 고급 밴이었는데, 그 튼튼
한 차도 움푹 들어간 것 같았다.

재수 없는 일을 당한 피해자가 차에서 내려 분노를 뿜으며 내 차의
창문을 두드렸다.

나는 운전석 깊이 몸을 움츠렸다. 대답할 자신이 없었다. 피해자는
인내심을 잃고 더 세게 창문을 두드렸다. 급하고 빠르게, 똑똑똑! 나
는 느릿느릿 고개를 들고 피해자의 얼굴을 마주했다.

"내려요!" 군더더기 말은 생략하는, 약간 허스키한 빌어먹을 매력
적인 목소리.

이게 누구야?!

말도 안 돼. 이게 무슨 운명의 장난이람! 차라리 차에 부딪혀 죽고
말지!

맹세컨대 나는 사고를 쳐놓고 줄행랑치는 나쁜 사람이 절대 아니
다. 그런데 이렇게 불쑥, 아무런 마음의 준비도 안 된 상태에선 스스
로에게 이렇게 말할 수밖에 없었다. '빨리 도망쳐!'

그래서 나는 바른 시민이 절대로 해서는 안 되는 일을 저지르고 말
았다. 뺑소니!

가오슝시 경찰의 능력은 칭찬받아 마땅하다. '뺑소니범'은 경광등
을 깜박이며 쫓아온 경찰차 두 대에 바로 붙잡혔다.

목숨을 애걸하는 인간의 본능을 처절히 발휘하여, 나는 충혈된 눈
으로 액셀을 세게 밟으며 내 뒤에 바짝 따라붙는 경찰차를 따돌리려
고 시도했다. 종횡무진 돌진하다가 신호도 무시하고 역주행한 후 크

게 돌았는데 픽 하며 큰 소리가 났다. 고물차는 안전가드에 부딪혔고, 세상은 마침내 평화를 얻었으며, 나쁜 사람도 벌을 받기 위해 체포됐다.

나는 경찰서 취조실에 앉아 미치도록 후회했다. 머릿속에는 사랑에 상처 입은 비련의 여주인공이 내뱉을 법한 대사들이 끝없이 맴돌았다.

법조망은 결코 범인을 놓치는 법이 없으니 이 모든 건 예견된 결과다. 정말 모든 일에는 원인이 있기 마련인 걸까? 옳고 그름, 선과 악의 원인과 결과가 순환되는 걸까, 아니면 그냥 하늘의 농간일까? 사랑의 얽힘, 운명의 장난, 돈의 유혹일까, 아니면 단순히 이해 관계의 충돌일까? 훗날 모든 걸 얽어맬 씨앗을 심어 살기를 키운 거였을까?

아니지! 뼛속까지 사랑했는데, 어떻게 죽일 수 있겠어?

취조실의 긴 책상을 사이에 두고 청이, 그러니까 내 첫사랑이 대각선 맞은편에 앉아 있었다.

강렬한 영사용 전구 밑에서 얼굴선은 더 또렷하고, 셔츠는 단추를 몇 개 풀어 헤쳐 아름다운 쇄골이 드러났으며, 스탠딩 칼라에 느슨하게 걸려 있는 검은 넥타이는 청이가 숨을 쉴 때마다 단단한 가슴 선을 따라 오르락내리락했다.

꾹 다문 입술, 흑백이 분명한 맑은 눈동자, 이마를 덮은 새까만 머리카락 사이로 살짝 드러난 힘줄, 하얀 목덜미에서 보일 듯 말 듯 뛰는 핏대, 난처함을 애써 참는 듯한 표정. 역시나 나 때문에 크게 당한 모습이었다.

"큰 사고도 아닌데 도망칠 필요가 있었어요?" '리 팀장'이라고 자신을 소개한 경찰이 미간을 살짝 찡그리며 말했다. 그 미간에서 사건의 심각성이 읽혔다.

"그게……." 이 몸은 그저 순간 무서웠을 뿐, 절대 계획적으로 한 짓이 아니옵니다.

"신호 위반 우회전, 갈지자 주행으로 앞차 추월, 역주행, 과속, 뺑소니, 계획적 상해……." 리 팀장은 기록을 읽으며 고개를 절레절레 흔들었다. "칠 사람이 없어서 하필 오늘 막 부임한 검사님을 치시고. 운이 없어도 너무 없으시네. 쉽지 않겠어요."

"계획적 상해요?" 나는 아직 공포에 휩싸인 와중에도 매우 심각하게 들리는 단어 하나를 놓치지 않고 떨리는 목소리로 물었다. "일부러 그런 거 아니에요."

청이에게는 불쌍한 척해봤자 소용없다는 걸 너무나 잘 알기에, 나는 눈물을 그렁이며 애처롭고 측은한 강아지처럼 리 팀장을 바라봤다.

"죄송합니다." 제가 잘못했어요!

리 팀장은 뒤통수에 얼마 남지 않은 머리카락을 쓰다듬으며 말투를 누그러뜨렸다. "검사님, 제 생각엔 '계획적 상해'는 너무 지나치고, '과실 상해'로 기소하면 될 것 같습니다."

"처음은 '과실'이라 부를 수 있어도 두 번째부터는 '계획적'이라고 부릅니다!" 청이는 이마를 문지르며 눈썹을 찌푸렸다. 시선은 한 번도 나를 똑바로 쳐다보지 않았다. "연속 네 번이나 박았다고요! 그런데도 '계획적 상해'가 너무 지나치다고 생각하세요?"

"청……." 나도 모르게 이름을 부르려다 얼른 바꿨다. "검사님, 사람 위에 법 없다고 하잖아요. 제가 어제 막 귀국했거든요. 정상 참작 좀 해주시면 안 될까요? 아직 시차 적응이 안 돼서 실수로……."

"남의 차를 네 번이나 치고 도망가고도 실수라고요?" 청이는 내게 차가운 눈빛을 던졌고, 나는 몸을 떨며 다시 의자 깊숙이 움츠렸다.

"그게 저도 어떻게 된 건지 잘 모르겠어요. 오토바이를 피하려다 미처 뒤를 못 살폈고, 순간 당황해서 기어를 잘못 놓고선 브레이크를 밟는다는 게 액셀을 밟은 거 같아요. 일부러 여러 번 친 게 절대 아니에요. 아무튼 정말 죄송합니다. 차 수리비랑 병원비는 제가 전액 보상할게요." 조심스럽게 청이의 표정을 관찰하며, 아까 혼란을 일으킨 원인을 조곤조곤 설명했다.

미안해, 미안하다고! 마침 검사님께서 내 차 뒤에 계신 걸 내가 무슨 수로 알았겠냐고!

청이는 냉정하게 콧방귀를 뀌고 물컵을 들더니 휴지로 컵 위쪽을 닦은 뒤 물을 마셨다.

까칠이! 나는 속으로 몰래 욕하면서 계속 웃는 얼굴을 해 보였다.

"이분도 많이 놀란 것 같은데, 검사님이 너그럽게 몇 항목만 줄여주시죠?" 참 좋은 분이다. 나 대신 부탁도 해주시고.

"면허증 있어요?" 청이는 리 팀장에게는 아무 대꾸 않고 조서를 펼치며 불쑥 물었다.

있지. 프랑스 거랑 스페인 거랑 EU에서 발급한 국제면허증!

다만, 딱 타이완 건 없네.

태연한 척 그렇게 대답할 생각이었는데, 입에서 딴 소리가 나갔다. "아뇨."

"무면허 운전도 추가해주세요."

청이가 이 말을 할 때, 맹세컨대 청이 눈에 의기양양한 기색이 번쩍이는 걸 봤다. 절대 잘못 보지 않았다. 청이는 고의였다!

"청이야, 이러지 마……. 옛날에 나 세 번이나 떨어진 거 뻔히 알잖아." 나는 울기 직전이었다.

네가 운전 가르쳐주겠다고 했잖아. 내가 끝내 면허를 못 따서 차를 못 몬다 해도 괜찮다고 했잖아.

"괜찮아. 내가 널 혼자 두지 않을 거니까, 어디든 내가 데려다줄게……."

내 손을 잡고 그렇게 말했잖아. 평소에 다정한 말이라곤 한 번도 한 적 없는 네가 그렇게 말하고는 얼굴을 붉혔고, 난 그 순간을 영원한 약속으로 여겼어.

지금 이 상황과 비교하니 아이러니하네! 참 웃겨!

청이는 아랫입술을 물고 긴 집게손가락으로 계속 책상을 가볍게 두드렸다.

조금도 안 변했네. 너무나 익숙한 동작이었다. 지금 뭔가 감정을 참고 있다는 뜻이다.

청이는 그렇게 한참 손가락으로 책상을 두드리다 마침내 펜을 들고 조서에 쓱쓱 줄을 그었다. "이렇게 하죠. 역주행, 신호 위반 우회전, 갈지자 주행으로 앞차 추월, 과속, 무면허 운전, 이 다섯 조항을…… 합쳐서 '위험 운전'으로!"

"다섯 가지 죄가 하나로 줄었으니 나쁘지 않네요." 한시름 놓았다. 청이의 입꼬리가 살짝 올라가는 게 언뜻 보였다. 날 그리움에 사무치게 한 저 빌어먹을 미소.

나는 은근히 애정 어린 눈으로 청이를 바라보았고, 청이도 마침내 나를 똑바로 바라봤다. 두 쌍의 눈동자가 만나는 순간, 심장이 쿵 내려앉았다.

날 안고 키스해. 내 머릿속으로 주체할 수 없이 환상이 펼쳐졌다. 청이는 날 품에 끌어안고, 숨도 쉴 수 없게 격렬히 키스한다. 그러고는 지금까지 늘 날 사랑하고 있었다고, 다시는 날 떠나지 않을 거라고 말한다……. 드라마에선 다 이렇게 하지 않나?

드라마는 사람에게 환상을 심어주고, 과도한 기대는 망상을 부른다는 것이 곧 사실로 증명됐다.

"위험 운전요? 그건 형사 범죄라서…… 전과가 남잖아요." 리 팀장이 세게 이마를 쳤다.

"네?"

형사 범죄? 그럼 감방 가는 거야? 전과도 남고?

환멸은 성장의 출발점이고, 드라마는 죄다 사기다! 로맨스 소설도 사기야! 하긴, 내가 소녀도 아니고, 망상을 꿈으로 여겨선 안 되지. 과거의 추억을 지금의 현실로 여겨서도 안 되고! 감정이 남긴 개뿔, 감정에 연연하는 건 왕샤오샤 너밖에 없어. 환상이 과해 스스로를 속이고, 결국 마음을 무시당한 꼴이잖아!

청이는 다시 조서로 시선을 돌렸다. "형사 부분은 일단 여기까지 하고, 제 병원 검사가 끝나면 민사 배상을 진행하죠."

민사도 있어?

으드득……. 나 스스로 이를 악무는 소리가 들리는 듯했다.

"야 이 개자식아!" 나는 벌떡 일어나 책상 너머로 분노의 삿대질을 했다. "사람이 너무 지나치면 안 되지! 검사님 대단하시네! 아주 의기양양하셔! 양심에 손을 얹고 생각해봐! 네 양심이 개한테 먹힌 게 아니라면, 고작 실수로 네 차를 받은 걸 가지고 말이야, 내가 널 불구로 만들었어, 식물인간으로 만들었어? 팔이 나간 것도 아니고 다리가 잘린 것도 아니고 여기 버젓이 잘 앉아 있는데 무슨 위험 운전에 계획적 상해야? 넌 공권 남용에 공적인 신분을 이용해서 사적인 복수를 하는 게 분명하잖아! 아예 몇 번 더 박아서 아주 태평양으로 보내주는 건데 그랬어!"

나의 격앙된 고함에 청이는 그냥 평온하게 대응했다. "마지막 문장 한 번 더 말해주시겠습니까?"

이 인간 청각 신경이 망가졌나, 아님 내가 차로 받아서 정말 뇌신경이 망가졌나?

청이의 침착한 목소리는 불에 기름을 붓는 격이었다. 그동안 어렵사리 키워온 품위가 순식간에 흔적 없이 사라지고, 나는 극도로 화가 뻗쳐 고래고래 소리를 질렀다.

"제대로 못 들었어? 좋아! 몇 번이고 말해줄게! 나한테 이렇게 나온다 이거지? 내가 이번에 널 치어 죽이지 않은 건 네가 명이 길었다 치고, 앞으로 다시는 내 앞에 나타나지 마!"

"내가 굳이 널 다시 봐야겠다면?" 청이는 입가에 보일락 말락 사악한 웃음을 머금었다.

나는 몇 초간 멍하니 있다가 청이 말에 숨은 뜻을 고민할 새도 없이 입에서 나오는 대로 내뱉었다. "차로 쳐서 죽여버릴 거야!"

청이는 어쩐 일인지 웃었다. 내 대답에 매우 흡족한 듯했다. 그러고는 책상에서 녹음기를 들어 올리더니 법정 드라마에서나 나올 법한 대사를 읊었다. "피고는 생명, 신체, 자유, 명예, 재산을 가해하여 타인의 안전에 위해를 가하고 살해하겠다고 협박한 자로서 형법 제305조 협박죄를 위반하였습니다. 또한 위험 운전으로 타인에게 상해를 입히고 뺑소니 등 여러 죄를 범한 바…… 본 사건은 즉일 가오슝 지방검찰청으로 이관해 수사하겠습니다."

'피고'는 날 말하는 건가? 내가 청이의 생명을 가해했어? 내가 청이를 협박했어? 아무리 봐도 다 청이가 날 괴롭히고 협박하는 건데!

"뭐가, 협박죄야?" 힘없는 시민은 더듬더듬 물었다. 낙담스러웠다. 느닷없이 얼음물을 뒤집어 쓴 기분이었다. 방금 전 기세는 자연히 사라졌다.

검사님은 지금 나에게 대답해줄 시간이 없었다. 조사 기록에 내 죄목 몇 개를 더 적어 넣고 뭐는 특별히 강조하라고 리 팀장에게 지시를 내리느라 바빴다.

"내가 언제 널 협박했어?" 내가 목소리를 높이니 청이가 그제야 성가시다는 듯 녹음기 재생 버튼을 눌렀다.

'차로 쳐서 죽여버릴 거야!' 폐활량 좋고 목소리가 우렁찬 게, 본인 목소리가 틀림없습니다.

뭐야? 청이가 판 함정에 내가 멍청하게 뛰어들었네!

오빠가 내 보증인으로 왔다. 보자마자 날 야단치려다 피해자가 청이인 걸 알고는 탄식하며 딱 한마디만 했다. "악연이구만!"

오빠는 리 팀장을 따라 수속을 밟으러 갔다.

"검사님 차가 튼튼해서 충돌을 견뎌냈으니 망정이지, 그대로 밀려서 연쇄 충돌이라도 일으켰더라면 사고 책임을 규명하기도 어려웠을 거고, 사상 사고까지 났을지도 몰라요."

"그러게요, 제 동생이 하마터면 큰 사고를 낼 뻔했네요!"

두 사람은 바짝 붙어 서서 소곤거렸다. 둘의 미간에 주름이 잡히는 걸 보며 나는 창피하고 소심해져 고개를 푹 숙이고는 손으로 애꿎은 치마만 잡아 비틀었다.

리 팀장의 목소리가 커졌다 작아졌다 하며 계속 들려왔다. "아마 한동안 출국이 금지될 거예요. 얼마나 오래 걸릴지는 장담할 수 없고, 담당 검사를 봐야죠. 제가 알고 있는 법적 절차도 여기까지고, 나머지는 변호사를 잘 찾아서 처리하시는 게 좋을 거예요."

"소송 말고 다른 해결책은 없을까요?" 오빠가 물었다.

"합의를 볼 수 있으면 물론 제일 좋죠." 리 팀장의 목소리가 점점 낮아졌다. "서로 감정이 상해 법정에 서면 보기 안 좋더라고요."

첫사랑 남친과 법정 다툼이라니……. 청이가 이렇게까지 하는 건 청이가 매정해서 그런 걸까, 아님 내가 너무 실패한 걸까?

경찰서 문 앞에 서 있노라니 정말 기분이 말이 아니었다.

청이는 몇 걸음 떨어진 곳에서 통화를 하고 있었다. 오빠가 청이에게 다가가 어깨를 두드렸다.

"이따 봐." 청이는 상대방에게 그렇게 말하고 바로 통화를 끝냈다.

"예전에 샤오샤한테 얘기 많이 들었어. 이런 상황에서 만날 줄은 몰랐네." 오빠가 민망해하며 말했다.

"그러게요." 청이가 어색하게 헛기침을 했다. 청이 역시 생각지 못한 상황이겠지.

한 사람은 묻고 한 사람은 대답하고, 하나는 친한 척하며 괜히 화제를 찾고, 하나는 마지못해 어영부영 대답하고, 오빠와 청이는 그렇게 한참 얘기를 나눴다.

"몇 년 전에 미국으로 법 공부하러 갔다고 들었는데, 해외 법은 전공이 세분화되어 있지 않아? 내 변호사 친구는 바람피운 부부들 이혼 소송 전문이거든. 아내 쪽이 위자료 두둑이 받도록 해주는 게 주특기여서, 바람피운 남편들은 개 이름만 들어도 벌벌 떤다고 하더라고……. 하하하. 전공이 뭐야?"

"특허법입니다."

"특허법? 음, 과학기술 쪽에서 엄청 잘나가겠네? 언제 귀국했어?"

"3년 전에요."

"3년? 그럼 귀국 3년 만에 검사 시험에 합격했다는 거네? 대단한데! 근데 왜 계속 미국에서 경력 쌓지 않고 귀국했어?"

청이가 나를 힐끗 봤다. 나는 얼른 고개를 숙이고 물건을 찾는 척 가방을 뒤졌지만, 청이의 대답에 온 신경을 집중했다.

청이는 조금 뒤에야 담담하게 말했다. "해외 생활이 익숙하지 않아서요."

"오빠! 그만하고 이리 와!" 초조해진 나는 두 사람의 대화를 잘랐다.

"내 동생 원래 거친 데다 앞뒤 안 살피고 맨날 사고치는 거 잘 알지?" 오빠는 나를 향해 손을 내저으며 계속 말을 이었다. "사람 위에 법 없다지만, 이번에 샤오사가 이렇게 큰 사고를 쳤으니 오빠인 나도 책임을 져야지. 내가 대신 배상할게. 정말 미안해."오빠는 청이와 악수까지 했다.

"내가 이렇게 부탁할 테니까, 쟤 좀……."오빠가 진심 어린 눈빛으로 청이를 봤다. 목소리에 간절함이 넘쳤다.

"오빠, 그러지 마!"나를 위한 오빠의 마음에 감동과 애잔함이 솟구쳐 눈물이 왈칵 쏟아지려고 했다.

"이번에 아주 호되게 혼쭐을 내줘! 아는 사람이라고 절대 마음 약해지지 말고, 절대 봐주지 말라고!"오빠는 나의 재앙을 기뻐하는 기색이 역력한 말투로 말했다. "좀 전에 리 팀장님 말로는 쟤가 도망치다 도로변 소화전까지 받은 것 같다던데, 그럼 공물 훼손도 추가되는 거 아닌가? 도로 CCTV 화면도 꼭 한번 확인해봐. 배상할 게 있으면 저 녀석 발뺌 못 하게 할 테니까. 왕샤오샤 운전 실력은 내가 봐도 겁나는데, 길에 나가면 사람들이 다 위험해지지. 정말 인간 흉기라니까!"

"오빠! 집에 가! 쓸데없는 소리가 왜 그렇게 많아!"화가 치밀어 피를 토할 것 같아서 오빠 팔을 잡아 끌었다.

"야, 내가 언제 너 데리고 집에 간다고 했냐?"오빠는 매몰차게 내 손을 떼어냈다. "모처럼 휴가여서 놀러갈 약속 잡아놨거든. 네 보증인으로 온 것만 해도 감지덕지해야지."

"흥, 그럼 나 혼자 택시 타고 가면 되지!"나는 콧방귀를 끼고는 힘차게 가방을 어깨에 걸쳤다.

"으이그, 양심도 없는 인간아."오빠는 내게 바짝 다가와 찡긋 눈짓을 했다. "검사님 병원에 검사 받으러 간다는데, 어쨌든 사람을 다치게 했으면 따라가봐야지!"

"멀쩡해 보이는데 뭘. 손도 안 잘리고 다리도 안 절고 정신 멀쩡하고, 내가 따라갈게 뭐 있어⋯⋯." 말은 그렇게 했지만 나도 모르게 청이에게 눈이 갔다. 청이는 이마를 문지르며 막 택시를 잡고 있었다. 어쩐지 가슴이 팽팽히 죄어오며 콕콕 쑤셨다.

"그건 모르는 거지." 오빠는 눈살을 찌푸리며 진지하게 설명했다. "외상이 없다고 내상이 없는 건 아니거든. 교통사고로 인한 척추 골절은 반년이 지나서야 증상이 나타나는 경우도 있어."

마른하늘의 날벼락 같은 말이었다. 나는 생각할 것도 없이 청이 쪽으로 뛰어가며 소리쳤다. "기다려!"

청이는 잠시 어리둥절해하다가 택시 문을 열었다. 나는 용기를 내 물었다. "같이 가도 될까?"

청이는 고개를 돌려 나를 봤다. 눈은 깊은 바다처럼 잠잠했고, 다물어진 입가만 아주 살짝 올라갔다. "편한 대로."

택시에 올라타고는 바로 후회하고 있는데 청 검사님의 명령이 들렸다. "안전벨트 매!"

나는 냉소를 지었다. 누가 네 말 듣는데?

일개 백성에게 거역당한 관리 나리는 심기가 불편해 보였다. "도로 교통 관리 처벌 조례 제31조 규정에 따라 소형 차량 뒷좌석 승객은 반드시 모두 안전벨트를 매야 해."

저 인간 육법전서를 정말 찢어발기고 싶다!

나는 창밖을 쳐다보며 못 들은 척했다.

청이는 내 침묵의 항의를 무시하고 몸을 앞으로 내밀더니 한 손으로 내 어깨를 누르고 전혀 부드럽지 않게 나를 확 등받이로 밀었다.

내가 흠칫하며 눈을 동그랗게 뜨는데, 청이의 다른 손이 뺨을 스치는 바람에 거의 숨도 쉬지 못할 지경이었다.

왜 긴장하는 건지 모르겠지만, 하여튼 긴장을 하니 나도 모르게 손가락이 오므려졌다.

청이는 내 뒤로 손을 뻗어 안전벨트를 잡아당겨 꽉 채운 후 담담하게 나를 한 번 훑어보았다. "규정을 어긴 경우, 운전자는 벌금 1500위안이야."

청이는 내 왼손에 시선을 주었다가, 바늘에라도 찔린 것처럼 황급히 자기 자리로 돌아가 정면을 응시했다. 얼굴엔 여전히 표정이 없었다.

빼지 못했다. 왠지 모르지만 뺄 수 없었다. 레옹의 프러포즈 반지는 마치 손가락 살 속에 박힌 듯했다. 내 왼손 약지에서 반짝이는 반지의 서늘한 빛에 몸서리가 쳐졌다. 나는 들켜서는 안 될 것을 감추듯 오른손 손바닥으로 왼손을 덮었다.

근데, 내가 왜 감추지? 저 인간이 '편한 대로' 하라고 했잖아!

좁은 택시 안에는 방향제와 휘발유 냄새가 섞여 떠돌았다. 청이는 한쪽에 기대앉고, 나는 다른 쪽에 딱 붙어 있었다. 안전벨트가 우리를 좌석 양끝에 단단히 묶어놓았다. 우리는 격리된 보균자들처럼, 입을 열면 상대방의 병균에 감염이라도 될 것처럼 서로 쳐다보지도, 서로 말을 건네지도 않았다.

청이가 안전벨트 법 규정을 알려주는 호의를 베푸는 바람에 기사 아저씨는 벌벌 떨다가 핸들을 삐끗해 갓길로 돌진할 뻔했다. 그러고는 구시렁대며 잔소리를 늘어놨다. "손님, 안전벨트 잘 매고 계세요.

요즘 경기가 안 좋아서 돈 벌기도 어렵고, 기껏 벌어봐야 이것저것 내고 나면 남는 것도 없어요. 늙은 부모님에 처자식에 개 한 마리까지 먹여 살려야 하고, 꼬맹이가 올해 유치원 들어가서 돈이 엄청 많이 들어요……."

라디오에서는 요란한 약 광고가 끊임없이 흘러나왔다. 이런 배경음 속에서 택시는 마침내 무사히 병원에 도착했다.

나는 매우 품위 없게 귀를 후벼 파면서 곁눈질로 청이를 봤다. 눈썹을 찡그리며 이어폰을 빼는 꼴을 보고 속으로 키득거렸다.

이건 대체 누가 벌을 받는 거지?

병원에는 오빠가 미리 전화를 걸어 예약을 해두었다. 까칠이 청이는 그깟 이마 상처 때문에 뇌 CT 촬영뿐 아니라 전신 엑스레이 촬영까지 하느라 두 시간 가까이 진을 뺐다. 마침내 진단서가 나왔고 나는 한쪽에서 냉담하게 콧방귀를 뀌었다. "검사 꼼꼼하게 해주세요. 제 차에 치여서 뇌진탕에 걸리진 않았는지, 어디가 부러지진 않았는지 잘 봐주세요. 모호하게 쓰여 있으면 저도 배상 못 하니까요!" 나는 '부러지진 않았는지'란 말에 특히 힘을 주었다.

병원에서 나온 청이 머리엔 흰색 붕대가 감겨 있었고, 내 손에는 흰색 명함이 들려 있었다.

전 남친이자 현재의 원고는 진단서를 흔들며 말했다. "모레 오후 4시 45분에 내 사무실로 와. 민사 배상 협상 시간은 딱 15분이야." 차를 몰아 몇 번 더 박고 싶게 만드는 저 얄미운 얼굴.

"만약 안 가면?" 전 여친이자 현재의 피고가 허세를 부리며 도발했다.

"그럼 법정에서 봐야지." 청이는 또 날 협박했다!

"기어코 법정 싸움으로 가시겠다! 작은 교통사고 때문에? 검사님, 진짜 옹졸하시네요!" 나는 한껏 비아냥거렸다.

"네가 나한테 빚졌으니까." 청이는 나를 똑바로 쳐다봤다. 나도 청이의 시선을 마주했지만 청이 눈동자 깊은 곳에서 보이는 건 나 자신이었다.

"내가 뭘 빚졌는데?" 청이한테 하는 질문인지 나 스스로에게 묻는 건지 알 수 없었다.

"사과."

나는 청이에게 사과를 빚졌다.

서로 사랑했던 우리는 지금, 둘 다 상대에게 사과를 빚졌다.

♣

사람은 일생동안 88000번 거짓말을 하며, 가장 쉽게 나오는 거짓말은 '응, 나 잘 지내.'라고 한다.

삼면으로 둘러싸인 탈의실 거울 앞에 서서 빙그르 도니 하얀 실크 치마가 물결처럼 넘실댔다. 거울 속 여자는 살결은 하얗고, 속쌍꺼풀에 눈꼬리가 올라간 눈은 고양이를 닮았고, 작고 깜찍한 붉은 입술은 입꼬리가 살짝 올라가 웃는 상이다.

"왕샤오샤, 다 됐어? 얼른 나와서 내 웨딩드레스에 어울리는지 좀 보자." 장자링이 문을 두드렸다.

나는 문을 밀고 맨발로 나가 장자링 앞에 섰다.

"앞이 너무 파였어." 나는 가슴께에서 힘없이 아래로 늘어진 얇은 핑크색 리본을 조심스럽게 가리켜 보였다. "나 몸매 별로인 거 너도 알잖아."

"헤헤, 몸매 별로여도 괜찮아. 비밀 무기가 있거든." 장자링은 고무로 된 투명한 물체 두 개를 흔들더니 내 가슴에 쑥 집어넣고 머리카락도 매만져주었다. 그러고는 몇 걸음 뒤로 가 자신이 심혈을 기울인 걸작을 흡족하게 바라봤다. "됐다."

나는 거울을 봤다. 가슴 앞의 핑크 나비가 당장이라도 날개를 퍼덕이며 날 것 같았다. "이건 거의 사기네!"

"연애 전문가의 명언도 못 들어봤어? 여자는 타고난 사기꾼이다!"

"못 들어봤는데. 누가 한 말인데?"

"나!" 장자링이 뻔뻔하게 큰 소리쳤다.

참자. 신부가 왕이다.

"들러리 옷은 다른 선택의 여지는 없어? 꼭 앞을 이렇게 노출해야 해? 핑크색 리본 때문에 무슨 선물처럼 보인다." 나는 미간을 찌푸리며 입을 삐죽였다.

"선물 같으면 좋지! 왕샤오샤, 이 모습을 남자들이 보면 그 선물 풀고 싶어질걸." 장자링은 내 고민은 전혀 이해하지 못하고 혼자 신나서 나를 추켜세우며 장난스럽게 눈까지 깜박였다.

"야! 내가 왜 선물 모양으로 치장을 해야 돼?" 나는 항의했다. 게다가 선물을 풀고 나면, 실은 투명한 고무 물체로 지탱한 위장이라는 걸 들키라고?

"헤헤……." 연애 전문가 장자링 씨는 묘한 웃음을 흘리며 나를 쳐다보다가 내 귓가에 대고 말했다. "혹시 또 모르지……. 누구누구가 풀고 싶어 할지도. 선물을 풀고 나면 널 고소하지 않을지도 모르고, 안 그래?"

맞다……. 아주 정답이네! 어쩌면 그 누구누구가 사기죄를 추가할지도 모르고, 아님 그의 예비 마누라가 날 가정 파괴범으로 고소할지도 모르고!

드레스숍 직원이 없었다면, 장자링이 비싼 웨딩드레스를 입고 있지 않았다면, 정말이지 탁자 위의 부케 샘플을 장자링 입에 처넣고 싶었다.

"갈아입고 올게." 나는 장자링에게 눈을 흘기며 우아하게 치맛자락을 잡고 탈의실로 가 재빨리 들러리 예복을 벗었다. 탈의실에서 나오는데 배 속에서 체면 차리지 않고 꼬르륵 소리가 울렸다.

"신부님, 나 배고파. 밥 안 먹여주면 들러리 파업할 거야!" 티셔츠에 청바지로 갈아입은 나는 바로 본모습을 드러냈다.

드레스 피팅이 끝난 뒤 장자링은 작은 골목 안에 숨어 있는 아담한 카페로 날 데려갔다.

카페 이름이 특이했다. 검정색 철제 간판에 파란색 조명이 걸려 있어, 눈을 감고 눈물 흘리는 눈 하나가 푸른 바다에 떠 있는 것 같았다.

"이거 마셔봐. 아이스커피에 위스키랑 크림이 배합된 베일리스를 넣은 거야. 이 집 시그니처 메뉴야!" 장자링이 많이 와본 듯 추천했다.

"그래." 배도 고프고 목도 말라 음료와 함께 과일 와플도 하나 주문했다. 조금 있다 유리컵 한가득 담긴 커피가 나왔다. 얼른 한 모금 마시는데 진한 크림 향과 알코올 향이 바로 입 안 가득 퍼졌다.

"이거 아이리스 커피야? 그건 아닌 것 같은데. 이 커피는 좀 다네." 나는 의아해하며 눈을 감고 음미했다.

장자링은 턱을 괴고 살며시 웃으며 나를 봤다. "아이리스 커피 아니야. 이 커피는 느끼할 만큼 달고, 알코올 농도가 놀랄 만큼 높지. 이름은 '새드 커피(sad coffee)'야. 지금 네 심경에 아주 잘 맞을 것 같아서……." 장자링의 손가락이 테이블 위에서 그림을 그리듯 쓱쓱 움직였다. 테이블에 깔린 유리 밑에 눈물을 흘리는 여자 그림이 있었다.

잠시 멍하니 있다 다시 커피를 한 모금 마셨다. 차가운 액체가 목구멍을 통과한 순간 나도 모르게 말이 튀어나왔다. "왜! 나 잘 지내는데!"

이 화제를 질질 끌고 싶지 않아서 눈앞의 음식을 공략했다.

장자링은 그런 날 가만히 보고만 있다가 결국 참지 못하고 물었다. "청이가 정말 널 고소한대?"

"응. 오늘 내용 증명 받았어. 그 자식 일 처리가 아주 빠릿빠릿해." 나는 입꼬리를 올린 표정을 유지하려 애쓰며 자조적으로 말했다.

장자링은 믿기지 않는다는 얼굴이었다. 나는 가방에서 등기 우편을 꺼내 테이블에 놓으며 경쾌한 말투로 말했다. "대박이지! 살다 살다 내용 증명 같은 것도 다 받아보고. 그것도 첫사랑한테서 말이야, 기념할 가치가 있어. 꼭 코팅해야지."

새하얀 더블에이 A4 용지, 줄 간격은 더블 엔터, 12폰트 검정색 명

여름날의 레몬그라스

조체, 아무런 온기 없는 문장들. '삼가 아룁니다. 본인은 자가용을 운전하며 칠현로를 지나고 있었습니다. 귀하는 자가용을 운전하다 사건 발생 지점에서 전방 주시에 부주의하여 본인의 진로 권리를 침해함에 따라 본 교통사고를 초래하였습니다. 귀하에게 명백히 과실이 있는 바, 서신 도착 익일에 출석하여 배상 사항을 협의하여야 하며, 기한을 어길 시 법에 의거하여 고소하겠습니다.'

나는 웃음을 참으며 장자링에게 읽어줬다. "참나, '전방 주시에 부주의하여 본인의 진로 권리를 침해함에 따라'가 뭐야. 차를 박았으면 박은 거지 문자까지 쓰고 난리야!" 세상에서 제일 웃긴 일을 본 것처럼 나는 참지 못하고 박장대소했고, 웃다가 결국 눈물까지 흘렸다.

장자링이 휴지를 한 장 뽑아 건네줬다. 휴지를 받아 팽 코를 푸는 김에 어쩌다 눈가에 넘쳐흐른 쓸데없는 감정도 몰래 닦았다.

"도무지 이해가 안 가……. 너랑 청이가 왜 그 지경까지 간 거야?" 장자링은 한숨을 푹 쉬었다.

나는 아무 대답 않고 커피를 한 모금 마셨다. 달달하고 느끼한 크림 위스키는 이미 컵 바닥에 가라앉았고, 커피의 씁쓸한 여운이 혀에서 감돌았다.

"청이 너 때문에 타이완에 남은 거 아니었어? 심지어 너랑 같은 사립대학 갔잖아? 청이 컨디션이 안 좋았다는 말은 관둬. 아무리 컨디션이 나빴다 해도 청이 실력이면 공립대 갈 수준은 충분히 됐어. 일부러 너랑 같은 학교 간 거지." 장자링은 나를 똑바로 보며 말했다.

"그때 청이가 아파서 시험을 제대로 못 본 건 사실이잖아. 대학 때 우리가 사귄 건 맞지만, 3학년 때 청이가 미국으로 교환 학생 가면서 헤어졌고." 나는 남의 일을 얘기하듯 평온한 말투로 말했다.

"그때 청이가 해외에 나갔어도 그렇게 헤어질 필요는 없었잖아. 장거리 연애 하는 사람 많아. 게다가 교환 학생은 1년밖에 안 되는데 너랑 청이가 그 정도 시련도 못 견뎠을 거라고?"

"학생 시절의 연애에 무슨 시련까지 나와? 서로 더 이상 느낌이 없으니까 헤어진 거지!" 나는 맑은 하늘에 살랑 바람이 스쳐가듯 가볍게 대답하고 와플을 잘라 입으로 넣을 준비를 했다.

장자링이 포크로 내 음식을 가로막으며 물었다. "왜 그랬어?"

역시 장자링은 내 허튼소리에 넘어가지 않았다. 와플 조각이 포크 끝에 걸려 부들부들 떨렸고, 크림이 줄줄 떨어졌다.

"왜냐하면, 그때 내가 다른 사람을 사랑하게 됐거든." 나는 이실직고할 수밖에 없었다.

"누구?" 장자링이 물었다.

나는 평온한 얼굴로 말했다. "걔 친구."

"유자?" 장자링의 목소리가 한 옥타브 높아졌다.

"맞아! 유자, 양쭝유."

"청이가 믿디?" 장자링이 고성으로 소리를 빽 지르는 바람에 옆 테이블 손님이 힐끔 쳐다봤다.

나는 어깨를 으쓱해 보이고는 있는 그대로 말했다. "안 믿을 수가 없었을걸. 내가 유자랑 잔 걸 청이한테 들켰거든!"

"못 믿겠어!"

"봐, 사실대로 말하면 아무도 안 믿는다니까." 이 세상은 참 모순적이다.

"그럼 왜 졸업하자마자 유럽으로 갔어? 유자랑 안 사귀고?"

"싫증나서! 야, 와플 식으면 맛없어. 넌 안 먹고 싶은지 몰라도 난 배고파 죽겠다고." 억지로 웃는 척했더니 얼굴이 경직되기 직전이어서 뾰루퉁하게 말했다.

"왕샤오샤, 진짜 엉망이네!" 장자링은 나를 노려보며 포크로 와플을 픽픽 찍었다. 크림과 과일과 와플이 한데 뭉개졌고, 그걸 보니 식욕이 싹 사라졌다.

"왕샤오샤, 너 연기 진짜 엉망이라고!"

♣

나는 줄곧 생각했다. 만약 누군가 묻는다면, 당시 나와 청이의 감정을 도대체 어떤 말투로 얘기해야 할까?

어떤 장면은 너무 달달하고 또 어떤 장면은 너무 가슴 아픈데……. 그 달달함과 슬픔이 얽혀 이뤄진 추억들은 이미 과거 속 나의 일부분이 되었고, 청이가 결국 뒤돌아 떠날 때도 '미워!'라든가 '차라리 사랑하지 않았으면 좋았을 걸!' 같은 패기 넘치는 말도 나오지 않았는데.

참 못났다!

'모레 오후 4시 45분에 내 사무실로 와. 민사 배상 협상 시간은 딱 15분이야.'

내게 평생을 주겠다고 약속했던 남자가 지금은 내게 15분만 주겠다고 한다.

집을 나서려는데 장자링이 전화를 걸어와 신신당부했다. "야, 왕샤오샤, 너 이따 얘기할 때 절대 덤벼들지 마. 싸우러 간 게 아니라 화해하러 간 거라는 사실 절대 잊지 말라고."

"알았어! 그만 끊어, 나 늦겠다." 설렁설렁 대답하며 옷장에서 손에 잡히는 대로 청바지를 꺼냈다.

"청바지 입지 말고! 네 옷장 왼쪽에서 다섯 번째에 걸려 있는 그 연두색 정장 입어."

"알았어!" 나는 어이가 없어 눈을 부릅떴다. 장자링이 내 방에 CCTV를 달아놓은 게 아닌가 하는 의심마저 들었다.

전화를 끊기 전에 장자링은 급히 한마디를 덧붙였다. "참, 빈손으로 가지 말고 선물 들고 가."

"왜? 피고가 원고한테 선물까지 줘야 해?" 나는 괴성을 질렀다.

"좀 봐달라고 부탁하는 거지!"

"뭘 줘야 하는데?" 두리안 하나 갖다 줄까.

"내가 어떻게 알아? 청이가 잘 먹는 거 주든가." 장자링은 뭘 그런 것까지 자기에게 묻느냐고 성가셔하는 투로 말했다.

달달한 디저트를 사 들고 가오슝 지방검찰청에 도착했다. 오기 전에 먼저 인터넷에서 청이 사무실 위치를 찾아보고 머릿속으로 열심히 시뮬레이션도 했지만, 실전에선 이 거대한 회색 빌딩을 돌고 돌다가 역시 길을 잃었다. 이때, 청이에게 받은 명함과 내용 증명이 힘을 발휘했다. 직원은 매우 친절하게 청 검사님 사무실로 데려다주며, 떠나기 전에 내게 연민의 눈빛을 보내는 것도 잊지 않았다.

손목시계를 보니 이미 4시 57분이었다. 숨을 깊이 들이마셨다. 아직 문에 손도 대지 않았는데 문이 확 열리는 바람에, 웬 가슴팍에 내 얼굴을 들이박을 뻔했다.

서프라이즈! 나는 황급히 미소를 지어 보였다.

청이는 손목을 들어 시계를 보더니 눈썹을 추켜세우고 입술을 다물었다. 말하지 않아도 무슨 표정인지 잘 알았다. '너 지각했어.'

"늦어서 미안." 나는 바로 사과하고는, 핑크색 리본으로 묶인 종이 박스를 앞으로 쑥 내밀며 아첨하는 투로 말했다. "오다가 이거 사느라고. 네가 이 집 티라미수를 제일 좋아했던 게 생각나서. 신선한 뉴질랜드 치즈로 만들어서 재료도 좋고 너무 달지도 않다고 좋아했잖아."

케이크 영업 사원 같네.

청이는 왜인지 안색이 별로였고, 약간 낮게 가라앉은 목소리로 말했다. "이걸 주는 이유는?"

"감동이지? 엄청 줄 서서 산 거야." 나는 만면에 웃음을 머금었다. 장자링이 선물을 들고 가라고 닦달하지 않았으면 일부러 먼 길을 돌아서 사러 가지도 않았을 거다.

청이는 손으로 종이 박스를 밀어내며 네 글자를 내뱉었다. "뇌물 공여."

나는 손을 거두지도 못하고 내밀지도 못하고, 티라미수는 그렇게 민망하게 나와 청이 사이에 놓여 있었다.

"무슨 뇌물 공여야? 안 먹으면 그만이시!" 그 뒤의 험한 말을 가까스로 삼키고 손을 거두며 말했다. "그래, 그럼 본론으로 들어가지 뭐! 민사 배상 협의라고? 어디부터 시작할까?"

청이는 내 유치한 도발을 무시하고 무표정하게 다시 시계를 봤다. "2분 남았어."

"그래, 그럼 내가 얼마를 배상하면 되는지 그냥 말해. 카드 결제, 통장 이체, 아니면 현금 지급? 수표도 받아? 일시불로 할까 아님 할부로 할까?"

"1분 남았어. 그거 말고 다른 질문은 없어?"

케이크를 청이 얼굴로 던지고 싶은 충동을 간신히 참고 고개를 들었다. "있어! 돈을 배상해도 교도소에 가야 하는 거야? 전과 남아? 절차는 얼마나 걸릴까? 나 프랑스로 돌아가야 해서 이런 걸로 허비할 시간이 얼마 없거든!"

청이는 결국 속눈썹을 파르르 떨더니 담담하게 날 쳐다봤다. "지금은 내가 급히 재판에 가야 해서, 내일 얘기할까?"

"뭐? 내일? 그냥 오늘 끝내! 다시 오고 싶지 않으니까! 언제 시간나는데? 아무리 늦어도 괜찮아. 기다릴게!" 나는 강경하게 버텼다.

"재판 끝나고 중요한 미팅도 몇 개 있어. 다 관계자랑 첫 대면이라 언제 끝날지 몰라. 빨리 끝날 수도 있고 늦어질 수도 있고, 밤을 새울 수도 있고……." 청이는 내 안색을 꼼꼼히 살폈다. 눈빛에 복잡한 감정이 스치는 게 보였다. "그래도 기다릴 거야?"

"기다릴게."

청이 사무실 소파에 단정히 앉아 스커트 자락만 만지작거렸다. 뭔가 초조하고 불안해 문밖에서 분주하게 오가는 발소리가 들릴 때마다 배꼼 내다봤다. 한 시간이 지나자 섣불리 대답한 게 후회되기 시작했다. 청이 일이 언제 끝날지 모르고, 일부러 날 버려둘 수도 있고, 바빠서 날 잊을 수도 있고……. 이렇게 한 치 앞을 모르고 기다리려니 속이 타들어갔다.

난 기다림이 싫다.

"왕샤오샤 씨, 제가 이만 퇴근해야 해서요……. 죄송한데 부탁 하나 드려도 될까요?" 비서가 미안해하며 말했다.

"네? 말씀하세요."

"좀 이따 떡집에서 결혼 떡이 올 건데요, 그것 좀 받아놔주시겠어요? 제가 정문 경비 아저씨한테 말은 해놨어요."

결혼 떡? 나는 멍해졌다. 이게 무슨 상황이야? 전 여친한테 전 남친의 결혼 떡을 받으라고? 내가 신부도 아닌데?

턱도 없지!

"그러죠."

"다행이다, 정말 감사합니다." 순진한 꼬마는 크게 안도했다.

"아니에요." 나는 비서에게 꿍꿍이 따위는 전혀 없어 보이는 웃음을 보였다.

비서가 나가고 30분도 안 되어 책상에 놓인 내선 전화가 울렸다. 수화기를 드니 중년 아저씨의 우렁찬 목소리가 들려왔다. "청 선생님이 주문하신 결혼 떡 배달 왔어요. 경비실에 맡길게요, 와서 찾아가세요!"

"무슨 결혼 떡이요?" 나는 의아하다는 말투로 물었다.

"네? 명세서에 적힌 건 여기가 맞는데!" 상대방은 조금 긴장한 듯했다. 바스락바스락 종이 넘기는 소리가 또렷이 들렸다.

"아, 정말 죄송해요. 청 선생님이 주소가 바뀐 걸 말씀드리지 않았나 봐요?" 나는 사무실 여기저기를 훑어보다 흩어져 있는 명함 몇 장을 발견하곤 대충 아무거나 집어 들어서 주소를 읊었다. "여기로 보내주세요……."

"그럼…… 어느 분께 배달해드리면 되죠?"

"왕샤오샤 씨를 찾으면 돼요." 찾는 게 이상하지.

시침, 분침, 초침이 몇 번 겹쳐졌다. 사무실에 비치되어 있는 잡지를 다 본 후 너무 심심한 나머지 앵그리버드로 코가 시퍼레지고 얼굴이 부어오르도록 돼지를 팼다. 그러다 휴대전화 화면마저 결국 깜깜해지며 배터리가 소진됐음을 선포했다. 지방검찰청 빌딩 전체도 어둠에 휩싸였다. 그제야 출입카드 체크를 깜박한 것이 떠올랐다.

가오슝 지방법원 검찰청 검찰 사무실! 힘없는 서민은 올 수 없는, 그리고 두 번 다시 오고 싶지 않은 이곳에 한 번 왔었다는 증거를 남기는 걸 잊은 것이다!

그래, 사실 그건 중점이 아니다. 중점은 청이를 만나러 오기 전에 유자와 저녁 식사 약속을 한 사실이 뒤늦게 떠올랐고, 시간이 얼추 다됐다는 사실이었다. 유자가 퇴근길에 나를 데리러 오기로 했다. 청이가 또 트집을 잡지 않는다면, 어쩌면 셋이서 술도 한잔할 수 있을 것이다.

전화번호를 기억한다는 건 뇌의 용량을 너무 많이 차지하는 일이다. 나는 우리 집 번호와 내 휴대전화 번호, 딱 두 개만 외운다. 그래서 지금, 유자와 청이 두 사람 모두에게 연락을 할 수 없다.

유자에게 전화해 청이와의 일이 아직 처리되지 않아 언제 끝날지 모르니 기다리지 말라고 얘기하고 싶었다.

청이에게 전화해 10분 안에 나타나지 않으면 기다리지 않겠다고, 나도 마지노선이 있는 사람이라고 매섭게 쏘아붙이고 싶었다.

10분만 기다려야지……. 10분만 더……. 다시 10분만 더……. 알고 보니 나의 마지노선에는 최저한도가 없었구나.

지방검찰청 빌딩이 있는 거리는 아이허(愛河) 강변에 있었다. 사랑의 강이고 뭐고, 저녁이 되니 바람에 강의 물기가 실려와 으스스 서늘한 느낌이 들었다. 나는 소파에 웅크리고 앉아 꾸벅꾸벅 졸다가 잠이 들었다. 갑자기 몸서리가 쳐져 잠에서 깼더니, 몸에 얇은 외투가 덮여 있고 긴 소매가 내 허리에 감겨 있었다. 외투에 그의 체취와 함께 옅은 레몬그라스 향기가 배어 있는 듯했다. 외투가 마치 그의 품처럼 내 몸을 감쌌다.

소파 옆 탁자에는 우유와 샌드위치가 놓여 있었다.

청이가 왔다 갔구나. 나는 계속 기다리고 있고.

누군가를 기다린다는 건, 내 심장을 그의 손에 맡기고 그 사람 마음대로 주무르게 하는 것과 같다. 나 자신은 할 수 있는 게 없다.

가장 슬픈 건 그 기다림의 시간 동안 불안과 공존해야 한다는 것이다. 인내심과 초조함의 힘겨루기, 희망과 상실감의 줄다리기로 인한 안타까움은 오롯이 나만의 것이며 그는 전혀 모른다.

배터리가 없는 휴대전화를 가방에 던져 넣는데, 열려진 가방에서 핑크색 봉투가 보였다. 타이완에 도착하자마자 받은 청첩 폭탄이었다.

그와 리쉐얼의 청첩장.

그나마 남았던 희망과 환상이 이 순간을 버티지 못하고 사라졌다.

나는 외투 안에서 다리를 구부려 무릎을 끌어안고 머리를 팔에 파묻은 채 청이 사무실 소파에 웅크리고 있었다.

시간이 얼마나 흘렀을까, 어떤 손이 내 드러난 목을 살며시 어루만지는 느낌이 들었다. 따뜻한 그 손은 내 어깨로 야릇하게 내려오더니 흘러내린 외투를 끌어올려주었다.

몸이 부르르 떨렸다. 고개를 드니 청이가 딱 손을 거두고 있었다.

"자는 줄 알았어." 청이가 낮고 허스키한 목소리로 말했다.

"응, 자다 깼어." 목이 바짝 말라 메마른 목소리가 나왔다.

청이는 손도 대지 않은 우유와 샌드위치를 흘끔 보더니 물었다. "안 먹었어?"

"배 안 고파." 물론 거짓말이지.

청이가 샌드위치를 집어 들었다. "난 배고픈데. 너 안 먹으면 내가 먹는다."

"저쪽에 내가 사온 티라미수도 있는데." 힘없는 서민은 나리의 비위를 맞추는 것도 잊지 않았다.

청이는 티라미수 쪽으로는 시선도 주지 않고 밉살스럽게 말했다. "티라미수는 냉장고에 넣어야지. 지금까지 그냥 놔뒀으니 못 먹을걸."

살의를 품은 내 시선 속에서 청이는 느긋하게 샌드위치를 먹고 우유병 뚜껑을 열었다. 내가 눈 빠지게 쭉 쳐다보고 있는 게 느껴졌는지, 양심은 있다는 듯이 엷은 미소를 띠며 내게 우유를 건넸다.

여름날의 레몬그라스

나는 즉시 고개를 흔들며 거절했다. 아주 자존심 있는 행동이었다.

"내가 먹여주게 만들지 마." 말투는 조금 거칠었지만, 입가의 웃음기는 더 진해졌다.

나는 놀라서 멍하니 있다가, 금세라도 터져 나오려는 말을 삼켰다.

당연히 어떻게 먹여줄 거냐고 물을 만큼 멍청하진 않았다. 현재 나와 청이의 관계를 잊지 말자.

청이에게 나란 존재는 자신의 친구에게 양다리를 걸치고 자신을 내버린 '전 여친'이고, 왕샤오샤에게 청이란 존재는 곧 다른 여자와 결혼할 '전 남친'이다.

참, 그리고 며칠 전 나는 청이의 차를 받고 뺑소니도 쳐서, 지금 신분은 예비 피고 겸 힘없는 서민이다.

청이는 내 차에 받혔고, 또 내가 사리 분별 못 하고 반항하는 바람에 기분이 몹시 언짢아 날 법원에 고소하려고 준비 중이다. 현재 신분은 예비 원고 겸 검사님이다.

이보다 더 엉망이고 난처한 관계가 또 있을까!

나는 매우 확신한다. '내가 먹여주게 만들지 마.'의 뜻은 여차하면 우유병을 바로 내 입에 처넣겠다는 것이지 딴 게 아니다……. 난 절대 아무런 상상의 날개도 펴지 않았다!

그래, 이것도 거짓말이다. 사실 내 머릿속을 번뜩 스친 장면은 좀 불순했다.

나는 잠자코 청이의 손에서 우유를 받아 들고 한 모금 한 모금 마시며 의식적이든 무의식적이든 시간을 끌었다. 아주 천천히 마셨건만, 결국은 다 마셨다.

청이가 뭔가를 찾는 듯 사무실을 한 바퀴 둘러봤다. 시선이 내게로 와서 멈췄다. "왕샤오샤, 결혼 떡 상자 못 봤어?"

"못 봤는데." 잽싸게 대답했다. 당연히 거짓말이지. 나는 빈 우유병을 탁자 한쪽으로 치우고 얼른 화제를 돌렸다. "그럼, 이제 본론으로 들어가자!"

청이는 서랍에서 서류 한 부를 꺼내 나에게 건넸다. "합의서는 우선 집에 가져가서 보고 내일 다시 와서 얘기하자." 마음은 여전히 흔적 없이 사라진 떡에 가 있는 듯했다.

"지금 봐도 똑같아." 나는 합의서를 들고 대충 넘기며 봤다. 종이 위에서 움직이던 손가락이 배상금에서 멈췄고, 저절로 눈이 크게 떠졌다.

"너무 늦었어. 집에 바래다줄게." 청이는 내 팔을 잡아 소파에서 끌어 일으켰다. 너무 세게 당기는 바람에 몸이 휘청였고, 청이는 그런 나를 바로 품에 가뒀다.

"왜 내가 이렇게 많이 배상해야 돼?" 동그라미 여섯 개가 계속 눈앞에 어른거렸다. 화가 치밀어 현재 우리 둘의 자세에는 신경 쓰지 못했다…….

애매하다 생각하면 굉장히 애매한 자세건만.

청이는 얕게 한숨을 쉬며 날 가둔 팔에 더 힘을 줬다. 나는 살짝 몸부림쳤지만 온몸이 팽팽하게 당겨진 줄 같아 꼼짝할 수 없었다.

"그냥 작은 교통사고일 뿐인데 왜 이렇게 많이 배상해야 돼?" 나는 얼굴을 피하지 않고 강경한 어조로 말했다.

청이의 숨소리가 또렷이 들려왔다. 뜨거운 혈기가 배에서부터 올라와 얼굴이 익을 것 같았다.

청이는 약간 고개를 숙이고 입술로 거의 내 귀를 물다시피 하고는 말했다. "네가 또 도망쳤으니까. 왜 도망치려고 했어?"

왜 도망치려 했냐고?

청이의 품에 꽉 갇힌 나는 두 손으로 청이의 가슴을 밀어내며 거리를 벌렸다.

청이는 내 귓바퀴에 입술을 대고 허스키한 목소리로 나지막하게 물었다. "대답해! 사고 났을 때, 왜 도망치려고 했어?"

왜냐하면, 무서웠으니까.

"왜냐하면, 널 보고 싶지 않았으니까!" 나는 욱해서 말했다.

"왜 날 보고 싶지 않았는데? 뭐 마음에 찔리는 일이라도 했어?" 청이의 입술이 내 목으로 움직였다.

"아니거든!"

"아니야? 그럼 왜 사람을 치고 도망쳐? 사고를 쳤으면 책임져야 한다는 생각이 안 들었어?" 청이는 비웃는 말투로 물었다.

"경찰서에서 조사받을 때 네가 열거한 죄목들 다 인정했고, 교통사고 감정서에도 내가 책임질 의향이 분명하다고 명확히 썼어! 그런데 이 배상 금액은 너무 지나치잖아?" 나는 최대한 호흡을 가라앉히려 애썼다.

"내 생각엔 아주 합리적인 것 같은데. 지금 네 차림만 봐도……." 청이는 내 왼손을 잡고 눈높이로 들어 올려 뚫어져라 봤다. "이 다이아몬드 반지 팔면 충분하겠네!"

"진작 말하지! 네가 지금 그렇게 돈이 부족한지 몰랐네." 나는 손을 빼려고 했지만 청이에게 더 꽉 잡히는 바람에 차갑게 콧방귀나 뀌는 수밖에 없었다.

"맞아, 나 진짜 돈 없어." 청이는 피식 웃더니 내가 완전히 무방비한 상태에서 갑자기 내 손등에 가볍게 입을 맞췄다.

청이가 입을 맞춘 부위가 순간 다리미에 닿은 것처럼 화끈했다.

"이 반지 팔면 고아원 아이들한테 컴퓨터실을 만들어줄 수도 있고, 영양 가득한 점심 식사를 1년 동안 제공할 수도 있겠는데." 청이는 진지하게 계산했다.

"안 돼! 무슨 그런 농담을! 반지는 돌려줄 거야!" 나는 생각도 하지 않고 툭 내뱉었다.

"응? 왜 돌려주는데?"

"왜냐하면……." 왜냐하면 반지는 억지로 낀 거고, 난 레옹과 결혼할 생각이 눈곱만큼도 없거든.

나는 튀어나오려는 말을 꾹 삼키고 머리를 획 돌리며 말했다. "무슨 상관이야!"

이 속이 시꺼먼 놈은 걸핏하면 날 떠본다니까. 왕샤오샤, 그만 좀 휘둘려라!

"배상하면 되잖아! 공덕을 쌓는 셈 치지!" 나는 가슴에서 까만 피가 솟구치는 걸 참으며 분노에 차 말했다.

"고아원에서 너한테 기부 감사패도 줄 거야."

"고맙지만 필요 없어!" 돈 써서 액땜이나 하지 뭐. 1000위안짜리 지폐에 그려진 어린이 네 명이 한 팀 한 팀 줄을 서서 내게 손을 흔들며 작별 인사 하는 모습이 보이는 것만 같았다.

6년간 영업판에서 뒹굴며 나름대로 협상 기술을 배운 나는 직업적인 웃음을 띠었다. "배상금 주면 합의되는 거야? 그럼, 청 검사님 고소를 취하해주실 수 있습니까?"

"안 돼." 청이는 바로 거절했다.

"왜 안 돼?" 내 웃음이 순식간에 무너졌다.

"네가 도망쳤으니까. 일명 '뺑소니'라고 하지!"

화제가 다시 원점으로 돌아간 것 같아 미쳐버릴 지경이었다. 나는 참고 또 참으며 깊게 숨을 들이마시고 말했다. "그게 무슨 관계가 있어? 내가 죄도 인정하고 배상도 한다고 했으니 합의된 거 아니야?"

"뺑소니는 '공소죄'야." 청이는 담담하게 말했다.

"무슨 뜻이야?"

"교통사고에서 발생한 과실상해죄는 고소를 해야 죄를 따지고, 피해자와 합의를 해서 고소를 철회하면 접수되지 않아. 하지만 뺑소니는 고소하지 않아도 죄를 따질 수 있고, 합의를 한다고 해서 고소를 철회할 수도 없어." 참 자세히도 설명하네. 정말 '좋아요' 눌러주고 싶다.

"그래서?" 안타깝게도 나는 여전히 막막한 얼굴이었다.

"그래서 화해 여부에 상관없이 기소되고, 법에 따라 처벌받는 거지." 청이는 마지막 몇 글자를 굉장히 작게, 굉장히 천천히 말했다.

"그럼 어떡하지?" 교도소에 갈지도 모른다는 생각을 하니 힘없는 서민은 진정이 되지 않아, 몇 걸음 물러나 소파에 주저앉았다.

"겁나? 또 도망가고 싶어?" 웬일인지 청이는 웃음을 터뜨렸다.

"누가 겁난대? 지금 해결하고 있는 거잖아?" 나는 허세를 부리며 사납게 청이를 노려봤다. "청 검사님, 이제 제가 어떻게 해야 할까요?"

"물론 방법이 있지." 청이는 한 손으로 소파 등을 짚고 내게로 가까이 몸을 굽혔다. "뺑소니 당사자의 태도가 양호하거나 잘못을 뉘우치는 게 보이면, 보통 검사나 판사가 가볍게 처벌해서 '기소유예'나 '집행유예', 아니면 '벌금형'을 내리거든."

"그래서 방법이 뭐라는 거야? 빙빙 돌리지 말고 그냥 말해!" 점점 호흡이 곤란해졌다.

청이의 가슴이 살짝 오르락내리락했다. 입꼬리는 웃을 듯 말 듯 올라갔고, 두 눈동자는 무서울 만큼 검고 깊었다.

"나한테 뇌물을 써!"

너한테 뇌물을 쓰라고? 몸을 바치란 말이니?

세상에! 청 검사님이 이렇게 썰렁한 농담을 잘하는지 몰랐네. 고작 합의금 백만 위안에 서민에게 몸을 요구하다니?

몸을 바치랍시면, 뭐 어차피 우리가 처음도 아니고, 기왕 네가 옛정을 되살리고 싶다면 까짓 것 그러면 되지! 지방검찰청 안이라 조금 부끄럽긴 하다만…….

이런 말은 죽어도 입 밖으로 못 꺼낸다.

침착하자.

심호흡하고.

"너한테 뇌물을 쓰라고? 아까 티라미수 줬잖아? 그리고…… 그건 '뇌물 공여'라며?" 나는 청이에게 상기시키고 티 나지 않게 뒤로 살짝 움직였다.

"티라미수 한 상자로 날 보내버리겠다? 소꿉장난하는 줄 알아? 왕

샤오샤, 너 유럽에 있는 동안 배운 게 그런 수완밖에 없어?" 청이가
비웃음을 터뜨렸다.

"무슨 수완? 무슨 뜻인지 모르겠는데." 나는 시선을 피하지 않았다.

"무슨 말인지 몰라? 아니면 또 잊었어? 내가 알려줘야 해?"

"난 그냥 영업 이사 통역사일 뿐인데, 수완이고 뭐고 할 게 어디 있
어! 따라다니며 통역하고, 문서 오면 번역하고, 그게 다지!" 나는 좀
더 뒤로 움츠렸다. 등이 소파 등받이에 딱 닿았다.

"그게 다야? 너랑 레옹이 수출한 수백만 달러짜리 특허권이 아무
하자 없이 깨끗하다고 말할 수 있어?" 청이는 살짝 눈썹을 추켜세
웠다.

청이가 레옹을 어떻게 알지? 어째서…….

나는 숨을 훅 들이마셨다. 내 뒷조사를 했어?

"협박하는 거야?"

"그런 것 같네." 청이는 솔직하게 시인했다. 웃음이 유쾌한 걸 보니
내가 난감해하는 모습을 즐기는 게 확실했다. "그래도 네가 날 차로
쳐 죽이겠다고 협박한 것보다는 훨씬 나은 것 같은데."

"법이 몰락했네! 검사들은 다 너처럼 뺑소니친 사람한테 자기 입으
로 뇌물을 요구하는 거야?" 나는 차갑게 콧방귀를 뀌었다.

"모든 검사가 다 나 같지는 않겠지." 청이는 약간 양심에 찔리는 듯
한 말투였지만, 못되게 입술을 내 귀에 가까이 댔다. "근데 난 처음이
고, 기술도 그리 좋지 않아."

따스한 숨결이 귓가를 간질였다. 나는 머리카락을 끌어내려 귀를
덮고, 침착한 척하며 말했다. "그래? 아주 능숙해 보이는 게, 처음이

아닌 것 같은데."

빵소니범의 뒷조사까지 했으면서 말이야. 정말 무서울 정도로 속이 시꺼먼 자식이야!

"그리고, 어깨를 이렇게 드러낸 캐주얼 정장을 입고 굳이 이렇게 늦은 시간까지 사무실에서 기다리는 가해자도 처음 보거든. 내가 뭘 오해한 건 아닌 것 같은데?" 청이는 웃으며 눈을 가늘게 뜨고 날 응시했다. 청이의 속눈썹 뒤에 희미한 빛이 숨어 있었다.

그래, 여기 오기 전에 불순한 생각 했던 거 인정해. 아름다운 조명, 좋은 분위기에서 뭔 일이 일어난들 나도 막지 않을 거야.

나는 청이의 시선을 감당하기 힘들어 가까스로 고개를 들어 청이를 올려봤다. "난 그냥…… 너랑 이 일을 얼른 해치우고 싶은 거뿐이야! 다른 뜻은 전혀 없어. 아, 그러니까, 교통사고에 관한 일!"

"그럼 예전 일은, 겸사겸사 해결할까?"

"우린 옛날에 이미 헤어진 거 같은데, 아니야?" 나는 거만한 말투로 청이에게 상기시켰다.

청이는 웃음을 거두고 잠잠히 날 주시했다. 궁지에 몰린 나는 마지막 발악을 했다.

"너도 알다시피 대학교 3학년 때 난 유자를 사랑하게 됐고, 넌 교환 학생을 갔지. 우린 그렇게 헤어진 거잖아!" 나는 아랫입술을 깨물었다.

청이는 한참 말이 없다가 손을 뻗어 내가 꽉 물고 있는 아랫입술을 살며시 어루만지며 가만히 한숨을 쉬었다.

"정말로 내가 믿은 줄 알았어? 내가 교환 학생을 간 건 네가 유자를 사랑한다고 믿어서가 아니라 네가 날 속이면서까지 날 밀어냈기 때문이야. 그리고 내가 타이완으로 돌아왔을 때 넌 이미 없었어. 넌 날 포기하도록 스스로를 밀어붙였고, 널 포기하도록 날 밀어붙였어. 내 진짜 선택이 뭐였는지 물어본 적이나 있어? 넌 스스로 상처받을 게 겁나서 먼저 나하고 유자한테 큰 상처를 입히고 도망쳤어. 왕샤오샤, 도망치면 책임지지 않아도 된다고 생각해?"

청이는 진작부터 다 알고 있었구나. 뭐든지 다 알고 있었어!

나는 멍하니 청이를 쳐다봤다. 오랫동안 마음 깊숙이 꽁꽁 얼어 있던 슬픔과 아픔이 청이의 목소리를 따라 점점 녹으며 솟구쳐 올라 가슴을 펑펑 두들겼다.

청이는 천천히 몸을 굽히더니 내 귓가에 대고 속삭이듯 나지막이 무언가를 말했다. 긴긴 말을 끝낸 뒤 청이는 내 어깨에 머리를 묻었다. 나는 한참을 멍하게 있다가, 조금 저릿하고 간지러운 느낌이 들어 정신을 차렸다. 청이가 이빨로 내 목덜미를 자근자근 깨물고 있었다.

나는 찍 소리도 안 하고 눈을 감은 채 아랫입술을 깨물었지만, 몸이 저절로 후들후들 떨렸다.

청이는 턱을 내 어깨에 얹은 채 낮은 소리로 물었다. "왕샤오샤, 뭐가 겁나?"

"겁나는 거 없는데!" 머리가 거의 백지 상태였는데도 용케 발뺌을 했다.

"그래? 근데 왜 계속 떨어?"

이번엔 뭐라 할 말이 없었다.

청이는 고개를 들었다. 눈에 피곤함이 가득했다.

"런던 그 특허는 아직도 심사 중인데 너희는 이미 대리권을 따내고 생산을 선점했어. 왕샤오샤, 그게 적법하다고 생각해? 그건 권리 침해야. 도둑질이라고! 레옹은 애초부터 산업스파이였어. 네가 운이 좋았다고 해야 할까? 내가 화이트 앤드 케이스에 인턴으로 들어가서 처음 맡은 사건이 바로 너희 산업스파이 조사였으니까. 조사해도 증거가 없다고? 내가 정말 증거를 못 찾았을 것 같아? 그 3년 동안 내가 화이트 앤드 케이스에 나를 거의 팔다시피 한 건 두 사람 뒷수습을 해주기 위해서였어. 그리고…… 너하고 레옹이 무책임하게 가버리는 걸 두 눈 뜨고 봤지."

청이가 조금 전에 내 귓가에 대고 말한 내용이다.

나는 숨을 깊이 들이마시며 몸이 부들부들 떨리는 걸 필사적으로 멈춰보려 했다. 수없이 많은 말이 목구멍에서 끊임없이 모양을 이뤘다 흩어졌다.

"있잖아……."

"응?"

끝내 내 입에서 나온 말은 떨리는 세 글자였다. "미안해."

미안해.

미안하다는 말밖에 할 수 없을 것 같아.

청이는 아무 말 없이 나를 응시했다. 극도로 복잡한 감정이 출렁이는 두 눈동자는 바닥이 보이지 않을 만큼 깊은 소용돌이처럼 날 끌고 들어갔다.

시간이 아주 느리게 흐르는 것 같았다. 정말 능지처참을 당하는 것처럼 고통스러웠다. 나는 더 이상 청이를 똑바로 볼 자신이 없어 고개를 숙였다.

청이가 피식 웃음을 흘렸다. 나를 비웃는 것만 같았다. "참 아이러니하네. 그건 예전에 했어야 하는 말이잖아……. 애석하게도 하필 내가 지금 제일 듣기 싫은 말이고! 도망치는 게 항상 네 주특기잖아. 안 그래?"

나는 흠칫하고는 고개를 들어 망연히 청이를 봤다.

헤어져 있던 그 세월 동안 나와 청이는 더 이상 순진무구한 사이가 아니게 되었다. 어쩌면 다시는 처음으로 돌아갈 수 없을 것이다. 우리가 서로 사랑했던 처음으로는.

그 과거는 차곡차곡 쌓여 건드릴 수 없는 상처가 되었고, 건드리면 피가 터져 나와 서로 포옹할 수 없을 만큼 아플 터였다.

청이가 몸을 일으켜 문 쪽으로 향했다. "이만 가자. 좀 있으면 경비가 보안 시스템 설정하러 올 거야. 내일 아침 9시에 사무실로 와." 거기까지 말한 청이는 살짝 미간을 찌푸리고 다음 말을 이었다. "향수 뿌리지 말고, 정장도 입지 말고. 맘에 안 들어."

지방검찰청 정문 앞에 세워져 있던 빨간색 스포츠카가 우릴 보더니, 아니, 정확히 말하면 청이를 보더니 깜박이를 켜 신호를 보냈다.

"차 수리가 덜 돼서 데리러 오라고 했어. 너는?" 청이가 무심한 듯한 말투로 물었다.

무어라 대답하려 했지만, 차 문이 열리고 천천히 걸어오는 키 큰 미인을 보는 순간 무슨 말이든 그저 다시 삼킬 수밖에 없었다.

가슴이 갑갑해져와 쭈뼛쭈뼛 가방 끈을 꽉 쥐었다.

리쉐얼은 스스럼없이 내게 인사하며 조금 놀란 듯이 물었다. "얘기가 왜 이렇게 늦어졌어? 일은 다 해결됐어?"

나는 퍼뜩 뭔가가 떠올라 머리카락을 잡아당겨 목덜미를 감추듯 덮었다. "응, 거의 끝났어. 내일 다시 와서 합의서에 사인만 하면 될 것 같아."

리쉐얼은 청이 쪽으로 몸을 돌리고 숨겨지지 않는 다정한 말투로 말했다. "참, 너희 사무실로 떡 한 상자 주문한 거 내일 아침에 비서더러 돌려달라고 해. 내가 팩스 보낸 리스트대로."

"못 받았어." 청이는 리쉐얼의 말을 자르고 내게 시선을 던졌다.

"못 받았어? 그럴 리 없는데……. 그럼 어쩌지?" 리쉐얼은 살짝 눈썹을 찌푸렸다.

정말이지 이 화제에 끼고 싶지 않아 서둘러 빠져나갈 준비를 했다. "그럼 나 먼저 갈게."

"데려다줄까? 어차피 청이네 가는 길이니까."

"아니, 괜찮아."

♣

택시를 잡아타고 집에 돌아왔을 때는 이미 꽤 늦은 시간이었다.

샤워하려고 욕실에 들어가 거울 앞에서 보니 목덜미 쪽에 청이가 자근자근 깨문 자국이 보였다. 살갗에 희미하게 피도 맺혀 있었다. 아픈 줄도 몰랐는데, 물이 닿으니 날카로운 통증이 느껴졌다.

서랍을 아무리 뒤져봐도 바를 만한 약이 보이지 않았다.

여름날의 레몬그라스

나는 커다란 그물에 뒤덮인 것처럼 무력하게 침대에 엎어졌다. 통증이 무한대로 확대되며 퍼졌다.

그러고 멍하니 있는데 나를 옭아맨 그물을 가르는 소리가 들렸다. 충전 중인 휴대전화에서 울리는 벨소리였다.

"야, 야식 먹으러 가자며? 네가 말해놓고 약속 어길 거냐!" 화난 척하는 말투였지만 위로 올라가는 끝음은 감춰지지 않았다.

전화기에서 흘러나오는 유자의 웃음소리를 들으니 내 얼굴에도 살며시 웃음이 번졌다. "샤워해서 나가기 싫어. 이따 어떤 착한 사람이 야식을 가져다준다면 감동해서 울걸."

"난 이따가 잘 건데! 하지만 지금, 어떤 착한 사람이 마침 너희 집 근처를 지나고 있고, 마침 숯불구이 치킨과 맥주를 들고 있지. 감동해서 울지는 말고……. 지나가는 사람들 놀랄라."

나는 충혈된 눈에 머리는 산발을 한 채 흰색 외투를 걸치고는, 가족들이 깰까 봐 살금살금 내려가 살짝 문을 열었다.

"귀신이다! 천녀유혼 찍냐!" 유자는 나를 보고 과장되게 뒷걸음질을 쳤다.

"그래! 이 누님이 인간 세상에 온 걸 얼른 환영하지 못할까?" 나도 짐짓 언짢은 목소리로 말했다.

"어서 오시지요, 환영합니다. 소생이 제물을 가지고 인사드리러 왔습니다." 유자가 싱긋 웃으며 손에 든 비닐봉지를 흔들어 보였다. "학교로 갈까?"

"좋을 대로." 나는 그렇게만 말하고 유자가 든 봉지에서 치킨 한 조각을 꺼냈다.

예전처럼, 우리는 앞서거니 뒤서거니 하며 학교로 가는 길을 걸었다.

약간 서늘한 밤, 가로등 불빛에 길어졌다 작아졌다 하는 우리의 그림자를 밟노라니 그 옛날 사춘기 시절로 돌아간 기분이었다.

넓은 운동장에 앉아 있으려니 차가운 밤바람이 불어와 머리카락을 날렸다. 얽히고설킨 우울함도 한 가닥 한 가닥 날아가는 듯해, 이상하리만치 마음이 편안해졌다.

"청이랑 교통사고 합의는 잘됐어?" 유자가 물었다.

나는 일단 맥주 두 캔을 벌컥벌컥 들이켠 후 청이는 모든 걸 알고 있었다고 털어놓았다. 내가 유자를 사랑한 척한 것도, 내가 대학 졸업 후 해외에 나가 일한 것도, 레옹이 실은 산업스파이라는 사실도…… 모두 알고 있었다고.

투명하고 아름다운 줄 알았던 사랑은 한번 팽개치니 바로 산산조각 났고, 억지로 모아서 다시 맞춰봐도 표면 가득한 균열은 어쩔 수 없었다.

"어쩐지, 넌 유럽에서 일한다면서 맨날 이 나라 저 나라 옮겨 다니고, 청이 그 자식은 세상에서 증발한 것 같더라니. 하나는 도망치고 하나는 쫓아다닌 거였네!" 유자는 모든 사실을 깨닫고 크게 한숨을 쉬었다.

"응."

유자가 푸핫 웃음을 터뜨리더니 대놓고 심술 맞은 표정을 지었다. "청이 자식 엄청 답답했겠는데? 전 여친 사건을 맡게 됐으니 말이야. 안 맡자니 딴 사람한테 넘기면 인정사정 안 봐줄 거고, 맡자니 네가

범죄를 저지르는 걸 버젓이 보면서 너한테 조심하라고 연락을 할 수
도 없고. 증거를 찾았다 해도 그걸 내놓으면 네가 망하고, 내놓지 않
으면 자기 실력을 의심받고…….” 청이를 몹시 동정하는 말투였다.

“이 업계에서는 흔한 일이야. 하필 청이가 맡을 줄 누가 알았나. 그
증거들이면 앞길이 쫙 열릴 텐데!” 나는 침착한 척하며 투덜거렸다.

“얼마 전에 치메이 전자가 영국 몬디스 테크놀로지 특허를 침해해
서 1500만 달러를 배상하라는 판결이 나왔어.” 유자는 고개를 돌려
나를 흘끔 보더니 음산하게 말했다. “왕샤오샤, 널 팔아도 모자란 액
수야! 그런데 청이는 안 그랬잖아? 아니면 타이완에 돌아오지 않고
거기 남아서 아주 잘나갔을 건데.”

나는 마음이 찔려 고개를 떨어뜨렸다. 무의식적으로 맥주 캔을 꽉
쥐어 캔 찌그러지는 소리가 났다.

알코올 기운에 살짝 몽롱해지며 머릿속 기억이 점점 모호해졌다.
나는 웅얼웅얼 물었다. “이상해. 청이는 그때 내가 자길 속인 걸 어떻
게 알았을까? 정말 명연기였는데…….” 나 자신조차 속이는 명연기였
으니 유자와 잤지 않았겠는가.

나를 보는 유자의 눈빛은 물처럼 부드러웠고, 얼굴에는 내내 알쏭
달쏭한 웃음이 실려 있었다.

“이만 집에 가자.” 유자가 몸을 일으키며 나도 잡아당겨 일으켰다.

우리는 동아리방이 있는 건물 뒤쪽 지름길로 향했다. 그런데 쪽문
이 이미 잠긴 뒤였다. 내가 힘껏 밀었지만 철문은 꼼짝도 하지 않았다.

“잠겼네.” 나는 당황해 유자를 돌아봤다.

유자는 갑자기 앞단추 몇 개를 풀고 옷소매도 걷었다. “비상시에는

비상식적인 방법을 써야지. 넘자."

학교 담장은 높이가 3미터쯤 되었다. 유자는 몇 번 폴짝거리더니 가뿐히 담장 꼭대기로 올라갔고 곧 반대편에 완벽하게 착지한 후 내게 우정의 손을 내밀었다.

나는 간신히 벽에서 튀어나온 부분들을 디디며, 손과 발을 총동원해 마침내 담장 꼭대기로 올라가 앉아 두 다리를 담장 밖으로 넘겼다.

어찌어찌 올라오긴 했지만 몸을 기울여 아래를 내려다보니 뛰어내릴 자신이 없었다.

"야, 뛰어. 이까짓 높이도 못 뛰면 못난이다!" 유자는 상황 파악 못하고 소리쳤다.

"나 못난이 아니거든!" 자극 요법은 늘 내게 효과 만점이다.

이를 꽉 물고 눈도 꽉 감고, 정의를 위해 강물에 뛰어든 굴원이라도 된 심경으로 비장하게 뛰어내렸다. 순간 외투 소매가 뭔가에 걸려 찢어지는 소리가 났고, 팔 쪽에 살짝 통증도 느껴졌다. 그와 동시에 상황을 파악할 틈도 없이 누군가의 품으로 확 끌려 들어갔다.

나는 유자를 툭 밀었지만 유자는 나를 더 꽉 안았다.

저항할 수가 없어……. 이 품은 너무 따뜻해서 저절로 의지하고 싶어져.

"외투가 걸려서 찢어진 것 같아. 좀 봐야겠어." 내가 낮게 말했다.

유자는 그제야 팔을 풀며 한숨을 내쉬었다. "다쳤잖아."

외투를 벗어 살펴보니 역시나 팔꿈치 근처가 찢어졌고, 피부는 거친 담벼락에 긁혀 생채기가 났다.

나는 팔을 들어 상처를 살피며 눈살을 찌푸렸다.

"그냥 조금 긁혔네. 아프진 않아." 나 자신까지 기만하고 싶었다.

"거기가 아니라…… 여기." 유자는 손으로 내 목덜미를 가리켰다.

나는 벌에라도 쏘인 것처럼 황급히 얼굴을 돌렸다. 무슨 말을 해야 할지 난처했다.

유자는 점퍼 주머니에서 일회용 밴드를 꺼냈다. "밴드는 하나밖에 없는데 상처는 두 곳이네……. 어디에 붙일래?"

순간 상처가 욱신거리기 시작했고 눈에 눈물이 차올라 고개를 숙이고 발끝만 내려다봤다. 그림자마저 초라해 보였다.

"여기." 나는 살짝 옷깃을 들췄다. 청이에게 물린 목덜미 상처가 유자 눈앞에 고스란히 드러났다. "여기, 너무 아파." 끝내 그렇게 내뱉고 나니 더 이상 참을 필요가 없었고, 마침내 솔직하게 눈물을 흘릴 수 있었다.

유자는 꼼짝도 하지 않았다. 침묵 속에 공기가 정체되었다. 결국 고개를 들어 유자의 표정을 살피려는데 제대로 볼 새도 없이 유자가 내 머리를 확 끌어당겨 품에 안았다. 마치 끊임없이 이어지는 탄식처럼 유자의 심장이 내 귓가에서 두근거렸다. 유자는 손으로 내 등을 감싸고 내 정수리에 턱을 댔다. 내 뺨은 어쩔 수 없이 유자 가슴에 딱 붙었다.

"울지 마." 유자의 목소리가 가슴에서 울리는 것처럼 들려왔다.

고개를 들어 유자를 보고 싶은데 유자가 손으로 내 뒤통수를 누르고 있었다. 딱 내가 움직일 수 없을 정도로만 부드럽게.

"유자야……." 나는 어렵게 입을 뗐다.

"고개 들지 마! 너 우는 모습 보기 싫어. 아무 말 하지 말고 내 말부터 들어." 유자는 천천히 말했다. 강물 한 줄기가 내 정수리 위로 흐르는 듯 목소리가 낮고 묵직했다. "그때 네가 거짓말했다는 걸 청이가 어떻게 알았는지 궁금하지?"

나는 소리 없이 고개만 끄덕였다. 마음속으론 조금 알 것 같은 기분이 들었다.

"내가 얘기했어."

이미 어렴풋이 짐작은 했지만 그래도 물었다. "왜 얘기했어? 비밀 지켜주기로 했잖아?"

"만약 그때 너 자신을 완벽히 속일 정도로 네 연기가 뛰어나서 나도 네가 정말 날 사랑하게 됐다고 믿었더라면, 아니면…… 내가 조금만 더 이기적이었더라면…… 말 안 했을 거야!"

"그래서 날 배신했어?" 나는 조금 짜증이 나서 유자의 옷을 꽉 비틀어 쥐고 그걸로 눈물을 닦았다. "그렇게 그냥 청이한테 떠넘긴 거야? 그날 밤에는 아직 나를 사랑한다고 하더니 통이 크시네. 아주 대인배셔!" 소리를 칠수록 기운이 빠져 마지막에는 나 자신에게도 들리지 않을 만큼 목소리가 낮아졌다.

유자는 아무 말 하지 않았다.

짧은 침묵이 이어졌다. 시간은 아주 더디게 흘렀지만 귓가에선 추억이 빠른 속도로 쌩쌩 지나갔다.

혼란스러운 지난 일들이 차츰 모습을 드러내며, 마음속 가장 나약하고 가장 깊은 곳에서 파도처럼 몰아쳤다. 달콤하기도 하고 고통스럽기도 하고, 피가 철철 넘치기도 하고, 짜고 떫은 눈물도 있었다. 너무 순식간이라 막아낼 재간이 없었다.

여름날의 레몬그라스

"그래, 나 아직 너 사랑해." 누군가 말했다.

"그래, 나 아직 너 사랑해." 누군가 내 귓가에 대고 끊임없이 말했다.

대체 누가 말한 거지?

정말 미쳐버릴 지경이었다.

마침내 유자가 입을 열었다. "나 아니야. 그날 밤, 나 아니었어."

나는 획 고개를 들어 유자를 봤다. 깊고 맑은 유자의 눈동자가 눈에 들어왔다.

유자의 목소리는 또렷하고 침착했다. 심지어 약하나마 웃음기까지 서려 있었다. "넌 몰랐겠지만, 그날 밤 너 취한 뒤에 나랑 청이랑 한 판 붙었어. 어떻게 해결해야 할지 몰랐거든. 그때는 정말 논리도 이성 도 아무것도 안 통해서 그냥 폭력으로 해결하기로 했어." 유자는 빙 긋 웃었지만 정말로 웃는 것처럼 보이지는 않았다. "유치하지? 그 시 절의 우리는 그랬어. 엄청 못났어……. 그래서 진 사람이 계속 널 사 랑하기로 약속했어."

나는 말이 나오지 않아 그저 멍하니 유자를 쳐다보기만 했다.

"그렇게 보지 마." 유자가 살짝 눈살을 찌푸리며 내 머리를 다시 자 기 품으로 눌러 안고 계속 말했다. "내가 이래봬도 싸움 엄청 잘하거 든! 청이가 졌지. 그래서 그날 밤 청이한테 너 넘기고 나는 가오슝으 로 돌아갔어. 그러니까 왕샤오샤, 절대 오해하지 마……. 난 '아직 널 사랑하는 거' 아니었어. 그래서 청이한테 사실대로 말했어."

"양쭝유!" 유자의 따뜻한 손바닥에 뒤통수가 눌린 채로 천천히 고 개를 흔들었다. "뭐가 '진 사람이 계속 날 사랑하는' 거야? 내가 바본

줄 알아? 논리가 이상하잖아!"

유자는 내 머리를 쓰다듬으며 날 칭찬했다. "왕샤오샤, 역시 옛날보다 똑똑해졌네. 근데 그때는 왜 바보같이 날 이용해서 청이를 떠날 생각을 했어? 왜 바보같이 청이를 속일 수 있다고 생각했어? 너 자신도 못 속이면서." 유자는 잠시 멈췄다 탄식하듯 말했다. "됐다. 그땐 나도 똑같이 바보 같았으니 너한테 뭐라고 할 자격이 없네. 암튼 내가 먼저 널 놨어. 군대 가기 전에 청이한테 모든 사실을 털어놨고, 네가 영국에 갔다고도 알려줬어. 근데 니들이 지금 이런 국면이 될 줄 몰랐다."

나는 얼떨떨하게 유자를 쳐다봤고, 서서히 깨달았다.

유자는 다시 빙긋 웃었다. 이번엔 정말 웃는 것처럼 보였다. "역시 두 바보는 친구로 지내는 게 어울려."

유자는 나를 놓아주고 뒤로 한 걸음 물러나 내 목덜미 상처를 자세히 살핀 후 밴드를 붙여주었다. 그러고는 피부가 까진 내 팔꿈치에 가볍게 입을 맞췄다.

"왕샤오샤, 도와주는 건 이번이 정말 마지막이야. 다음번은 없을 줄 알아!" 유자의 말투가 약간 무서웠다.

"이번엔 네가 도와주지 않아도 돼. 어떻게 해야 할지 알아." 나는 입꼬리를 끌어올리며 미소를 지었다.

"확실해?"

"응!" 나는 고개를 끄덕였다. 그리고 스스로에게 용기를 불어넣듯 다시 한번 세게 고개를 끄덕였다.

눈물을 왕창 쏟고 나니 살이 빠진 기분이었다. 집에 돌아온 후 약지에 끼워진 반지를 살살 돌려보니 쉽게 빼낼 수 있을 듯했다.

다음 날 아침, 반지를 프랑스로 부쳐야겠다고 생각하다 보니, 먼저 레옹에게 전화를 걸어 얘기하는 게 좋을 것 같았다.

레옹은 금방 전화를 받아서는 내가 입을 열기도 전에 먼저 말했다. "I am in Taiwan now.(나 지금 타이완에 있어.)"

대뇌가 그 말에 반응을 하기도 전에 오랫동안 준비했던 대사가 툭 튀어나왔다. "I can not accept your proposal!(청혼 받아들일 수 없어!)"

아니지, 그보다 먼저 물어야 하는 말이 있지. "왜 타이완에 있어? 언제 왔어?"

레옹은 차분한 말투로 대답했다. "어제 도착했어. 당신 때문에 왔다고 하면, 조금 전 대답이 바뀔까?"

"아니." 내 대답에는 한 치의 망설임도 없었다.

"Young ladies often do not accept a proposal of marriage the first time.(여자들은 청혼을 받으면 보통 처음에는 받아들이지 않지.)" 레옹은 『오만과 편견』에 나오는 대사를 읊었다.

나는 실소를 지으며 말했다. "That is not the reason.(그래서가 아니야.)"

"결혼해!"

너무 어렸던 오래전, 한 남자도 내게 그렇게 말했다. 진지한 말투로, 티 없이 맑은 사랑을 보내며.

그런데 지금 그 사랑은 온통 찢기고 갈라졌다. 원래 모습을 알아볼 수나 있을까?

나는 한숨을 내쉬었다. "반지 돌려줄게. 지금 어디 있어?"

"그냥 가지고 있어." 레옹은 아무렇지 않은 듯 담담하게 말했다.

나는 몇 초간 멍하니 있다가 황급히 내뱉었다. "필요 없어. 그리고 너무 비싼 거야."

"그 사람 때문이야?" 레옹이 불쑥 물었다.

그 사람? 내 심장이 세차게 뛰었다.

"아니." 이빨로 끝 음을 깨물며 부정했지만, 말투에서 모든 게 새어 나왔다.

레옹이 청이를 만났나? 두 사람이 만났구나! 어쩐지 청이가 모든 걸 알고 있더라니!

"3년 전에 그 남자가 날 찾아온 적이 있어." 레옹은 뭔가를 생각하듯 잠시 멈췄다가 말을 이었다. "증거를 들고 있었지만 우릴 고발할 작정은 아니었고, 나더러 당신을 데리고 가라고 했지."

"그 사람이 왜 그랬대?" 차가운 액정 화면의 힘을 빌려 마음을 진정시켜보려고 휴대전화를 볼에 바짝 댔다.

레옹은 탄식했다. "Maybe, he still loves you······.(아마, 아직 당신을 사랑했겠지······.)"

어쩌면 청이는 여전히 날 사랑할지도 몰라.

안타깝게도 그때 난 전혀 몰랐고, 아주 거친 방식으로 청이를 밀어 냈다.

나는 휴대전화와 반지 상자를 가방에 거칠게 집어넣었다. 그러다 손가락에 그 핑크색 청첩이 닿았고, 화상을 입은 듯한 통증이 온몸의 신경으로 퍼졌다.

청이는 이제 리쉐얼과 결혼하잖아. 어떡하지?

유자한테는 큰소리 땅땅 쳤지만, 사실 어떻게 해야 할지 하나도 모르겠어!

♣

가오슝 지방검찰청에 도착했을 때는 이미 점심시간이 지난 뒤였다. "미안해. 몸이 좀 안 좋아서 늦었어." 지금 안색이 창백할 테니 이 핑계는 먹히겠지.

청이는 화가 난 듯 보이지는 않았다. 어쩌면 화내기조차 귀찮은지도 모르고. 그냥 잠잠히 날 쳐다봤다. 평소처럼 차가운 표정이었지만 눈동자는 내 모든 피부를 태울 기세였다.

"지금은 좀 괜찮아?" 청이는 몸을 일으켜 천천히 내게 다가왔다.

나는 기겁해서 뒤로 물러났다. 등이 문에 닿아 더 이상 뒷걸음칠 수 없을 때에야 소리 없이 고개를 끄덕였다.

청이는 손을 뻗어 기다란 집게손가락으로 내 목덜미의 밴드를 쓰다듬었다. 밴드 주변을 가볍게 어루만지며 내 피부를 쓰다듬는 그 손끝에서 전류가 흐르는 기분이었다. 나는 주저앉지 않으려 기를 쓰고 등을 문에 딱 붙였다.

왜 이렇게 기운이 빠지지? 청이에게 물어보러 온 거잖아!

아직 날 사랑한다면 왜 다른 사람과 결혼하려 하냐고.

포기했냐고.

이해가 안 가! 정말 이해가 안 가!

나약해지지 않으려고 청이의 시선을 마주하며 솔직히 말했다. "사실, 좀 전에 레옹이랑 통화했어. 전에 유럽에서 너랑 만난 적 있다고 하더라. 왜 그때 나한테는 아무 얘기 안 했어?" 답을 알고 싶어.

"너한테 얘기를 해? 그때 너한테 얘기했다면, 넌 어쩔 생각이었을까?" 청이는 평온한 얼굴로 되물었다.

"자수할래!" 난 짧게 대답했다.

내가 청이에게 빚진 거니까. 청이가 모은 증거를 제출해서 명성과 지위, 그리고 진작 가졌어야 하는 모든 걸 얻게 해줄 것이다.

"하지만 나는 네가 그렇게 하길 바라지 않는다면?"

"왜?" 답이 거의 나온 듯했지만, 그래도 청이가 직접 말하는 걸, 내게 다시 말해주는 걸 듣고 싶었다.

"그날 밤에 내가 말했잖아. 난 너도 기억하는 줄 알았는데." 청이가 팔을 뻗어 내 뒤의 문을 짚었다.

"잊어버렸어!" 나는 울컥해서 말했다. 얼굴은 피하지 않았다.

여태껏 그날 밤 유자와 함께 있었던 걸로 오해했다고, 청이에게 어떻게 말해야 하나.

나는 담담하게 청이에게 상기시켰다. "그리고 지금 그런 얘기하기엔 너무 늦었다고 생각하지 않아?"

넌 리쉐얼과 결혼할 거면서, 이제 와서 그런 얘기를 하면 리쉐얼에게 미안하지도 않아? 난 질질 매달려 진상 떠는 전 여친 따위는 되고 싶지 않아!

"지금은 빨리 교통사고 건이나 해결해!" 이게 내가 온 목적이니까.

청이는 흠칫 하더니 입가를 살짝 끌어올리며 웃었다. "그럼 내가 오해했나 보네. 근데 지금은 재판하러 가야 해. 기다리지 마. 시간은 따로 알려줄게." 반짝이던 청이의 눈빛이 확연히 시들었다. 청이는 책상으로 가서 서류를 챙겨 나갔다.

어떻게 하지? 청이를 너무나 안고 싶어!

퇴근 시간이 가까워졌다. 청이는 나타나지 않고 리쉐얼과 런치 선배가 같이 나타났다.

"선배? 런치 선배!" 나는 소파에서 벌떡 일어났다. 내 얼굴에 '놀람'이라고 쓰여 있을 게 분명했다.

하긴, 리쉐얼은 청이와 결혼하고 런치 선배는 청이의 형이니, 두 사람이 같이 나타난 게 그리 이상한 일은 아니었다.

선배가 하하 웃으며 변함없이 쾌활하게 내 어깨를 툭 쳤다. "역시 아직 있었네! 청이가 전화로 얘기할 땐 못 믿었거든. 자기가 안 오면 네가 계속 기다릴 거라고 우리한테 가보라고 하더라고."

내 존재가 청이를 곤란하게 만든 모양이었다. 조금 무안해서 얼른 가방을 들고 말했다. "그럼 가볼게요."

"왕샤오샤, 나랑 얘기 좀 하자." 리쉐얼이 갑자기 날 불러 세웠다. 표정이 몹시 복잡해 보였다.

나한테 위세 부리겠다는 건가? 앞으로 청이에게서 멀리 떨어지라고?

아님 소설 같은 거 보면 보통 화해하며 끝나니까, 전 여친의 축복을 받아 이야기를 원만하게 끝내겠다는 건가?

우리는 카페 테이블에 마주 앉았다. 리쉐얼에게서 무슨 말을 듣게 될지 몰라 살짝 긴장이 되었다.

"뭐 마실래? 내가 살게." 리쉐얼은 대수롭지 않게 메뉴판을 펼치며 말했다.

"난 아메리카노 마실래. 고맙지만 안 사줘도 돼."

리쉐얼은 손으로 턱을 괴고 부드러운 미소를 지으며 창밖을 바라봤다. 해 질 녘 햇살이 리쉐얼의 얼굴에 잔잔한 빛을 드리웠다.

결혼을 앞두고 행복과 기쁨에 푹 빠진 신부는 내 앞에 앉아 온몸에서 빛을 발산했다. 나는 갑자기 씁쓸해져 눈을 뜨기가 버거웠고, 그런 마음을 숨기려고 고개를 숙여 숟가락으로 계속 컵 속의 커피만 휘저었다. 하나 또 하나 중심점이 아래로 꺼지며 검은 소용돌이가 일었다.

"무슨 얘기 하려고?" 나는 동작을 멈추고 형식적으로 웃으며 물었다.

"우리 알고 지낸 지 꽤 오래된 것 같다. 그치?" 리쉐얼은 상냥하게 웃었다.

나는 커피를 한 모금 마시고 눈살을 찌푸렸다. 설탕을 몇 숟갈이나 탔는데도 너무 써서 삼키기 어려웠다. 결국 단숨에 마셔버리고 컵을 한쪽으로 치웠다. 이 의미 없는 양자 회담을 최대한 빨리 끝내고 싶었다.

"앞으로 우리 자주 시간 내서 만나자. 지금처럼." 역시 여신은 자존감이 높다.

'그럴 필요가 있니? 너……' 말을 억지로 삼키고 가볍게 기침을 했다. 내가 너무 속이 좁고 쪼잔하며, 남 잘되는 꼴을 못 보는 건 아닌지 속으로 반성했다.

여름날의 레몬그라스

대답은 물론 '그렇다'였다!

"그래, 좋지." 최대한 무성의하게 들리지 않도록 애썼다.

리쉐얼은 우아하게 커피를 몇 모금 마신 후 가방에서 작은 봉투를 꺼내 내게 건넸다. "이미 많이 지났지만, 그래도 너한테 돌려줘야 할 것 같아서."

봉투는 아주 가벼웠지만, 내 손가락은 그만한 무게도 감당 못 하는 것처럼 떨렸다. 봉투를 여는데 단추 하나가 굴러 나왔다. 단추는 유리 테이블 위에서 은은하게 투명한 빛을 발했다.

남학생 교복 단추였다. 심장에서 제일 가까운 두 번째 단추.

봉투 안에는 누렇게 색이 바랜 종이도 한 장 있었는데, 휴대전화 번호와 내게서 거의 잊힌 MSN 아이디, 비밀번호가 적혀 있었다. 아이디는 내 영어 이름이고 비밀번호는 청이의 생일이었다.

나는 품위 있게 미소를 유지했지만, 안면 신경은 전부 균형을 잃은 것 같았다.

리쉐얼은 초연히 나를 바라봤다. "중학교 졸업식 날 청이 물병 속에 있던 걸 내가 가져갔어. 그때 마침 너희 반 교실을 지나다가 청이가 뭔가를 적어서 네 서랍에 집어넣는 걸 봤거든. 그땐 그냥 호기심에 잠깐 꺼내 보려고 했는데 결국 돌려놓을 시간이 없었어. 경비 아저씨가 교실 건물을 잠그러 왔거든."

나는 얼떨떨하게 눈앞의 여자를 보았다. 핑크색 펄 립스틱을 바른 리쉐얼의 입술이 금붕어처럼 번쩍번쩍해서 웃음이 터질 것만 같았다.

"그 후에는 나도 곧 영국으로 가서 이걸 너한테 돌려줄 기회가 없었어. 그리고 대학교 3학년 때 그날 말인데, 청이 나랑 같이 있었던 거 아니야. 나한테 노트북을 빌려준 것도 아니고. 내가 청이 아이디로 로그인했어. 비밀번호는 내가 추측했는데 맞더라고."

추측한 거라고? 대단한데? 로또 번호는 추측 안 하니?

나는 커피 컵을 집어 들었다. 입가에 가져가고 나서야 빈 컵인 걸 알았다.

"그때 청이한테 메일을 보냈는데 아무래도 후회가 돼서 청이가 못 보게 하고 싶었어. 그래서 청이 이메일에 들어가서 내가 보낸 메일을 삭제하려고 했던 거야. 네 비번이 청이 생일인 게 떠올라서 그럼 청이 비번은 네 생일이 아닐까 하고 시도해보니 역시 맞더라. 근데 자동으로 MSN에 로그인될 줄은 몰랐어. 그다음 일은 뭐 너도 아직 기억할 거고."

"대체 하고 싶은 말이 뭐야?" 커피를 다 마셨기에 망정이지, 안 그랬으면 리쉐얼에게 퍼부었을 것이다.

"왕샤오샤, 너희 둘 참 안타까워. 네가 그렇게 일찍 포기하면 안 되는 거였어." 리쉐얼은 한숨을 쉬었다.

"그런 얄팍한 수작을 부려놓고 이제 와서 '너희 둘 참 안타까워'라고? 너 진짜 뻔뻔하구나! 비열해!" 나는 차갑게 콧방귀를 뀌었다.

리쉐얼은 나를 똑바로 쳐다봤다. 부끄러워하는 기색은 조금도 없었다. "내가 얄팍한 수를 쓴 건 인정해. 하지만 내가 뭘 잘못했다고 생각하진 않아! 적어도 난 그렇게 청이를 사랑했고, 내 사랑을 위해 그런 노력이라도 했어. 스스로 그렇게 추해지는 것도 마다하지 않았다고. 근데 넌? 왕샤오샤, 넌 무슨 노력이라도 해봤어? 넌 그냥 청이를 버리고 멀리 도망쳤잖아!"

나는 더 이상 참을 수 없어서 벌떡 일어났다. "지금 나한테 이런 얘기 왜 하는 거야? 무슨 우승 소감이니?"

"우승 소감? 무슨 우승 소감?" 리쉐얼은 시치미를 뗐다.

"결국 네가 청이를 가졌잖아. 네가 이겼잖아! 우물에 빠진 사람한테 돌 던지고 싶어서 지금 이런 말 하는 거잖아!" 나는 거의 비명을 지를 뻔했다.

리쉐얼은 잠시 멍하니 있다 소리를 내어 웃었다. 손으로 이마를 쓰다듬는데 약지에서 다이아 반지가 눈부시게 빛났다.

"나랑 청이?" 리쉐얼은 왠지 모르게 뜸을 들이며 내 표정을 살피더니 불쑥 물었다. "청이 사무실로 보낸 떡 네가 다른 데로 보낸 거구나?"

"그래!" 나는 당당하게 인정했다. 너만 수 쓸 줄 아니? 나도 할 줄 안다. 흥!

"내가 준 청첩장 열어봤어?"

"봤어!" 봤다면 이상한 거지!

"그 청첩장 아직 가지고 있어?"

"잃어버렸어!"

"아." 리쉐얼의 표정이 조금 의미심장했다. 뭔가를 숨기는 듯했다. "이번 주 토요일, 내 결혼식에 올 거지?"

"갈게! 전 남친 축복해주러 가야지……. 그 정돈 해줄 수 있어." 나는 아무 일 아니라는 듯 머리카락을 획 넘기며 화통하게 말했다.

"청첩장 잃어버렸으면 굳이 찾지 마! 호텔 입구에서 너 기다리라고 누구한테 부탁해둘게. 결혼식은 오후 12시 푸화호텔이야. 늦지 마!"

리쉐얼의 말투가 명랑해졌다.

"걱정 마!" 나는 이를 갈았다.

8장

나 좋아, 싫어?

카페 스피커에서 옛날 팝송이 나지막이 흘러나왔다. 익숙하고도 서글픈 멜로디였다. 가사 한마디 한마디가 내 신경을 콕콕 찔렀다.

When the night has been too lonely
밤이 너무 외롭고
And the road has been too long
갈 길이 너무 멀 때
And you think that love is only for the lucky and the strong
사랑은 행운이 따르는 용감한 사람만 얻을 수 있는 것이란 생각이 들 때

이번에도 예전처럼 자존심과 굳은 의지로 버틸 수 있을 줄 알았다. 그런데 안 됐다. 이번엔 완전히 불가능했다! 아무 일 없는 척 그가 다른 여자와 백년가약 맺는 것을 축복하는 수준까지는 정말 할 수 없

었다!

결혼식까지 아직 이틀 남았으니, 어쩌면 힘내서 뭔가 작전 계획을 세울 수 있을지도 모른다.

왕샤오샤, 빨리 잔머리 좀 굴려봐. 드라마에 잘 나오잖아? 남자를 꼬여서 침대로 끌고 가 이미 엎질러진 물이 되게 만든다거나, 죽어버린다고 난리쳐서 남자가 고분고분 네 곁에 머물게 만든다거나!

안타깝게도 난 청이를 꼬여 침대로 끌고 갈 능력은 없었고, 내가 먼저 병마에게 붙들려 침대로 끌려갔다.

지독한 감기에 걸려, 이틀을 전부 침대에 누워서 보냈다.

눈은 따가워서 제대로 뜨지도 못하고, 목구멍은 숯을 넣은 것처럼 뜨겁고 건조하고, 바닷물 속에 잠긴 것처럼 온몸이 차가운 채로 침대에 축 늘어졌다.

"역시 바보는 감기에 잘 걸려." 유자 목소리였다. 유자가 손바닥으로 내 이마를 짚어보았다.

"걱정하지 마. 바보는 병에 걸려도 빨리 낫거든!" 이번에는 오빠 목소리였다.

나 바보 아니거든. 리쉐얼이 대놓고 결혼 얘기를 꺼내 나를 자극한 그날, 청이가 사는 빌딩으로 가서 청이를 깜짝 놀라게 해주려고 했다. 그런데 한밤중까지 기다리도록 청이는 보지도 못하고 온몸에서 열이 나고 힘이 빠지는 바람에 그냥 집에 와서는 울적한 마음에 밤새도록 울다가 이렇게 됐을 뿐이다…….

한마디도 할 수 없었다. 사실 모든 건 다 자업자득이니까. 간신히 눈을 뜨고 유자와 오빠에게 웃어 보인 후 다시 잠이 들었다.

여름날의 레몬그라스

꿈속에서 나는 죽어라 앞으로 뛰었다. 누군가를 쫓는 것 같은데 주변은 안개가 자욱해 모든 게 모호하고 불분명했다.

극도로 피곤한 악몽이었다. 길은 한없이 길었다. 언제까지 달려야 종착점에 도착할 수 있을지…….

"야, 뽀뽀 세 번 하면 깨는 거다?"

누군가 부드럽게 날 잡아끄는 느낌이 들었다. 부드럽고 촉촉한 입술이 내 이마와 뺨과 입술에 닿았다. 눈을 떴는데 자꾸 눈물이 흘러 눈앞의 얼굴을 또렷하게 볼 수 없었다.

나는 손을 뻗어 그를 꽉 끌어안고 아이처럼 울었다.

"미안해, 잘못했어. 내가 왜 그랬을까…….." 마침내 자존심을 버리고 6년 전 용기가 없어 하지 못한 말을 꺼냈다. 나는 울며 애원했다. "다른 사람 사랑하지 마. 날 떠나지 마. 다시는 나 버리지 마. 응?"

"난 너 버린 적 없어. 한 번도 그런 적 없고, 앞으로도 그럴 일 없을 거야." 그가 말했다.

너무나 아름다운 약속이었다. 만약 꿈이라면 깨고 싶지 않았다.

그런데 결국 깼다.

어떤 손이 내 몸 여기저기를 더듬으며 투덜거렸다. "원래도 없던 가슴이 더 말라서 아예 사라질 지경이네. 예복 다시 가져가서 고쳐야겠어."

나는 번쩍 눈을 떴다. 장자링이 빨간색 매니큐어를 바른 손톱으로 내 볼을 세게 꼬집었다.

"뭐 하는 거야?" 나는 아파서 인상을 쓰며 침대 구석으로 움츠렸다.

장자링은 입을 삐죽거리며 바닥에 있는 검은색 캐리어를 턱짓했다. "무기 배달 왔지! 너 오늘 리쉐얼 결혼식 가야 하는 거 아니야? 쓸모 없는 것. 어쩜 이틀 동안 혼수상태냐. 이게 마지막 기회인 거 알아 몰라! 결혼식 끝나면 리쉐얼이랑 청이는 엎질러진 물이고, 넌 세. 컨. 드 밖에 될 수 없다고!" 장자링은 내 이마를 쿡쿡 찌르며 힘주어 말했다.

한 시간 후, 풀 메이크업을 마쳤다. 장자링이 말한 소위 전투복을 입고, 가슴엔 장자링이 설치한 고무 재질의 미스터리한 물체도 들어 있었다. 가슴과 등이 훤히 드러나는 섹시한 미니 드레스였다. 거기에 빨간색 하이힐까지 신고 택시를 잡아 탄 뒤 호텔로 향했다. 호텔 입구 엔 '청·리 축 결혼'이라고 적힌 화환이 가득했다. 보낸 사람 이름을 보니 경제계, 교육계, 정치계 거물이 적지 않았다. 왔다 갔다 분주한 스태프들 중 몇몇은 기자증을 달고 있었다. 주차장에 생중계 차량이 세워진 것도 눈에 들어왔다.

좀 이따 내가 저지를 큰일이 어떤 파란을 일으킬지 깨닫게 만드는 엄청난 전쟁터였다.

나는 결혼식을 가로채러 왔다!

갑자기 조금 위축되어 문밖에서 한참 배회하다가 시계를 보니 결혼식이 시작될 시간이었다. 마음 바짝 다잡고, 이 악물고, 출격!

"청첩장이 없으면 들어갈 수 없습니다." 입구에서 바로 경비에게 막혔다.

역시 상류 사회 결혼식이구만. 여신께서 누군가 결혼식을 가로챌까 봐 줄곧 걱정한 모양이야.

"왕샤오샤 씨인가요? 쉐얼 아가씨가 말해두셨습니다. 따라오시죠."
호텔 매니저 같은 남자가 다가와 예의 바르게 말했다.

연회장 문은 이미 닫혔고, 희미하게 음악 소리가 들렸다. 나는 한참 주저하다 문에 얼굴을 대고 살짝 열린 틈으로 안을 엿봤다.

음악이 느릿느릿 울리는 가운데 안에선 마침 왕자와 공주의 해피엔딩이 연출되고 있었다. 여자라면 누구나 한 번쯤 동경해봤을 장면이지만, 지금 난 문밖에 서서 아웃사이더처럼 정탐이나 하고 있다.

눈앞의 광경은 내 머릿속에서 과거의 추억과 겹쳐졌다.

여섯 살 때 작은 공원에서의 약속. "여기에서 널 기다릴게."

중학교 졸업식 날 물병 속에 숨겨둔 교복 단추, 그리고 병 바닥에 적어놓은 메시지. "나도 널 좋아해."

열일곱 살 때의 위로. "울지 마, 나 돌아왔어."

열여덟 살 때 크리스마스 종소리를 함께 세며 그가 빌었던 소원. "결혼해."

미국으로 가기 전날 그의 고백. "나 아직 너 사랑해."

그는 날 버리지 않았다고, 한 번도 그런 적 없고 앞으로도 그럴 일 없다고 말했다.

그는 그렇게 열심히 날 잡고 있었다. 방식이 조금 서툴고 어색했으며 속을 알 수 없는 경우가 많았지만, 항상 나에게 행복을 주려 노력했다.

그런데, 난 왜 내가 그에게 행복을 줄 수 있는 용기조차 없다고 생각한 걸까?

왕샤오샤, 이번엔 더 이상 도망치면 안 돼!

374

이번에 또 놓치면, 앞으로 우리 둘은 완전히 다른 세상에 사는 낯선 사이가 되는 거야. 서로의 인생에 상관없는 사람이 되는 거라고!

나는 문을 세게 밀어 열었다. 홀 안은 모든 조명이 꺼지고 긴 레드 카펫 끝 쪽만 스포트라이트가 비추었다. 무수한 먼지가 날고 있는 빛 속에 서로 바라보며 웃는 행복한 커플의 실루엣이 비쳤다.

"네!" 신랑이 낭랑한 소리로 말했다.

둔기로 퍽 맞은 것처럼 심장에 욱신욱신 경련이 일었다. 내가 늦은 건가?

"전 싫어요!" 생각 따위 집어치우고, 제동 장치가 고장난 기차처럼 앞으로 돌진하며 크게 부르짖었다. "너 나 사랑한다며! 나 버리지 않겠다며! 그런데 다른 여자랑 결혼을 해? 어떻게 다른 사람이랑 결혼할 수가 있어?!"

여기저기서 카메라 플래시가 터지고 수군대는 소리와 놀라 숨 들이마시는 소리가 이어졌다.

곧 경비들이 뛰어와 양쪽에서 팔을 붙잡고, 내 입을 막으면서 밖으로 끌어내려 했다. 난 힘껏 몸부림치며 경비를 발로 마구 차다가 비명처럼 외쳤다. "나한테 결혼하자고 했잖아!"

신부 리쉐얼이 먼저 뒤돌았지만, 내 미친 짓을 저지할 생각은 없는 것 같았다. 오히려 좋은 구경거리라도 생긴 것처럼 한쪽으로 물러났다. 신랑의 뒷모습은 뻣뻣하게 굳어 있었다. 신랑이 천천히 고개를 돌렸다. 역광이라 얼굴은 잘 보이지 않았지만, 두 어깨가 계속 떨리는 것은 보였다. 뭔가 감정을 극도로 누르고 있는 것 같았다.

"왕샤오샤, 너 미쳤어?" 유자가 믿을 수 없다는 얼굴로 성큼성큼 다가와 경비들에게 날 놔달라는 표시를 했다.

자유를 얻은 나는 감격에 겨워 유자를 바라봤고, 순간 난데없이 용기가 생겨 신랑에게 크게 외쳤다. "청이, 이 사기꾼아!"

"뭐라고? 다시 한번 말해볼래?" 신랑이 드디어 입을 열었다. 목소리가 약간 떨렸다.

또 저 수법이군. 이 몸이 희생하는 김에 몇 마디 더 날려주겠어. "청이, 너 이 사기꾼아! 변덕쟁이! 여자를 이용만 하고 버리는 나쁜 자식!"

신랑은 몇 번 기침을 하더니 옆에 뻣뻣이 서 있는 신랑 들러리를 밀었다. "야, 여기저기 다니며 사기 치지 말랬잖아. 사람 찾아왔다. 어떻게 수습할래?"

저게 무슨 소리야?

"후배, 난 후배한테 그런 말 한 적 없는데! 나 마누라 못 얻음 큰일 나." 신랑이 웃음기 가득한 목소리로 그렇게 말하더니 큰 손을 들어 신부를 품으로 끌어당겼다.

나는 리쉐얼을 노려봤다. 리쉐얼은 어깨를 으쓱해 보이고는 자기는 아무 잘못 없다는 듯 혀를 날름 내밀었다.

정말이지 너무 우울했다. 갑자기 하늘에서 폭탄이 떨어지든가 리히터 규모 9의 지진이 나든가, 아무튼 다 무너져 폐허가 되었으면 좋겠다고 간절히 생각했다.

폭탄도 안 떨어지고 지진도 안 나고, 경악했던 사람들이 정신을 차리고 웃는 소리가 순식간에 홀을 가득 채웠다.

어떡하지? 도망치자!

뒤돌아 뛰었다. 누가 뒤에서 쫓아오든지 말든지 아랑곳없이.

호텔에서 나오니 정오의 햇빛이 길 위에서 눈부시게 반짝여 마치 안개가 자욱한 것처럼 먼 곳은 잘 보이지 않았다. 바람이 쌩쌩 귓가를 지나갔다. 얼마나 달렸을까, 숨이 차 어지럽고 가슴이 찢어지는 것처럼 아파왔다.

결국 길가에 힘없이 주저앉아 팔에 얼굴을 묻고 숨을 헐떡거렸다.

내 앞에 그림자 하나가 드리워지더니, 누군가 몸을 굽혀 날 자신의 품으로 끌어당겼다.

"왜 또 도망쳐?" 숨을 가쁘게 몰아쉬며 약간 화난 목소리로, 청이가 물었다.

미처 입을 열기도 전에 눈앞이 까매졌고, 서로 숨을 헐떡이는 소리만 들렸다. 청이의 입술이 내려와 벌을 주듯 세게 내 입술에 닿더니 혀가 살며시 훑으며 내 입 속을 오갔다. 저릿하고 간질간질한 느낌에 나는 비명을 지를 뻔했다. 무의식중에 저항했지만 돌아오는 건 더 깊은 키스였다. 청이는 내 몸에서 영혼을 뽑아낼 듯이 날 자신의 품으로 세게 끌어당겼다.

마침내 입술이 떨어지자 한없는 괴로움에 파묻힐 것 같았다. 맥이 풀리기 전에 손을 뻗어 청이의 허리를 감싸 안았다.

청이는 한숨을 지으며 내 이마에 가볍게 입을 맞췄다. "널 버리지 말라며……. 그럼 도망치질 말아야지!"

내가 왜 도망칠 생각을 했지?

"난 네가 리쉐얼이랑 결혼하는 줄 알고 그랬지, 이게 웬 망신이야……." 청이를 볼 자신이 없어 눈을 감고 뜨겁게 달궈진 얼굴을 청이 가슴에 묻었다. 눈물이 고였지만, 나도 모르게 계속 웃음이 났다.

"이 바보 진짜 안 되겠네!" 청이는 내 뒤통수를 힘주어 눌렀다.

"선배는 성이 '샤오' 아니야? 청첩장에는 분명 '청 · 리 혼례'라고 쓰여 있었다고!" 나는 내 아이큐를 믿고 핑계를 댔다.

"형이 다시 아버지 성으로 바꿨어. 멍청한 걸 핑계로 대지 마!" 청이는 내 체면을 세워주는 법이 없다.

나도 지지 않으려고 기억을 더듬으며 반박했다. "아무도 말해준 적이 없는데 내가 어떻게 알아? 그리고 너는 교통사고로 그렇게 살벌하게 날 고소했는데, 네가 아직 날 사랑하는지 내가 어떻게 알아?"

"교통사고 건은 내가 널 속인 거였다면?" 청이 목소리에 희미하게 웃음기가 실려 있었다.

"무슨 뜻이야?" 나는 멍해졌다.

"그날 칠현로에서 네가 차창으로 고개 내밀었을 때 너인 거 알아보고 계속 뒤따라갔어."

그제야 서서히 상황이 파악됐다. "고의로 내 차에 받힌 거였구나! 그럼, 형사 소송이니 민사 소송이니 출국 금지니 그런 건…… 다 취소해줄 거야?"

"사실, 난 그 교통사고 당사자여서 그 사건을 맡을 수 없어. 경찰서에선 사전에 리 팀장님이랑 짠 거고. 그날 너한테 말한 죄목이랑 처벌 내용도 반만 진짜고 반은 가짜야. 네가 또 도망칠까 봐 내가 선제공격을 한 거지!" 청이와 나는 손바닥과 손바닥을 포개고 서로 꽉 잡았다.

"그렇게 자신 있었어? 내가 아직 널 사랑할 거라고? 내가 다른 사람을 만나고 있을 수도 있잖아." 나는 기세가 꺾여 뾰로통하게 말했다.

"반지 낀 거 보고는 조금 놀랐어. 그래서 그렇게 널 떠본 거야. 하지만 널 되찾을 자신이 있었어!" 청이는 날 응시하며 말했다. 청이의 눈에서 무수한 추억이 솟구치는 게 보이는 듯했다.

어렸을 때 우리는 영원히 함께하자는 말을 자주했다. 하지만 알 수 없는 미래 앞에서 '영원히'란 얼마나 허무맹랑한 말인가! 과거의 무수한 추억이 쌓이고 포개져 이뤄진 나날들이 바로 영원이다.

"아까 너 결혼식장에서 사기꾼, 변덕쟁이, 여자를 이용만 하고 버리는 나쁜 놈이라고 소리 질렀지……. 왕샤오샤, 욕하니까 통쾌하냐?" 고르지 않은 숨결로 청이는 몸을 숙여 내 귓가에 대고 말했다.

"미안해." 나는 즉시 진심으로 사과했다.

"그걸로 날 보내버리시겠다?"

"사랑해." 난 까치발을 하고 청이 입술에 입을 맞췄다. "그리고 책임질게. 다시는 도망치지 않겠다고 맹세해!"

청이는 빙그레 웃었다. 눈가에서 흘러나온 빛이 순식간에 내 모든 세계를 반짝거리게 만들었다.

열일곱 살 그해, 난 한 남자의 사랑을 얻었고, 내가 온 세상에서 제일 큰 행운을 거머쥔 여자인 줄 알았다.

하지만, 사랑을 소유하려면 행운만으로는 충분하지 않았다.

여러 어려움을 극복할 용기가 없었고, 우리가 함께하면 행복할 것이라 믿을 용기가 없었다. 그래서 여러 핑계를 대며 계속 그를 밀어냈다.

막 시작된 사랑은 유리구슬처럼 티 없이 맑다. 조심스럽게 들고 지키지만, 흐르는 세월 속에 넘어지고 부딪히면 어쩔 수 없이 긁혀 흠집이 난다.

그렇다 해도, 울퉁불퉁한 긴 길을 용기 있게 걸어나가고, 깜깜한 밤의 적막을 용기 있게 인내하면, 빛이 밝게 비치는 그날, 흠집 하나하나가 빛을 반사하여 다이아몬드처럼 찬란히 빛날 것이다.

사춘기가 끝나지 않은 모든 이들에게

어린 시절, 어느 순간 갑자기 누군가를 좋아하게 된 '처음'이 누구에게나 있을 것입니다.

무심결에 눈빛이 마주치면 부끄러워 고개를 숙이고, 어쩌다 손가락이 닿으면 심장이 콩닥콩닥 뛰고, 그 애를 생각하면 저절로 미소를 짓게 되고, 함께 쓰레기를 버리러 가거나 도시락을 타러 가도 행복하고, 그 애의 이름 마지막 글자와 내 이름 마지막 글자를 연결해보고…….

축하합니다. 70억 인구 중에서 좋아하는 사람을 만나는 행운을 얻었으니!

여름날 산들바람처럼 사뿐하고 맑은 '좋아해'라는 느낌은 사랑이 막 시작된 모습이지요.

사랑은 꼭꼭 숨길 수 있지만 좋아하는 감정은 숨길 수 없습니다.

그 애의 귀에 난 점, 입을 다물고 웃는 모습, 펜을 돌리는 작은 동작, 시원스러운 글씨체, 햇볕 아래 땀에 젖은 체육복, 바람에 날리는 앞머리, 수업 시간에 몰래 주고받은 쪽지, 조금 둔감하게 놀리는 모습…….. 그 모든 게 좋죠. 그 애가 반장이어서 혹은 그 애가 1등이어서가 아니고, 농구를 제일 잘하고 상장을 제일 많이 받아서도 아니고요……. 아무 이유 없이 그냥 좋아요.

그 애의 장점을 좋아하고, 그 애의 단점도 좋아해요.

당신이 좋아하는 사람도 마침 당신을 좋아한다면 더 축하합니다. 좋아하는 마음이 결실을 맺게 되었으니 더욱 큰 행운이죠.

그 시절 순수하게 '좋아했던 마음'을 기억해야 해요.

연애를 시작했을 때, 사춘기를 벗어났을 때, 시간 앞에서 추억이 빛을 잃을 때, 현실이 서로 잡은 두 손을 떼어놓을 때, 사랑을 유지하려면 '행운'에 기대는 것만으론 충분하지 않고 용기가 필요하다는 것을 차츰 알게 될 것입니다.

그게 바로 『여름날의 레몬그라스』가 전하고 싶은 이야기예요.

이야기는 청춘 시기 가장 순수한 짝사랑에서 출발해 복잡한 성장 여정으로 향하고, 그 길에서 캐릭터 각자는 배워야 할 과제가 있습니다.

왕샤오샤는 성실하지 못해 그 대신 센 척으로 강해 보이려 하다가 스스로 상처투성이가 되지요. 청이는 약한 모습을 보이기 싫어서 항상 거만하게 뒤돌아 떠나고, 자신이 상처받았다고 생각하지만 사실 가장 상처받은 건 자신을 안아준 사람이에요. 유자는 모질지 못해서 사랑과 우정 사이에서 이러지도 저러지도 못해요.

여러분은 어쩌면 책 속 인물들에게서 자신의 모습을 발견할 수도 있고, 이미 잊었던 뭔가를 떠올릴 수도 있을 겁니다.

어쩌면 당신이 유자일 수도 있어요. 사랑이 찾아왔을 때 붙잡고 싶어 하지만 갈팡질팡하다가 이미 늦어버리고, 결국 용감하게 손을 놓을 수밖에 없지요.

어쩌면 당신은 청이예요. 사랑 앞에서 낮아지기 싫어하다가, 사랑을 잃기 직전에야 자존심과 거만함을 버리고 '용감하지 않은 것'도 일종의 용감함이라는 것을 깨닫습니다.

어쩌면 당신은 왕샤오샤일 수도 있고요. 사랑의 조짐이 보이면 무조건 돌진하지만, 사실은 긴긴 기다림에 더 큰 용기가 필요하다는 것을 알게 될 테죠.

『여름날의 레몬그라스』는 무려 8개월 동안 연재했습니다. 마침 사랑의 부침을 경험한 때였어요. 첫사랑을 재회했고, 다시 사랑할 수 있을 줄 알았죠. 그래서 이 이야기는 즐겁고 웃기는 내용으로 시작합니다. 남녀 주인공은 항상 티격태격하지만 마지막엔 해피엔딩을 맞아요. 소설과 달리, 현실 속 제 사랑엔 아쉬움이 남았네요.

'아쉬움이 남아야 아름답다.'고 말하는 건 너무 억지고, 이불 속에 숨어 몰래 흘린 눈물들에 너무 미안한 마음이에요. 사랑을 포용할 수 없다면 아무 말도 하지 말고, 당시 어찌할 바를 몰랐던 자신을 포용하도록 합시다!

비웃지는 말아주세요. 자신의 용기 없음을 인정하는 것도 일종의 용기니까.

마지막으로 고마움을 전하고 싶습니다.

내가 아는 여러분, 그리고 모르는 여러분. 덕분에, 이 용감하지 못

한 여자가 운 좋게도 행복한 창작 여정을 시작했습니다.

정말 고맙습니다.

여름날의 레몬그라스

1판 1쇄 인쇄 2021년 7월 12일
1판 1쇄 발행 2021년 7월 21일

지은이 마키아토 **옮긴이** 한수희
펴낸이 김영곤 **펴낸곳** (주)북이십일 아르테
키즈융합부문 이사 신정숙
융합사업2본부 본부장 이득재
문학팀 김유진 김연수 원보람
일러스트 MILL **디자인** 데시그
해외기획팀 정영주
영업마케팅 본부장 김창훈
영업팀 허소윤 윤송 이광호
마케팅팀 정유진 김현아 진승빈
제작팀 이영민 권경민

출판등록 2000년 5월 6일 제406-2003-061호
주소 (우 10881) 경기도 파주시 회동길 201 (문발동)
대표전화 031-955-2100 **팩스** 031-955-2151

(주)북이십일 경계를 허무는 콘텐츠 리더
아르테 채널에서 도서 정보와 다양한 영상자료, 이벤트를 만나세요!
네이버오디오클립/팟캐스트 [클래식클라우드] 김태훈의 책보다 여행
네이버 포스트 post.naver.com/classic__cloud
페이스북 www.facebook.com/21classiccloud

ISBN 978-89-509-9618-5 03820